LANA ROTARU

Seven SINS

NEIDVOLLE NÄHE

IMPRESS

Lana Rotaru lebt zur Zeit mit ihrem Ehemann in Aachen. Der Lesewahnsinn begann bei ihr bereits in früher Jugend, die sie Stunde um Stunde in einer öffentlichen Leihbibliothek verbrachte. Nun füllen Hunderte von Büchern und E-Books ihre Wohnzimmer- und E-Reader-Regale und ein Ende ist nicht in Sicht. Eine Lesepause legt sie nur ein, wenn sie gerade selbst an einem neuen Roman schreibt.

Die Neider sterben wohl, doch niemals stirbt der Neid.

Moliere († 1673)

Die Eifersucht lässt dem Verstand niemals genügend Freiheit,
um die Dinge zu sehen, wie sie sind!

Miguel de Cervantes († 1616)

WAS BISHER GESCHAH …

Mein Name ist Avery Marie Harper und dem Teufel gehört meine Seele. Mein erfolgsgeiler Erzeuger, der meine Mom und mich vor zwölf Jahren verließ, verkaufte sie, um seine Schauspielkarriere voranzutreiben.

Der Vertrag sollte an meinem achtzehnten Geburtstag durch meinen Tod in Erfüllung gehen, doch Adam, mein bester Freund und mir persönlich zugeteilter Schutzengel, eröffnete mir eine Möglichkeit, um meine Freiheit zu kämpfen. Dafür muss ich *nur* acht Prüfungen bestehen. Die ersten sieben stehen mit je einer Todsünde in Verbindung, den Abschluss bildet ein persönliches Treffen mit Luzifer.

Zum Glück muss ich mich den Aufgaben nicht allein stellen. Sowohl Adam als auch Nox, der höllische Kopfgeldjäger, der geschickt wurde, um meine Seele einzukassieren, sind durch meine Entscheidung an die Prüfungen gebunden. Beide verspüren deshalb einen gewissen Anreiz, mir zu helfen. Schließlich bedeutet mein Scheitern auch ihr Scheitern. Mein Tod bedeutet ihren Tod.

In den letzten drei Monaten ist es uns geglückt, zwei der acht Prüfungen erfolgreich zu meistern. Als Erstes haben wir den Hochmut im Feenreich besiegt, der uns nicht nur beinahe das Leben, sondern mich auch meine Freundin Harmony sowie meine Erinnerungen an Adam gekostet hat. Anschließend mussten wir uns der Todsünde Wollust stellen, die uns zum Blutkarneval führte. Dieser abartige Jahrmarkt für Dämonenblütler wurde von meinem vermeintlichen Mitschüler David Sinclaire geleitet, der in Wahrheit einer von Luzifers Söhnen ist.

Asmodis.

In der felsenfesten Überzeugung, meine Aura wäre für einen Menschen zu einzigartig, wollte der Höllenfürst mich unbedingt zu seiner Königin machen.

Niemals hätte ich es für möglich gehalten, dass er mit seinem Verdacht recht behielt.

Aber das war nicht die einzige negative Überraschung, die mich während der zweiten Prüfung eiskalt erwischte. Killian, einer meiner engsten Freunde, versuchte meine Mom zu erschießen, weil Asmodis Besitz von seiner Seele ergriffen hatte. Glücklicherweise verhinderte Nox diese ungeheuerliche Tat, indem er die Kugel mit seinem Körper abfing.

Das war schon ein ziemlich harter Schlag, aber nichts im Vergleich zu dem, was uns bei unserer Rückkehr zu Hause erwartete. Denn während ich mich über meine zurückerhaltenen Adam-Erinnerungen freute und mir gleichzeitig Gedanken darüber machte, wie mein bester Freund die Tatsache verkraften würde, dass ich seine romantischen Gefühle nicht erwiderte, sondern mich immer wieder für seinen Bruder entscheiden würde, beichtete mir Nox den Grund, weshalb er trotz seiner Gefühle für mich nicht mit mir zusammen sein wollte. Ihm war schlichtweg seine Freundschaft zu Adam wichtiger und er war der Meinung, dass wir meinen Schutzengel mit unseren Gefühlen füreinander verletzen würden.

Mit den Beweggründen des Höllendieners hätte ich irgendwie umgehen können, aber angesichts Gabriels Offenbarung sah die Sache schon anders aus. Der vermeintliche Arbeitskollege meiner Mom war nämlich der wahrhaftige Erzengel Gabriel, der gemeinsam mit seinem Sohn Kegan auf die Erde gekommen war, um uns bei den Prüfungen zu helfen – zumindest in einem tolerierten Rahmen. Und auch wenn mich diese Information eigentlich hätte erfreuen müssen, war ich nicht in der Verfassung, Glück zu empfinden. Das lag vor allem an dem Umstand, dass die Hälfte meines Erbguts nicht von James Goose stammt, wie ich mein Leben lang angenommen habe, sondern von Gabriel, was mich zu einem Nephilim macht. Einem Halbengel.

Und gerade als ich dachte, dass dieser Morgen nicht schlimmer werden könnte, offenbarte man mir, dass ich gar nicht die Avery Harper bin, für die ich mich immer gehalten habe. Der Kern meines Wesens, meine Seele, hat nämlich vor knapp neunzehn Jahren einem Engel gehört, der auf den klangvollen Namen »Hope« hörte. Aber Hope war nicht irgendein weiblicher

Seraph. Sie war Gabriels leibliche Tochter und Kegans Schwester. Und sie war Adams erste und einzige große Liebe, die er vor Hunderten von Jahren geheiratet hat, bevor sie ihn ohne Erklärung oder einen richtigen Abschied einfach verließ. Fast neunzehn Jahre lang wusste er nicht, wo sie sich aufhielt oder weshalb sie gegangen war. Dabei war er ihr die ganze Zeit nah.

TEIL 1

EINS

»Bist du dir sicher, dass ich fliegen soll?« Meine Mom blickte mich aus unglücklichen Augen an, während ihre Hand die meine umklammert hielt. Sie saß auf meiner Bettkante, ich hatte mich unter meiner kuscheligen Steppdecke zu einer Kugel zusammengerollt. »Du bist immer noch ganz blass um die Nase. Bestimmt hast du dir im Krankenhaus irgendeinen Virus eingefangen.« Sie strich mit ihrem Daumen über meinen Handrücken, was mir einen gewissen Trost spendete.

»Mir geht es gut, Mom«, wiederholte ich zum gefühlt hundertsten Mal. Seit fast einer halben Stunde versuchte ich sie davon zu überzeugen, dass die Kotzorgie, die ich vorhin im Badezimmer veranstaltet hatte, nicht auf ein antibiotikaresistentes Bakterium, sondern auf einen überreizten Magen zurückzuführen war. Zwar entsprach das nicht im Geringsten der Wahrheit, aber in Anbetracht dessen, was ich vor weniger als einer Stunde über mein Leben erfahren hatte, war diese Version weit weniger verstörend.

»Und was, wenn es doch etwas Ernsteres ist?« Meine Mom verstärkte ihren Griff und ihre Miene trübte sich. »Wie soll ich unbekümmert in ein Flugzeug steigen, wenn mein kleines Mädchen krank im Bett liegt?!«

Schmunzelnd verdrehte ich die Augen. So sehr mich dieses Gespräch auch nervte – ich wollte einfach nur allein sein und meine Ruhe haben! –, ihre Fürsorge rührte mich. Da ich meiner Mom trotz allem nicht den Eindruck vermitteln wollte, als würden mich ihre Sorgen amüsieren, brachte ich meine Mimik rasch unter Kontrolle.

»Ich bin nicht krank, Mom«, entgegnete ich liebevoll, aber nachdrücklich. »Ich brauche einfach nur ein bisschen Ruhe. Falls es mir schlechter gehen sollte, gehe ich zum Arzt. Das verspreche ich dir hoch und heilig. Okay?!« Als sie immer noch nicht überzeugt schien, richtete ich mich seufzend auf und begab mich in den Schneidersitz. »Mom, du musst zu diesem Kongress fliegen! Du hast so hart für diese Beförderung gearbeitet, dass es unfair wäre, wenn Mr Stevens diesen Speichellecker Marc Zorello zum Leiter der Finanzabteilung macht.«

Meine Mom verzog das Gesicht. Die Vorstellung, unter Marc Zorello zu arbeiten, war ihr sichtlich zuwider, was mich hoffnungsvoll stimmte und mich dazu animierte, weiter auf sie einzureden.

»Außerdem bist du nur für eine Nacht weg. Morgen Abend kommst du schon zurück. Adam und ich haben also gar nicht genügend Zeit, das Haus zu verwüsten.« Die Worte waren mir unbedacht über die Lippen gekommen. Ein Reflex. Denn wenn ich ehrlich war, war Adam im Augenblick die letzte Person, die ich sehen wollte. Gleich neben Nox, Gabriel und Kegan.

Moms verkniffene Miene ließ mich vermuten, dass meine unbedachte Aussage nicht das gewesen war, was sie hatte hören wollen. Doch bevor ich meinen Fauxpas korrigieren und das Gespräch in eine andere Richtung lenken konnte, klopfte jemand leise an meine Zimmertür und ich verstummte augenblicklich.

»Tut mir leid, euch zu stören.« Der tiefen, warmen Stimme folgte ein freundlich dreinblickender Mann mit kurzen grau melierten Haaren und einer autoritären Ausstrahlung. Gabriel. »Aber es ist fast zwölf Uhr. Wenn wir unseren Flug nicht verpassen wollen, müssen wir jetzt los. Kegan wartet bereits im Auto, um uns zum Flughafen zu bringen.«

Gabriels plötzliche Anwesenheit in den geschützten vier Wänden meines Zimmers versetzte mich in eine Starre und lenkte mich davon ab, dass er meine Mom nach Los Angeles begleiten würde. Stattdessen kämpften sich Bilder in mein Bewusstsein, die ich zuvor erfolgreich verdrängt hatte. Aber nun saß ich wieder – zumindest gedanklich – neben Adam in der Küche und hörte ihn sagen, dass meine Seele einst seiner Sanprada Hope gehört hatte.

Erst hatte ich ihn wie vom Blitz getroffen angeblickt, dann hatte mein rebellierender Magen den Kampf gewonnen und mich ins Obergeschoss katapultiert, wo ich krampfhaft versucht hatte, ebenjene Seele aus meinem Leib zu kotzen.

»Danke, Gabe«, erwiderte Mom mit einem vernehmbaren Lächeln und wandte sich wieder mir zu. Wegen meines überstürzten Aufbruchs hatte ich nicht mitbekommen, was sie aus ihrem magischen Schlaf geholt hatte, aber irgendwann hatte sie neben mir auf dem Badezimmerboden gekniet und mir sanft über den Rücken gestreichelt. Dieser Geste war es auch zu verdanken, dass ich mich inzwischen in meinem Bett befand, anstatt länger jeden Partikel meines Innersten in die Kloschüssel zu spucken.

»Ich fliege wirklich nur ungern«, sprach Mom weiter und ihr war der Zwiespalt, in dem sie feststeckte, deutlich ins Gesicht geschrieben. »Aber du hast mich überzeugt. Trotzdem möchte ich dein Versprechen haben, dass du dich wie eine reife und verantwortungsbewusste junge Frau benehmen wirst. Zwar habe ich deinen Hausarrest und das Handyverbot bisher nicht aufgehoben, aber mir ist bewusst, dass ich dich nicht länger wie ein kleines Kind behandeln kann. Deswegen bitte ich dich von Frau zu Frau: Mach keine Dummheiten. Und solltest du dich auch nur im Geringsten unwohl fühlen, rufst du sofort Dr. Bernard an. Abgemacht?«

»Versprochen, Mom. Ich werde dir keinen Anlass geben, dich zu sorgen. Vermutlich bleibe ich sowieso den ganzen Tag im Bett und entspanne mich einfach. Vielleicht lese ich endlich das Buch zu Ende, das ich vor meinem Geburtstag begonnen, aber seitdem nicht wieder in die Hand genommen habe.«

Dieses Mal hatte ich die richtigen Worte gewählt, denn meine Mom nickte erleichtert und lächelte. Anschließend beugte sie sich zu mir vor, umarmte mich fest und hauchte mir mehrere Küsse auf die Wangen, zwischen denen sie immer wieder beteuerte, wie sehr sie mich schon jetzt vermisse und wie ungern sie mich in diesem Zustand allein lasse. Hätte ich sie nicht sanft von mir weggedrückt, hätte sie vermutlich gar nicht mehr aufgehört und am Ende ihren Flug verpasst.

»Ich ruf dich an, sobald ich gelandet bin. Also hol dir bitte dein Handy aus meinem Nachtschränkchen.« Nachdem meine Mom einen letzten Luftkuss in meine Richtung gehaucht hatte, bugsierte Gabriel sie aus dem Zimmer und schloss nach einem kurzen, aber intensiven Blick in meine Richtung die Tür hinter sich.

Ich sah den beiden nach, bis ich die Ereignisse der letzten Stunden nicht länger verdrängen konnte und die Anspannung, die mich nach Nox' Beichte gepackt und die mit jeder weiteren Nachricht an Intensität zugenommen hatte, in einer explosionsartigen Erschütterung von mir abfiel. Mein Herzschlag und meine Atmung fielen in einen unregelmäßigen Rhythmus und mir stiegen von neuem Tränen in die Augen. Mein Körper begann heftig zu beben, als wäre ich ein vom Wind gepeinigter Laubbaum.

Dieser Empfindung war es auch geschuldet, dass ich das leise Klopfen an meiner Zimmertür nicht wahrnahm, sondern erst bemerkte, dass erneut jemand gekommen war, um nach mir zu sehen, als sich die Klinke zögerlich bewegte und die Tür einen Spaltbreit aufging.

Hastig wischte ich mir die Tränenspuren von den Wangen und atmete tief durch. Doch die Mühe hätte ich mir sparen können. Adam, der mit gesenktem Kopf und angespannter Haltung mein Zimmer betrat, sah mich nicht einmal an. Er schloss nur die Tür hinter sich und lehnte sich anschließend mit dem Rücken dagegen. Die Arme hatte er dabei eng an seinen Körper gepresst und die Hände in den Taschen seiner Jeans vergraben.

Die Stille, die den Engel umgab, war so unangenehm, dass ich nicht wusste, was ich tun oder sagen sollte. Alle Worte der Welt erschienen mir entweder lächerlich, peinlich oder schlichtweg unangebracht, weshalb ich schweigend auf meinem Bett saß und nichts anderes tat, als die atmende Hülle anzustarren, die ich bis vor einer Stunde als meinen besten Freund, als meinen Anker in stürmischer See betrachtet hatte.

»Ich werde für einige Zeit weggehen«, sagte Adam, gerade als ich selbst den Mund geöffnet hatte, um die unerträgliche Spannung zu beenden, die sämtlichen Sauerstoff aus diesem Zimmer geraubt hatte, bis ich kaum noch atmen konnte.

»Was?« Meine Stimme schrillte durch den Raum und ich hoffte, mich verhört zu haben. »Du gehst weg? Aber wieso? Und wohin überhaupt?« Die Fragen perlten mir unkontrolliert über die Lippen, während mir nur langsam die wahre Bedeutung der Situation bewusst wurde.

Adam geht weg? Er lässt mich einfach allein?

Dass mich mein bester Freund ausgerechnet zu jenem Zeitpunkt verließ, an dem ich ihn gerade erst zurückbekommen hatte und ihn mehr denn je brauchte, glich der abartigsten Version von Ironie, die ich mir jemals hätte vorstellen können.

»Wann kommst du wieder?«, fragte ich unvermittelt. Ebenso wie die Tränen in meinen Augen brannten auch die Silben auf meiner Zunge.

Anstatt einer Antwort erklang ein leises, zynisches Lachen, das die Schultern des Engels kurz zucken ließ.

»Witzig. Exakt dieselben Fragen habe ich dir in Paris gestellt, kurz bevor du mich verlassen hast.« Adam hob den Kopf und der Ausdruck in seinem Gesicht ließ mich zischend einatmen. Sein für gewöhnlich von der Sonne geküsster Teint war aschfahl und seine Lippen blassrosa. Die normalerweise glänzend braunen Augen funkelten in einer nie dagewesenen Intensität, trotzdem strahlten sie nicht den geringsten Hauch Wärme oder Zuneigung aus. Stattdessen zeugten sie von einem alles verzehrenden Schmerz, der sogar den Kummer übertraf, den Adam während meiner Amnesie verspürt haben musste. »Jedoch gibt es einen Unterschied zwischen damals und heute«, sprach der Engel weiter. »*Ich* liebe dich so sehr, dass ich niemals ohne eine Erklärung gehen könnte.« Begleitet von dieser Aussage stieß er sich von der Tür ab und kam langsam auf mich zu. »Nox ist kurz nach deiner Flucht ebenfalls abgehauen, deshalb werde ich ihn als Erstes aufsuchen. Er soll während meiner Abwesenheit auf dich aufpassen und mich auf dem Laufenden halten, was die Prüfungen angeht.«

Obwohl mich Adams Worte nicht überraschten, trafen sie mich schmerzhaft. Wer wusste schon, womit – oder besser gesagt mit wem – der Höllendiener die jüngsten Ereignisse zu verarbeiten versuchte? Trotzdem war es nicht Nox, der für das klaffende Loch in meiner Brust verantwortlich war, das sich anfühlte, als wäre mein Herz herausgerissen worden. Nein, dieses Gefühl hatte ich Adams wenig dezenter Aggressivität zu verdanken, die sich mir mit jeder Sekunde, die verstrich, deutlicher zeigte.

Er hasst mich, weil seine Ehefrau – oder besser gesagt ich! – vor neunzehn Jahren eine Entscheidung getroffen hat, an die ich mich weder erinnern kann noch die ich gutheiße oder – erneut vor die Wahl gestellt – wiederholen würde.

Zwar konnte ein Teil von mir Adams Emotionen nachvollziehen, trotzdem fühlte ich mich gekränkt, verraten und trauerte der besonderen und einmaligen Verbindung nach, die schon immer zwischen dem Engel und mir geherrscht hatte. Selbst als ich mich wegen dieser verhassten Gedächtnislücke nicht an ihn hatte erinnern können, war mir tief in meinem Inneren bewusst gewesen, dass Adam immer für mich da sein würde – egal wie sehr ihn mein Handeln verletzt oder gequält haben mochte.

Meine Lippen teilten sich, doch ehe der erste Ton erklingen konnte, kam mir Adam zuvor.

»Du weißt, ich liebe dich auf eine Art, die keine Sprache dieser Welt zum Ausdruck bringen kann.« Seine distanzierte Miene und die kalte Stimme harmonierten nicht mit der Sanftheit seiner Worte, weshalb es mir schwerfiel, ihm zuzuhören, während er Schritt für Schritt näherkam. Als er unmittelbar vor mir stehen blieb, legte er mir eine Hand auf die Schulter und ich zuckte bei der Berührung unweigerlich zusammen. »Aber im Moment weiß ich nicht, wen ich sehe, wenn ich dich anblicke. Hope, meine Sanprada, die mich einfach ohne Erklärung verlassen hat. Oder Avery, meine beste Freundin, die meine Gefühle nicht erwidert, weil sie meinen Bruder liebt.« Der Engel musterte mich mit verengten Augen, als hoffte er die Antwort auf diese Frage in meinem Blick zu entdecken. Vergeblich, wie sich herausstellte, als er schließlich sanft den Kopf schüttelte. »Diese Zerrissenheit treibt mich noch in den Wahnsinn«, fügte er mit brüchiger Stimme hinzu, ehe er sich zu mir herunterbeugte und mir einen Kuss auf den Scheitel hauchte.

Ich schloss die Augen und in der Annahme, dadurch dem Schmerz in meiner Brust standhalten zu können, doch genau der gegenteilige Effekt trat ein. Neben hervorquellenden Tränen, die mir über die Wangen rannen, spürte ich Adams Leid auf diese Weise noch intensiver.

»Ich brauche Zeit zum Nachdenken, Engelchen«, wisperte Adam, bevor er kurz darauf sowohl seine Hand als auch seine Lippen von mir nahm und von einem sanften Windhauch begleitet verschwand, ohne auf meine Frage geantwortet zu haben, wann – oder *ob überhaupt* – er jemals zurückkäme.

ZWEI

Ich war schon immer der festen Überzeugung gewesen, dass jeder Mensch an etwas glaubte. Sei es an Himmel und Hölle, eine Religion mit dazugehöriger Gottheit, an die Wissenschaft oder von mir aus einfach daran, dass jeder von uns nur eine begrenzte Zeit auf Erden weilte.

Auch ich hatte mein Leben lang an etwas geglaubt. Als Kind waren es Santa Claus und der Osterhase gewesen, und als ich für diese Mythen zu alt geworden war, hatte mein Verständnis von Gut und Böse zu einer höheren Macht gewechselt, die ich als Karma kennenlernte. Laut diesem Grundsatz widerfuhr einem genau das, was man zuvor anderen angetan hatte. Und weil ich felsenfest an dieses Gleichgewicht geglaubt hatte, war ich stets um Aufrichtigkeit, Freundlichkeit und Wahrheit bemüht gewesen. Niemals hatte ich Mitschüler gemobbt, geklaut oder Dinge getan, die rechtfertigen würden, weshalb ich derart grausame Schicksalsschläge verdient hatte.

Die nackten Zehen im warmen Sand vergraben, stützte ich mich hinter meinem Rücken auf den Unterarmen ab und streckte mein Gesicht der Sonne entgegen. Seit jenem verhängnisvollen Tag, an dem mir Nox das Bild von diesem blutüberströmten Dämonenmädchen in den Kopf projiziert hatte, war ich nicht mehr an diesem Strandabschnitt, geschweige denn im Wasser gewesen. Aber Adams Weggehen hatte mich in einem Maß getroffen, dass mir nichts anderes übriggeblieben war, als einen Ort aufzusuchen, der in mir dasselbe Gefühl auslöste, wie es ein Gotteshaus bei einem gläubigen Christen tat. Und tatsächlich hatte sich der Moment, als ich vorhin zum ersten Mal wieder auf dem Surfbrett gestanden hatte, wie eine Erlösung angefühlt. Das angenehm kühle Nass hatte sowohl meinen Körper als auch meinen Geist reingewaschen, sodass es mir gelungen war, meine Probleme für eine gewisse Zeit zu vergessen.

Mit geschlossenen Augen spürte ich die wärmenden Sonnenstrahlen und lauschte dem beruhigenden Meeresrauschen, das von dem Kreischen einiger Möwen und aufgeregtem Kinderlachen begleitet wurde. Der Duft von Sonnencreme und Speiseeis stieg mir in die Nase, wurde jedoch von dem unangenehmen Gestank der angespülten Meeresalgen übertüncht, während sich feinkörniger Sand in meine Haut bohrte.

»Es wundert mich nicht, dich hier anzutreffen«, erklang eine vertraute Stimme, die mich wider besseres Wissen die Lider öffnen ließ. Prompt fiel mein Blick auf schwarze, tief auf Hüften sitzende Badeshorts, deren nasser Stoff sich an muskulös trainierte Beine schmiegte. Und obwohl – oder vielleicht auch gerade deswegen – ich genau wusste, wer vor mir stand, konnte ich meinen Blick nicht davon abhalten, langsam an dem dunklen Stoff emporzugleiten, bis ich den feinen Haarstreifen entdeckte, der sich zwischen Bund und Bauchnabel befand. Unmittelbar darüber sprangen mir definierte Bauch- und Brustmuskeln ins Auge, die von glänzenden Wasserperlen benetzt waren und dadurch noch besser zur Geltung kamen. »Aber ich bin überrascht, dass du dich nicht im Sand hin und her rollst und dabei sabbernd am Daumen nuckelst«, sprachen die vollen, sinnlichen Lippen weiter, ehe sie mich auf schiefe Art angrinsten.

»Tut mir leid, wenn dir nicht gefällt, was du siehst.« Mein Blick suchte Nox' smaragdgrüne Augen, die auf bekannte Weise funkelten und mein Herz einen Hüpfer machen ließen. Da ich mir meine verräterische Reaktion nicht anmerken lassen wollte, legte ich den Kopf mit geschlossenen Lidern in den Nacken. »Du musst ja nicht hierbleiben, wenn dir mein Anblick nicht gefällt«, fügte ich betont desinteressiert hinzu und hoffte, der Höllendiener würde den Wink verstehen – was er natürlich nicht tat.

»Ich habe nicht gesagt, dass mir dein Anblick nicht gefällt.« Nox ließ sich neben mir in den Sand sinken, so nah, dass sein nackter, nasser Arm meinen berührte und ich zusammenzuckte. »Es verblüfft mich nur, dass du nach dem ganzen Mist in der letzten Zeit noch nicht den Verstand verloren hast. Aber du tust ja nie das, was man dir sagt. Wieso wundert es mich also, dass du nicht so reagierst, wie es zu erwarten wäre?!«

Zu gerne hätte ich mit einem Kommentar gekontert á la »Es genügt, wenn einer von uns nicht mehr alle Latten am Zaun hat«. Aber das hätte der gefallene Engel nur als Aufforderung angesehen, eine neue Runde unseres Schlagabtausch-Spielchens zu starten. Aus diesem Grund verkniff ich mir die Worte und sagte stattdessen: »Du musst nicht den Babysitter spielen, nur weil Adam dich darum gebeten hat. Ich habe dich oft genug sagen hören, wie sehr du diesen Job hasst.«

»Wer sagt denn, dass ich meine Meinung nicht geändert habe?« Nox drehte seinen Kopf zu mir herum und ich spürte die Bewegung am Arm, ehe sein Blick wie eine zärtliche Berührung über mein Profil strich. »Jetzt, da sich dein himmlisches Geheimnis offenbart hat, meine ich.«

Ich verzog den Mund, ehe ich mich widerwillig zu ihm herumdrehte. »Darum geht es dir? Du willst über das reden, was Gabriel gesagt hat?« Mit einem Schnauben widmete ich mich wieder dem wogenden Meer. Das stetige Auf und Ab der Wellen hatte eine meditative Wirkung. »Dann kannst du gleich wieder abhauen. Ich habe beschlossen, diesen ganzen Irrsinn zu ignorieren und so zu tun, als wäre mein Leben kein gigantischer Scherbenhaufen.«

»Ach, und was glaubst du, wie lange das funktionieren wird?«

Ich zuckte mit den Schultern. »Keine Ahnung. Aber solange Adam weg ist und sich kein neues Tattoo zeigt, existiert der Seelenvertrag für mich nicht.«

Nox studierte mein Gesicht mit einem Ausdruck, den ich nicht deuten konnte. Deshalb vermochte ich auch unmöglich zu sagen, mit welcher Art von Erwiderung ich rechnen sollte. Doch als der Höllendiener den Mund öffnete und eine verblüffend ernste und einfühlsame Antwort von sich gab, war es mir nicht länger möglich, ihn zu ignorieren.

»Du weißt aber, dass Adam nicht allein deinetwegen gegangen ist, oder? Die jüngsten Ereignisse haben uns alle aus der Bahn geworfen. Nur hat es ihn am härtesten erwischt.« Nox' Blick intensivierte sich und das Grün seiner Augen wurde eine Spur dunkler. »Er hat nicht nur zum zweiten Mal seine beste Freundin verloren, sondern dieses Mal auch seine Sanprada. Keiner von uns kann sich vorstellen, was er gerade durchmacht.«

Auch wenn es rührend war, dass Nox für seinen Freund Partei ergriff, fühlten sich seine Worte wie ein Boxhieb an.

Das musste er mir angesehen haben, denn bevor ich ihm klarmachen konnte, dass ich sehr wohl wusste, was Adam im Augenblick durchmachte, kam er mir zuvor. »Ich weiß, was du sagen willst, Kleines. Und ich behaupte nicht, dass die Sache für dich leicht ist. Aber im Gegensatz zum letzten Mal musst du dich dem ganzen Mist nicht allein stellen.« Sein Kopf näherte sich meinem. »Eines sollst du wissen und nie wieder vergessen: Ganz gleich, was in den letzten Wochen, am Abend des Blutkarnevals oder heute Morgen geschehen ist, nichts davon hat Einfluss auf das, was ich dir in deinem Zimmer gesagt habe. Mir ist es völlig schnuppe, ob du ›Avery‹ oder ›Hope‹ heißt und ob du ein Seraph, ein Nephilim oder ein Mensch bist. Für mich bist und bleibst du die beeindruckendste Frau, der ich jemals begegnet bin. Deshalb werde ich so lange um dich kämpfen, bis der letzte Funken Hoffnung auf eine gemeinsame Zukunft für uns beide in mir erloschen ist – was im Übrigen zeitgleich mit meinem letzten Atemzug der Fall sein wird.«

Nox' Offenheit verschlug mir die Sprache und ich konnte nichts anderes tun, als ihn mit geöffneten Lippen und geweiteten Augen anzustarren.

»Ach, und was ist mit Adam?«, fragte ich. »Noch vor einer Woche war dir eure Freundschaft so viel wichtiger als deine Gefühle für mich. Wieso sollte ich dir glauben, dass sich das geändert hat? Und ausgerechnet jetzt, wo bekannt ist, wessen Seele in meinem Körper steckt?!«

Anstatt Nox mit meiner Zickerei zu vergraulen, nahm ich ein feines Lächeln auf seinen Lippen wahr. »Du vergisst eins, Kleines. Ich habe dir meine Gefühle gestanden, bevor wir von deiner geheimen Identität erfuhren. Und auch wenn du in deinem früheren Dasein Adams Sanprada warst und das einem der grausamsten Scherze gleichkommt, die ich jemals erlebt habe, ändert das gar nichts. Zumindest nicht für mich. Und das weiß Adam auch. Unter anderem deswegen ist er gegangen. Er ist sich darüber im Klaren, dass eure gemeinsame Zeit vorbei ist und dass wir beide jetzt zusammengehören. So wie er es selbst bei Asmodis gesagt hat.«

Mir war heiß und schwindelig und mein Puls stand wie der Flügelschlag eines Kolibris kurz vor der Explosion, während Schuldgefühle und Glückshormone sich einen erbarmungslosen Kampf lieferten. Wie lange hatte ich mich danach gesehnt, ebendiese Worte von Nox zu hören?

»Adam ist mein Bruder«, fuhr der Höllendiener fort. »Und er bedeutet mir sehr viel, das leugne ich nicht. Aber die Eifersucht, die ich bei eurem Anblick auf dem Festival verspürt habe, war die qualvollste Erfahrung, die ich je machen musste – und das trotz jahrzehntelanger Höllenfolter. Deswegen habe ich mir geschworen: Sollte es zwischen uns jemals etwas Schützenwertes geben, werde ich nicht zulassen, dass sich irgendwas oder irgendwer zwischen uns drängt.« Er lehnte seine Stirn gegen meine und sah mich mit strahlenden Augen an. »Und du weißt, ich halte stets, was ich verspreche.«

Völlig gebannt von seinem Blick war ich unfähig, auch nur einen einzigen Gedanken zu bilden. Mein Herz jagte davon und ich war froh, dass das Atmen ein lebensnotwendiger Reflex war. Ansonsten wäre ich spätestens in diesem Moment in Ohnmacht gefallen.

»Ich weiß, es wäre zu viel verlangt, dich darum zu bitten, mir einfach zu glauben«, wisperte der Höllendiener und sein Atem liebkoste mein Gesicht. »Deswegen erspare ich uns beiden diesen Mist. Stattdessen werde ich dir beweisen, dass ich jedes Wort todernst meine.« Blitzschnell und dennoch unfassbar zärtlich strich er mit seinen Lippen über meinen Mundwinkel. Die Berührung war so sanft, dass ich mir nicht einmal sicher war, den Kuss wirklich gespürt zu haben. Dennoch hatte ich die Augen geschlossen. Als ich sie wieder öffnete, war Nox verschwunden.

Verblüfft sichtete ich den rege besuchten Strand, doch bis auf entspannte Sonnenanbeter, spielende Kinder und bewegungsbegeisterte Sportfreunde konnte ich niemanden entdecken.

Nox war wie vom Erdboden verschluckt.

***

Ich blieb noch einige Zeit am Strand und ritt ein paar Wellen, bis ich am Ende völlig erschöpft nach Hause zurückkehrte, um meinen kraftlosen Muskeln die heiße Dusche zu gönnen, nach der sie sich sehnten. Währenddessen sprangen meine Gedanken wie bei einem Pingpong-Match von einem Thema zum nächsten und ich änderte sekündlich meine Meinung, ob die Begegnung mit Nox tatsächlich stattgefunden hatte oder ob sie nur eine Wunschvorstellung gewesen war. Leider sprachen genügend Hinweise sowohl dafür als auch dagegen, weshalb ich mich dazu zwang, die Frage ad acta zu legen. Stattdessen duschte ich mich in aller Seelenruhe und befreite meinen Körper von Schweiß, Sand und Meeressalz. Anschließend gönnte ich mir ein ausgiebiges Körperverwöhnprogramm, das aus Beinrasur, Haarkur, und Gesichtspeeling bestand und seinen Abschluss in einer wundervoll nach Vanille duftenden, aber sehr teuren Bodylotion fand, die eigentlich meiner Mom gehörte. Da dieses Wundermittel meine anspruchsvolle Haut in pure Seide verwandelte, hielt sich mein schlechtes Gewissen in Grenzen. Das änderte sich erst, als ich in mein Zimmer zurückkehrte und dort mein Handy bemerkte, das ich nach meiner Rückkehr vom Strand aus Moms Zimmers geholt hatte. Das Display zeigte fünf Anrufe in Abwesenheit sowie acht ungelesene SMS an.

Ich wusste sofort, dass sämtliche Benachrichtigungen von meiner Mom stammen mussten. Also überflog ich die SMS, noch bevor ich mich anzog, und antwortete anschließend mit einer Notlüge, indem ich behauptete, den ganzen Tag geschlafen zu haben. Danach wünschte ich ihr – ebenso wie Gabriel, den ich mit einem Zwinkersmiley erwähnte – viel Spaß beim Kongress und taperte, in meinen kuscheligen Bademantel gehüllt, ins Erdgeschoss. Mein Plan für den Abend war ebenso schlicht wie genial: Ich würde mir ein umfangreiches Fresspaket zusammenstellen und es mir auf der Couch bequem machen, wo ich mir bis zur Rückkehr meiner Mom eine romantische Liebeskomödie nach der anderen ansehen wollte. Auf diese Weise würde ich zwei Fliegen mit einer Klappe schlagen: Zum einen musste ich meine Happy-End-Reserven auffüllen, die nach all den Problemen der letzten Zeit nahezu erschöpft waren, und zum anderen wollte ich möglichst wenig Zeit in meinem Zimmer verbringen, wo mich jeder Quadratzentimeter an den katastrophalen Morgen erinnerte.

Voller erzwungener Euphorie begab ich mich an unseren Vorratsschrank und ignorierte die eingedellte Kühlschranktür. Für einen kurzen Moment keimte in mir die Frage auf, wie Gabriel meiner Mom diesen Unfall erklärt hatte, aber im Grunde war mir die Antwort egal. Viel drängender erschien mir die Tatsache, dass unser Naschfach leergefuttert war.

Wie kann das sein?!

Für gewöhnlich türmte sich in dem Vorratsschrank ein reich gefüllter Zuckerberg, der jede Ernährungsberaterin in den nervlichen Ruin treiben würde.

Enttäuschung machte sich in mir breit. Ich hatte mich so sehr auf einen Kitschmarathon mit Filmen wie »Liebe braucht keine Ferien«, »Valentinstag« und »Tatsächlich Liebe« gefreut. Aber ohne Schokolade, Popcorn, Chips, Marshmallows, Karamellsauce, Eis und Sahne wäre es einfach nicht dasselbe. Das bestätigte mir auch mein knurrender Magen, der den ganzen Tag noch nicht viel zu tun gehabt hatte.

Kurz überlegte ich, mir einfach ein paar Leckereien bei Luigi, meinem Lieblingsitaliener, zu bestellen. Aber selbst eine extragroße Pizza Hawaii mit doppelt Käse würde mein Verlangen nach einem Zuckerschock nicht lindern. Also blieb mir nichts anderes übrig, als einkaufen zu fahren.

Wieder in meinem Zimmer, schlüpfte ich mit feuchten Haaren und klebriger Haut in ein weißes Tanktop und eine Jeansshorts-Latzhose, ehe ich im Hausflur meine heiß geliebten weinroten Converse Chucks anzog. Geld nahm ich aus der ausgemusterten Keksdose, die meine Mom als finanzielle Notreserve nutzte, und trat anschließend, mit meinem Schlüsselbund gewappnet, aus der Haustür – wo ich mitten in der Bewegung erstarrte.

Was zur Hölle ...?!

Mit geweiteten Augen und offenstehendem Mund blickte ich unsere Einfahrt hinunter, auf der sich hinter dem silberfarbenen Volvo meiner Mom ein nachtschwarzes Cabrio befand. Zwar konnte ich von hier aus nicht erkennen, um welche Marke es sich handelte, aber es musste etwas Extravagantes sein, denn allein die Ledersitze des Sportwagens waren vermutlich wertvoller als mein gesamter Hyundai.

»Ich bin beeindruckt.« Nox stand lässig gegen die Fahrertür gelehnt, die

Arme vor der Brust verschränkt, die Beine gekreuzt. Er trug eine schwarze Hose, ein weißes Shirt und seine Lederjacke. In Kombination mit dem schiefen Grinsen auf seinen Lippen sah er ziemlich heiß aus. »Ich dachte schon, du kommst heute gar nicht mehr aus dem Haus. Zumindest hat sich das Warten gelohnt.«

»Was machst du hier?«, fragte ich, anstatt auf seine Worte einzugehen. Mal wieder hatte es der Höllendiener geschafft, mich zu verblüffen. Nur wusste ich selbst nicht, was es war, das mich aus der Bahn warf. Nox, der offenbar tatsächlich am Strand gewesen war und nun seinen Worten Taten folgen ließ, oder dass er der Meinung war, für seinen Eroberungsstreifzug einen Sportwagen zu benötigen. »Und wieso stehst du hier einfach so rum, anstatt wie gewohnt in mein Zimmer zu platzen?«

Das Grinsen auf Nox' Lippen wurde breiter und ich meinte ein gewisses Funkeln in seinen Augen zu erkennen. »Glaub mir, Kleines, das hätte ich zu gerne getan. Aber ich wollte ausnahmsweise mal so tun, als würde ich deine Privatsphäre respektieren.« Betont lässig stieß er sich vom Wagen ab und umrundete die Motorhaube, bis er an der Beifahrerseite zum Stehen kam und die Tür öffnete. Als er mich anschließend ins Visier nahm, war in seine Augen ein Ausdruck getreten, der mein Herz zum Wummern brachte. »Außerdem hat mich dein Duschgesang ziemlich gut unterhalten. Ich bin zwar kein Fan vom Bieber-Bubi, aber deine Version von ›Sorry‹ hat selbst mir gefallen. Fast hatte ich den Eindruck, dass du den Song extra für mich geträllert hast.«

Entsetzt schnappte ich nach Luft, doch meine Mundwinkel zuckten. Ich konnte mich nicht entscheiden, ob ich vor Scham tot umfallen oder doch lieber Nox für seinen frechen Spruch eine reinhauen wollte.

»Bewegst du jetzt endlich deinen Knackarsch hierher?!« Der Höllendiener deutete mit einem Kopfnicken in Richtung der offenen Wagentür. »Oder willst du dich noch einmal umziehen?«

So ungern ich es auch zugab, die Vorstellung, in den Wagen zu steigen, hatte etwas Verlockendes. Dass ich trotz meines Grolls Nox gegenüber so empfand, lag vermutlich daran, dass ich mich seit Gabriels Offenbarung irgendwie fremd und unecht fühlte. Wie eine Hülle mit falschem Inhalt. Auch hatte Adams Verschwinden nicht gerade dazu beigetragen, dieses Empfinden zu lindern.

Meine Entscheidung traf ich aus dem Bauch heraus. Spontan verwarf ich den ruhigen Abend mit endloser Zuckerzufuhr und Hollywood-Hotties wie Ashton Kutcher und Jude Law und zog stattdessen die Haustür hinter mir ins Schloss. Dann trabte ich die Stufen hinunter zu Nox.

»Tja, hättest du dich bemerkbar gemacht, anstatt wie ein Stalker hier herumzulungern, hätte ich vielleicht etwas anderes angezogen.« Zielsicher steuerte ich den Höllendiener an. »Jetzt musst du mit dem klarkommen, was ich anhabe.« Ich erreichte das Auto und wollte mich gerade hineinsetzen, als sich mir Nox blitzschnell in den Weg stellte – und zwar so, dass seine Brust beim Atmen meinen Busen streifte und sein Gesicht nur wenige Zentimeter über meinem schwebte.

»Dort, wo wir hinfahren, interessiert es niemanden, was du trägst.« Seine Worte waren kaum mehr als ein sinnliches Raunen, trotzdem waren sie nicht der Grund für die kribbelnde Gänsehaut, die meinen Rücken hinaufkroch, ehe mein gesamter Körper davon erfasst wurde. Diese Empfindung rührte eindeutig von dem intensiv glänzenden Blick her, mit dem er mich fokussierte und der schlagartig den vertrauten Sog zwischen uns aufleben ließ. »Zumindest interessiert es niemanden außer mir. Aber ich habe bereits eine festgelegte Meinung darüber, was dir am besten steht.«

Jede einzelne Silbe aus seinem Mund kam mir vor wie das Zerplatzen von Sektbläschen auf nackter Haut. Wie gebannt hing ich an Nox' Lippen.

»Sieh mich nicht so an, Kleines.« Nox knurrte seine Worte auf sinnliche Art, als hätte er meine Gedanken erraten. Er legte seine freie Hand auf meinen unteren Rücken und seine glühenden Fingerspitzen schienen sich regelrecht durch den Stoff meiner Latzhose zu brennen. »Sonst vergesse ich noch meinen Vorsatz, dich erst wieder zu küssen, wenn du mich darum bittest.«

Dieses Mal glichen seine Worte einer eiskalten Dusche und ich zuckte reflexartig zurück. Dadurch gewann ich zwar ein wenig Abstand, aber erst als

Nox entschied, seinen Arm sinken zu lassen, war auch unsere körperliche Verbindung getrennt.

»Wie bitte? Du willst mich erst wieder küssen, wenn ich dich darum bitte? Und was war vorhin am Strand?« Ich klang entsetzter, als ich es beabsichtigt hatte. Vor allem als Nox, anstatt etwas zu erwidern, nur süffisant grinste und zurücktrat, damit ich endlich in den Wagen steigen konnte, hätte ich mir am liebsten selbst eine Ohrfeige verpasst.

Um die Peinlichkeit zu überspielen, ließ ich mich in den samtweichen Ledersitz sinken. Nox schloss währenddessen die Autotür mit einem wohlklingenden Geräusch. Der typische Neuwagenduft stieg mir in die Nase und ich fragte mich, woher Nox das Geld für ein solches Auto besaß. Wurde er etwa für seine Dienste in der Hölle bezahlt?

»Wie auch immer.« Ich schnallte mich an, während Nox zur Fahrerseite ging und sich grinsend hinter das Steuer setzte. »Denk jetzt aber nicht, dass ich dir einfach so verzeihe. So leicht kommst du mir nicht davon.«

Unbeeindruckt startete er den Motor und lenkte den Wagen aus der Einfahrt in Richtung Hauptstraße. Da ich keine Lust verspürte, die ganze Fahrt schweigend zu verbringen, startete ich einen weiteren Versuch, ein Gespräch in Gang zu bringen.

»Wohin fahren wir eigentlich?« Ich legte meinen Schlüssel samt den losen Geldscheinen ins Handschuhfach. Warum hatte ich nicht an eine Tasche oder wenigstens an mein Portemonnaie gedacht?

Nox' Antwort bestand erneut aus beharrlichem Schweigen, weshalb ich seufzend und mit verschränkten Armen aus dem Fenster sah. Gerade als ich so etwas wie Reue verspürte, in den Wagen gestiegen zu sein, brach der Höllendiener sein Schweigen.

»Nichts übertrifft das Bild, wenn du frisch geduscht und nur in ein Handtuch gewickelt vor mir stehst. Mit nassen Haaren, geröteten Wangen und diesem glückseligen Funkeln in den Augen. Ich träume oft davon und kann es kaum erwarten, ein weiteres Mal in den Genuss dieses Anblicks zu kommen. Dann aber mit meinen Armen um deinen nackten Körper anstatt eines Frottees.«

Mir entglitten die Gesichtszüge und ich war froh, meinen Blick rechtzeitig nach draußen gerichtet zu haben. Doch selbst die vorbeiziehende Landschaft konnte mich nicht von dem Gedankenkarussell ablenken, das Runde für Runde durch meinen Kopf kreiste und immer wieder ein und dieselbe Frage aufwarf.

Worauf habe ich mich nur eingelassen?!

DREI

Die knapp vierzigminütige Autofahrt durch San Francisco während der Rushhour verlief angenehmer, als ich angenommen hatte. Nox erwies sich nicht nur als überraschend entspannter Fahrer, sondern auch als kurzweiliger Geschichtenerzähler, dessen Storys die perfekte Mischung aus Erheiterung und Spannung bildeten und mich bestens unterhielten.

So erfuhr ich unter anderem, dass der Höllendiener eine tragende Rolle gespielt hatte, als die große Sphinx von Gizeh ihre Nase verlor, dass die angeblichen Aliens, die man 1974 bei Roswell gefunden hatte, nur gelangweilte Dämonen gewesen waren, und dass hinter dem Geheimnis des Bermudadreiecks eine Gruppe extrem zickiger Sirenen steckte, die es überhaupt nicht leiden konnten, wenn Menschen ihr Reich passierten.

Des Weiteren erklärte mir Nox, dass der Maserati, in dem wir gerade unterwegs waren, ein GranCabrio sei und einen Wert von rund einhundertfünfzigtausend Dollar habe, weshalb ich gern etwas enthusiastischer dreinschauen dürfe – andere Leute würden für ein solches Auto morden, wie der Höllendiener aus eigener Erfahrung zu berichten wusste.

Anstatt auf seinen Kommentar einzugehen, erkundigte ich mich, wie er an eine solche Protzkarre gekommen sei. Diese Frage, die offenbar einer Beleidigung gleichkam, handelte mir zunächst nur ein verächtliches Schnauben ein, doch dann erfuhr ich, dass das Auto, ebenso wie das Motorrad, das Nox in der Nacht von Moms Unfalls gefahren hatte – im Übrigen eine MV Agusta F4CC für schlappe einhunderttausend Dollar! –, Geschenke eines italienischen Geschäftsmannes gewesen waren. Und zwar an Adam. Mein bester Freund hatte vor rund zwei Jahren durch Zufall die beiden Töchter des Mannes vor einem Doppelselbstmord bewahrt und somit das Leben der gesamten Familie nachhaltig geprägt. Aus diesem Grund hatte Adam die Fahrzeuge erhalten. Natürlich hatte er darauf bestanden, dass der Italiener die Geschenke zurücknahm und den Gegenwert an eine wohltätige Einrichtung spendete, doch der großzügige Gönner hatte nichts davon hören wollen. Also war Adam nichts anderes übriggeblieben, als sich seinem Schicksal zu beugen. Da er die beiden »Schmuckstücke«, wie Nox die Vehikel nannte, in einer angemieteten Garage »vor sich hinrotten« ließ – ebenfalls ein Zitat des Höllendieners –, hatte Nox beschlossen, dieses herzlose Verhalten nicht zu akzeptieren und stattdessen die Patenschaft für die beiden Fahrzeuge zu übernehmen. Seitdem fuhr er in regelmäßigen Abständen mit ihnen durch die Gegend, damit sie an die frische Luft kamen.

»Und ich dachte, du hättest den Wagen bei einem illegalen Pokerspiel gewonnen.« Meinen Blick, den ich während unseres bisherigen Gesprächs auf die vorbeiziehende und von bunten Lichtern überflutete Innenstadt geheftet hatte, richtete ich nun auf den Höllendiener. Die Sonne war zwischen den hoch aufragenden Gebäuden nur noch gelegentlich auszumachen, wodurch Nox' Gesicht abwechselnd von Schatten oder Lichtreflexen überzogen wurde. »Ich muss zugeben, ich bin enttäuscht.«

»Wow! Noch nie hat eine Frau diese Worte zu mir gesagt.« Für den Bruchteil einer Sekunde huschte sein Blick in meine Richtung, ehe Nox sich wieder dem Straßenverkehr widmete, dieses Mal ein feines Grinsen auf den Lippen. »Aber keine Sorge, Kleines. Der Abend ist noch jung. Mir bleibt also genügend Zeit, um dir zu beweisen, dass ich durchaus der böse Junge bin, in den du hoffnungslos verknallt bist – auch wenn du dir weiterhin einzureden versuchst, dass das nicht der Fall ist.«

Seine frivole Andeutung ließ meine Mundwinkel zucken, was ich mit einem übertriebenen Augenrollen zu überdecken versuchte, ehe ich das Thema wechselte.

»Wie kommt es eigentlich, dass du dich bei deinem Entführungsvorhaben für den Wagen und nicht für das Motorrad entschieden hast?« Ich wandte meinen Blick ebenfalls nach vorn und rieb mir über die Arme. Der geißelnde Fahrtwind hatte meine Haut in das gerupfte Leder einer Gans verwandelt, weshalb sich jede Fahrtsekunde wie die Züchtigung mit einer neunschwänzigen Peitsche anfühlte. »Ich meine, damit hätten wir unser Ziel sicherlich schneller erreicht.«

Nox sah mich erneut aus den Augenwinkeln an. »Entführungsvorhaben?« Ein leises Lachen erklang. »Soweit ich mich erinnere, bist du freiwillig in den Wagen gestiegen. Und auch wenn ich deine Denkweise zu schätzen weiß – immerhin hättest du dich bei einer Motorradfahrt fest an mich klammern müssen –, dachte ich, diese Art der Fortbewegung würde dir eher zusagen.« Er bog, ohne zu blinken oder die doppelt durchgezogene Fahrbahnlinie zu beachten, in eine unbeleuchtete Seitenstraße ein. »Aber gut. Das nächste Mal, wenn ich dich *entführen* will, wähle ich eine schnellere, wenn auch weitaus weniger luxuriöse Fortbewegungsmöglichkeit. Goldlöckchen ist nämlich nicht länger der Einzige, der eine seiner magischen Fähigkeiten zurückerhalten hat.«

»Was? Du auch?«, konnte ich gerade noch fragen, ehe die schmale Gasse meine Aufmerksamkeit auf sich lenkte. Die Hauswände standen so dicht beieinander, dass der Maserati nur knapp zwischen den bauchigen Müllcontainern und leeren Pappkartons hindurchpasste, die die grauen Backsteinmauern flankierten. In Kombination mit dem einsamen Gullydeckel, aus dem grauer Dunst emporstieg, erweckte die Umgebung keinen allzu einladenden Eindruck.

Gerade als ich den Höllendiener fragen wollte, wo wir uns befanden und weshalb er uns durch eine Gasse beförderte, die ich nicht einmal bei Tageslicht freiwillig betreten hätte, parkte er den Wagen zwischen zwei Müllcontainern.

»Auch wenn ich deine Abneigung gegen den Wagen nicht verstehen kann, hast du die Folter nun überstanden. Du darfst aussteigen. Wir sind da.« Nox machte den Motor aus. In einer galanten Bewegung sprang er zuerst auf den Sitz und anschließend aus dem Auto. Dann umrundete er die Motorhaube und kam neben meiner Tür zum Stehen. All dies geschah, während ich ihn mit geweiteten Augen anstarrte.

»Wir sind da?« Ich hoffte inständig, dass sich der Höllendiener nur einen blöden Scherz mit mir erlaubte. »Und was wollen wir hier? Obdachlose bestehlen? Oder einen Bandenkrieg anzetteln?«

Nox öffnete grinsend die Beifahrertür. Diese zuvorkommende Geste verunsicherte mich mindestens so sehr wie unser vermeintliches Ziel. Da jedoch seine exzentrische und anzügliche Seite weiterhin dominierte, zwang ich mich, der gelegentlichen Wesensveränderung keine allzu große Bedeutung beizumessen.

»Beides keine schlechten Ideen, Kleines. Aber die Umsetzung muss bis zum nächsten Mal warten. Für heute haben wir bereits Pläne.« Nox bedeutete mir mit einem Kopfnicken, endlich auszusteigen, was ich nur widerwillig tat. Zum einen hatte er meine Neugier geweckt, zum anderen hegte ich Sorge, dass die Ratten, deren Anblick mir bisher erspart geblieben war, nur auf eine Gelegenheit warteten, um aus ihren Löchern zu kommen und sich auf mich zu stürzen.

Wir ließen den Wagen hinter uns und durchquerten die Gasse. Unsere Schritte hallten von den Mauern wider, und als Nox mit seinen Bikerstiefeln in eine Wasserpfütze trat, ertönte ein schmatzendes Geräusch.

»Hast du keine Angst, dass jemand den Wagen klaut?«, fragte ich mit betont gleichgültiger Miene, obwohl meine Muskeln angespannt und meine Sinne geschärft waren.

Nox' Antwort bestand in einem leisen Lachen und einem schlichten Kopfschütteln, weshalb ich mich gezwungen sah, eine meiner vorherigen Fragen zu wiederholen, um dieser gespenstischen Stille etwas entgegenzusetzen.

»Wo sind wir hier, Nox? Und vor allem, was wollen wir hier?«

»Du hast gesagt, du würdest gerne den Seelenvertrag und alles, was seitdem geschehen ist, vergessen.« Er griff nach meiner Hand und verschränkte wie selbstverständlich unsere Finger miteinander. Die Berührung jagte mir einen wohligen Schauer über den Rücken. »Und da ich zufälligerweise den perfekten Ort für dieses Vorhaben kenne, dachte ich, ich tue dir diesen Gefallen.« Gemeinsam bogen wir um eine Ecke. Auch wenn ich bisher der Meinung gewesen war, mich sehr gut im inneren Kern meiner Heimatstadt auszukennen, hatte ich keinen blassen Schimmer, wo wir uns befanden.

Nox hielt vor einer unscheinbaren, dunkelgrauen und von Graffiti überzogenen Tür an, die ich im ersten Moment gar nicht wahrgenommen hatte.

Aber bevor ich mich fragen konnte, ob ich überhaupt wissen wollte, an welche Art von Ort mich der gefallene Engel gebracht hatte, hämmerte er bereits mit seiner freien Hand gegen das Metall. Der dumpfe Klang dröhnte durch die Gasse, während Nox mich mit seinem typischen Grinsen bedachte.

»Passwort?« Eine näselnde Stimme ertönte, die mir vollkommen unbekannt war. Irgendwie erinnerte sie mich an einen pubertierenden Jungen im Stimmbruch.

Mit gerunzelter Stirn ließ ich meinen Blick schweifen, doch außer uns beiden konnte ich niemanden entdecken.

»Mach die Tür auf, Spike!« Nox klang sowohl gelangweilt als auch ungeduldig. »Du weißt genau, wer hier ist.«

»Ich kann die Tür nur öffnen, nachdem das Passwort genannt wurde.« Wieder sprach die näselnde Stimme, dieses Mal klang sie schmollend und zugleich entschuldigend. »Das weißt du!«

Mein Blick hatte endlich den Ursprung der Stimme ausgemacht und ich starrte mit geweiteten Augen die Tür an. Ich hatte zwar schon viel Kurioses erlebt, eine sprechende Tür vermochte mich dennoch zu verblüffen. Die Graffiti, die ich im ersten Moment für eine wahllos zusammengewürfelte Mischung aus diversen Strichen und Kleinkinderzeichnungen gehalten hatte, stellten in Wahrheit ein abstraktes Gesicht dar, das sich bewegte, als wäre es lebendig.

»Schon gut, Spike. Ich erlöse dich. Meine Begleitung scheint nämlich jeden Moment in Ohnmacht zu fallen.« Nox amüsierte sich offenkundig über meine Reaktion, was in mir den Wunsch erweckte, ihn zu knuffen. »Und falls es tatsächlich dazu kommt, hätte ich gerne eine ununterbrochene Flüssigkeitszufuhr in meiner Nähe«, fuhr er mit einem frechen, an mich gerichteten Zwinkern fort. »Willst du den Plagegeist von seinem Leid erlösen?«

»Was? Ich?« Widerstrebend löste ich meinen Blick von dem sprechenden Graffito und sah Nox entgeistert an. Meine Finger klammerten sich an seinen fest. »Und wie soll ich das machen? Ich kenne das Passwort doch gar nicht.« Wären wir am Londoner Hauptbahnhof zwischen den Bahngleisen 9 und 10 oder in der Wüste vor einer gigantischen Steinhöhle, wüsste ich, was zu tun wäre. Aber hier?! »Sorry, ich muss passen«, sagte ich mit einem Kopfschütteln.

Nox' feixendes Grinsen wurde breiter und in seinen Augen zeigte sich ein amüsiertes Funkeln. »Wie du meinst. Spike? Buchclub.«

»Danke, Nox.« Das Graffito – Spike – klang erleichtert. Kurz darauf öffnete sich die Tür mit einem unangenehmen Quietschen und gab den Blick auf ein schwarzes Loch frei, das mich an den Eingang des Pandämoniums beim Blutkarneval erinnerte. Mit geweiteten Augen starrte ich den Höllendiener an.

»Buchclub?« Ich wusste nicht, ob ich lachen oder entsetzt sein sollte. »*Das* ist das Passwort für den Eintritt in einen magischen Untergrund oder was auch immer das hier ist?« Um ehrlich zu sein, interessierte mich die Antwort auf diese Frage weit weniger, als es den Anschein machte. Viel lieber hätte ich gewusst, ob dies der Ort war, an dem sich Nox neulich aufgehalten hatte, als Adam verzweifelt versucht hatte, ihn zu kontaktieren.

»Hey, sieh mich nicht so an!« Nox lachte und drückte sanft meine Finger. »Ich hab mir das Passwort nicht ausgedacht. Die Besitzerin dieses Etablissements leitet tagsüber einen Buchladen in den oberen Etagen dieses Gebäudes, der sich vor allem auf … nennen wir es eine besondere und nicht unbedingt menschliche Kundschaft spezialisiert hat.« Er zuckte mit den Schultern. »Vermutlich denkt sie, das magische Volk sei dämlicher als ein Waldtroll, und hat den Zugang zu ihrer Bar extra einfach gestaltet – nichts für ungut, Spike.«

Das Graffito zwitscherte ein gut gelauntes »Kein Ding, Bro«.

»Wie bitte? Wir stehen hier vor dem Eingang einer Bar?« Meine Stimme kiekste. »Einer *magischen* Bar? Dir ist aber schon klar, dass ich weder einundzwanzig bin noch einen gefälschten Ausweis besitze, oder?!«

Das leise Lachen des Höllendieners bestätigte, wie naiv mein Kommentar gewesen sein musste. Trotzdem wirkte seine amüsierte Miene keineswegs spottend.

»Weißt du noch, was ich dir vorhin gesagt habe? Bezüglich deiner Klamotten und dass es niemanden interessieren wird, was du trägst?« Als ich nickte, wurde Nox' Lächeln zu einem breiten Grinsen. »Das Einzige, was die Leute hier noch weniger beachten werden als deine Garderobe, ist dein Alter. Und jetzt vertraue mir endlich und geh rein. Spike hat bestimmt keinen Bock, den ganzen Abend hier rumzuhängen und deinem Gemecker zu lauschen.«

»Och, macht euch wegen mir keinen Stress«, erwiderte das Graffito. »Im Moment ist es ziemlich ruhig und deine Begleitung scheint witzig zu sein.«

Wäre die Situation nicht derart absurd, hätte ich mich vielleicht über das Kompliment des Sprühgemäldes gefreut. Doch im Augenblick war ich viel zu sehr mit meinen Gedanken beschäftigt, weshalb die Worte wirkungslos an mir abprallten.

Unschlüssig biss ich mir auf die Unterlippe. Nach den Ereignissen des Blutkarnevals hatte ich mir fest vorgenommen, nicht allzu bald wieder ein magisches Gebäude zu betreten. Aber ich war neugierig, wohin mich Nox geführt hatte und aus welchem Grund er der Meinung war, dass ich diesen Laden kennenlernen sollte. Zudem lockte mich die Aussicht, mehr über das Leben sowie die Interessen des gefallenen Engels in Erfahrung zu bringen.

Erneut traf ich meinen Entschluss aus dem Bauch heraus. Vielleicht wurde es allmählich Zeit, mir eine geeignetere Methode anzueignen, um derart wichtige Entscheidungen zu fällen. Doch zumindest für heute Nacht würde ich noch bei dem alten Verfahren bleiben – und wie jedes Mal hoffen, dass es keine allzu dumme Idee war.

VIER

Der hinter der Tür befindliche Raum stellte sich als Gang heraus, der so schmal war, dass keine zwei Personen nebeneinander hindurchgehen konnten. Nox schien das nichts auszumachen, denn er stellte sich wortlos hinter mich, seine Finger weiterhin mit meinen verschränkt. Als die Tür ins Schloss fiel und sämtliches Licht mit sich nahm, nutzte er die Situation, um dicht an mich heranzutreten.

Zu gerne hätte ich seine Pläne torpediert, indem ich einfach weiterging. Aber leider konnte ich überhaupt nichts erkennen. Nicht einmal meine eigene Hand konnte ich ausmachen, als ich sie probehalber vor mein Gesicht hielt.

»Was ist, Kleines?« Nox drängte sich noch näher an mich heran, sodass ich jeden seiner Atemzüge im Nacken spürte. Sofort versteifte ich mich und mein Herz begann wie wild zu pochen. Die feinen Härchen auf meinen Armen stellten sich auf, als der Höllendiener sich zu mir runterbeugte und mir leise ins Ohr raunte: »Willst du lieber hierbleiben? Allein und ungestört?!« Zur Untermalung seiner Worte strich er sanft mit seinem Daumen über meinen Handrücken.

Ich erschauderte augenblicklich und wirbelte reflexartig herum. Auf meiner Zungenspitze lag bereits die Erwiderung, dass ich es vorziehen würde, mit einer Horde Ratten eine Teeparty zu veranstalten, doch kaum hatten meine Hände Nox' Brust ertastet, schienen sich meine Gedanken in Luft aufzulösen. Mein Puls schoss in die Höhe und meine Knie wurden weich. Nox' warmer und einladender Duft stieg mir in die Nase und mein Oberkörper bewegte sich wie von selbst auf mein Gegenüber zu.

Ich wusste nicht, was ich da tat, nur dass es sich gut und richtig anfühlte. Und vielleicht wäre am Ende alles ganz anders gekommen, wenn nicht just in diesem Moment neben unseren Köpfen eine Reihe Fackeln den Gang ebenso wie meinen Verstand erhellt hätte.

»Besser so?!«, fragte Nox, als hätte ich ihm die rettende Lichtquelle zu verdanken.

Das Grinsen, mit dem er mich bedachte, war so ansteckend, dass meine Mundwinkel ungewollt nach oben wanderten. Egal wie sehr ich mich auch gegen das stetig intensiver werdende Knistern zwischen uns zu wehren versuchte, es war zwecklos.

»Wie man's nimmt«, konterte ich zuckersüß und löste meine Finger aus seinen. Nur am Rande meiner Wahrnehmung bekam ich mit, dass die rubinroten Flammen, die den Fackeln entströmten, keinerlei Wärme abstrahlten. Offenbar handelte es sich um kein echtes Feuer. »Jetzt kann ich zwar den Gang erkennen, aber auch dein blödes Grinsen.« Mit einem Schulterzucken kehrte ich Nox den Rücken und setzte, begleitet von seinem mürrischen Knurren, einen Fuß vor den anderen.

Am Ende des Gangs erreichte ich einen gold glänzenden Perlenvorhang. Nach einem tiefen Atemzug passierte ich diesen und fand mich auf einem Treppenabsatz wieder, von dem aus rund vierzig Stufen hinab zu einer typisch amerikanischen Bar führten. Zumindest nahm ich das an, denn meine Erfahrungen mit dieser Art von Lokalität basierten ausschließlich auf Filmen, Büchern oder den Erzählungen anderer.

Nox stupste mich sanft in den Rücken und bedeutete mir weiterzugehen. Zögernd folgte ich seiner Aufforderung, doch mit jeder Stufe, die ich hinabstieg, sprangen mir mehr und mehr Details ins Auge, die mich langsamer gehen ließen, bis ich schließlich auf dem unteren Drittel der Treppe einfach stehen blieb und mit großen Augen das Treiben vor mir bestaunte. Die leise im Hintergrund spielende Rockmusik mischte sich mit dem charakteristischen Geruch nach Rauch, Schweiß und Alkohol, der die anwesenden Gäste nicht zu stören schien. Doch waren Feenwesen mit ihrer schillernden Ausstrahlung, den kunterbunten Haarschöpfen und ihren verräterischen Ohrspitzen nicht einmal die außergewöhnlichsten Besucher. Viel aufregender fand ich die Kreaturen, die durch Hörner, Flügel, Ganzkörperbehaarung oder eine ungewöhnliche Anzahl von Extremitäten auffielen, sodass ich annehmen konnte, auf einer extravaganten Kostümparty gelandet zu sein.

Die ungewöhnliche Klientel war nicht das einzig Auffällige in dem Lokal. Auch das Interieur und die Dekoration konnten jedem Kuriositätenkabinett Konkurrenz machen. Anstatt mit runden Holztischen, dazu passenden Stühlen, Musik- und Sportpostern sowie einer Dartscheibe, die vom Schein verstaubter Deckenlampen beleuchtet wurde, ausgestattet zu sein, erinnerte der in Rotlicht gehüllte Raum an einen gigantischen Luftschutzbunker im Halloween-Stil. Es gab keine Fenster und der einzige sichtbare Zugang befand sich am oberen Ende der Treppe. Die Wände erweckten den Eindruck, als würde an ihnen unentwegt frisches Öl hinabfließen, und am Scheitelpunkt der hohen Decke befand sich ein imposanter Kristallkronleuchter, der vermutlich aus der Renaissancezeit stammte.

Nach einigen Augenblicken entdeckte ich die Quelle für das ungewöhnliche Licht. Die rubinroten Flammen, die ich bereits oben im Gang gesehen hatte, fanden sich auch hier wieder. Doch anstatt in Fackelform brannten sie an den Spitzen unzähliger schwarzer Stabkerzen, die zu kleinen Gruppen angeordnet waren und sich auf mannshohen Ständern befanden.

»Es sieht beeindruckender aus, als es in Wirklichkeit ist«, sagte Nox gelassen und trat an mir vorbei. Seine Bewegungen wirkten selbstbewusst, als er die Stufen hinabstieg und sich durch den gut gefüllten Raum bewegte. Dabei schien er den dekadenten Sesseln, Sofas und Chaiselongues im Barockstil keinerlei Beachtung zu schenken. Ich hingegen war wie gebannt von dem Anblick der Sitz- und Rückenflächen, die mit bordeauxrotem Samt überzogen und von anthrazitfarbenen Metallnieten umrandet waren. Auch die niedrigen Couchtische aus schwarzem Glas, die sich in der Mitte einer jeden Sitzgruppe befanden, konnte ich unmöglich ignorieren.

Erst als ich Nox an einem Tresen entdeckte, bemerkte ich, dass ich allein zurückgeblieben war. Sofort zwang ich meine Muskeln, dem Höllendiener nachzueilen.

»Bist du wahnsinnig?!«, zischte ich, kaum dass ich ihn eingeholt hatte. »Du kannst mich doch nicht einfach stehen lassen!«

»Und warum nicht?« Nox bedachte mich mit einem feinen Lächeln. »Keiner der Anwesenden interessiert sich für dich. Oder für mich. Sie wollen nur in entspannter Atmosphäre etwas trinken, ein paar Drogen nehmen und vielleicht an der ein oder anderen Orgie teilnehmen, die wie jede Nacht in einem der Hinterzimmer stattfindet.«

Obwohl mir in meinem tiefsten Inneren klar war, dass Nox mich nur aufziehen wollte – obwohl zumindest ein Teil dessen, was er gesagt hatte, wahr sein musste –, weiteten sich meine Augen mit jedem seiner Worte. Um meine Reaktion zu überspielen, kletterte ich möglichst souverän auf den nächstbesten freien Barhocker und legte meine Arme auf die kalte, schwarz glänzende Tresenfläche, die mich an das Obsidiangestein erinnerte, das ich zum ersten Mal beim Blutkarneval gesehen hatte.

»Erklärst du mir bitte noch einmal, wieso du mich hierhergebracht hast?!« Unauffällig sah ich mich um. »Ich dachte, du wolltest mich an einen Ort bringen, an dem ich *nicht* an den Seelenvertrag erinnert werde. Aber hier wimmelt es geradezu von Dämonen.«

»Es sind Dämonenblütler«, korrigierte mich Nox und ahmte meine Haltung nach. »Keine Dämonen. Luzifers Abgesandten ist der Zutritt zu diesem Laden verwehrt. Dein Blut muss mindestens zur Hälfte nicht-dämonisch sein, damit du Spike überhaupt rufen kannst.« Der Höllendiener stieß sich vom Tresen ab und trat in einer fließenden Bewegung hinter mich. Seine Arme stützte er links und rechts neben mir ab, sodass ich zwischen ihm und dem Tresen eingekeilt war. Als er sich gegen meinen Rücken lehnte, spürte ich seinen Atem in meinem Nacken. »Und wenn du endlich damit aufhörst«, wisperte er mir ins Ohr, »dich gegen deine Gefühle zu wehren, und mir stattdessen vertraust, würde dir vielleicht auffallen, dass ich dir zwar nichts über die magische Welt *erzählen* darf, dass es mir aber durchaus möglich ist, sie dir zu *zeigen*.« Seine Lippen glitten über die empfindliche Stelle hinter meinem Ohr.

Die Berührung brachte meine Lider zum Flattern und mein Pulsschlag geriet außer Kontrolle. Eine Gänsehaut überzog meinen Körper und ein wohliges Schaudern perlte meinen Rücken hinab.

Nox ließ mit einem selbstzufriedenen Grinsen von mir ab und begab sich zurück auf seinen ursprünglichen Platz. Er präsentierte eine neutrale, beinahe schon unbeeindruckte Miene, während mein Innerstes in Flammen stand und ich mich dafür verabscheute, dass es immer noch einen – ganz zu meinem Leidwesen nicht gerade unerheblichen – Teil in mir gab, der sich trotz aller Geschehnisse weiterhin nach den Berührungen des Höllendieners verzehrte.

Mit einem Räuspern versuchte ich meine Gedanken zur Ordnung zu rufen und meine Emotionen zu verbergen. Erfolglos, wie sich herausstellte, als ich eine weitere Frage stellte. Meine Stimme klang dünn und sehnsüchtig. »Wer oder was ist dieser Spike eigentlich?«

Nox' Grinsen verblasste und nur ein angedeutetes, trauriges Lächeln blieb zurück. »Spike ist ein Faun. Eigentlich gehört er dem Lichten Volk an, jedoch wurde er vor einem knappen Jahrhundert verstoßen. Als Eximilierter wäre er längst verschwunden, aber irgendwie ist es ihm gelungen, die Besitzerin dieser Bar davon zu überzeugen, ihm zu helfen. Ich kenne zwar nicht die Details ihres Deals und kann erst recht nicht Spikes Beweggründe nachvollziehen, doch der Plagegeist nimmt offenbar lieber qualvolle Schmerzen in Kauf und lebt als Feenwesen in einer Metalltür, als dass er sein Ende akzeptiert und *verschwindet.*«

Überraschung und Wehmut vertrieben jegliches romantische Gefühl aus meinem Inneren. Auch wenn das Graffitigesicht kaum drei Sätze von sich gegeben hatte, berührte mich sein Schicksal. Da das Lichte Volk mit seinen grausamen Regeln und Gepflogenheiten aber das letzte Thema war, über das ich im Augenblick reden wollte, wechselte ich die Richtung unserer Unterhaltung.

»Okay, und wer – oder besser gesagt *was* – betreibt nun den Buchladen und diese Bar? Bisher hast du weder den Namen noch die Wesensart erwähnt, was für gewöhnlich bedeutet, dass du die Person für vollkommen unfähig und uninteressant hältst.«

»Oder das genaue Gegenteil ist der Fall«, erklang eine weibliche Stimme, die ich noch nie zuvor gehört hatte, »und unser Seelenfänger hat so große Angst vor Annabelle, dass er es vermeidet, ihren Namen auszusprechen.«

Mein suchender Blick traf eine Frau, die wie aus dem Nichts vor uns erschienen war. Sie war groß, hatte eine sportliche Figur und feine Gesichtszüge, die aufgrund ihrer edlen Gesichtsblässe besonders hervorstachen. Ihre Haare schimmerten in einem tiefen Schwarz und erinnerten an einen sternenübersäten Nachthimmel. Die seidigen Strähnen reichten ihr bis weit über die Brüste, weshalb ihre weiße Bluse zum Teil verdeckt war. Doch nichts davon – nicht einmal ihre vollen Lippen, die zu einem kalten Lächeln verzogen waren – wirkte derart faszinierend wie ihre Augen, die scharlachrot funkelten und mich fest ins Visier nahmen.

»Ich weiß nicht, ob ich deine Anwesenheit für mutig oder für größenwahnsinnig halten soll.« Die Frau richtete die Worte an Nox, ohne mich aus den Augen zu lassen. Sie hatte ihre Hände in die Taille gestemmt und den Kopf leicht zur Seite geneigt. »Aber weil du mir ein derart schmackhaft aussehendes Entschuldigungspräsent mitbringst, will ich dir deinen Fauxpas neulich Nacht verzeihen.« Das kalte, ja regelrecht bedrohliche Lächeln wurde eine Spur breiter und brachte strahlend weiße Zähne zum Vorschein, die mich entsetzt keuchend zurückweichen ließen. Hätte Nox nicht blitzschnell reagiert und mir einen Arm um den Rücken geschlungen, wäre ich sicherlich vom Hocker gerutscht.

»Muss das sein, Nova?!« Nox knurrte die Worte und verstärkte seinen Griff, woraufhin ich mich an ihn schmiegte. Allein seiner Nähe war es zu verdanken, dass ich nicht wie von Sinnen loskreischte.

Die Frau hinter dem Tresen, deren obere Schneidezähne doppelt so lang waren wie der Rest ihres Gebisses und die trotz der schwachen Lichtverhältnisse gefährlich funkelten, zuckte grinsend mit den Schultern.

»Selbst schuld, Babe.« Nova lehnte sich mit der Hüfte gegen die Theke und verschränkte ihre Arme locker vor der Brust. Der animalische Ausdruck in ihrem Blick war Erheiterung gewichen und ihre Augenfarbe hatte einen Farbton angenommen, der mich an Schokolade erinnerte. »Du kannst nicht einen ahnungslosen Menschen anschleppen und ernsthaft glauben, ich würde es versäumen, die Gelegenheit zu ergreifen, dir eins auszuwischen.« Sie zwinkerte kokett, wodurch ihr Lächeln schlagartig sehr viel freundlicher wirkte. »Außerdem solltest du froh sein, dass ich heute Dienst habe. Wäre Holly hier, hätte es richtig hässlich werden können. Sie ist deinetwegen nämlich *wirklich* angepisst.«

Novas geänderte Körperhaltung sowie ihre deutlich freundlichere Tonlage halfen mir, die Schockstarre zu überwinden und meine Anspannung ein wenig zu lockern. Leider nutzte mein Mund die Gelegenheit, meine Gedanken ungefiltert hinauszuposaunen. Und zwar in einem schrillen und unangebrachten Tonfall.

»Du bist ein Vampir!«

»Und du hoffentlich der Mensch, von dem gerade die halbe Dämonenblütlergemeinschaft spricht.« Nova lenkte ihre Aufmerksamkeit erneut auf mich, ohne ihr Lächeln einzubüßen. Dafür hatte sie ihre markanten Eckzähne verschwinden lassen, wofür ich ihr aufrichtig dankbar war. »Ansonsten wäre ich an deiner Stelle ziemlich sauer, dass dich der Seelenfänger ausgerechnet in diese Bar geschleppt hat.«

Ich maß Nox mit einem finsteren Seitenblick – von wegen, niemand würde sich hier für mich interessieren! –, den er mit einem Schulterzucken abtat.

»Ich bin Avery«, sagte ich an die Vampirin gewandt. Meine Stimme klang überraschend sicher und souverän, während meine im Schoß liegenden Hände zitterten. Diese Reaktion schrieb ich den Filmen und Büchern zu, die ich bisher über diese blutsaugenden Monster gesehen und gelesen hatte. Denn auch wenn es dort vegetarisch lebende, in der Sonne spazierende und wie Discokugeln leuchtende Exemplare gab, hegte ich den Verdacht, dass diese nicht unbedingt der Realität entsprachen.

»Avery?!« Nova wiederholte meinen Namen und hob eine Augenbraue, ehe sie Nox ins Visier ihrer dunkelbrauen Augen nahm. »Das ist aber nicht *die* Avery, oder?!« Als der Höllendiener nichts erwiderte, sondern nur erneut seinen Griff um meinen Rücken verstärkte, perlte ein herzliches Lachen über Novas Lippen und sie schüttelte amüsiert den Kopf. »Oh, Babe! Du bist ja so was von am Arsch!«

Nox knurrte drohend und seine gesamte Haltung versteifte sich. Er bohrte sogar seine Finger unangenehm in meine Taille. »Halt die Klappe, Nova, und bring uns einfach was zu trinken. Wir sind nicht hergekommen, um uns deine blöden Kommentare anzuhören.«

»Tja, und ich habe nicht mit dir geschlafen, weil ich dich mag«, konterte Nova sichtlich erheitert und zuckte locker mit den Schultern. Anschließend fügte sie an mich gewandt hinzu: »Meine Kollegin Holly hat unentwegt von seiner grandiosen Zungentechnik geschwärmt. Da musste ich mir selbst ein Bild machen. Aber das brauche ich dir sicherlich nicht zu erklären, nicht wahr?!«

Mit großen Augen und glühenden Wangen erwiderte ich ihren Blick. Unweigerlich fragte ich mich, was mich mehr schockierte. Dass sie und Nox miteinander im Bett gewesen waren, obwohl sie sich nicht einmal sonderlich zu mögen schienen, oder dass sie annahm, ich wäre ebenfalls eine Kerbe in seinem Bettpfosten.

»Ich meine es ernst, Nova.« Nox knurrte die Vampirin ein weiteres Mal an. »Halt die Klappe! Wenn du mir eins reinwürgen willst, bitte schön. Tob dich aus. Aber lass die Kleine aus dem Spiel. Sie hat nichts mit der Sache zu tun.«

Erneut lachte Nova und ihre Augen blitzten amüsiert auf. »Komm schon, Babe. Denkst du ernsthaft, deine kleine Freundin würde mich auch nur im Geringsten interessieren? Dann war es eben ihr Name, den du mir lustvoll ins Ohr gestöhnt hast, während du mich leidenschaftlich an die Hausmauer draußen vor dem Eingang gepresst hast. Na und?! Es ist ja nicht so, als hätte mir unser Quickie etwas bedeutet.«

Nox bohrte seine Finger so schmerzhaft in meine Taille, dass ich ernsthaft befürchtete, er würde jeden Augenblick meine Niere punktieren. Trotzdem war ich nicht in der Lage, mich aus seiner Umarmung zu befreien. Der faustgroße Kloß in meinem Hals lähmte mich. Meine Augen brannten und das ätzende Gefühl in meiner Brust ließ meinen Herzschlag lospreschen. Bereits Nox' Erinnerung an den Kuss mit Emilia, den ich im Zuge des Blutkarnevals hatte miterleben müssen, war für das empfindliche Gleichgewicht meiner Emotionen zu viel gewesen. Doch da hatte ich gewusst, dass diese Beziehung lange vor meiner Zeit beendet worden war. Der Sex mit Nova hingegen ...

Die Vampirin schien gar nicht mitzubekommen, welche Wirkung sie mit ihren Worten erzielte. Mit unbeteiligter Miene stieß sie sich von der Theke ab. »Und jetzt sagt mir endlich, was ihr trinken wollt. Ich habe schließlich nicht die ganze Nacht Zeit, hier rumzustehen und mit euch zu plaudern.« In einer flinken Bewegung zauberte sie zwei Gläser unter der Theke hervor und stellte sie vor Nox und mir auf dem Tresen ab. »Die erste Runde geht auf mich.«

FÜNF

Ich hatte noch nie in meinem Leben Whisky getrunken. Und hätte mich Nox nicht in eine Bar mitgeschleppt, die er eindeutig nicht nur wegen des umfangreichen Alkoholsortiments frequentierte, hätte ich diesen Satz auch in Zukunft sagen können. Doch als uns Nova gefragt hatte, was wir trinken wollten, war mein Kopf leer gewesen und ich hatte, als Nox einen doppelten Single Malt bestellte, einfach dasselbe geordert. Kurz darauf hatte ich mich in einem dieser luxuriösen, weichen Polstersessel wiedergefunden, ein bauchiges Glas in den steifen Fingern.

Mit leerem Blick starrte ich auf den bernsteinfarbenen Bodenrest meines einstigen Getränks und konzentrierte mich auf das unangenehme Brennen in meiner Kehle.

Nox, der auf einem Sessel mir gegenüber Platz genommen und eindeutig mehr Erfahrung im genussvollen Verzehr von Scotch vorzuweisen hatte, betrachtete mich aus verengten Augen. Sein schweigsamer Blick lastete schwer auf mir und verhalf mir nicht gerade dazu, die frisch ans Tageslicht gelangten Neuigkeiten zu verdauen.

»Was ist?«, fragte ich nach einem Moment der Stille und bemühte mich um einen lockeren Tonfall. Sogar ein Lächeln pappte ich mir ins Gesicht, auch wenn ich mir sicher war, dass Nox mir diese Regung nicht abkaufen würde. Inzwischen kannte mich der Höllendiener einfach zu gut.

»Es war vielleicht nicht die beste Idee, dich hierherzubringen, Kleines. Aber ich bin nicht dämlich.« Nox stellte sein Glas auf dem Tisch zwischen uns ab und ließ sich mit verschränkten Armen in die Polster seines Sessels zurücksinken. »Ich weiß sehr wohl, dass das hier nur die Ruhe vor dem Sturm ist. Deshalb versuche ich abzuschätzen, ob ich noch Zeit habe, mir einen weiteren Drink zu bestellen, ehe das große Finale beginnt.«

Verblüfft verlor ich eine Sekunde lang die Kontrolle über meine Mimik. Mein Lächeln verrutschte und meine Augenbrauen zogen sich irritiert zusammen.

»Das große Finale? Meinst du etwa …? Du denkst, ich flippe wegen Nova aus? Weil sie ein Vampir ist?« Auch wenn Nox' Sorge nicht völlig unbegründet war – in Anbetracht dessen, wie ich in der Vergangenheit auf ähnliche Offenbarungen reagiert hatte –, überraschte es mich, dass Vampire tatsächlich existierten, weitaus weniger, als es vielleicht angebracht wäre. Danke, Hollywood!

»Ja, ich denke, du flippst jeden Moment wegen Nova aus«, bestätigte Nox. »Aber nicht, weil sie dir ihre Beißerchen gezeigt hat, sondern wegen dem, was ihre große Klappe nicht für sich behalten konnte.«

Die eben noch verspürte Verblüffung schlug in ein glühendes Gefühl um. Mein Innerstes drohte zu verbrennen und meine Wangen leuchteten wie Feuerwehrsirenen. Ich versuchte Scham und Eifersucht mit einem Räuspern zu kaschieren, aber es gelang mir nicht, weshalb ich meinen Blick zurück auf das Glas in meiner Hand senkte.

»Wieso sollte ich deshalb ausflippen?!« Noch nie hatte es mich derart viel Kraft und Anstrengung gekostet, meine wahren Gefühle hinter einem unbekümmerten Tonfall zu verbergen. »Du und ich waren zu keiner Zeit ein Paar und sind es auch jetzt nicht.« Die Worte brannten wie Säure auf meiner Zunge, aber ich zwang mich weiterzusprechen. »Deswegen bist du mir auch keine Rechtfertigung schuldig. Von mir aus kannst du jede Frau, die dir gefällt, mit deiner grandiosen Zungentechnik beglücken. Auf mich brauchst du keine Rücksicht zu nehmen.«

Nox' Blick intensivierte sich und ich spürte ihn wie eine Berührung über meinen Körper gleiten. Unweigerlich erschauderte ich und die feinen Härchen auf meinen Armen und in meinem Nacken stellten sich auf.

»Welch Ironie, dass ausgerechnet die Frau, die mich wirklich interessiert, diese Worte zu mir sagt.« Leise und rau schwebten die Silben durch den Raum und erweckten nicht den Eindruck, als hätte Nox sie an mich gerichtet. Trotzdem konnte ich nicht verhindern, dass sich mein Kopf hob und ich ihm direkt in die Augen blickte. Wie bereits am Festivalsamstag, als der Höllendiener der felsenfesten Überzeugung gewesen war, dass zwischen Adam und mir romantische Gefühle existierten, sah er mich auch jetzt überraschend offen und verletzlich an.

»Ist diese Annabelle, die Nova vorhin erwähnt hat, auch ein Vampir?«, fragte ich völlig unvermittelt, nur um das Thema zu wechseln. Unterdessen zwang ich meine Aufmerksamkeit zurück auf das Glas in meiner Hand. Ich wollte nicht über Nox und Nova nachdenken. Oder über die Gefühle, die die Vorstellung von den beiden in mir entfachte.

Nox antwortete nicht und ich hob wieder den Kopf. Unsere Blicke trafen sich erneut und mein Magen zog sich krampfhaft zusammen. Der gefallene Engel verbarg seine offene und verletzliche Seite wie üblich hinter einer strahlend grünen, aber undurchdringlichen Mauer.

»Sie ist die Älteste ihrer Art, der ich je persönlich begegnet bin«, erwiderte Nox ausweichend, um sein Sprachverbot zu umgehen. Trotzdem versetzte mir seine neutrale, beinahe gelangweilte Miene einen schmerzhaften Stich. »Sie leitet den hiesigen Clan und ist extrem mächtig. Deshalb ist es keine gute Idee, sie sich zum Feind zu machen.«

Ich nickte geistesabwesend. »Verstehe. Deswegen vermeidest du es also, über sie zu reden. Macht Sinn. Immerhin ist deine Feindesliste bereits lang genug.« Die Worte waren mir unbedacht über die Lippen gekommen und mein neckender Tonfall überraschte mich mindestens so sehr wie Nox.

»Das sagt gerade die Richtige.« Nox' unterdrücktes Grinsen spiegelte sich in seiner Stimme wider. Auch das plötzliche Funkeln in seinen Augen verriet den unerwarteten, wenn auch typischen Stimmungswechsel des Höllendieners. »Wer von uns beiden hat denn in kürzester Zeit sowohl beide Königreiche des Lichten Volkes als auch einen Höllenfürsten gegen sich aufgebracht?«

Mein entsetztes Keuchen mischte sich mit einem Lachen, weshalb mir ein Laut entfloh, der an einen erstickenden Hund erinnerte.

»Hey, das ist nicht fair!« Animiert von der aufgelockerten Stimmung stellte ich mein Glas ebenfalls auf dem Tisch ab und kuschelte mich in die Polster. Ich hatte keine Ahnung, wie oder wann sich die angespannte Stimmung zwischen Nox und mir in einen freundschaftlichen Schlagabtausch gewandelt hatte, aber ich war erleichtert, dass dem so war. Vielleicht würde der Abend doch nicht in einer Vollkatastrophe enden. »Bisher wollte jedes magische Wesen, dem wir begegnet sind, deinen Tod. Und allein dadurch, dass ich hier sitze, werde ich ebenfalls zu einer wandelnden Zielscheibe.«

»Tja, wenn das so ist, sollten wir dich lieber aus der Schusslinie bringen.« Nox' Mimik zeugte von anzüglichen Hintergedanken. »Ich kenne da ein leerstehendes Bett, unter dessen Laken wir uns verkriechen könnten.«

Mit hochroten Wangen und einem ungewollten Lächeln verdrehte ich die Augen. Dieser Spruch war so typisch Nox, dass mir ein riesiger Stein vom Herzen fiel. Doch bevor ich den Mund öffnen und mit einer passenden Retourkutsche kontern konnte, kam mir eine fremde, männliche Stimme zuvor.

»Wen erblicken meine entzündeten Augen denn da? Ist das etwa Nicholas Nightingale, der verloren geglaubte Sohn?« Begleitet von diesen Worten trat ein Mann an unseren Tisch. Er trug eine schwarze Anzughose, ein weißes Hemd, blutrote Hosenträger und eine farblich passende Fliege. Seine dunkelbraunen Augen waren ebenso auffällig wie die schwarzen Haare, die ihm verstrubbelt vom Kopf abstanden, und rund um seine vollen Lippen wuchs ein ordentlich getrimmter Henriquatre-Bart. Die Hände locker in den Taschen seiner Hose vergraben, strahlte seine gesamte Haltung lässiges Selbstbewusstsein aus. »Verdammt, Nightingale, wie lange warst du nicht mehr hier? Einen Monat? Wir haben schon Wetten darauf abgeschlossen, was dich dahingerafft haben könnte.«

»Reed!« Nox' Freude wirkte aufrichtig, als er sich breit grinsend von seinem Sessel erhob, um den Neuankömmling mit einer Handschlag-Umarmungskombination zu begrüßen. »Nova hat nicht erwähnt, dass du dich hier rumtreibst.«

»Sie hat auch nicht erwähnt, dass du noch lebst. Aber zumindest erklärt deine Anwesenheit ihre schlechte Laune.« Der Fremde – Reed – lachte, was ihn noch sympathischer erscheinen ließ. Als sein Blick auf mich fiel, verstummte er und Überraschung stahl sich auf seine Züge. »Hallo! Wen haben wir denn hier? Ich glaube, wir hatten noch nicht das Vergnügen.« Mit einem charmanten Lächeln reichte er mir die Hand. »Ich bin Reed Hallows. Und du mit Abstand das schönste Mädchen, das sich jemals in dieses Lokal verirrt hat.«

Ich erwiderte Reeds Blick, ohne seine Hand zu ergreifen. Jedoch ließen mich nicht die zwei spitzen Eckzähne zögern, die wie weiß schimmernde Minidolche zwischen seinen Lippen hervorragten. Nein, es lag vielmehr an seinen Worten, die in mir in etwa dasselbe Gefühl auslösten wie der Gedanke an eine Wurzelbehandlung ohne Betäubung.

»Spar dir deine Sprüche, Reed. Die Kleine gehört mir.« Nox' Aussage hätte spaßig klingen können, hätte sie nicht ein eisiger Ausdruck in seinem Blick begleitet.

Vor Verblüffung hoben sich meine Augenbrauen und ich sah Nox an. Wenn ich etwas auf den Tod nicht ausstehen konnte, dann war es eifersüchtiges und besitzergreifendes Verhalten. Vor allem, wenn es dafür keinerlei Anlass gab.

Um Nox sein Fehlverhalten zu verdeutlichen, wandte ich mich mit einem übertriebenen Lächeln an Reed, ehe ich demonstrativ nun doch noch seine Hand ergriff. Die Berührung seiner harten, trockenen und eiskalten Haut ließ mich scharf Luft holen, was ich mit einem atemlosen »Freut mich sehr!« zu überdecken versuchte. Betont langsam löste ich meine Finger aus seinen und ließ mich grazil zurück in den Sessel sinken. Während ich meine Beine lasziv übereinanderschlug, hoffte ich inständig, dass die beiden Männer meine schreckgeweiteten Augen und den beschleunigten Puls als Freude über die neue Bekanntschaft interpretierten und sie nicht, wie es in Wahrheit war, für Furcht hielten.

»Die Freude liegt ganz bei mir.« Reed schnurrte, während Nox knurrte und ich zufrieden lächelte. »Was ist los, Kumpel?«, fragte Reed den Höllendiener. »Springt dein Motor nicht an?« Feixend schlug er seinem Freund gegen den Oberarm, bevor er sich zu ihm herüberbeugte und mit so leiser Stimme sprach, dass ich mir nicht sicher war, ob ich ihn richtig verstand. »Was soll das? Ich dachte, wir teilen alles miteinander. Oder hast du deine Meinung plötzlich geändert. Aber nicht wegen dieses Menschen hier, oder?!« Ohne Nox die Gelegenheit auf eine Erwiderung zu geben, richtete sich Reed auf und wandte sich mit einem Strahlen an mich. »Wie ich sehe, sitzt ihr beiden auf dem Trockenen. Das kann ich unmöglich akzeptieren. Und da euer Tisch zufällig in meinen Bereich fällt, beginne ich meine Schicht ausnahmsweise ein paar Minuten früher.« Mit einem Zwinkern schnappte sich der Vampir die beiden leeren Gläser und verschwand in Richtung Theke.

Reflexartig sah ich ihm nach, nur um kurz darauf einen zarten Windhauch im Nacken zu spüren, der mich zusammenzucken ließ.

»Du spielst mit dem Feuer, Kleines«, raunte mir Nox ins Ohr, nachdem er unbemerkt hinter mich getreten war. Sein Atem strich wie eine sinnliche Liebkosung über meine Haut und sein unnachahmlicher Duft umnebelte meine Sinne. »Pass nur auf, dass du dir dabei nicht deinen süßen Knackarsch verbrennst.«

***

Wie lange Nox und ich auf diesen gemütlichen Sesseln saßen, Whisky schlürften und über sein sowohl himmlisches als auch dämonisches Dasein philosophierten, konnte ich nicht sagen. Aber da Zeit in diesem Laden keine Rolle zu spielen schien und Reed nicht nur unsere Gläser immer wieder auffüllte, sondern mir auch kleine Informationshäppchen zukommen ließ, war die Uhrzeit der realen Welt das Letzte, woran ich im Augenblick denken wollte. Viel lieber lauschte ich den Worten, die mir offenbarten, dass es neben Engeln, Dämonen, Feen und Vampiren unter anderem auch Werwölfe, Gestaltwandler und Hexen beziehungsweise Hexenmeister gab. Und wenn Reed gerade keine Zeit für seine kleine Nachhilfestunde hatte, ließ ich mich zu gern von Nox unterhalten, der mich einmal so sehr zum Lachen brachte, dass ich von meinem Sessel rutschte.

»Das hast du *nicht* getan!«, spie ich prustend hervor, zog mich wieder hoch und leerte in einer inzwischen geübten Bewegung den Inhalt meines Glases. Das bernsteinfarbene Getränk, dessen Geschmack mir noch zu Beginn des Abends wie eine Mischung aus Nagellackentferner, Kerzenrauch und Lakritze vorgekommen war, glitt mir mittlerweile mühelos die Kehle hinab und hinterließ nicht einmal mehr ein Brennen.

»Natürlich«, erwiderte Nox ebenfalls lachend. »Aber ich hätte niemals gedacht, dass Reginald ernst macht und seinen Namen in ›Elton John‹ abändert.« Der Höllendiener leerte ebenfalls sein Glas und stellte es auf dem Tisch vor sich ab, ehe er sich mit den Unterarmen auf den Knien abstützte. Er musterte mich aus verengten Augen. »Hör zu, Kleines. Normalerweise bin ich ein Fan des gepflegten Betrinkens – besonders wenn eine Frau einen guten Scotch zu würdigen weiß –, aber du bist blutige Anfängerin und deine Aussprache bereits so verwaschen, dass sogar *ich* Probleme habe, dich zu verstehen. Deswegen«, er kramte ein paar Dollarscheine aus seiner Lederjacke hervor und warf sie achtlos auf den Tisch. Dann erhob er sich von seinem Platz, umrundete den Tisch und kam unmittelbar vor mir zum Stehen, »ist die Party für heute beendet. Komm, es wird Zeit, nach Hause zu gehen.«

»Nach Hause? Ich will aber noch nicht nach Hause!« Wie es sich für ein bockiges Kleinkind gehörte, ließ ich das Glas in meinen Schoß fallen, verschränkte die Arme vor der Brust und schob schmollend die Unterlippe vor. »Es ist gerade so lustig! Und zu Hause bin ich ganz allein!«

Nox schüttelte grinsend den Kopf, was mich ebenfalls zum Lachen brachte. Jetzt, da er meine undeutliche Sprache erwähnt hatte, bemerkte ich selbst, dass die Silben, die aus meinem Mund kamen, alles andere als verständliche Worte ergaben.

»Zur Hölle, Kleines! Kaum ist Goldlöckchen mal nicht da, um die Spaßbremse zu spielen, schießt du dich mit Whisky ab. Aber gut, wenn du nicht nach Hause willst, nehme ich dich mit zu mir. Dann muss ich mir wenigstens nicht anhören, dass ich dich in diesem Zustand allein gelassen habe.« Der Höllendiener streckte mir seine Arme entgegen, doch ehe seine Finger mich erreichten, ließ ihn etwas mitten in der Bewegung innehalten und den Kopf heben. Er nickte mit grimmiger Miene, bevor er mich wieder ins Visier nahm. »Warte kurz hier. Ich bin sofort zurück.«

Ich hatte keine Gelegenheit, etwas zu erwidern – mein Verstand arbeitete im Moment mit Windows 95 –, als Nox bereits verschwand.

Neugierig, wer oder was ihn von mir fortgelockt hatte, beugte ich mich über die Armlehne meines Sessels. Zu weit, wie sich herausstellte, denn der viele Whisky hatte meinen Gleichgewichtssinn lahmgelegt und ich stürzte kopfüber zu Boden. Ein dumpfer Schmerz schoss mir durch den Körper, als ich unsanft landete. Trotzdem konnte ich mir ein albernes Kichern nicht verkneifen.

Schnell, bevor jemand bemerkte, was mit mir geschehen war, wollte ich mich aufrichten und mich zurück auf den Sessel hieven. Aber es gelang mir nicht. Meine Arme und Beine gehorchten mir nicht mehr. Als würde ich mit zweihundert Sachen über den Freeway heizen, verschwamm nun auch noch meine Umgebung.

Verdammt! Was ist denn jetzt auf einmal los? Bin ich wirklich so betrunken?

Vielleicht war Nox' Vorschlag doch keine so dumme Idee gewesen.

Die Augen fest zusammengepresst und den Fokus auf meine Atmung gerichtet, hoffte ich, meine Übelkeit unter Kontrolle zu bekommen. Doch stattdessen erfasste mich ein unerklärliches Auf und Ab, das meinen bereits rebellierenden Magen zusätzlich reizte und mir ein Gefühl vermittelte, als befände ich mich auf stürmischer hoher See. Ich hatte keine Ahnung, was das war oder woher dieser Eindruck rührte, aber ich war äußerst erleichtert, als es schließlich endete und mit frischer Luft einherging, die mein überhitztes Gesicht kühlte und das dumpfe Vibrieren um mich herum – eine Mischung aus Rockmusik und Gesprächsfetzen – zum Verstummen brachte.

Gierig sog ich den Sauerstoff in meine Lungen und spürte, wie sich augenblicklich seine wohltuende Wirkung entfaltete. Der Schwindel in meinem Kopf legte sich und meine Übelkeit ebbte ab. Ein erleichtertes Seufzen bildete sich auf meinen Lippen, doch bevor ich es in die Welt hinauslassen konnte, fiel ich erneut. Und dieses Mal war der Aufprall deutlich unangenehmer.

»Scheiße, was soll das?!«, murmelte ich und rieb mir das schmerzende Steißbein. Ich kannte mich nicht sonderlich gut mit Betrunkenheitszuständen aus, aber selbst mir war klar, dass hier etwas nicht stimmte. Dieser Gedanke bestätigte sich, als ich die Augen öffnete und bemerkte, dass ich mich nicht länger in der düster-gemütlichen Bar aufhielt, in der ich noch vor wenigen

Augenblicken gelümmelt hatte. Stattdessen war ich von Asphalt und Backsteinmauern umzingelt, die im fahlen Mondlicht blass und farblos wirkten.

»Tze, tze, tze.« Eine unangenehm hohe Stimme erklang, ähnlich wie Fingernägel, die über eine Schieferplatte kratzten. »Bereits im nüchternen Zustand seid ihr Menschen nicht mehr als Insekten. Aber kaum habt ihr etwas getrunken – und ich staune immer wieder über die winzige Menge, die ihr für einen Vollrausch benötigt –, gewinnt man unweigerlich den Eindruck, dass ihr regelrecht darum bettelt, getötet zu werden.« Begleitet von diesen Worten trat die Sprecherin in mein Blickfeld. Sie trug bordeauxrote High Heels und ein kurzes, blutrotes Latexkleid, das ihre weiblichen Kurven in Szene setzte. Ihre fein geschnittenen, femininen Gesichtszüge wurden von sonnenblonden Korkenzieherlocken, rubinroten Lippen und Augen in derselben Farbe betont. »Wodurch du Reeds Interesse geweckt hast, vermag ich mir noch zu erklären. Deine Aura strahlt so ekelerregend hell, dass ich mir am liebsten die Augäpfel ausstechen würde.« Die Frau bedachte mich mit einem abfälligen Blick, während zwei Vampirzähne aufblitzten, die selbst in der nächtlichen Dunkelheit leuchteten, als würde sie ein Scheinwerfer anstrahlen. Ich hatte nicht einmal Gelegenheit zu blinzeln, da stand die Vampirin bereits unmittelbar vor mir und ging raubtierhaft in die Hocke. Mit mir auf Augenhöhe, stieg mir der Duft ihres schweren, süßlichen Parfüms in die Nase und ich rutschte unwillkürlich zurück, bis ich mit dem Rücken gegen die Steinwand stieß. »Aber wieso Nox seine Zeit mit dir verschwendet, will sich mir nicht erschließen.« Ihr Atem, dessen Geruch mich an Fruchtkaugummi erinnerte und der mir in heißen Wellen ins Gesicht schlug, entfachte von Neuem meine Übelkeit.

Vor Angst paralysiert starrte ich mein Gegenüber an. Der Alkoholnebel hatte sich aus meinem Verstand verabschiedet und meine Sinne in Alarmbereitschaft versetzt. Mein Herz galoppierte in der Brust und in meinen Ohren rauschte es, während Stirn, Nacken und Handflächen kaltschweißig waren. Hitzewogen wechselten sich sekündlich mit Schüttelfrostschüben ab und eine gefühlt fünf Zentimeter dicke Gänsehaut hatte meinen gesamten Körper überzogen.

Als wüsste die Vampirin genau, was in mir vorging, verzogen sich ihre rot glänzenden, missbilligend zusammengepressten Lippen zu einem kalten, berechnenden Lächeln.

»Du hast ja Angst, Liebes. Ach nein, wie putzig!« Sie zog die Silben in die Länge, als wären sie zähflüssiger Honig. »Vermutlich sollte ich dich beruhigen und dir sagen, dass das nicht nötig ist. Aber weißt du was? Dann würde ich dich anlügen.« Pfeilschnell schoss ihre Hand vor und eiskalte, steinharte Finger packten mein Kinn. Ihre nadelspitzen Fingernägel bohrten sich in meine Wangen und ein brennender Schmerz flammte auf. »Es gibt nichts auf der Welt, was ich mehr hasse als jemanden, der in meinem Revier wildert«, zischte die Vampirin. Abscheu triefte aus jeder ihrer Poren. »Vor allem wenn es sich dabei um einen *Menschen* handelt. Glücklicherweise kenne ich für solche Fälle eine simple wie auch effektive Lösung.« Ohne mir die Chance zu geben, ihre Worte zu realisieren, bleckte sie die Zähne, beugte meinen Kopf schmerzhaft zur Seite und vergrub ihre messerscharfen Minidolche in meiner Halsschlagader.

SECHS

Der Moment, als die Vampirzähne meine Haut durchdrangen, erinnerte zunächst an einen harmlosen Insektenstich. Ein winziger, wenn auch schmerzhafter Piks, der von einem leichten Brennen begleitet wurde. Doch bereits in der nächsten Sekunde begann das Brennen zu mutieren. Es wandelte sich in ein Kribbeln, das sich Zentimeter für Zentimeter durch meine Adern fraß, bis schließlich mein gesamter Körper davon erfasst war.

Ich wollte schreien, kämpfen, mich gegen meine Angreiferin verteidigen. Aber das Kribbeln ging mit einer betäubenden Wirkung einher, sodass ich nur ein leises »Oh« über die Lippen brachte, ehe mein Geist in ein Stadium völliger Entspannung glitt und meine Augen sich von allein schlossen. Mich überkam ein Gefühl absoluter Schwere- und Sorglosigkeit und ich verlor sämtliches Empfinden für Raum und Zeit.

Dieser selige Zustand war im Vergleich zu dem, was mir in den letzten Wochen und Monaten widerfahren war, geradezu paradiesisch, weshalb ich mir wünschte, etwas länger in diesem Delirium verweilen zu können. Doch natürlich wurde mein Wunsch nicht erhört und schon im nächsten Moment holte mich die Realität ein. Ein dämonischer Schmerz, als würde ich bei lebendigem Leib verbrennen, ergriff von mir Besitz und ich riss automatisch Augen und Mund auf. Meine Hände flogen an meine Kehle, mein Rumpf sackte zu Boden und mein Kopf schlug hart auf dem Asphalt auf. Sterne begannen vor meinen Augen zu tanzen.

Schweißgebadet und am ganzen Körper bebend rollte ich mich hin und her. Doch auch das linderte nicht das lodernde Feuer in meinem Inneren.

Eine gefühlte Ewigkeit durchlitt ich Höllenqualen, ehe der Schmerz erträglicher wurde. Irgendwann gelang es mir sogar, die schrillen Angst- und Todesschreie, die mir zuvor unkontrolliert über die Lippen gekommen waren, einzustellen und meine tränenverschleierte Sicht durch mehrmaliges Blinzeln zu klären.

Wo bin ich? Und wie komme ich hierher?

Ähnlich den Blackouts, die ich wegen David Sinclaire hatte erleiden müssen, konnte ich mich nicht erinnern, was zuvor geschehen war. Gerade hatte ich noch gemeinsam mit Nox in der Bar gesessen, und mit einem Mal war ich hier.

Auf der Suche nach Hinweisen, die mir bei der Beantwortung meiner Fragen helfen sollten, zwang ich meinen Oberkörper in eine aufrechte Position. Zwar kostete mich die Bewegung ungemein viel Kraft und ließ einen Übelkeit verursachenden Schwindel in mir aufkommen, aber ich ignorierte ihn und konzentrierte mich stattdessen voll und ganz auf meine Umgebung. Mein Blick traf auf zwei Gestalten, die wie Flipperbälle von einer Ecke der Gasse zur nächsten stoben und von animalischen Knurr- und Fauchlauten begleitet wurden. Diese wiederum mischten sich zwischen dumpfe Groll- und Schlaggeräusche, sodass ich den Eindruck gewann, die beiden Gestalten würden miteinander kämpfen.

Verstört von dem Anblick war ich unfähig, einen Gedanken zu bilden. Doch meine Starre löste sich, als die beiden Gestalten gegen eine Mülltonne stießen, die in unmittelbarer Nähe zu mir stand und ein trommelfellzerfetzendes Quietschen verursachten.

Mir entfloh ein Schrei. Das verformte Metall der Mülltonne sah aus, als hätte ein Lastwagen den Behälter als Airbag missbraucht.

Glühende Panik durchströmte mich und fachte zusätzlich das Adrenalin in meinen Adern an. Um wen oder was es sich bei den beiden Gestalten auch handeln mochte, ich war nicht scharf darauf, in ihren Kampf verwickelt zu werden.

So schnell es meine zitternden Gliedmaßen zuließen, erhob ich mich vom Boden. Doch kaum stand ich, verstärkte sich das Schwindelgefühl in meinem Kopf und mir wurde schwarz vor Augen. Meine Knie drohten einzuknicken und ich musste mich gegen eine Mauer lehnen, um nicht gleich wieder umzufallen.

Mit geschlossenen Lidern sog ich Atemzug für Atemzug kühle, klare Nachtluft in meine Lungen und gewann schließlich die Kontrolle über meinen Würgereflex zurück. Leider verlor ich dadurch die beiden Gestalten aus den Augen, weshalb ich mich dazu zwang, die Lider nach wenigen Sekunden wieder zu öffnen. Das tat ich im richtigen Moment, denn ein gelb-rot glühender Feuerball fegte an mir vorbei und zog eine süßlich duftende Parfümwolke hinter sich her. Dabei brachte er den Wind zum Flüstern, was sich verdächtig nach »Die Sache ist noch nicht vorbei!« anhörte.

Vor Schreck stieß ich erneut einen Schrei aus und meine zuckerwatteweichen Knie gaben endgültig nach. Doch anstatt wie ein nasser Sack zu Boden zu sinken, fingen mich Arme auf und ich wurde an einen warmen, muskulösen Körper gedrückt, dessen Atmung mindestens genauso hektisch war wie meine.

»Zur Hölle, Kleines! Kann ich dich nicht einmal fünf Minuten allein lassen?!« Nox' harsche Worte brachten seine Brust zum Vibrieren und sein Griff verstärkte sich mit jedem seiner rasenden Herzschläge. Sein vertrauter Duft, gepaart mit dem tiefen Bariton seiner Stimme, entfachte in mir eine Flut grenzenloser Erleichterung und ich hob den Kopf. Unsere Blicke trafen sich und mir stockte der Atem. Nox legte so selten seine Maske ab, dass ich kaum glauben konnte, in seinen Iriden etwas anderes als die übliche Arroganz zu erkennen. Doch tatsächlich blitzten neben Groll und Wut für Sekundenbruchteile Emotionen auf, die für den gefallenen Engel ebenso ungewöhnlich wie widersprüchlich waren: Schuld und Scham.

Gebannt von dem seltenen Moment hätte ich in dem smaragdgrünen Meer seiner Augen versinken können. Aber natürlich beendete Nox unseren Blickkontakt und packte stattdessen wortlos mein Kinn. Als er meinen Kopf grob zur Seite drehte, entfuhr mir ein Schmerzenslaut.

»Stell dich nicht so an!«, brummte er unwirsch und lockerte minimal seinen Griff. Aus seiner Perspektive mochte meine Reaktion in der Tat etwas zimperlich erscheinen – schließlich war er selbst von Schrammen und blutenden Stellen gezeichnet. Trotzdem war das keine Entschuldigung für sein rabiates Verhalten.

»Und, Doc? Wie lautet die Prognose? Wie lange habe ich noch zu leben?«, fragte ich zickiger als beabsichtigt. Allmählich wich das Adrenalin aus meinen Adern und ich begann entsetzlich zu frieren.

»Wenn du weiterhin so leichtsinnig mit deinem Leben umgehst, nicht mehr lange«, lautete die Antwort, die nicht minder kratzbürstig klang als meine Frage. Dann beugte sich Nox vor und seine Lippen umschlossen einen Teil meines Halses. Die Berührung war im Gegensatz zu seiner vorherigen Tat so sanft und zärtlich, dass ich im ersten Augenblick zu verdutzt war, um zu reagieren. Doch der vermeintliche Kuschelkurs hielt nicht lange an, und mit einem Mal entflammte ein glühender Schmerz mein Innerstes, als hätte sich ein tollwütiger Rottweiler in meiner Kehle verbissen.

Wie von Sinnen schrie ich auf, stemmte mich gegen Nox' Griff, bäumte mich immer wieder auf. Aber es war zwecklos. Ich hatte keine Chance gegen die Stärke des Höllendieners. Als ich meine unterlegene Position akzeptierte und meinen Widerstand aufgab, ließ auch Nox von mir ab und der glühende Schmerz begann zu verblassen. An seine Stelle traten schwarze Punkte, die vor meinen Augen tanzten. Die grausame Qual, die mich der Höllendiener hatte spüren lassen, hatte das Siegel meiner unter Schock stehenden Erinnerungen und Emotionen zerborsten und Bilder und Gefühle an die Oberfläche meines Bewusstseins katapultiert. Plötzlich wusste ich wieder bis ins Detail, was zuvor in der Gasse geschehen war. Vor allem der Gedanke daran, was passiert wäre, wenn Nox mich nicht rechtzeitig gefunden hätte, war zu viel für meine fragile Verfassung.

Tränen schossen mir in die Augen und ich vergrub mein Gesicht an der Brust des Höllendieners. Mein Körper verfügte über die Spannung einer leblosen Puppe, weshalb Nox mich auf seine Arme hob und mich wie ein verängstigtes Kleinkind vom Tatort davontrug.

»Ich wurde angegriffen! Von einem *Vampir!*«, brachte ich zwischen zwei Schluchzern hervor, was meine bereits wunde Kehle erneut in Flammen aufgehen ließ. Doch dieses Mal war der Schmerz nur ein blasses Echo des zuvor Erlebten.

Ich krallte meine Finger in das weiche Leder von Nox' Jacke und schmiegte mich noch enger an ihn. Für gewöhnlich vermittelte mir seine Nähe eine gewisse Form von Sicherheit, aber in diesem speziellen Fall saß der Schock zu tief, als dass sein rauchiger Duft etwas gegen das heftige Zittern meines Körpers hätte unternehmen können.

Nox wisperte mir Worte und Silben ins Ohr, die ich zwar nicht verstand – ich war mir nicht einmal sicher, ob es sich um eine menschliche Sprache handelte –, aber ihr sanfter Rhythmus half mir, zur Ruhe zu kommen. Irgendwann sah ich mich sogar in der Lage, den Kopf zu heben und mich den Konsequenzen meines Nervenzusammenbruchs zu stellen.

»Besser?«, fragte Nox, der meine Bewegung registriert hatte. Sein Shirt und seine Lederjacke hatten sichtbare Spuren meiner Heulattacke davongetragen, aber das war für den Höllendiener nichts Neues. Dieser Gedanke hatte sowohl etwas Peinliches als auch etwas Tröstliches.

Meine Antwort bestand aus einem schlichten Nicken. Mein Hals schmerzte noch immer und ich wollte ihn nicht unnötig reizen.

Auch Nox nickte – sichtlich zufrieden – und richtete seine Aufmerksamkeit wieder auf den Weg vor uns.

Einige Augenblicke vergingen, in denen ich mir erlaubte, das sanfte Auf und Ab seiner Bewegungen zu genießen. Doch mir war bewusst, dass die Nähe und die Intimität zwischen uns falsch waren – egal wie gut und richtig sie sich auch anfühlen mochten. Unsere ohnehin komplizierte Beziehung wurde umso verquerer, je länger ich zuließ, dass Nox mich auf Händen trug. Also beugte ich mich meiner Vernunft und löste mich mit einem leisen Seufzen aus seinen Armen.

Zumindest hatte ich das vorgehabt.

Aber Nox verstärkte seinen Griff und hinderte mich daran, meinen Plan in die Tat umzusetzen. »Was hast du vor, Kleines? Denkst du ernsthaft, du bist außer Lebensgefahr, nur weil ich dir den Großteil des Vampirgiftes ausgesaugt habe und du durch das Seraphenblut in deinen Adern vor schlimmeren Konsequenzen geschützt bist?« Er schüttelte leise lachend den Kopf. »Vergiss es! Du bist bleicher als ein Albinoarsch. Das Risiko, dass du bei der kleinsten Anstrengung in Ohnmacht fällst und dir das Genick brichst, ist zu hoch.«

Ich richtete meine verquollenen Augen auf Nox' Antlitz. Es war nicht zu erkennen, ob das wirklich der einzige Beweggrund für sein Handeln war oder ob er mich möglicherweise nicht herunterlassen wollte, weil er – ebenso wie ich – die Nähe zwischen uns mehr genoss, als er zugeben sollte.

Da ich zu erschöpft war, um zu protestieren, ergab ich mich meinem Schicksal und ließ mich wieder in seine Arme sinken. Es würde schon nicht die Apokalypse eintreten, wenn ich ausnahmsweise Schwäche zeigte.

Nach einigen Minuten, in denen wir beide geschwiegen hatten, erreichten wir den Maserati. Zwar hatten wir nicht lange für den Weg gebraucht, dennoch war ich mir sicher, dass wir mit Nox' Superkraft sehr viel schneller an unser Ziel hätten gelangen können. Daher keimte erneut die Frage in mir auf, ob der Höllendiener aus Rücksicht auf meinen Zustand so langsam gegangen war oder ob er den Moment, in dem wir uns voneinander trennen mussten, möglichst lange hinausgezögert hatte.

Da beide Varianten mein Herz zum Flattern brachten, verdrängte ich die Überlegung und richtete meine Aufmerksamkeit auf die Geschehnisse des Abends. Früher oder später musste ich mich ihnen sowieso stellen, also warum nicht sofort damit beginnen?

»Ich kann nicht fassen, dass mich ein verdammter Vampir angegriffen hat«, sagte ich mit krächzender Stimme. Noch immer schmerzte mein Hals, als hätte ich eine ausgeprägte Mandelentzündung.

Nox setzte mich fürsorglich auf den Beifahrersitz, zog seine Lederjacke aus und drapierte sie wie eine Decke über mich, ehe er sich – weiterhin schweigend – hinters Steuer begab.

Ich griff nach dem Sicherheitsgurt, doch die Bewegung verursachte mir so große Schmerzen, dass ich mir fest auf die Unterlippe beißen musste, um keinen Klagelaut von mir zu geben. Wenn mir bereits eine derart simple Geste so heftige Schmerzen bereitete, wollte ich mir nicht vorstellen, wie ich während der nächsten Tage klarkommen sollte, ohne meiner Mom etwas von dem Angriff zu erzählen oder sie ein weiteres Mal anlügen zu müssen.

Um meine eingeschränkte Bewegungsfähigkeit zu verbergen, führte ich den Sicherheitsgurt unter der Lederjacke entlang und schnallte mich an. Diese ganze Prozedur hatte ebenso viel Zeit in Anspruch genommen, wie der Höllendiener benötigte, um den Wagen zu starten, ihn durch ein Labyrinth aus Gassen und Einbahnstraßen zu lotsen und uns schließlich zurück auf die Hauptstraße zu bringen.

»Ich meine, klar, irgendwie bin ich auch selbst schuld«, nahm ich den Gesprächsfaden wieder auf und kuschelte mich tiefer in die herrlich warme und nach Nox duftende Jacke. Mir grauste bereits jetzt vor dem Moment, wenn ich mich von ihr trennen musste. »Es hat mich schließlich niemand gezwungen, dich in diese Bar zu begleiten – auch wenn ich überhaupt keine Ahnung hatte, wohin du mich gebracht hast, bis es zu spät war.«

Ja, meine Worte klangen wie ein verkappter Vorwurf. Nein, das entsprach nicht meinen Empfindungen. Aber Nox' beharrliches Schweigen machte mich nervös und ich hoffte, den Höllendiener auf diese Weise aus der Reserve zu locken. Seit ich nämlich den Vampirangriff angesprochen hatte, würdigte mich Nox keines Blickes. Selbst jetzt starrte er nur stur geradeaus und presste seine Lippen unnötig fest zusammen.

Mit einem innerlichen Seufzen richtete auch ich meine Aufmerksamkeit nach vorn. Ich war zu müde, um zu streiten. Und obwohl die vorbeiziehende Landschaft eine herrlich meditative Wirkung auf meinen trommelnden Puls hatte, konnten die bunten Lichter nichts gegen die Gedanken ausrichten, die unaufhörlich kreisten und den Vampirangriff in Dauerschleife durch meinen Verstand jagten.

»Wenn ich nur wüsste, wer die Vampirin war und warum sie mich töten wollte«, sprach ich meine Überlegungen laut aus. Die ungewohnte Alkoholzufuhr und das Vampirgift hatten mir große Stücke meiner Erinnerungen geraubt und nur vereinzelte Gesprächsfetzen zurückgelassen. Und die ergaben keinen Sinn.

... Interesse geweckt ...

... Aura strahlt ekelerregend ...

... Nox' Zeit ...

Stöhnend lehnte ich meinen Kopf gegen das Beifahrerfenster. Mein Atem zauberte einen kleinen, hellgrauen Kreis auf die Scheibe. Als dieser zu verschwinden begann, beschloss ich meine Müdigkeit zu verdrängen und in die Offensive zu gehen. Ansonsten würde ich die ganze Nacht kein Auge zumachen.

»Du hast doch gegen die Vampirin gekämpft, oder, Nox?!« Trotz der Schmerzen drehte ich mich zu dem Höllendiener herum. Sein Profil wirkte hart und unnahbar, was jedoch nicht an den Wunden in seinem Gesicht lag. Diese waren dank seines Seraphenbluts bereits zum Großteil verheilt. »Kam sie dir irgendwie bekannt vor? Oder hat sie irgendetwas gesagt, was erklären würde, weshalb sie meinen Tod wollte?«

Anstatt zu antworten, presste Nox seine Lippen noch fester aufeinander und umklammerte mit einer derartigen Kraft das Lenkrad, dass seine Fingerknöchel in der Dunkelheit weiß hervorstachen.

Irritiert zog ich die Augenbrauen zusammen. Seine Reaktion ließ nichts Gutes vermuten und der Knoten in meinem Bauch schwoll weiter an. »Was ist los, Nox? Kennst du die Vampirin etwa?«

Der Höllendiener hielt an seinem Schweigen fest, sodass Wut in mir aufbrandete. Seine Stimmungsschwankungen, auch wenn ich sie inzwischen gewohnt war, würden mir noch den letzten Nerv rauben. In dem einen Moment war er sanft und fürsorglich, aber bereits in der nächsten Sekunde behandelte er mich wie Luft – und zwar ohne dass irgendetwas vorgefallen war.

»Nox, du sagst mir jetzt, was du weißt, oder ...« Mir wollte keine passende Drohung einfallen, also ballte ich nur meine Hände zu Fäusten und biss mir auf die Unterlippe. Ein emotionsgeladener Ausbruch meinerseits würde den Höllendiener auch nicht zum Reden bringen.

»Ist es wirklich so unvorstellbar, dass es Dinge gibt, die dich nichts angehen?« Nox wandte sich zu mir herum. Seine gefährlich ruhige Stimme und sein eiskalter Blick ließen das Blut in meinen Adern gefrieren. »Musst du ständig alles hinterfragen? Kannst du dich nicht einfach freuen, noch am Leben zu sein?«

Entsetzt keuchte ich auf. Seine Worte hatten mich nicht nur unvorbereitet, sondern auch tief getroffen. Das lag vor allem an dem hartnäckigen Zweifel, den sie bekräftigten. Nox verheimlichte mir etwas. Etwas Wichtiges. Bedeutsames.

»Dinge, die mich nichts angehen?«, keifte ich und schlug die Lederjacke von mir. Ich wollte mich nicht von seinem betörenden Duft einlullen lassen. »Hast du sie noch alle? Ich wurde von einem gottverdammten Vampir attackiert! Einer seelenlosen, blutsaugenden Kreatur! Einem *Monster*! Wer weiß, in was ich mich jetzt verwandle!« Zwar waren mir die Worte ungewollt über die Lippen gekommen, aber sie spiegelten meine dominierenden Ängste wider.

»Darüber machst du dir Sorgen?« Nox' Miene wandelte sich schlagartig und ein amüsiertes Lächeln zupfte an seinen Mundwinkeln. »Zur Hölle, Kleines! Dein Talent, dir über die falschen Dinge den Kopf zu zerbrechen, ist preisverdächtig.« Er wandte sich dem Straßenverkehr zu und wechselte die Spur. »Um einen Menschen zu verwandeln, braucht es mehr als einen Biss – und du bist nicht mal ein gewöhnlicher Mensch. Du musst also keine Angst haben, auf einmal in einem Sarg schlafen zu wollen.« Nox lachte leise, ehe er etwas murmelte, das in etwa klang wie: »Macht sich Gedanken über eine mögliche Verwandlung, aber nicht darüber, dass der Geschmack ihres Blutes ihr himmlisches Geheimnis verraten haben könnte.«

Ungewollt zuckte ich zusammen. Mir war bewusst, dass Nox mit den scheinbar an sich selbst gerichteten Worten nur von unserem eigentlichen Gesprächsthema ablenken wollte. Trotzdem konnte ich nicht leugnen, dass er einen wunden Punkt getroffen hatte. Als Gabriel uns über meine wahre Identität in Kenntnis gesetzt hatte, war ihm äußerst wichtig gewesen, dass diese Information nicht an die Öffentlichkeit gelangte. Und nun bestand die Gefahr, ebenjene Information – wenn auch unbeabsichtigt – preisgegeben zu haben.

Mein Magen verkrampfte sich, als hätte ich Bleikugeln geschluckt. Was mich wohl mehr verängstigte? Die Vorstellung, welches katastrophale Ausmaß mein Geheimnis in den falschen Händen haben könnte, oder wie Gabriel auf meinen Vertrauensbruch reagieren würde.

Mit einem innerlichen Kopfschütteln verdrängte ich meine Überlegungen. Selbst wenn ich mich jetzt mit Selbstvorwürfen und Horrorszenarien quälte, würde sich die Situation nicht ändern. Das sprichwörtliche Kind war nun mal in den Brunnen gefallen. Jetzt galt es Schadensbegrenzung zu betreiben.

»Wer war sie, Nox?«, hakte ich mit ernster, aber ruhiger Stimme nach. Wenn ich etwas aus ihm herauslocken wollte, durfte ich mich nicht von ihm oder meinen Emotionen in die Irre führen lassen. »Ich weiß, dass du sie kennst. Nur deswegen reagierst du so heftig.«

Augenblicklich verblasste die vorgetäuschte Erheiterung des Höllendieners. Von neuem spannten sich seine Muskeln an und sein zusammengepresster Kiefer trat sichtbar hervor. »Du wirst nicht lockerlassen, oder?!«

»Nein«, erwiderte ich mit hoffentlich ungerührter Miene. Mein Herz jedoch hämmerte wie wild und mein Körper war von den Zehen bis in die Haarspitzen angespannt. »Deswegen lasse ich dir die Wahl. Entweder beantwortest du mir meine Fragen oder ich frage Reed. Vielleicht wird er mir sagen, wer die Vampirin war.«

Nox' Erwiderung, sofern er überhaupt etwas von sich gegeben hatte, ging im schrillen Quietschen abrupt bremsender Reifen unter. Mein Körper wurde in den Sicherheitsgurt gepresst und obwohl Nox das Lenkrad hin und her riss, verlor der Wagen den Kontakt zur Straße und das Heck brach aus. Wie bei einem Fahrgeschäft auf dem Rummel drehten wir uns um die eigene Achse, bis das Auto endlich zum Stehen kam – quer auf dem Seitenstreifen.

Mein Kopf schmerzte aufgrund einer unangenehmen Begegnung mit dem Beifahrerfenster und mein Blick glitt panisch umher. Ich atmete stoßweise, mein Puls raste. Schweißperlen hatten sich auf Stirn und Nacken gebildet und Adrenalin rauschte mir in heißen Wellen durch die Adern.

»Was ist passiert?« In hellem Aufruhr suchte ich die nächtliche Dunkelheit ab. Ich war mir sicher, dass Nox' messerscharfer Blick etwas entdeckt hatte, was die heftige Bremsaktion rechtfertigen würde – zum Beispiel ein mitten auf der Fahrbahn ausgesetztes Baby. Doch egal wie gründlich ich mich auch umsah, ich konnte nichts erkennen. Nichts außer den Höllendiener, der mich wie ein wild gewordener Stier mit geblähten Nüstern und glühendem Blick anstarrte, als würde er jede Sekunde wie eine Atombombe in die Luft gehen.

»Wenn du dich auch nur in die Nähe von Reed oder der Bar wagst, ohne dass ich an deiner Seite bin, werde ich jede einzelne der gottverdammten Kreaturen dort drinnen eigenhändig töten, ehe ich den gesamten Schuppen niederbrenne! Hast. Du. Mich. Verstanden?!«

SIEBEN

Nox hatte mir während unserer gemeinsamen Zeit bereits so oft gedroht, dass man meinen könnte, ich hätte mich inzwischen an seine Ausbrüche gewöhnt. Doch dem war nicht so. Noch immer jagten mir seine überschäumenden Emotionen eine Heidenangst ein.

So wie dieses Mal.

Mit schreckgeweiteten Augen wich ich zurück, bis ich die Beifahrertür im Rücken spürte. In meinen Ohren klingelte es und mein Instinkt schrie mich an, Nox auf keinen Fall weiter zu provozieren. Stattdessen sollte ich brav nicken, den Blick abwenden und nie wieder von diesem Thema anfangen.

Aber das konnte ich nicht.

Wie in den Geschichten rund um Asterix, Obelix und das aufmüpfige Gallierdorf existierte auch in mir ein Rebell, den eine vermeintliche Dominanz nicht berührte. Selbst dann nicht, wenn mein Handeln jegliche Vernunft ausschaltete.

Ich schluckte den tennisballgroßen Kloß in meinem Hals herunter und ballte meine bebenden Hände zu Fäusten, bis sich meine Fingernägel schmerzhaft in meine Haut bohrten. Ich wusste, dass meine Stimme dünn und belegt klingen würde, also räusperte ich mich, während ich Nox' vor Zorn lodernden Blick erwiderte. Mir lagen so viele Worte auf der Zunge, dass ich nicht wusste, welches ich zuerst aussprechen sollte. Deshalb beschloss ich, zunächst einmal gar nichts zu sagen, sondern einfach abzuwarten.

Sekunde um Sekunde verstrich, während Nox und ich uns schweigend anstarrten. Für Außenstehende mochte dieses Blickduell wie ein egomanisches Kräftemessen aussehen, doch es steckte so viel mehr dahinter. Nox hatte immer wieder beteuert, dass er eine Beziehung mit mir wollte. Doch wie sollte diese aussehen, wenn ich ihm bei derart wichtigen und essenziellen Fragen nicht vertrauen konnte?

Als ihm bewusst wurde, dass ich nicht vorhatte einzulenken, verengte er die Augen zu schmalen Schlitzen. Sein hektischer Atem beruhigte sich, wurde gleichzeitig aber schwerer, wodurch seine ohnehin bedrohliche Miene noch furchteinflößender wirkte.

»Es war Holly, okay?!« Die Beichte glich einem Knurren und als Nox sich kurz darauf mit vor der Brust verschränkten Armen und emotionsgeladenem Blick wieder nach vorn wandte, glaubte ich mich in einem Paralleluniversum zu befinden. Niemals und unter keinen Umständen hätte ich es für möglich gehalten, dass der Höllendiener mit seinem Faible für Serienkillerblicke und unbedachten Kurzschlussreaktionen in einer solchen Situation kapitulieren würde. »Das Miststück weiß offenbar nicht, was eine ›einmalige Sache‹ bedeutet.« Seine Tonlage erschien mir dunkler, kälter und bedrohlicher. »Und ganz eindeutig schert sie sich einen Dreck um das Risiko eines Clanverstoßes.« Mit einem lautstarken Wutschrei schlug er auf das Lenkrad ein. Im selben Moment öffnete sich der Airbag, doch das hinderte Nox nicht daran, immer wieder auf das Steuergerät einzuprügeln, bis dieses aus seiner Halterung brach und in seinem Schoß landete. Sogar als seine Finger von tiefen und zerfransten Wunden übersät und mit Blut überzogen waren, hörte er nicht auf, das scharfkantige Loch im Armaturenbrett zu traktieren.

Gelähmt vor Entsetzen starrte ich Nox an. Seine Beichte hatte mich derart aus der Bahn geworfen, dass mich selbst die Flüche, die er ausstieß und die so kreativ waren, dass sie vermutlich sogar dem Teufel persönlich zu blasphemisch gewesen wären, nicht aus meiner Befangenheit lösen konnten.

Holly hat mich angegriffen!? Aber wieso?

Vermutlich war es egoistisch und infantil, mich ausgerechnet jetzt mit dieser Frage zu beschäftigen, während Nox drauf und dran war, sich die Pulsadern aufzuschlitzen. Doch ich konnte nichts gegen das Gedankenkarussell unternehmen, das er in Gang gesetzt hatte.

Wieso sollte mich Novas Kollegin angreifen? Sie kennt mich doch gar nicht!

Aufgrund meines alkoholgeschädigten Verstandes brauchte ich ein paar Sekunden, ehe die Antwort wie ein Blitz in mein Bewusstsein einschlug.

Sie ist eifersüchtig! Natürlich!

Plötzlich ergab alles einen Sinn: die Gesprächsfetzen, die mir zuvor zusammenhanglos durch den Kopf gegeistert waren, das Aufblitzen von Scham und Schuld in Nox' Blick sowie das Gefühl, zur falschen Zeit am falschen Ort gewesen zu sein.

Die Erleichterung, endlich die Wahrheit hinter dem Angriff herausgefunden zu haben, entlockte mir ein albernes Schulmädchenkichern. Seit ich von dem Seelenvertrag wusste, hatte ich oft darüber nachgedacht, wann und vor allem *wie* ich den Tod finden würde. Doch war ich – wenig originell, wie mir jetzt bewusst wurde – immer davon ausgegangen, dass es im Zuge einer der Prüfungen geschehen würde. Aber es gab so viele andere Möglichkeiten zu sterben – vor allem wenn man Gefühle für ein magisches Wesen hegte, das mit einem umfangreichen Portfolio an Ex-Affären aufwarten konnte.

Trotz seines Wahns schien Nox mein leises Lachen vernommen zu haben. Schlagartig hielt er in der Bewegung inne und wandte sich zu mir herum. Sein Gesicht war von Schweiß bedeckt und einige blonde Haarsträhnen hingen ihm vor den stechend grünen Augen. Hatte sein Blick soeben noch Zorn versprüht, zeugte er in diesem Moment von Verwirrung.

»Hast du gerade gelacht?« Eine seiner Augenbrauen wanderte in Richtung Haaransatz und Unglaube mischte sich unter seine Emotionen. Seine Miene wirkte weniger angriffslustig und ich meinte sogar ein winziges Zucken seiner Mundwinkel zu bemerken. »Verdammt! Jetzt hat sie endgültig den Verstand verloren!« Mit einem sachten Kopfschütteln, das wohl Bedauern zum Ausdruck bringen sollte, ließ er seine blutüberströmten Fäuste sinken.

Ich beobachtete jede seiner Bewegungen, während ich krampfhaft das Lachen zurückzudrängen versuchte, das mir bereits in der Kehle kribbelte. Doch es war zwecklos. Selbst meine Lippen aufeinanderzupressen genügte nicht, um dem immer stärker werdenden Drang zu widerstehen. Lautstark und von einem feuchten Sprühnebel begleitet gab ich mich schließlich meiner Erheiterung hin. Meine Schultern bebten, als litte ich an einem epileptischen Anfall.

»Zur Hölle, Kleines! Was stimmt nicht mit dir?!« Auch Nox' Lippen kräuselten sich, obwohl er sich sichtlich Mühe gab, an seiner Zornesmiene festzuhalten. »Es gibt eine ganze Palette an Reaktionen, die in deiner Situation angemessen wären. Und was tust du?« Erneut schüttelte er den Kopf, wodurch er meine Erheiterung weiter anfachte.

Ja, meine Reaktion war völlig verrückt. Das stimmte. Trotzdem konnte ich nichts gegen das Flattern in meinem Bauch unternehmen, das mir Tränen in die Augen trieb und mich meine Körpermitte umklammern ließ, als würde sie sich sonst in Luft auflösen.

»Was mit mir nicht stimmt?«, stieß ich zwischen zwei Atemzügen hervor und sah Nox mit tränenfeuchten Augen an. Die Situation war derart surreal, dass es verschwendete Liebesmüh gewesen wäre, auch nur zu versuchen, mein Amüsement unter Kontrolle zu bringen. »Das fragt genau der Richtige. Wer hat denn gerade ein millionenschweres Auto demoliert?!« Kichernd fingerte ich an dem Anschnallgurt herum, bis das erlösende Klicken zu hören war. »Jetzt müssen wir den ganzen Weg nach Hause laufen.« Ich wollte mich gerade zur Wagentür herumdrehen, als mir ein Gedanke kam. Breit grinsend hob ich den Kopf und nahm Nox ins Visier. »Weißt du was? Du wirst laufen. Als Strafe. Und damit ich nicht allein zurückbleibe und wieder von irgendeiner deiner Exen angegriffen werde, trägst du mich nach Hause.«

Das bis eben kaum wahrnehmbare Lächeln des Höllendieners wurde zu einem Feixen, das den Schalk in seinen Augen hervorblitzen ließ. »Trauert da etwa jemand dem Wagen hinterher? Keine Angst, Kleines. Der Maserati ist besser versichert als so mancher US-Bürger.« In einer fließenden Bewegung sprang Nox auf den Sitz und anschließend über die geschlossene Tür aus dem Wagen. Während ich noch darüber staunte, dass er, obwohl er nicht angeschnallt gewesen war, bei der harten Bremsung nicht gegen die Frontscheibe geschleudert worden war, umrundete er bereits die Motorhaube und stand kurz darauf neben der Beifahrertür. »Und was meine Strafe angeht, werde ich mich wohl oder übel deinem Urteil fügen müssen.« Mit einem anzüglichen Funkeln im Blick und einer Leichtigkeit, als würde ich nicht mehr wiegen als eine Tafel Schokolade, hob mich Nox aus dem Ledersitz.

Reflexartig schlang ich meine Arme um seinen Nacken. Ich hatte die Strafandrohung völlig achtlos ausgesprochen und nicht darüber nachgedacht, welche Konsequenzen sie für *mich* haben würde. Das hatte ich nun von meinem rebellischen Mundwerk.

»Halt dich gut fest, Kleines. Ich bin mir nicht sicher, wie dir das, was als Nächstes folgt, bekommen wird.« Begleitet von diesen Worten schloss der Höllendiener die Augen.

***

»Was …? Wie …?«, stotterte ich perplex und starrte mit kreisrunden Augen auf das Haus, in dem meine Mom und ich wohnten. Noch vor weniger als drei Sekunden hatten Nox und ich neben dem defekten Maserati auf einer Straße gestanden, die rund zehn Kilometer von hier entfernt war. Und jetzt befanden wir uns hier. Mitten in unserer Einfahrt. Einfach so. »Wie hast du das gemacht?«, fragte ich, nachdem mein Verstand seine Arbeit wieder aufgenommen hatte. Dass der Höllendiener unglaublich schnell rennen konnte, wusste ich. Aber selbst mit seinen Superkräften hätte er für eine solche Distanz Minuten benötigt. Außerdem hätte ich irgendeine Art von Windwiderstand spüren müssen. Aber da war nichts gewesen.

Nox erwiderte meinen Blick mit sichtlicher Freude über den Erfolg seines Zaubertricks, ehe er mit mir auf dem Arm die Stufen zum Hauseingang erklomm. Ihm stand die Freude über den Erfolg seines Zaubertricks sichtbar ins Gesicht geschrieben.

»Nox!«, quengelte ich lachend, doch der Höllendiener ließ mich zappeln. Aber so schnell würde ich nicht nachgeben. Ich begann mit den Füßen zu strampeln und mit meinen Fäusten gegen seine Brust zu trommeln. »Jetzt sag schon! Wie sind wir so schnell hierhergekommen?«

Der Höllendiener stimmte in meinen Lachen ein. »Ich habe es dir bereits gesagt, Kleines. Was kann ich dafür, wenn du nicht zuhörst?!« Seine überlegene Position sichtlich genießend, stellte er mich auf meine eigenen Beine, damit ich die Haustür aufschloss.

Aber das konnte ich nicht.

Mein Schlüssel lag noch im Wagen.

»Shit!« Meine ausgelassene Stimmung erhielt einen herben Dämpfer. »Ich habe den Schlüssel im Handschuhfach vergessen.«

Im Gegensatz zu mir schien Nox unsere missliche Lage zu amüsieren. Er lehnte sich rücklings gegen das Treppengeländer und grinste mich an. »Tja, blöd gelaufen, Kleines. Und nun?« Sein funkelnder Blick traf meinen. »Wenn es doch nur die Möglichkeit gäbe, von einem Ort zum nächsten zu gelangen. Und das ohne jeglichen Kraftaufwand und in Schallgeschwindigkeit.«

»Was?« Meine Augen weiteten sich ein weiteres Mal. Bei den unzähligen Ereignissen des heutigen Abends hatte ich völlig verdrängt, dass Nox etwas von einer wiedergekehrten Fähigkeit gesagt hatte. »*Das* kannst du? Warum hast du das nicht gleich gesagt? Und wieso sind wir überhaupt mit dem Auto gefahren? Du hättest uns ja auch zur Bar teleportieren können.«

Nox zuckte mit den Schultern und ich meinte Missfallen in seinen Augen aufblitzen zu sehen, ehe dieses von Gleichgültigkeit verdrängt wurde.

»Es war mal wieder Zeit, das Schätzchen aus der Garage zu holen. Außerdem wusste ich nicht, ob das Teleportieren mit Anhang funktioniert. Das hatte ich zuvor nie ausprobiert.«

Meine Gedanken überschlugen sich in dem Versuch, das Ausmaß dieser Neuigkeit zu erfassen. Die Möglichkeiten, die mit dieser Fähigkeit einhergingen, mussten schier grenzenlos sein.

»Wow, das muss ein großartiges Gefühl sein!«, sagte ich mit vernehmbarem Neid in der Stimme. Mein Blick glitt an Nox vorbei in die Ferne, wo er sich am nächtlichen Sternenhimmel verlor. »Jederzeit jeden Ort der Welt bereisen zu können. Ich würde nur noch unterwegs sein. Paris, London, Madrid.« Meine Mundwinkel verzogen sich bei der Vorstellung, die großen Sehenswürdigkeiten der Welt mit eigenen Augen betrachten zu können, statt nur auf dem Bildschirm meines Laptops.

»Was würdest du denn als Erstes sehen wollen?« Nox' Stimme war leise.

Einfühlsam. Unbemerkt war er an mich herangetreten und hatte seine Arme um meine Taille geschlungen und mich zu sich herangezogen. Die Berührung seiner warmen Haut jagte kleine Elektroschocks durch meine Nervenenden und ließ mich den Kopf heben. Als ich Nox in die Augen sah, wirkte sein Blick neugierig und verschmitzt.

»Ich weiß es ehrlich gesagt nicht.« Diese Frage hatte ich mir nie gestellt. Zwar verdiente meine Mom als Controllerin nicht schlecht, aber aufgrund der hohen Hypothekenschulden, die auf dem Haus lasteten, waren Reisen nach Europa unvorstellbar. Selbst Urlaube innerhalb der Staaten konnten wir uns nicht jedes Jahr leisten.

Auf Nox' Lippen breitete sich jenes seltene Lächeln aus, das zwei Grübchen zum Vorschein und meinen Herzschlag völlig aus dem Rhythmus brachte. »Dann fangen wir doch einfach mit meinem liebsten Ort auf der Welt an.«

ACHT

6 Wochen später ...

»Komm schon, Nox! Du willst es doch auch!«

»Nope.«

»Du lügst. Ich weiß, dass du es willst!«

»Ich kann nicht lügen, schon vergessen?!« Seine Mundwinkel zuckten. Die einzige Reaktion des Höllendieners.

»Du kannst keine Unwahrheiten aussprechen, aber du kannst sehr wohl lügen.« Ich legte meinen verführerischsten Blick auf, auch wenn Nox' Augen geschlossen waren und er ihn gar nicht bemerkte. Um doch noch seine Aufmerksamkeit zu erregen, strich ich mit dem Zeigefinger über seine Brust und führte meine Lippen dicht an sein Ohr. »Komm schon, tu es einfach!«, wisperte ich sinnlich und konnte nur mit Mühe der Versuchung widerstehen, ihn sanft in den Nacken zu beißen. »Ich verrate es auch niemandem. Versprochen!«

Nox entfloh ein Knurren, das nur zur Hälfte grimmiger Natur war, und seine Lider hoben sich ein Stück. Der Blick, den er mir durch seine dichten Wimpern zuwarf, sprühte vor Lust und unanständigen Gedanken.

»Vergiss es, du Biest!« In einer blitzschnellen Geste packte er meine Hüften und drehte mich auf den Rücken. Im selben Augenblick rollte er sich auf mich und begrub mich zwischen sich und der Matratze. Nun hatte er die Kontrolle. Mist! »Wenn du etwas loswerden willst, bin ich hingegen ganz Ohr«, raunte er mit einem verführerischen Grinsen auf den Lippen und seine Finger fuhren zärtlich meine Taille entlang.

Mein Mund öffnete sich für eine kecke Erwiderung, aber der Anblick dieser unsagbar schönen Augen, gepaart mit Nox' Nähe und Wärme, verschlug mir die Sprache. Das Grün seiner Iriden schimmerte immer in den faszinierendsten Schattierungen, die je nach Lichteinfall und Laune des Höllendieners von einem satten Waldgrün über ein schillerndes Smaragdgrün bis hin zu Lindgrün reichten. Doch in diesem Moment, da ihm ein paar seiner blonden Haarsträhnen vors Gesicht fielen und seinen Blick in Schatten hüllten, konnte ich ein besonders seltenes Jadegrün bewundern.

Nox' Miene erweichte, als hätte er meine Gedanken gelesen, und ich bemerkte einen sanften, beinahe flehenden Ausdruck. »Sag es, Kleines. Sag es einfach und erlöse uns beide von dieser Qual.«

Die Qual, die er ansprach, war die unkontrolliert mutierte Version seiner Aussage, dass er mich erst wieder küssen würde, wenn ich ihn darum bat. Anfangs war es noch eine Art Spiel gewesen. Getreu dem Motto: »Wer hält länger durch?« Doch im Laufe der Wochen hatte sich dieses Spiel zu einem regelrechten Krieg gewandelt, in dem es einzig und allein darum gegangen war, den jeweils anderen dazu zu bewegen, als Erstes nachzugeben. Und wie hieß es so schön? Im Krieg und in der Liebe war alles erlaubt.

»Ich kann nicht«, sagte ich aufrichtiger, als ich es beabsichtigt hatte, und schälte mich unter Nox hervor, um meine verräterische Miene zu verbergen. Der Höllendiener sollte nicht erfahren, wie wichtig es mir war, dass *er* derjenige war, der nachgab. Es mochte kindisch erscheinen, aber ich brauchte diesen Beweis, dass es ihm nicht nur um den Reiz der Jagd ging, sondern dass er diese Beziehung ernsthaft und aufrichtig wollte. »Ich meine, dafür habe ich leider keine Zeit«, korrigierte ich meine unbedachte Wortwahl und erhob mich mit einem künstlichen Lächeln vom Bett. Anschließend begab ich mich an meinen Kleiderschrank. »Ich muss noch meine Tasche fürs Wochenende packen.«

Nox' Blick folgte mir wie eine hartnäckige Drohne. Zwar war ich diese Art von Betrachtung inzwischen gewohnt – heute hatte ich es sogar darauf angelegt –, dennoch bereute ich es, nicht mehr am Leib zu tragen als die blassrosa Victoria's-Secret-Spitzenunterwäsche, die ich mir vor wenigen Tagen in Mailand gekauft hatte. Allerdings war dieser Hauch von Nichts überhaupt nur in meine Einkaufstasche gewandert, weil ich Nox mit dessen Anblick aus der Reserve locken wollte. Zu dieser Idee hatte mich die italienische Verkäuferin inspiriert, als sie mir mit einem Kopfnicken in Nox' Richtung in akzentreichem Englisch verschwörerisch zugeraunt hatte, dass kein Mann dieser unschuldig-süßen Versuchung widerstehen und ich mich auf eine Nacht voller romantischer Liebesschwüre und glühender Küsse gefasst machen könne.

Leider hatten weder die Verkäuferin noch ich mit der jahrtausendealten Erfahrung des Höllendieners gerechnet, die ihn in diesem Krieg so gut wie unbesiegbar machte. So hatte sich Nox nämlich entgegen meiner Hoffnung nicht willenlos auf mich gestürzt und mich um den Verstand geküsst, als ich mich vorhin frisch geduscht und, in diesen spitzenbesetzten Dessoustraum gekleidet, vor ihm positioniert hatte, um mich lasziv einzucremen. Nein, er hatte sich einfach von seinem Platz auf meinem Bett erhoben, seine Hände auf meine Taille gelegt und mich sanft herumgedreht, bis ich bäuchlings auf der Matratze lag.

Im ersten Moment zu perplex, um zu reagieren, hatte ich mich nicht bewegt. Erst als Nox sich über meine Beine gekniet, mir die Cremetube aus der Hand genommen und meinen BH mit einem geschickten Fingerschnippen geöffnet hatte, war mir bewusst geworden, in welche Falle ich getappt war. Doch für eine Flucht war es zu spät gewesen. Mit langen, talentierten Fingern hatte der Höllendiener begonnen, meinen Rücken mit der milchigen Lotion einzureiben, und mich dadurch mit jedem weiteren Zentimeter, den er meinen halbnackten Körper erkundet hatte, an die Grenzen meiner Selbstbeherrschung getrieben. Wären uns nicht die polternden Schritte meiner Mom auf der Treppe aufgefallen, die Nox in meinen Kleiderschrank gezwungen hatten, wüsste ich nicht, ob ich die Kraft besessen hätte, unserem Krieg länger standzuhalten.

»Ist es schon so spät?«, nölte der Höllendiener, als stände ihm ein Termin beim Zahnarzt bevor. Unweigerlich musste ich lächeln. Manchmal benahm er sich wie ein kleines Kind.

»Du hast gesagt, dass wir um sieben Uhr losfahren müssen, um pünktlich anzukommen, wo oder was auch immer unser Ziel ist. Und da ich nicht weiß, was mich heute Abend oder in den kommenden Tagen erwartet, brauche ich eine gewisse Zeit, mir Gedanken über meine Kleiderwahl zu machen.«

Nox gab einen undefinierbaren Laut von sich, der an eine Mischung aus Schnauben und Knurren erinnerte.

Anstatt seine Reaktion mit einem Blick zu belohnen, widmete ich mich meinem überraschend gut gefüllten Kleiderschrank. In der letzten Zeit hatte sich die Anzahl meiner Kleidungsstücke nicht nur verdreifacht, sondern es waren auch Sachen eingezogen, die ich früher niemals auch nur angesehen, geschweige denn gekauft hätte – oder mir hätte kaufen lassen, wie ich ehrlicherweise gestehen musste. Denn wenn man es genau nahm, war es Nox' schwarze American-Express-Kreditkarte, die wir auf unseren Ausflügen zum Glühen brachten. Und auch wenn ich nicht wusste, wie der Höllendiener die horrenden Summen bezahlen wollte, wagte ich es nicht nachzufragen. Angesichts dieses Themas war der gefallene Engel noch sturer als ich. Als ich anfangs darauf bestanden hatte, einen Teil unserer Reisekasse mitzufinanzieren, hatte er mir gedroht, mich nie wieder irgendwohin mitzunehmen, falls ich noch ein einziges Mal etwas Derartiges sagen würde.

Gedankenversunken strich ich über das dunkelblaue Kleid mit den kleinen goldenen Sternen, das wir in Frankreich gekauft hatten. Noch immer fiel es mir schwer zu begreifen, was ich in den vergangenen Wochen mit Nox erlebt hatte. Seit er mir seine zurückgekehrte Fähigkeit demonstriert und mich zum Tigernest-Kloster in Bhutan gebracht hatte, war ich mehr in der Weltgeschichte umhergereist, als ein normaler Mensch in seinem gesamten Leben schaffen konnte. Europa, Asien, Afrika, Australien sowie Süd- und Nordamerika – es gab keinen Ort, den wir nicht besucht hatten. Sei es der Glockenturm von Notre Dame in Paris, das Riesenrad in London oder der Garten des Taj Mahal in Indien. Uns stand die Welt offen – solange wir uns an folgende Abmachungen hielten:

Erstens: Ich befolgte bedingungslos und ohne auch nur den Gedanken eines Widerspruchs Nox' Anweisungen. Das hatte ich ihm hoch und heilig versprechen müssen.

Zweitens: Nox' Teleportationsfähigkeit unterlag zwei Einschränkungen. Zum einen konnten wir nur Orte bereisen, die er bereits mit eigenen Augen gesehen hatte – was bei seinem jahrtausendealten Dasein keine wirkliche

Beeinträchtigung darstellte –, und zum anderen konnte der Höllendiener uns nur an Plätze bringen, die unter freiem Himmel lagen. Demnach konnten wir zwar unmittelbar vor die Türen des Buckingham Palace gelangen, aber nicht ins Schlafzimmer der Queen.

Drittens: Diesen Punkt hatten wir unserer Liste erst später hinzugefügt, nachdem Nox auf einer verlassenen Insel in der Karibik zusammengebrochen und erst Stunden später wieder zu sich gekommen war. Das Teleportieren kostete ihn Kraft. Dieser Fakt war für den gefallenen Engel ebenso neu wie unerklärlich. Bevor er seine Unsterblichkeit und die magischen Fähigkeiten wegen der Seelenprüfungen eingebüßt hatte, war er ohne Beeinträchtigung von einem Ort zum anderen gelangt. Doch inzwischen sah die Sache anders aus. Wie anstrengend eine Reise sein würde, konnten wir vorab nur schwer einschätzen, da einige Faktoren zu berücksichtigen waren: War Nox allein unterwegs oder nahm er mich mit? Wie groß war die Distanz zwischen unserem aktuellen Standort und unserem nächsten Ziel? Wie oft war er in den vergangenen Tagen teleportiert?

In Anbetracht dieses Risikos hatten wir beschlossen, nicht mehr jeden Tag zu reisen, sondern hin und wieder ein paar Tage an unserem jeweiligen Standort zu pausieren – was in Städten wie Tokio, Prag, Bangkok, Singapur oder Dubai zu unbezahlbaren Erinnerungen geführt hatte. Aber auch hier in Kalifornien hatten wir mit dem inzwischen reparierten Maserati wunderschöne Plätze aufgesucht, die ich aufgrund meiner bisherigen Erlebnisse völlig anders wahrnahm und dadurch viel mehr zu schätzen wusste.

Gedanklich zurück in der Gegenwart, setzte ich meine Suche nach dem perfekten Outfit für heute Abend fort. Mein Blick fiel auf das Kleid, das ich zum Abschlussball der Highschool getragen hatte. Augenblicklich zog sich mein Herz zusammen. Das letzte Mal, als ich es angehabt hatte, war ich mit Harmony, Killian und Adam unterwegs gewesen. Und auch wenn es mir inzwischen leichter fiel, die Jaramangos aus meinen Gedanken zu verbannen, war dieses Vorhaben bei meinem besten Freund unmöglich. Seit Adam gegangen war, hatte es keinen Tag gegeben, an dem ich nicht an ihn gedacht oder ihn auf schmerzlichste Art vermisst hatte. Und wäre Nox nicht gewesen, würde ich vermutlich noch immer in einem Strudel aus Wut, Trauer und Verzweiflung feststecken.

Ein vertrautes Kribbeln in meinem Nacken lenkte meinen Blick über meine Schulter. Nox lag ausgestreckt auf meinem Bett und beobachtete mich ungeniert. Die Arme hinter dem Kopf verschränkt, strich er sich mit der Zungenspitze gedankenverloren über die Lippen. Früher hätte mich dieser Anblick vermutlich verstört oder zumindest verlegen gemacht. Aber mittlerweile hatte ich mich so sehr an seine unentwegte Anwesenheit gewöhnt, dass es mich viel mehr irritieren würde, wenn Nox *nicht* daliegen und mich wie ein Raubtier auf der Pirsch beobachten würde. Immerhin war er mir seit dem Abend in der Vampirbar kein einziges Mal mehr von der Seite gewichen – außer, wenn ich ihn explizit darum gebeten hatte, weil ich etwas Zeit allein oder mit meiner Mom verbringen wollte. Doch spätestens zum Beginn jeder Nacht war er zurückgekehrt, ohne dass ich ihn darum hatte bitten müssen. Fast glaubte ich, er wusste von meiner panischen Angst, Holly könnte mich aufspüren und ihren Angriff wiederholen. Aber da Nox mich in all der Zeit nie darauf angesprochen hatte, war auch ich diesbezüglich stumm geblieben. Stattdessen hatte ich mich immer wieder gefragt, wie es ihm gelungen war, mein Bett zu erobern, ohne dass ich es mitbekommen hatte. Aber von der ersten Nacht an hatten wir die Laken miteinander geteilt – jugendfrei, versteht sich.

»Na schön!« Seufzend erhob sich Nox von der Matratze. »Dann mach dich fertig. Ich verschwinde so lange nach Hause und hole den Wagen.« Er stieg in seine Stiefel, zog sich die Jacke über und trat hinter mich. Doch anstatt mich mit sanften Liebkosungen oder unanständig gehauchten Worten erneut in Versuchung zu führen, griff er an mir vorbei und nahm ein Kleid aus dem Schrank, zu dem er mich vor ungefähr zwei Wochen auf einem indischen Basar überredet hatte. Der türkisfarbene Stoff bestand aus mehreren Schichten Organza und schmiegte sich perfekt um meine Kurven. Der Rundkragenausschnitt sowie die kurzen Ärmel waren mit kleinen Edelsteinen versetzt und verliehen dem braven Schnitt etwas Extravagantes. »Zieh das hier an«, wisperte er mir ins Ohr. »Das ist für den heutigen Abend perfekt.«

Überrascht, aber mit einem wohligen Kribbeln im Bauch nahm ich den Kleiderbügel entgegen und drehte mich zu Nox herum. Doch er hatte es sich bereits auf dem Sims des geöffneten Fensters gemütlich gemacht – sein favorisierter Weg, um sich unbemerkt in mein Zimmer rein- und wieder herauszuschleichen.

»Ich bin in einer halben Stunde zurück, Kleines. Komm also gar nicht erst auf die Idee, etwas anzufangen, wofür eindeutig *ich* zuständig bin.« Mit einem frivolen Grinsen zwinkerte er mir zu und war kurz darauf aus meinem Blickfeld verschwunden.

NEUN

Um kurz vor sieben verließ ich, mit meiner Reisetasche bewaffnet, mein Zimmer und ging hinunter ins Erdgeschoss. In der Küche traf ich auf meine Mom, die in einem Topf rührte, während sie ihre Nase in ein Buch steckte, das sich bei näherer Betrachtung als handschriftlich zusammengeführte Rezeptsammlung entpuppte.

»Hm, das riecht aber lecker«, sagte ich und trat hinter sie, um einen Blick in den Topf zu werfen. »Da wird sich Gabriel nur schwer entscheiden können, was ihm heute Abend mehr Freude bereitet: Omas legendäre Lasagnesuppe oder die schöne Frau, die für ihn gekocht hat.«

Mit einem Holzlöffel in der Hand drehte sich Mom zu mir herum. Sie hatte dezentes Make-up aufgelegt und ihr cremefarbenes Strickkleid war unter einer Schürze verborgen. »Wer sagt denn, dass Gabriel zum Essen kommt?«, erwiderte sie mit geröteten Wangen und ertapptem Blick. »Vielleicht wollte ich meiner Tochter eine Freude machen?! Jener Tochter, die ich in letzter Zeit kaum noch zu Gesicht bekommen habe und die in drei Wochen von zu Hause auszieht, um auf dem Uni-Campus zu wohnen.«

Trotz des mitschwingenden Vorwurfs musste ich grinsen. Es stimmte zwar, dass meine Mom und ich uns in den vergangenen Wochen nicht viel gesehen hatten und dass ich bald mein Wohnheimzimmer beziehen würde, aber das waren nicht die Gründe, weshalb sie versuchte, das Thema zu wechseln.

»Netter Versuch, Mom. Wir haben doch erst gestern darüber gesprochen, dass ich dieses Wochenende mit Nox unterwegs bin, dafür aber die ganze nächste Woche für dich reserviert habe, um deine Beförderung angemessen zu feiern.« Unauffällig trat ich einen Schritt zurück, um mich und mein Kleid aus der Gefahrenzone zu bringen. Ich hegte den Verdacht, dass ihr meine nächsten Worte nicht sonderlich gefallen würden. »Außerdem bist du die einzige Person in diesem Haus, die immer noch denkt, ihre Beziehung zu Gabriel sei ein Geheimnis.«

Wie erwartet keuchte Mom laut auf und stemmte ihre Hände samt Kochutensil in die Hüften. Dabei spritzte Tomatensauce von dem Löffel.

»Ich … Wie … Also …«, stotterte sie überrumpelt und ihre Gesichtsfarbe nahm den Farbton der Suppe an.

Mein Grinsen wurde breiter. Es war so erleichternd, dass wir wieder ungezwungen miteinander reden konnten. Gerade zu Beginn meiner Ausflüge mit Nox hatte es vermehrt Reibereien gegeben. Dass sich die Lage so schnell und so unkompliziert entspannt hatte, war allein Gabriel zu verdanken. Er hatte auf unnachahmliche, ja geradezu magische Art und Weise die Wogen geglättet und meine Mom davon überzeugt, dass ich erwachsen war und sie lernen musste, mich loszulassen.

Für diese Unterstützung war ich dem Erzengel sehr dankbar. Dennoch fiel es mir schwer zu akzeptieren, dass sich meine Mom ausgerechnet in einen Seraph verliebt hatte, der dazu auch noch mein leiblicher Vater war. Klar, ich gönnte ihr alles Glück der Wel und der Gedanke, dass sie nach meinem Auszug nicht allein bleiben würde, erleichterte mich. Dennoch bereitete mir die Vorstellung Magenschmerzen, dass meine wundervolle, liebenswerte und völlig unschuldige Mom in eine Welt hineingezogen wurde, die mit Leid und Schmerz um sich warf wie andere mit Konfetti.

»Hier geht es nicht um Gabe oder mich«, nahm Mom den Gesprächsfaden wieder auf und trat an ihren Kochtopf. Obwohl sie mir den Rücken kehrte und sich bemühte, ihre Stimme neutral klingen zu lassen, konnte sie mich nicht täuschen. Ich hatte sie ordentlich aus dem Konzept gebracht – was vermutlich auch der Grund war, weshalb sie ausgerechnet das folgende Thema ansprach. »Lass uns lieber darüber reden, dass du bald an die Uni gehst und noch immer nicht vorhast, dich mit Adam zu versöhnen – deinem besten Freund, der meinen Informationen nach ebenfalls dort studieren wird. Ich meine, es geht mich natürlich nichts an, aber noch vor einem halben Jahr wart ihr beiden unzertrennlich. Wie Pech und Schwefel. Selbst wenn ihr euch gestritten habt, seid ihr zum Schmollen im selben Zimmer geblieben. Die längste Zeit, die ihr nicht miteinander gesprochen habt, war, wenn ich mich recht erinnere, das große Halloweendebakel vor zehn Jahren. Ihr wolltet euch beide als Darth Vader verkleiden und habt es auf ganze drei Stunden Schweigen gebracht.« Sie nahm einen sauberen Löffel aus der Besteckschublade und nippte an der Suppe. Offenbar zufrieden mit dem Ergebnis nickte sie, ehe sie sich zu mir herumdrehte und die Schürze abnahm. Ihre Miene spiegelte Traurigkeit wider. »Inzwischen habe ich den Jungen aber seit mehr als sechs Wochen nicht gesehen. Und auch wenn ich nicht weiß, was zwischen euch vorgefallen ist, bin ich mir sicher, dass es nichts gewesen sein kann, das fähig wäre, eine derart besondere und einzigartige Freundschaft wie eure zu zerstören.« Der einfühlsame Mütterblick, mit dem sie mich bedachte, verwandelte meinen Magen in einen mit Maden überzogenen Komposthaufen. Zu gerne hätte ich geantwortet, dass ich mir nichts sehnlicher wünschte, als Adam wiederzusehen und mich mit ihm zu vertragen.

Doch leider lag das nicht in meiner Hand.

Ich weiß ja nicht einmal, wo er gerade ist oder wann er vorhat wiederzukommen. Falls überhaupt …

Bei der Vorstellung, meinen besten Freund nie wiederzusehen, wurde mir speiübel und ich verlor für einen Moment die Kontrolle über meine Gedanken. Unweigerlich schweiften sie zu jenem Abend, als meine Mom von ihrem Kongress aus Los Angeles zurückkam. Nox und ich hatten das Tigernest-Kloster in Bhutan erst wenige Stunden zuvor verlassen und die besondere Stimmung dieses einmaligen Ortes spukte noch durch meinen Kopf. Aus diesem Grund war ich nicht sonderlich erfreut gewesen, als sich der Höllendiener irgendwann von der Couch erhoben und meinen fragenden Blick mit den Worten beantwortet hatte, dass gerade ein Wagen in der Einfahrt des Hauses zum Stehen gekommen war und es besser sei, wenn er jetzt verschwand.

Traurig hatte ich genickt und ihn mit einem Fingerzeig in Richtung Garten geschickt, wo er sich genau in dem Augenblick wegteleportierte, als meine Mom die Haustür aufschloss.

»Avy-Mäuschen? Bist du zu Hause?«, hatte sie mit fröhlicher Stimme gerufen und sich lauten Schrittes dem Wohnzimmer genähert.

»Ich bin hier, Mom«, hatte ich erwidert, nur weit weniger enthusiastisch als sie. Zwar hatte ich meine Mom vermisst, aber nur bei Nox musste ich mir nie Gedanken machen, etwas zu verraten, was ich nicht sagen durfte. Bei ihm konnte ich einfach *ich* sein. Ganz ohne Lügen und Geheimnisse. Das war äußerst befreiend.

»Ah, da hast du dich versteckt!« Mom hatte ihren vertrauten Schopf ins Wohnzimmer gesteckt und mich überglücklich, ja geradezu euphorisch angestrahlt. »Ach, ich habe dich so vermisst!« Überschwänglich war sie auf mich zugetrippelt und hatte sich neben mich auf die Couch gesetzt. Dann hatte sie mich fest umarmt, ehe sie mich auf Armlänge von sich weggeschoben und mich kritisch gemustert hatte. »Wie geht's dir, Spätzchen? Besser? Du bist immer noch ein wenig blass um die Nase. Es tut mir leid, dass ich mich so selten gemeldet habe. Aber nach meinem Vortrag wurden Gabe und ich aufgehalten. Und dann gab es noch dieses Dinner, an dem wir teilnehmen mussten.« Kopfschüttelnd war sie verstummt. »Ist ja auch egal. Erzähl mir lieber, was du die letzten zwei Tage gemacht hast. Und wo ist überhaupt Adam?« Überrascht hatte sie sich umgesehen, als hätte sie erst in diesem Moment bemerkt, dass wir allein waren. »Ich habe angenommen, er wäre bei dir und ich müsste euch bei meiner Rückkehr aus einem riesigen Haufen Junkfood-Verpackungsmüll bergen.«

Ich hatte ihre Worte mit einem Lachen kommentiert, das an Künstlichkeit nicht zu überbieten war.

»Mir geht's gut, Mom«, hatte ich meine Lügenparade begonnen und sofort hatte sich mein Magen zu einer schrumpeligen Rosine zusammengezogen. Nox hegte den Verdacht, dass mich meine menschliche Seite zwar dazu befähigte, Unwahrheiten auszusprechen, dass ich aufgrund meiner himmlischen Seele aber großes Unwohlsein oder sogar Schmerz empfand. »Ich war die meiste Zeit hier auf der Couch und hab ferngesehen. Nichts Besonderes.« Einen Arm um meinen Bauch geschlungen, hatte ich mit der anderen Hand den Kragen meines dünnen Rollkragenpullovers kontrolliert. Die Spuren des Vampirangriffes waren glücklicherweise nicht gravierend gewesen, sodass ich sie gut hatte verbergen können. »Tja, und Adam ist …« Weiter war ich nicht gekommen. Meine Stimme war weggebrochen und stattdessen waren mir Tränen in die Augen geschossen. Es schien, als hätte meine Seele beschlossen, dass ich genug Lügen von mir gegeben hatte und dass mein Mund mich nicht weiter unterstützen sollte, sie auszusprechen. »Ich weiß nicht, wo Adam ist«, hatte ich schließlich schluchzend hervorgebracht und mich meiner Mom in die Arme geworfen. Auf einmal hatte ich mich wie ein kleines Kind gefühlt, das mit den Ereignissen der letzten achtundvierzig Stunden völlig überfordert war und dringend die Geborgenheit und Nähe seiner Mutter brauchte. »Er denkt, ich hätte etwas Schreckliches getan, und will mich deswegen nicht mehr sehen. Er ist weggegangen, um nachzudenken, und … und ich weiß nicht … ob er jemals wiederkommt.«

Die letzten Silben waren so undeutlich über meine Lippen gekommen, dass ich mir nicht sicher war, ob meine Mom mich überhaupt verstanden hatte. Aber offenbar waren die Details einer Krise laut Elterngesetz nicht von Bedeutung. In einem solchen Fall galt es schlichtweg zu trösten.

»Shhhh, alles wird gut, Spätzchen. Alles wird gut.« Wie ein nicht endendes Mantra hatte sie die Worte in einem beruhigenden Singsang wiederholt, während sie mich fest an sich gedrückt und mir immer wieder zärtlich über Rücken und Haare gestrichen hatte. »Alles wird gut, Spätzchen. Das verspreche ich dir. Alles wird gut.«

Das unbarmherzige Schrillen der Türklingel riss mich aus meinen Gedanken und ich zuckte erschrocken zusammen. Sofort schoss mein Puls in die Höhe und ich sah mich mit großen Augen um.

»Das muss Nicholas sein.« Mom begab sich an den Kühlschrank. Die eingedellte Tür war inzwischen ausgetauscht worden, ohne dass sie etwas davon mitbekommen hatte. »Gabriel kommt erst in einer halben Stunde. Er hat zuvor noch etwas mit Kegan zu erledigen.« Sie stellte die nicht mehr benötigten Lebensmittel zurück an ihren Platz und widmete sich anschließend wieder mir. »Denk einfach über meine Worte nach, okay?! Adam liebt dich. Egal was geschehen ist, ihr werdet das schon wieder hinkriegen. Das weiß ich ganz sicher.«

***

Die rund dreißigminütige Fahrt verlief schweigend. Doch die Stille war alles andere als unangenehm oder gezwungen. Ganz im Gegenteil sogar. Sie gab mir Raum und Zeit, meine kribbelige Vorfreude auf das Wochenende in allen Zügen zu zelebrieren – auch wenn ich keine Ahnung hatte, was mich erwarten würde.

»Was wollen wir denn bei Luigi?«, fragte ich mit vernehmbarer Enttäuschung in der Stimme, als Nox den Maserati vor einem Restaurant zum Stehen brachte, das ich besser kannte als meine ehemalige Highschool. Basierend auf seiner Kleiderempfehlung hatte ich mit einer extravaganten und ja, vielleicht sogar einer nichtmenschlichen Location gerechnet. Ganz gewiss wäre ich niemals auf die Idee gekommen, dass ich heute ausgerechnet bei meinem ehemaligen Lieblingsitaliener essen würde. Jedoch wollte ich keinesfalls arrogant oder verwöhnt klingen. Nur hatte ich in den vergangenen Wochen die kulinarischen Raffinessen der Welt kosten dürfen und wusste daher ziemlich genau, ob eine Pasta von Hand und nach altem Familienrezept hergestellt worden oder ob sie Teil einer Massenproduktion war.

»Na, was denkst du wohl, was wir hier wollen?!«, erwiderte Nox grinsend, während er den Wagen parkte, ausstieg und die Beifahrertür öffnete. »Bestimmt nicht seinen Klempnerbruder Mario besuchen.«

Die Augen verdrehend biss ich mir auf die Unterlippe, um das »Ha-Ha«, das mir bereits auf der Zunge lag, zu unterdrücken. Stattdessen folgte ich dem Höllendiener zum Eingang.

Luigis Pizza Place war kein edles Schickimicki-Restaurant mit weißen Leinendecken, silbernen Kerzenständern oder dezent im Hintergrund laufender klassischer Musik. Dennoch versprühte die Pizzeria einen gewissen Charme. Die rustikalen Holztische waren mit rot-weiß karierten Baumwolltüchern und kleinen Blumensträußen in Keramikvasen eingedeckt, italische

Klänge dudelten aus schlecht versteckten Lautsprechern und der aromatische Duft von Tomatensauce, Basilikum und Holzkohle erfüllte das Lokal.

»Na schön, aber komm nicht auf die Idee, dieses Mal wieder die Hälfte meiner Pasta auffuttern zu wollen, klar?!«, sagte ich, während Nox die drei Stufen zum Eingang hochschritt, um mir die Tür aufzuhalten. Als ich die Schwelle des Restaurants passierte, ertönte ein leises Glöckchen und verkündete unsere Ankunft. »Bestell dir dieses Mal lieber gleich zwei Pizzen. Oder besser noch so ein riesiges Blechding. Damit müsstest du in etwa genauso lange beschäftigt sein wie ich mit meiner Spaghetti Carbonara.« Ganz in meinen feixenden Monolog vertieft, begab ich mich auf direktem Weg zur Garderobe, um mein Bolerojäckchen darüberzuhängen, das ich mir extra für die große Anzahl Kleider zugelegt hatte, die seit Neuestem meinen Schrank schmückten. Anschließend wollte ich Nox einen Bügel für seine Lederjacke reichen, aber als ich mich zu ihm umdrehte, war von ihm nichts zu sehen.

Irritiert sah ich mich um, bis ich ihn in der noch immer geöffneten Eingangstür entdeckte, ein schiefes Grinsen auf den Lippen. »Was ist? Hast du vergessen, die Parkuhr zu füttern?«

»Nein, aber mein Typ wird hier nicht länger verlangt.« Sein Blick glitt an mir vorbei. »Hier«, sagte er an jemanden gerichtet, der hinter mir stand, und warf den Autoschlüssel in die Luft, woraufhin dieser in hohem Bogen über mich hinwegflog. »Vergiss nicht, mir beides zurückzubringen, und zwar ohne den geringsten Kratzer.« Dann zwinkerte er mir ein letztes Mal zu und machte auf dem Absatz kehrt.

Vor Verblüffung erstarrt blickte ich dem Höllendiener nach. Das letzte Mal, als er mich einfach so hatte stehen lassen, war nach unserer Rückkehr aus dem Feenreich gewesen. Aber über diesen Punkt unserer Geschichte waren wir doch längst hinaus! Oder?

Die Tür fiel mit einem weiteren Klingeln ins Schloss und ich erwachte aus meiner Trance. Wie in Zeitlupe drehte ich mich herum. Wem auch immer Nox den Schlüssel für seinen geliebten Wagen überlassen hatte, musste sein völliges Vertrauen genießen.

»Hallo, Engelchen«, sagte Adam mit einem schüchternen Lächeln auf den

Lippen. Sein weicher Tenor traf mich mitten ins Herz und seine karamellbraunen Augen strahlten pure Wärme und Liebe aus. »Ich hoffe, es ist okay, wenn ich heute Abend dein Date bin.«

ZEHN

In den vergangenen Wochen hatte ich mir oft und ausführlich ausgemalt, ob und unter welchen Umständen ich Adam jemals wiedersehen würde. Was ich dabei denken und fühlen oder was ich ihm als Erstes sagen würde. Doch jetzt, da der Moment tatsächlich eingetreten war, sah ich mich nicht in der Lage, die Realität mit meinen ausschweifenden Fantasien in Einklang zu bringen. Mein Kopf war wie leergefegt und meine Emotionen mit sich selbst überfordert. Einzig und allein mein Körper schien dem Totalausfall trotzen zu wollen, denn meine Beine überbrückten die Distanz zu Adam und meine Arme flogen um seinen Nacken. Mit aller Kraft zog ich unsere Leiber aneinander, als wäre jeder noch so winzige Luftraum zwischen uns pure Folter. Mein Gesicht an seine Halsbeuge geschmiegt, atmete ich diesen charakteristischen Duft ein, der so eindeutig zu Adam gehörte wie sein einzigartiger Tenor und seine unverwechselbaren Augen.

Mein Herzschlag raste, mein Puls pumpte wie wahnsinnig und meine Knie waren weich wie Vanillesauce. Wann sich meine Augen mit Tränen gefüllt hatten, war mir entgangen, aber in der Sekunde, als Adam langsam, ja geradezu ehrfürchtig seine Arme um meine Taille legte und die Umarmung erwiderte, waren sie ihren Mauern entflohen und rannen mir nun in heißen Strömen über die Wangen.

»Lass mich niemals, niemals – niemals! – wieder allein! Hast du mich verstanden?!« Auch wenn meine Worte kaum mehr als ein tonloses Flüstern waren, schien Adam mich gehört zu haben. Seine zitternden Finger gruben sich in den Stoff meines Kleides und seine Arme drückten mich noch fester an sich.

»Ich habe dich auch vermisst, Engelchen.« Spürbare Erleichterung schwang in Adams Stimme mit. Anschließend holte er so tief Luft, als würde er mich in sich aufsaugen wollen – oder als hätte er aus Sorge über unser Wiedersehen den Atem angehalten.

Sekunden, Minuten, ja vielleicht auch Stunden zogen an uns vorbei, ohne dass wir uns bewegten. Wie aus einem Guss standen wir da, gehörten einfach zusammen und gaben uns gegenseitig den Halt, den wir beide in den letzten Wochen schmerzlich vermisst hatten. Die Schlagrhythmen unserer Herzen passten sich einander an, bis sie im selben Takt schlugen und dadurch ein Wunder vollbrachten, auf das ich nicht mehr zu hoffen gewagt hatte. Das Loch in meinem Innersten, das zuvor nichts und niemand hatte füllen können, begann zu heilen.

»Deswegen hasse ich es, geschminkt zu sein«, sagte ich nach einer gefühlten Ewigkeit und löste mich widerstrebend von Adam. Mit gesenktem Kopf trat ich einen Schritt zurück und wischte mir unauffällig die Tränenspuren von den Wangen. Die neugierigen Gäste und Restaurantmitarbeiter, deren unverhohlene Blicke wie Scheinwerfer auf uns gerichtet waren, brauchten keinen weiteren Grund, uns länger anzustarren.

Als ich mir sicher war, nicht mehr wie ein Zombie-Panda auszusehen, hob ich den Kopf – und musste grinsen. Adam nach all der Zeit wiederzusehen, war wie eine Bluttransfusion mit Harry Potters Glückstrank Felix Felicis. Was auch immer jetzt noch geschah, es war schier unmöglich, meine Überschwänglichkeit zu dämpfen.

»Man weiß nie, ob nicht der beste Freund nach wochenlanger Abwesenheit ausgerechnet dann zurückkehrt und einen in eine Sprinkleranlage verwandelt«, führte ich meine Aussage zu Ende und wurde prompt mit diesem breiten, einnehmenden Sonnenscheingrinsen belohnt, das Frauen reihenweise um den Verstand brachte.

»Tja, selbst schuld.« Adam schob die Hände in die Taschen seiner dunkelblauen Jeans. Passend dazu trug er ein weißes Hemd, dessen Ärmel er bis zu den Ellbogen hochgekrempelt hatte. Die beiden obersten Knöpfe geöffnet, sah er mit seinen verwuschelten blonden Locken wie ein echter Sonnyboy aus. »Ich versteh sowieso nicht, wozu du dir dieses ganze Zeug ins Gesicht schmierst. Deine Natürlichkeit ist mit nichts zu vergleichen. Es kommt einem

Wunder gleich, dass nicht alle Männer, die dich ansehen, Atemnot erleiden.« Obwohl in Adams Stimme bei derartigen Sprüchen immer ein gewisses Feixen mitschwang, meinte ich dieses Mal einen wehmütigen Ausdruck in seinen Augen zu erkennen. Auch sein Grinsen wirkte zu gewollt, um noch als echt durchzugehen. »Wobei ich zugeben muss, dass mir deine neue Frisur gefällt.« Er nahm eine meiner Haarsträhnen zwischen die Finger und strich sie mir zärtlich hinters Ohr. »Sie betont deine wunderschönen Augen.«

Adams Worte und seine Geste kamen so überraschend, dass ich im ersten Moment zu perplex war, um zu reagieren. Früher hatte er so etwas ständig gesagt und getan. Aber nach allem, was vorgefallen war, fühlte sich dieser Moment irgendwie merkwürdig an. Als würde man während einer gigantischen Naturkatastrophe, die unzählige Menschen das Leben kostete, über das sonnige Wetter der vergangenen Woche plaudern.

»Ja, ich dachte, es wird Zeit für eine kleine Veränderung.« Nach dem Beginn der Seelenprüfungen war ich nur noch sporadisch zum Friseur gekommen, weshalb ich irgendwann den Entschluss gefasst hatte, auf eine pflegeleichtere Haarpracht umzusteigen. Also hatte ich meine Strähnen wachsen lassen und mich von dem künstlichen Platinton verabschiedet. Jetzt erstrahlte mein Haar wieder in seinem natürlichen Honigblond und reichte mir bis zu den Mundwinkeln.

Adam lachte leise und schüttelte den Kopf. »Du wolltest eine Veränderung? Du meinst, weil dir die ganzen Umbrüche in der Vergangenheit nicht gereicht haben?« Ohne mir Gelegenheit zu geben, etwas zu erwidern – ich hätte ihm sowieso nur kindisch die Zunge rausgestreckt –, ergriff er meine Hand und zog mich sanft hinter sich her. »Können wir uns endlich hinsetzen und etwas essen? Vor Aufregung habe ich den ganzen Tag nichts runterbekommen und sterbe jetzt vor Hunger.«

Gemeinsam gingen wir zum anderen Ende des Raumes. In einer kleinen Nische, die von halbhohen Mauern umgeben war und den Bereich vom restlichen Restaurant abtrennte, war ein runder Tisch für zwei Personen eingedeckt. Doch anstatt des üblichen Blumensträußchens in der Mitte stand auf einer weißen Tischdecke eine brennende Stabkerze in einem silbernen Ständer. Drum herum verteilt lagen Rosenblütenblätter in einem dunklen Bordeauxton.

»Tut mir leid«, sagte Adam verlegen, als er meinen verwunderten Blick bemerkte, und rückte mir einen Stuhl zurecht. Nachdem ich Platz genommen hatte, setzte er sich mir gegenüber. »Ich wollte Luigi noch bitten umzuräumen, aber dafür blieb keine Zeit.« Ein schüchternes Lächeln zeichnete sich auf seinem Gesicht ab. »Offenbar hatte die Kellnerin, als ich bei meiner Reservierung um einen Tisch mit ein wenig Privatsphäre bat, eine falsche Vorstellung davon, wie unser Abend ablaufen würde.«

Ungewollt musste ich kichern. Die Situation war so unfassbar peinlich, dass sie schon wieder lustig war. Und womöglich war diese gezwungene und völlig unpassende Romantik ja sogar von Vorteil. Vielleicht würde die Absurdität des Augenblicks die zentimeterdicke Glaswand einreißen, die momentan zwischen Adam und mir stand.

»Dir ist aber die Ironie deiner Worte bewusst, oder, Ad?!« Ich legte die in Leder geschlagene Speisekarte zur Seite. Auch ohne einen Blick hineinzuwerfen, wusste ich, was ich bestellen würde. »Gerade du mit deinem … nennen wir es besonderen Talent für Kommunikation solltest doch wissen, wie man mit einer Frau reden muss, um zu bekommen, was man will.«

Adam legte seine Speisekarte ebenfalls zur Seite. Ein trauriges Lächeln begleitete seinen gesenkten Blick. »Das sollte man meinen, nicht wahr?! Aber offenbar bin ich darin nicht so gut wie Nox.« Räuspernd legte er die Arme vor sich auf den Tisch. Dann hob er den Kopf und beugte sich mir entgegen, den Blick fest auf mich gerichtet. »Aber wie heißt es so schön? Übung macht den Meister. Also …« Ein herausforderndes Funkeln trat in seine Augen. »Hat dir heute Abend schon jemand gesagt, wie unsagbar schön du in diesem Kleid aussiehst? Ich meine, ich habe mir bereits gedacht, dass dir die Farbe wunderbar stehen wird. Aber dass du so fantastisch darin aussehen würdest …«

Völlig überrumpelt von der Wendung unseres Gesprächs und Adams intensivem Blick schoss mir das Blut in die Wangen. Zudem klappte mir die Kinnlade herunter.

»Was hast du eben gesagt?«, konnte ich gerade noch hervorbringen, ehe eine Kellnerin an unseren Tisch trat und unsere Bestellungen aufnahm. Da Adam und ich hier früher fast wöchentlich gegessen hatten, war längst die Entscheidung gefallen, was wir essen wollten, und so konnte die Kellnerin – nachdem sie Adam lange genug mit offensichtlichen Herzen in den Augen angestarrt hatte – unsere Speise- und Getränkewahl notieren und wieder gehen.

Ich wartete, bis ich mir sicher sein konnte, dass sie außer Hörweite war. Erst dann widmete ich mich wieder meinem Gegenüber und sprach weiter, als wären wir nie unterbrochen worden. »Du wusstest, dass mir die Farbe des Kleides gut stehen würde? Woher denn? Hast du das Kleid schon mal gesehen? Zum Beispiel auf dem indischen Basar, wo ich es herhabe?« Meine Frage mochte absurd klingen, aber bei meinem Shoppingausflug in Old Delhi hatte ich das Gefühl gehabt, beobachtet zu werden. Damals hatte ich mir diesen Eindruck mit den kritisch dreinschauenden Indern erklärt, die Nox und mich wie Eindringlinge gemustert hatten.

Doch jetzt ...

»Du warst da, nicht wahr?!«, fragte ich weiter, als Adam schuldbewusst den Blick senkte. Seine ertappte Miene war Antwort genug. »Das darf doch nicht wahr sein!« Mir entfloh ein Laut des Unglaubens und ich schüttelte fassungslos den Kopf. Wieso hatte ich nicht auf mein Bauchgefühl gehört? Ich war sogar der Meinung gewesen, Adams Lockenschopf in der Menschenmasse ausgemacht zu haben, hatte mir dann aber eingeredet, dass die Sehnsucht nach meinem besten Freund der Grund für diese Täuschung gewesen sein musste. »Du warst auf dem Chandni-Chowk-Basar und hast nicht einmal daran gedacht, mich anzusprechen?! Wie konntest du nur?!« Meine Stimme schwoll an und ich konnte nichts gegen das Gefühl von Verrat unternehmen, das wie ein giftiger Dorn mein Herz durchbohrte. »Die ganze Zeit über habe ich mich gefragt, wo du steckst und wie es dir geht. Und du ...« Ich beendete meinen Satz nicht, sondern ballte meine Fäuste auf dem Tisch. Diese Geste half mir, meine Emotionen unter Kontrolle zu halten. »Das war nicht fair, Adam!«, schloss ich meinen erzürnten Monolog mit tränenbelegter Stimme. »Du hättest dich mir zeigen müssen.«

»Denkst du, das wollte ich nicht?!« Adam hob schwungvoll den Kopf. »Denkst du, es ist mir leichtgefallen, dich zu sehen, aber nicht mit dir zu reden?« Verzweiflung zeichnete sich in seiner Mimik ab. »Aber es ging nicht anders. Ich war einfach noch nicht bereit, dir wieder unter die Augen zu treten.« Seine Schultern sackten kraftlos herunter und seine Stimme verlor an Volumen. »Ich wäre gar nicht da gewesen, hätte mich Nox zuvor nicht provoziert. Aber nachdem der Höllenhund während der ersten zwei Wochen auf meine Fragen, ob es was Neues gab, nur mit ein und demselben Satz geantwortet hatte – und zwar, dass bisher kein neues Tattoo erschienen war –, hielt ich es nicht länger aus. Ich musste einfach wissen, wie es dir geht. Daraufhin habe ich Fotos von dir erhalten. Aber entweder waren sie völlig verschwommen, sodass ich nichts erkennen konnte, oder es waren nur Teile von dir zu sehen. Mal dein Hinterkopf, mal ein Arm oder ein Bein. Und jedes Mal las ich dieselbe Bildunterschrift: Sie lebt noch.«

Trotz meines Grolls – wie hatte Nox mir verschweigen können, dass er Kontakt mit Adam gehabt hatte – musste ich grinsen. Der Höllendiener hatte eine wahrlich sadistische Ader, der man nicht zum Opfer fallen wollte.

»Hör auf zu lachen!«, forderte Adam, selbst ein Lächeln auf den Lippen. »Nox hat mich mit seinen Spielchen in den Wahnsinn getrieben! Am Ende war ich so eifersüchtig, dass ich regelrecht darum gefleht habe, dich ebenfalls sehen zu dürfen. Natürlich hat er meine Verzweiflung ausgenutzt, um meinen Aufenthaltsort in Erfahrung zu bringen. Und als er wenige Sekunden später vor mir auf dem Markusplatz in Venedig stand, war es zu spät für einen Rückzieher.« Ein missbilligendes Schnauben erklang. »Der Höllenhund hat mir nicht einmal die Möglichkeit gegeben, mich auf das Wiedersehen vorzubereiten. Stattdessen hat er mich einfach ins kalte Wasser geworfen.«

Ich nickte verständnisvoll, trotzdem fühlte ich mich verraten. Wenn Nox sich nicht mal wieder auf Adams Seite geschlagen hätte, wäre ich bereits vor zwei Wochen in den Genuss gekommen, meinen besten Freund wiederzusehen.

Von wegen, ich kann dir vertrauen, Nox!

Natürlich entging Adam meine Anspannung nicht. Ganz wie es seine Art war, griff er über den Tisch hinweg nach meiner Hand. Mit einem entwaffnend offenen Blick verflocht er unsere Finger ineinander, sodass das Fundament meines Wutgebildes gehörig ins Wanken geriet.

»Du weißt, ich bin normalerweise der Erste, der dich in deinem Zorn gegen Nox unterstützt. Aber in diesem speziellen Fall muss ich den Quälgeist in Schutz nehmen.« Er seufzte ergeben. »Nox wollte dich einweihen. Von Anfang an. Sogar als ich ihn angefleht habe, es nicht zu tun, hat er sich auf deine Seite geschlagen. Das Einzige, was ihn davon abgehalten hat, war die Gewissheit, dass er dadurch deinen Schmerz nur verstärken würde.« Ein trauriges Lachen perlte ihm über die Lippen und er schüttelte sanft den Kopf. »Ich kann nicht glauben, dass ich die folgenden Worte ernsthaft ausspreche, aber Nox hat sich verändert. Zwar ist er noch immer ein riesiges, egoistisches Arschloch, doch scheint er sich allmählich daran zu erinnern, dass der kalte, leblose Stein in seiner Brust mehr zu bieten hat als ein Dasein als Platzhalter, damit sein gigantisches Ego nicht von seinen Rippen zerquetscht wird.«

Adams Worte entlockten mir ein ungewolltes Lächeln. Eigentlich hatte ich nicht vorgehabt, ihm oder Nox so einfach zu verzeihen, aber nach diesem Geständnis konnte ich nicht länger an meinem Groll festhalten.

Nox hätte sich wirklich für mich entschieden?

Auch wenn ich mir das nur schwer vorstellen konnte, begann mein Herz zu wummern.

Er hätte Adam verraten, um mir zu beweisen, dass er die Sache zwischen uns ernst meint? Dass all das, was er über seine Gefühle gesagt hat, keine Floskeln oder leere Versprechungen waren?

Ein Flattern, als hätte ich eine Schar Schmetterlinge verschluckt, pulsierte in meinem Inneren und meine Mundwinkel verzogen sich zu einem dümmlichen Grinsen.

Er wollte mich nur beschützen.

Augenblicklich wünschte ich mich an die Seite des Höllendieners. Ich wollte ihm sagen, dass ich unseren bescheuerten Krieg auf der Stelle beendete und dass es mir völlig egal war, ob ich dafür die weiße Fahne schwenken musste. Wir hatten so viele beschwerliche Situationen meistern müssen, um an diesen Punkt zu gelangen. Jetzt wollte ich keine Zeit mehr mit albernen Machtspielchen vergeuden.

»Wieso sagst du mir das, Adam?« Den Blick fest auf den Engel geheftet, drückte ich sanft seine Finger. »Wieso stärkst du Nox den Rücken? Wir wissen beide, dass du kein Fan von unserer Beziehung bist. Von Anfang an hast du mich vor Nox gewarnt und mir sogar das Versprechen abgenommen, mich auf keinen Fall in ihn zu verlieben. Und ausgerechnet jetzt, da diese ... *Neuigkeit* über mich bekannt geworden ist, hilfst du ihm? Wieso? Solltest du nicht bis in die Haarspitzen motiviert sein, uns auseinanderzubringen?«

Adam sah mich mit nachdenklicher Miene und zusammengezogenen Augenbrauen an. Die beruhigende Wirkung, die seine Berührungen für gewöhnlich auf mich hatte, blieb aus, was in Kombination mit dem sich verdunkelnden Karamellton seiner Iriden dafür sorgte, dass sich mein Herz schmerzhaft verkrampfte.

»Ich will dich nicht anlügen, Engelchen. Als Gabriel uns die Wahrheit über Hope mitgeteilt hat, glaubte ich im ersten Moment, meine kühnsten Wünsche wären in Erfüllung gegangen. Endlich würde ich innerlichen Frieden finden und die Wunden der letzten zwei Jahrzehnte konnten zu heilen beginnen. Aber statt Erleichterung und Ruhe überkam mich eine Empfindung, die gegensätzlicher nicht hätte sein können. Trauer, Zorn und Hilflosigkeit hatten meine Gedanken und Emotionen infiltriert und mir weisgemacht, dass ich deinen Anblick, deine Nähe und deine Berührungen nicht länger ertrug. Dass du mich die ganze Zeit über nur belogen und getäuscht hast.« Adam verstärkte den Druck seiner Finger, als wollte er dadurch das Zittern seiner Hand verbergen. »Ich fühlte mich grauenvoll einsam und verlassen. Als hätte mir Gabriels Offenbarung meine Sanprada nicht zurückgebracht, sondern neben meiner Hoffnung auf ein Wiedersehen mit ihr auch die Beziehung zu meiner besten Freundin zerstört.« Seine Augen wurden verräterisch feucht, aber auf seine Lippen stahl sich ein trotziges Lächeln. »Die darauffolgenden vier Wochen habe ich in meiner persönlichen Hölle verbracht. Ich habe getrunken, mich geprügelt und sogar im Petersdom gewütet. Ich hatte nicht nur meine Sanprada und beste Freundin verloren, sondern auch meinen Glauben. Erst als ich dich auf diesem Basar wiedersah, so glücklich und unbeschwert, keimte in mir ein winziges Licht auf. Und weißt du, warum das der Fall war?« Er gab mir keine Gelegenheit zu antworten – nicht, dass ich dazu überhaupt fähig gewesen wäre. Seine Beichte hatte mich so tief getroffen, dass ich kaum noch atmen, geschweige denn etwas erwidern konnte. »Dein Anblick hat mich an etwas erinnert, das ich vergessen hatte. Nämlich dass Liebe die einzige Macht ist, die uns Kraft, Mut, Hoffnung und Stärke verleiht. Dass sie nicht allein Ausdruck in körperlicher Zuneigung findet, sondern dass sie viele Facetten besitzt und in ihrem tiefsten Kern eine Verbindung zweier Seelen darstellt, die zusammengehören.«

»Das hast du mir damals erzählt, als wir am Tag nach meinem Geburtstag auf dem Schulparkplatz im Auto saßen«, brachte ich mit dünner, tränenbelegter Stimme hervor. Ich erinnerte mich genau an diesen Moment. Damals hatte mich die Sache mit den Seelenprüfungen so verrückt gemacht, dass ich mir sicher gewesen war, den Verstand zu verlieren. Aber der Engel hatte mich mit diesen wunderschönen Worten getröstet.

»So ist es.« Adam lächelte. »Und weißt du, warum ich dir das damals gesagt habe? Weil wir genau diese Verbindung miteinander teilen, Avery. Mir ist klar geworden, dass wir immer füreinander da waren und uns Halt und Zuversicht gespendet haben, unabhängig davon, in wessen Körper sich deine Seele befunden hat oder welche Art von Beziehung wir gepflegt haben. Und das wird sich nicht ändern, nur weil du meine Gefühle nicht auf exakt dieselbe Art erwiderst oder weil du dein Herz einer gigantischen Nervensäge geschenkt hast, die erst noch unter Beweis stellen muss, dass sie deine Zuneigung wirklich verdient.« Adam überging mein empörtes Auflachen mit einem schelmischen Grinsen. Dass er mich endlich wieder »Avery« und nicht ständig nur »Engelchen« nannte, ließ eine ganze Schar bunter Paradiesvögel auf LSD durch mein Innerstes flattern. »Unsere Seelen sind auf eine Weise miteinander verbunden, die weit über die menschliche Vorstellungskraft hinausgeht. Deswegen sollst du eins wissen.« Er begann mit seinem Daumen über meinen Handrücken zu streichen. »Wenn ich sage, dass ich dich liebe, will ich dir damit keinen Druck und auch kein schlechtes Gewissen machen. Ja, ich bin in dich verliebt, aber das ist nicht alles. Ich liebe dich auch als Schwester. Als beste Freundin. Als Seelenverwandte. Und genau aus dem Grund war es immer – und so wird es auch in Zukunft sein – meine oberste Priorität, dich glücklich zu sehen. Das macht mich weder zu einem Heiligen noch zu einem Märtyrer oder, wie Nox es vermutlich bezeichnen würde, zu einem Masochisten. Ich habe einfach während meines zweitausend Jahre andauernden Daseins so viele Dinge erlebt, dass ich unsere einzigartige Verbindung auf eine völlig andere Art wertzuschätzen weiß, als sie jemand Außenstehendes verstehen oder erklären könnte. Mir selbst fehlen dafür sogar die Worte«, fügte er mit einem verlegenen Schmunzeln hinzu, wurde jedoch sofort wieder ernst. »Und solange du mich auch liebst – und sei es nur auf eine dieser unzähligen Arten –, werden wir nicht nur deine Seele aus diesem Vertrag befreien, sondern auch das Erpressungsmaterial finden und zerstören, mit dem dich Nox in der Hand hat und das dich zwingt, so zu tun, als wärst du in ihn verliebt.«

Mein Lächeln – im Gegensatz zu Adams Grinsen – verblasste augenblicklich und ich bereute es, dass die bestellten Pizzabrötchen noch nicht gebracht worden waren. Ich hatte nämlich auf einmal große Lust zu testen, wie gut die Reflexe des Engels tatsächlich waren.

ELF

Der restliche Abend verlief genauso entspannt und vertraut ab, wie ich es von den Zusammenkünften mit Adam gewohnt war. Wir unterhielten uns, lachten und alberten herum, als wären wir mitten im Abschlussjahr und die einzigen Sorgen, die uns quälten, betrafen unsere Abschlussprüfungen, die peinlichen Roben bei der Zeugnisübergabe oder die Frage nach dem richtigen College beziehungsweise der geeigneten Universität. Doch so sehr ich die oberflächliche Normalität dieses Abends auch genoss, war mir dennoch bewusst, dass wir nicht für alle Zeit die neonpinke Kuh ignorieren konnten, die gemeinsam mit uns am Tisch saß und wiederholt mit unheilvoller Stimme »Deine Seele ist noch immer verdammt« muhte.

»Nox sagte, dass bis heute noch kein neues Tattoo erschienen ist.« Dass Adam dieses heikle Thema ausgerechnet jetzt ansprach, bewies, dass wir nicht nur eine äußerst enge und einzigartige Seelenverbindung teilten, sondern dass auch unsere Gedanken auf derselben Frequenz funkten. Wir hatten gerade den Nachtisch verspeist – Tiramisu, leider nicht selbst gemacht, aber trotzdem ganz lecker – und warteten nun auf die Rechnung.

Ich schüttelte den Kopf und rieb mir mit beiden Händen über den kugelrunden Bauch. In den letzten Wochen hatte ich unregelmäßig und auch nur sporadisch gegessen und dadurch auch das ein oder andere Pfund abgenommen. Doch jetzt, da mein bester Freund zurückgekehrt war und zudem die dem Grand Canyon ähnliche Schlucht zwischen uns gekittet hatte, war mein Appetit mit Warpgeschwindigkeit zurückgekehrt.

»Und dir ist in letzter Zeit auch sonst nichts Ungewöhnliches aufgefallen?«, hakte Adam nach und ich schüttelte erneut den Kopf. Dieses Mal gähnend. Das viele Essen in Kombination mit dem grenzenlosen Ausmaß an Zufriedenheit, das ich im Moment verspürte, machte mich unglaublich müde.

Adam rieb sich nachdenklich das Kinn. »Das ist merkwürdig. Das erste Tattoo bekamst du an deinem Geburtstag. Das zweite folgte am Tag nach unserer Rückkehr aus dem Feenreich. Aber dieses Mal?« Die Furchen auf seiner Stirn vertieften sich, während er die Augenbrauen enger zusammenzog. »Was sagen Gabriel und Kegan dazu? Ihr habt sie doch auf die Prüfungen angesprochen, nicht wahr? Haben sie eine Ahnung, was das Ganze zu bedeuten hat?«

Trotz meiner Trägheit zuckte ich zusammen, als hätte man mich geschlagen. Meine Wangen glühten und ich senkte schuldbewusst den Blick. Ich wusste, dass dies die perfekte Gelegenheit war, Adam von den vergangenen Wochen zu erzählen. Dass mich seine Abwesenheit so stark getroffen hatte, dass ich kaum noch hatte atmen können und ich jede Nacht von ihm geträumt hatte, nur um ihm nah zu sein. Auch dass es allein Nox und seinen unermüdlichen Ablenkungen zu verdanken war, dass ich nicht an meinem Kummer zugrunde gegangen war und ich es deswegen einfach nicht fertiggebracht hatte, auch nur einen Gedanken an diese verfluchten Prüfungen zu verschwenden.

Ja, all das hätte ich Adam sagen können.

Aber ich schämte mich viel zu sehr.

Adams Schmerz war so viel gravierender und qualvoller gewesen als meiner, und trotzdem hatte er jeden Tag nachgefragt, ob es etwas Neues gab. Hinzu kam, dass ich meinen besten Freund kannte. Wenn ich ihm von all meinem Kummer erzählte, würde er die Last auf sich nehmen, nur damit es mir besser ging. Aber es wäre nicht fair, seine gerade heilenden Wunden wieder aufzureißen.

»Um ehrlich zu sein, habe ich Kegan seit jenem Frühstück nicht mehr gesehen.« Ich sah auf den Tisch und fummelte an der Serviette auf meinem Schoß herum. Obwohl ich nicht einmal gelogen hatte, zog sich mein Magen unangenehm zusammen. »Und Gabriel bin ich auch nur sporadisch begegnet«, fügte ich mit einem angedeuteten Schulterzucken hinzu.

Adam betrachtete mich mit nachdenklicher Miene. Ich spürte seinen Blick wie einen schweren Felsbrocken auf mir lasten. Aber wir wussten beide, dass er nicht über meine fadenscheinige Ausrede nachdachte, sondern herauszufinden versuchte, was ich vor ihm verbarg. Der Engel hatte mich schon immer wie ein offenes Buch lesen können – einer der wenigen Nachteile unserer besonderen Verbindung.

Glücklicherweise rettete mich die Kellnerin aus der unangenehmen Situation. Sie trat an unseren Tisch und reichte Adam eine kleine schwarze Mappe. Diese spickte er, ohne hineinzusehen, mit einer Einhundert-Dollar-Note und gab sie anschließend mit einem gemurmelten »Stimmt so« zurück. Anschließend erhob er sich, ohne mich aus den Augen zu lassen.

Während wir zur Garderobe gingen, starrte uns die Kellnerin hinterher. Den ganzen Abend hatte sie einen Gesichtsausdruck präsentiert, der ihre Überlegung verriet, ob es moralisch verwerflich war, einem Gast, der gerade ein Date hatte, die eigene Handynummer zuzustecken.

Adam, der diesen fast schon peinlichen Schmachtblick entweder nicht bemerkt hatte – unwahrscheinlich – oder zu anständig gewesen war, um ihn zu beachten – sehr wahrscheinlich –, hielt mir die Restauranttür auf. Auf dem Weg zum Maserati führte er unser Gespräch fort. »Wir sollten Gabriel und Kegan aufsuchen und mit ihnen über das fehlende Tattoo reden. Am besten gleich morgen früh.« Wir erreichten den Wagen und ließen uns in die weichen Ledersitze sinken. Nachdem wir uns angeschnallt hatten, startete Adam den Motor, setzte den Blinker und lenkte uns auf die Straße.

Erneut war ich bei seinen Worten zusammengezuckt. Natürlich war mir bewusst, dass er recht hatte und wir alle möglichen Ressourcen anzapfen sollten, um möglichst viel über die Prüfungen in Erfahrung zu bringen. Aber ich hatte meinen besten Freund gerade erst zurückbekommen und wollte mich nicht gleich wieder der Realität aussetzen – einer Realität, die neben dem drohenden Tod und der ewigen Verdammnis auch einen Erzengel als Vater und einen Engelssoldaten als Bruder bereithielt.

»Ich bin mir nicht sicher, ob Gabriel morgen Zeit hat. Mom denkt, dass ich das ganze Wochenende mit Nox unterwegs bin. Es ist also gut möglich, dass sie und Gabriel ebenfalls Pläne haben.«

Adam warf mir einen kurzen, undeutbaren Blick zu, ehe er sich wieder auf die Straße und den Verkehr konzentrierte. Als er die Spur wechselte, bemerkte ich, dass wir nicht nach Richmond District fuhren, wo ich wohnte, sondern dass er die entgegengesetzte Richtung ansteuerte.

»Ich weiß.« Ein schüchternes Lächeln umspielte seine Mundwinkel. »Die Idee mit dem Wochenendausflug kam von mir. Ich dachte, nach unserer langen Funkstille wäre es nett, ein paar Tage miteinander zu verbringen. Ich meine, ehe der große Umzugs- und Vorbereitungsstress für die Uni beginnt.«

Mit großen Augen starrte ich Adam an. Auch wenn mich seine Aussage eigentlich nicht hätte überraschen dürfen, tat sie es doch.

»O Ad!« Prickelnde Freude breitete sich in mir aus. Die Vorstellung, noch etwas langer in dieser heimeligen und magielosen Blase verbringen zu dürfen, in der es nur meinen besten Freund und mich gab, war die Zuckerkirsche auf dem gigantischen Eisbecher des heutigen Abends. »Das klingt großartig!« Am liebsten wäre ich Adam um den Hals gefallen. Aber um keinen Unfall zu riskieren, beschränkte ich mich darauf, mich an seine Seite zu kuscheln und meinen Kopf auf seine Schulter zu legen. »Ich bin mir sicher, die nächsten zwei Tage werden grandios. Nur du, ich und eine ganze Menge Spaß!«

***

Wie naiv meine Vorstellung war, zeigte sich eine halbe Stunde später, als wir vor dem Haus ankamen, in dem Adam und Nox wohnten. Das Gebäude war mir so vertraut wie mein eigenes Zuhause. Die helle Fassade, der Rundbogen, den man passierte, um zur Eingangstür zu gelangen, sowie die Erkerfenster, die mit Buntglas ausstaffiert waren und wunderschöne Sonnenlichtreflexe auf den Holzboden im Hausinneren zauberten, hatten mir immer ein Gefühl von Sicherheit und Geborgenheit vermittelt. Doch diese Empfindungen gehörten der Vergangenheit an. Sie waren Teil eines Lebens, in dem Adams liebevolle, wenn auch ein wenig spießige Eltern keine Illusion waren, sondern waschechte Personen, die mich wie ihr eigenes Kind geliebt hatten.

»Wir sind zurück!«, rief Adam, nachdem er die Haustür geöffnet hatte und wir ins direkt dahinter liegende Wohnzimmer getreten waren. Wie auch der Rest des Hauses war dieser Raum unbeleuchtet und wirkte leer und verlassen.

»Wenn du deine Nachbarn informieren willst, musst du etwas lauter rufen«, neckte ich ihn, kurz bevor die Deckenlampe anging und den Raum in gleißendes Licht tauchte. Die plötzliche Helligkeit blendete mich und ich schloss reflexartig die Augen.

»Ihr seid früh dran.« Die Stimme des Höllendieners dröhnte durch die Stille und ich schlug blinzelnd die Lider auf. Nox stand mit vor der Brust verschränkten Armen und gelangweilter Miene eine Armlänge vor mir. Er war barfuß, seine Haare waren verwuschelt und er trug nichts außer einer tief auf den Hüften sitzenden schwarzen Jogginghose. »Habt ihr die Sehnsucht nach mir nicht länger ausgehalten oder ist euch endlich klar geworden, dass ihr euch trotz der langen Funkstille nichts zu erzählen habt?!«

Mir waren Nox' feixendes Grinsen sowie seine blöden Kommentare inzwischen derart vertraut, dass ich nur müde lächelnd mit den Augen rollte. Leider konnte ich nicht leugnen, dass sein tiefer Bariton mein Innerstes zum Vibrieren brachte. Vor allem jetzt, da Adam mir die Wahrheit über seine Beteiligung an dem Wiedersehen anvertraut hatte, reagierte ich noch intensiver auf den Höllendiener. Fast schien es, als hätte ich ihn während der letzten Wochen durch einen Schleier betrachtet, der endlich gelüftet worden war. Jedes seiner Worte, jeder Blick und jede Bewegung erschienen mir auf einmal um ein Vielfaches klarer und sein Duft nach Holz, Feuer und Rauch kam mir so intensiv vor, als stände ich nicht vor dem gefallenen Engel, sondern vor einem brennenden Lagerfeuer.

»Ich weiß, es ist schwer vorstellbar«, erwiderte Adam, während er hinter mich trat und mir aus meinem Bolerojäckchen half, »aber es gibt Menschen, die gehen irgendwo etwas essen, amüsieren sich und kehren anschließend gemeinsam nach Hause zurück. Dort lassen sie den Abend in gemütlicher Atmosphäre ausklingen.« Er hängte meine Jacke an die Garderobenwand, ehe er seine eigene daneben platzierte. »In dieser Konstellation wärst du – wenn du schon unbedingt Teil des heutigen Abends sein musst – der nervige Höllenhund, der schwanzwedelnd vor der Tür sitzt und auf die Rückkehr seines Frauchens wartet.«

»Ach, wirklich?« Nox zog eine Augenbraue in die Höhe, während ich meine

Lippen fest zusammenpresste, um nicht loszuprusten. »Dann kläre mich mal auf, Goldlöckchen. Was versprichst du dir von einer gemütlichen Atmosphäre? Denn um eines ganz klar zu machen: Die Kleine hat in der letzten Zeit ihr Bett mit dem schwanzwedelnden Höllenhund geteilt und ich kann mir nicht vorstellen, dass sich das heute ändern wird.«

Das Grinsen auf Adams Lippen gefror zu Eis und in seinen Blick trat ein zorniges Funkeln. Ich war mir sicher, dass ihm bereits eine passende Erwiderung auf der Zunge lag, doch ich wartete nicht, bis er meine Vermutung bestätigte.

»Stopp!« Mit strenger Miene sah ich zwischen den beiden Männern hin und her. Wie hatte ich nur glauben können, dass die jahrtausendealten Engel erwachsen genug wären, um mit der veränderten Situation klarzukommen?! »Wir sind hier nicht im Kindergarten und ich bin kein Spielzeug, um das ihr euch streiten könnt. Also wenn ihr euch nicht sofort einkriegt und euch zumindest so weit vertragt, dass ich mir keine Gedanken um eine Schlägerei machen muss, gehe ich sofort nach Hause. Und zwar allein!«

Für eine Weile schien es, als hätte ich meine Worte an stumme Gegenstände gerichtet, doch schließlich beugten sich Adam und Nox meiner Forderung und gingen in unterschiedliche Richtungen davon – nicht ohne einander noch einen letzten herausfordernden Blick zuzuwerfen.

Männer!

Nachdem Adam in der angrenzenden Küche verschwunden war – ich hegte den Verdacht, dass er Zeit und Raum brauchte, um sich abzureagieren; hungrig konnte er schließlich unmöglich sein –, machte es sich Nox auf der Couch gemütlich.

»Und, Kleines, hast du dein Date genossen?« Der Länge nach ausgestreckt verschränkte der Höllendiener die Arme hinter dem Kopf und legte ein Bein über das andere.

»Ja, ich hatte in der Tat großen Spaß.« Ich folgte Nox und setzte mich auf einen Sessel. Abgesehen davon, dass die Couch keinen freien Platz mehr bot, hatte ich während der Fahrt hierher den Plan geschmiedet, den Höllendiener für seine Heimlichtuerei bezüglich des Kontakts zu Adam ein wenig zu strafen. So ganz ohne Konsequenzen durfte er nicht davonkommen. »Wir saßen in einer kleinen, privaten Nische, die einzige Lichtquelle war eine Kerze auf dem Tisch. Ein paar verstreute Rosenblätter sorgten für eine romantische Stimmung.«

Nox rollte theatralisch mit den Augen. Obwohl er sich große Mühe gab, entspannt und unbeteiligt zu wirken, wusste ich, dass dies nicht seinen wahren Empfindungen entsprach. Nox war nicht der Einzige, der in den vergangenen Wochen dazugelernt hatte.

»Kein Wunder, dass ihr beiden so früh zurückgekommen seid.« Er gähnte. »Das klingt grauenvoll langweilig. Vermutlich siehst du deswegen auch so verheult aus.«

Wie von einem Peitschenschlag getroffen, fuhr ich zusammen. Sicherlich hatte Nox die Worte unbedacht ausgesprochen, dennoch hatte er einen Punkt getroffen, den ich auf keinen Fall thematisieren wollte – und vor allem nicht mit ihm. Die testosterongeladene Begegnung gerade eben hatte bewiesen, dass beide Engel lernen mussten, dass es jetzt zwei Männer in meinem Leben gab, die mir viel bedeuteten.

»Alles okay, Kleines?« Nox hatte sich aufgerichtet und sah mich mit zusammengezogenen Augenbrauen an. Sein sorgenvoller Blick schien bis auf den Grund meiner Seele vorzudringen. »Du wirkst nicht so happy, wie du in Anbetracht dieses Abends hättest sein müssen. Ist etwas vorgefallen?«

Die überraschend ernste und empathische Frage beschleunigte meinen Herzschlag. Es wäre so leicht gewesen, mich zu Nox zu setzen, mich an ihn zu schmiegen und mir alle Probleme von der Seele zu reden. Aber das wäre Adam gegenüber nicht fair. Seine unerwiderten Gefühle – auch wenn er im Restaurant beteuert hatte, dass sie nichts zwischen uns änderten, fiel es mir schwer ihm das nach dem gerade Erlebten zu glauben – waren etwas, was ich allein klären musste. Aus diesem Grund schüttelte ich den Kopf und machte eine wegwerfende Handbewegung.

»Nein, alles in Ordnung. Mir geht es gut. Wirklich!« Um von meiner wenig glaubhaften Erwiderung abzulenken, führte ich das Gespräch auf ein Thema, das längst überfällig war, an das ich mich aber erst nach dem heutigen Abend mit Adam herantraute. »Ehrlich gesagt geht es mir unter anderem deshalb so gut, weil ich erfahren habe, dass du der Grund bist, weshalb ich meinen besten Freund wiederhabe.« Ich hatte mir zuvor keine Gedanken darüber gemacht, wie ich dieses Gespräch führen wollte, und musste nun improvisieren. Nicht gerade eine meiner Stärken. »Mir ist bewusst geworden, dass du während all der Zeit für mich da gewesen bist. Dass du dich um mich gekümmert und mich aufgemuntert hast, als es mir wegen Adam schlecht ging. Deswegen habe ich mir diese ganze Ich-küsse-dich-erst-wenn-du-mich-darum-bittest-Sache noch einmal durch den Kopf gehen lassen.«

»Ach ja?« Ein verblüfftes Lächeln zupfte an Nox' Mundwinkeln. Offensichtlich hatte er nicht damit gerechnet, dass ich ausgerechnet dieses Thema ansprechen würde. Dennoch loderte sein Blick auf, was wie Spiritus für mein innerliches Feuer war. »Und zu welcher Erkenntnis bist du gekommen?«

»Ich denke, es ist an der Zeit, dieses Spiel zu beenden«, hörte ich mich sagen, ohne zu wissen, wie es mir gelungen war, die Silben grammatikalisch korrekt über die Lippen zu bringen. Meine Konzentration hatte sich längst in Konfetti verwandelt – inklusive meines Vorhabens, den Höllendiener ein wenig zappeln zu lassen.

»Ach, das denkst du also, hm?« Das Funkeln in Nox' Augen verstärkte sich und seine Lippen wurden von jenem schiefen Grinsen umspielt, das meinen Puls jedes Mal – und damit meinte ich wirklich *jedes verfluchte Mal!* – an seine Grenzen peitschte.

Da meine Stimme bereits während des letzten Satzes nicht mehr als ein dünnes Murmeln gewesen war, sparte ich mir eine verbale Antwort und nickte stattdessen nur.

Nox erhob sich mit raubtierhafter Anmut von seinem Platz. Das Spiel seiner Muskeln glich einer Symphonie aus Bewegungen und als er sich zwischen meine Beine drängte und je einen Arm rechts und links von mir auf die Sessellehnen stützte, war es mir unmöglich, ihn nicht anzusehen. Völlig gebannt von seiner einnehmenden Präsenz wehrte ich mich nicht, als er sich zu mir vorbeugte und sein heißer Atem bei jeder Silbe über meine kribbelnden Lippen wallte.

»Dann bist du also endlich bereit, die magischen Worte auszusprechen?« Jeder Laut zeugte von grenzenloser Begierde und fachte auch meine Leidenschaft an. Ich wusste nicht, was hier geschah und auf welche Weise ich es stoppen konnte. Aber eines wusste ich ganz genau. Jede Sekunde, die dieser Moment andauerte, fühlte sich an wie flüssiges Wachs auf nackter Haut. Sinnlich und quälend zugleich. »Sag es, Kleines!« Die geknurrten Silben verwandelten das Kribbeln in meinem Inneren in glühende Feuerbälle, die wie Sektperlen zerplatzten und mich in Flammen aufgehen ließen.

»Nox«, hauchte ich. Mein Herz raste und mein Körper stand unter Druck, als wäre ich eine Champagnerflasche, die man geschüttelt hatte. Und obwohl mein Verstand einem Kurzschluss nahe war, konnte ich nicht leugnen, dass ich diesen Moment auf eine fast schon masochistische Art genoss. »Küss mich!«

ZWÖLF

Meine Aufforderung an Nox fühlte sich an wie der Startschuss in ein neues Leben. Feuerwerksähnliche Lichter explodierten um uns herum und hüllten uns in ihren farbenfrohen Schein. Dazu mischte sich der zarte Klang von Engelsgesang, der wiederum von feinem Glockengeläut begleitet wurde. Der Druck in meinem Inneren, der sich über die letzten Wochen hinweg stets intensiviert hatte, verwandelte sich in ein unbeschreibliches Hochgefühl und ließ mich eine Euphorie verspüren, wie ich sie zuletzt während des Blutkarnevals im Pandämonium erlebt hatte – nur hatte ich damals unter Drogen gestanden.

Der Ausdruck in Nox' Blick wandelte sich, als würde er dasselbe empfinden. Anstatt nerviger Schadenfreude oder großkotziger Arroganz konnte ich in seinen Augen nichts als aufrichtige Zuneigung und Freude erkennen.

»Endlich!« Das Wort strotzte vor grenzenloser Erleichterung und himmlischer Erlösung. Millimeter um Millimeter näherte sich Nox mir im Zeitlupentempo.

»Lasst euch von mir nicht stören.« Adams Stimme zerriss die vor Sinnlichkeit geladene Situation und ließ Nox und mich synchron aufblicken. Ich hatte nicht mitbekommen, wann der Engel die Küche verlassen und wie viel er von der Unterhaltung mitbekommen hatte. Aber seiner genervt-angewiderten Mimik nach zu urteilen, war es mehr, als gut für ihn war. »Ich bin oben und nehme ein Bad – in Salzsäure.« Hastigen Schrittes stieg Adam die Stufen ins Obergeschoss hinauf und warf die völlig unschuldige Tür eines der dortigen Zimmer so fest zu, dass sogar die Bilder an den Wänden im Erdgeschoss wackelten.

»Ich werde ihn töten!« Nox wandte seinen vor Zorn lodernden Blick in meine Richtung. All das Glück, das noch vor wenigen Sekunden in seinen Augen zu lesen gewesen war, hatte sich in Luft aufgelöst und jenen Höllendiener zurückgelassen, der erst handelte und anschließend nachdachte – falls überhaupt. »Ich werde ihn langsam und qualvoll niederstrecken!«

»Oder …« Ich legte meine zitternden Finger an seine Wangen. Seine Haut fühlte sich weich und warm an und war von einem kaum sichtbaren Bartschatten bedeckt, den ich unter meinen Fingerspitzen erspürte. Diese Berührung half mir, meine eigene Enttäuschung zu ertragen. »Oder du bleibst hier, verwüstest die Inneneinrichtung, wenn dir das hilft, und überlässt Adam mir.«

Nox verengte die Augen, was das mörderische Glänzen in seinem Blick verstärkte. »Wieso zur Hölle sollte ich das tun?« Die Worte kamen nur gepresst zwischen seinen zusammengebissenen Zähnen hervor, aber sie bewiesen, dass er noch nicht völlig der Raserei verfallen war.

Unumwunden sah ich ihn an und sprach mit besonders ruhiger Stimme. »Erstens, weil ich nicht weiß, wie man die Spuren eines Mordes vertuscht – ich bezweifle, dass sich Seraphenblut mit kaltem Wasser und Natron aus Textilien entfernen lässt. Zweitens würde der Wert dieses Hauses rapide in den Keller sinken, was einem finanziellen Selbstmord und damit einem Doppelmord in diesen vier Wänden gleichkäme. Und drittens …« Da ich mit den beiden ersten Punkten Nox' Zorn zumindest so weit hatte dämpfen können, dass sein nackter Oberkörper nicht länger wie ein Heizkessel glühte, wurde ich selbst wieder ernst. »Drittens seid ihr zwei – Adam und du – waschechte Brüder. Ihr würdet alles füreinander opfern, selbst euer Leben würdet ihr für den jeweils anderen geben. Wenn es aber darum geht, das Mädchen zu bekommen, das ihr beide wollt, nehmt ihr einen atomaren Krieg in Kauf, nur um zu gewinnen.« Ich schob meine Finger von Nox' Wangen in seinen Nacken und zog seinen Kopf noch ein kleines Stück näher zu mir heran. »Ich will diesen Kuss, Nox. Ich will ihn so sehr, wie ich dich will. Deswegen ist es vielleicht sogar ganz gut, dass Adam uns unterbrochen hat.« Mein Herzschlag folgte demselben Rhythmus wie Nox' schnaufender Atem. »Wir wissen beide, dass es nicht bei einem unschuldigen und harmlosen Kuss geblieben wäre. Ich bin mir nicht einmal sicher, dass es bei einer simplen Knutscherei geblieben wäre.«

Nox erwiderte meinen Blick. Lange. Schweigend. Die Leidenschaft in seinen Augen war so intensiv, dass ich nicht sagen konnte, ob ich tatsächlich zu ihm durchgedrungen war. Schließlich richtete er sich blitzschnell auf, verschränkte die Arme vor der Brust und legte ein feines, vor Arroganz strotzendes Grinsen auf. »Gut, Goldlöckchen gehört dir. Aber nur, weil ich weiß, dass er masochistisch genug ist, jedes deiner Worte gehört zu haben, und ihn das mehr verletzt als jeder körperliche Schmerz, den ich ihm zufügen kann.«

Nun war ich es, die Nox mit bösem Blick anfunkelte. Selbst wenn auch ich gerade ziemlich wütend auf Adam war, missfiel es mir, wenn jemand auf diese Art über meinen besten Freund sprach. Da es jedoch sinnlos gewesen wäre, Nox um Empathie und Verständnis für die ungewohnte Situation zu bitten, schälte ich mich unter ihm hervor und erhob mich von meinem Platz. Auf dem Weg ins Obergeschoss wandte ich mich noch einmal um. »Ach, und bevor ich es vergesse: Ich werde die heutige Nacht bei Adam verbringen. Dann hast du genügend Zeit, darüber nachzudenken, wie gemein es von dir war, mir zu verschweigen, dass du sechs Wochen lang Kontakt mit meinem besten Freund hattest, ohne mir davon zu erzählen.«

***

»Adam Jacob Hill«, polterte ich los und stürmte, ohne anzuklopfen, das Schlafzimmer. Obwohl ich diesen Raum seit mehr als einem Jahr nicht mehr betreten hatte, war alles noch genauso, wie ich es in Erinnerung hatte. Dunkle Holzmöbel zierten helle Wände, die neben Postern auch Bilder von Adam und mir zeigten. Das mit Klamotten, Büchern und Zeitschriften übersäte Queensize-Bett beanspruchte den größten Teil des Zimmers, trotzdem gab es neben einem Kleiderschrank auch noch ein überfülltes Bücherregal sowie einen altmodischen Schreibtisch, der als Ablagefläche für allerlei Dinge missbraucht wurde.

»Du brauchst du nicht zu brüllen, Ave. Ich höre dich auch so ganz ausgezeichnet.« Adam lehnte mit einer Schulter am Fenster, die Arme locker vor der Brust verschränkt. Er hatte seine Jeans gegen Sweatshorts und sein Hemd gegen ein T-Shirt getauscht, das ich ihm vor einiger Zeit geschenkt hatte – Darth Vader, der unter seinem Mantel einen neonpinken Bikini präsentierte. Der Anblick des Engels war mir so vertraut, dass ich für einen winzigen Moment meinen Groll vergaß. Doch der Augenblick war schnell verflogen und ich konzentrierte mich wieder voll und ganz auf meine Wut.

»Prima«, erwiderte ich energisch und warf geräuschvoll die Tür ins Schloss, ehe ich harschen Schrittes auf Adam zuging. »Dann muss ich dir das Folgende nicht zwei Mal sagen.« Ich baute mich vor ihm auf, eine Hand in die Hüfte gestemmt, die andere mit dem Zeigefinger voraus auf seine Brust gerichtet. »Seit fast dreizehn Jahren sind wir die besten und engsten Freunde. Wir haben uns immer alles anvertraut, hatten nie Geheimnisse voreinander. Dann erfuhr ich, dass du mich die ganze Zeit belogen hast. Aber war ich dir deswegen böse? Nein, das war ich nicht! Weil ich dich verdammten Blödmann liebe und will, dass du glücklich bist! Deswegen habe ich auch nie etwas über dich und Alyssa gesagt – obwohl ich dir am liebsten für deinen Selbstzerstörungstrieb in den Hintern getreten hätte!« Ich überging Adams amüsiertes Schmunzeln und steigerte mich weiter in meine Wut hinein. Es tat gut, meinen Emotionen Luft zu machen. »Dann geschehen diese ganzen abgedrehten Dinge. Erst verliere ich meine Erinnerungen an dich und bilde mir ein, mich in dich zu verlieben. Dann beichtest du mir deine Liebe und wir küssen uns. Als Nächstes erfahre ich, dass ich ein Nephilim bin, mein Vater ein Erzengel und meine Seele gar nicht mir gehört, sondern deiner verschwundenen Ehefrau! Und ausgerechnet jetzt, da ich meinen besten Freund mehr denn je brauche, weil mein bescheuertes Leben nicht nur kopfsteht, sondern beschlossen hat, den beschissenen Weltrekord im Loopingdrehen zu brechen, verwandelst du dich in einen ...« Mir fielen so viele Beschimpfungen ein und trotzdem fehlten mir die Worte. »Argh! Ad! Das ist nicht fair!« Schmollend verschränkte auch ich die Arme vor der Brust und atmete ein paar Mal tief durch, während ich in seine karamellbraunen Augen sah, die mich voller Liebe, Wärme und auch einer Spur Reue anblickten. »Ich weiß, die ganze Sache ist total verrückt und kompliziert. Aber ich brauche dich, Adam. Als meinen besten Freund. Und selbst wenn ich jetzt total egoistisch klinge, schuldest du mir deinen Segen für die Beziehung zu Nox – auch wenn sie mir deiner Meinung nach nicht guttun wird oder sogar zum Scheitern verurteilt ist.«

Adam lächelte mich mit weicher Miene an. »War das alles oder möchtest du noch mehr loswerden?«

»Kommt auf deine Antwort an.« Ich zuckte mit den Schultern. »Ich hätte noch Energie für eine zweite Runde.«

Adam lachte leise und hob abwehrend die Arme. »Nein, danke. Die erste Standpauke hat völlig gereicht. Und du hast ja recht. Ich habe mich wirklich nicht fair verhalten.« Er seufzte und ließ die Hände sinken. »Aber mal ehrlich, Ave?! Wieso ausgerechnet Nox? Hättest du dir nicht einen anständigen Kerl suchen können? Jeder Serienkiller aus Alcatraz wäre die bessere Wahl gewesen.«

Nun war ich diejenige, die lachen musste. Dennoch knuffte ich Adam in den Arm. Es fühlte sich unglaublich befreiend an, dieses Thema – zumindest vorerst – geklärt zu haben. »Pass auf, was du sagst. Sonst erzähle ich dir in jedem einzelnen schmutzigen Detail, weshalb ich mich für Nox entschieden habe.« Während Adam eine Fratze schnitt, als wollte er das Mittagessen von vor zwei Jahren heraufwürgen, begab ich mich zum Bett, schob das Gerümpel zur Seite, damit ich Platz hatte, und legte mich auf die weiche Matratze. »Und jetzt gib mir bitte was Bequemes zum Anziehen. Das Kleid ist zwar wunderschön, aber nicht unbedingt zum Lümmeln geeignet.«

***

Adam und ich hatten bis spät in die Nacht gequatscht, weshalb ich nicht sagen konnte, wann ich eingeschlafen war. Aber lange konnte ich nicht im Traumland verweilt haben, denn als der markerschütternde Todesschrei eines qualvoll verendenden Tieres durch das Haus schrillte, als würde das arme Geschöpf bei lebendigem Leib entweder gegrillt oder gehäutet werden, fühlte ich mich trotz des pulsierenden Adrenalins in meinen Adern und des galoppierenden Herzens in meiner Brust, als hätte mich ein Lastwagen überrollt.

Kerzengerade saß ich im Bett und sah mich desorientiert um. Ich brauchte ein paar Sekunden, bis ich sowohl meine Umgebung als auch den Blondschopf neben mir erkannte, der seelenruhig weiterschlief, ohne dass ihn die Gänsehaut verursachenden Laute zu stören schienen.

»Adam!« Mit leiser, aber drängender Stimme redete ich auf den Engel ein, während ich an seiner Schulter rüttelte. »Adam! Wach auf!«

Ein unverständliches »Hrmpf« drang ihm über die im Schlaf geöffneten Lippen. Doch anstatt aufzuwachen, drehte er sich von der Seitenlage auf den Rücken und legte sich einen Arm über die Augen.

»Adam!« Mein Rütteln wurde stärker, blieb jedoch wirkungslos. »Herrgott noch mal, wach endlich auf!« Von meiner stetig größer werdenden Angst gelenkt, boxte ich ihm gegen die Rippen.

Endlich kam Leben in den Engel. Er nahm seinen Arm von den Augen und sah mich blinzelnd an. »Was'n los?« Seine Aussprache war genauso wirr wie seine blonden Locken, die ihm unordentlich ins Gesicht fielen und zum Teil den Abdruck verdeckten, den sein Kissen ihm in die makellose Haut gedrückt hatte.

»Was los ist?« Ich betete inständig darum, dass die Frage rhetorischer Natur war und seinem im Standby-Modus befindlichen Hirn geschuldet war. Wenn ich nämlich wieder als Einzige Dinge sah und hörte, die es gar nicht gab, würde ich vermutlich endgültig durchdrehen. »Hörst du das denn nicht?«

Adam betrachtete mich einen Moment lang, als wüsste er nicht, wovon ich sprach. Doch dann ließ er sich zurück auf sein Kissen fallen, bevor er sich mit beiden Händen die Strähnen aus dem Gesicht strich. »Meinst du Nox? Natürlich höre ich ihn. Die gesamte Straße hört ihn. Aber mach dir deswegen keine Gedanken. Nach ein bis zwei Stunden hört er für gewöhnlich auf. Versuch es einfach zu ignorieren und schlaf weiter.«

»Was?« Meine Stimme schrillte unangenehm laut durch das Zimmer. »Das kommt von Nox?« Meine Panik bekam neues Futter und verdreifachte ihre Intensität. So schnell es mir gelang, befreite ich mich aus der Decke, die ich mir mit Adam geteilt hatte, und schlüpfte aus dem Bett. Meine Bewegungen waren ungelenk, meine Gedanken fahrig. Mir steckten noch immer der ereignisreiche Abend sowie der kurze Schlaf in den Knochen, doch ich musste auf der Stelle zu Nox!

»Was machst du da?« Adam klang irritiert. »Du willst doch jetzt nicht zu ihm, oder?« Schwerfällig erhob er seinen Oberkörper und stützte diesen auf den Unterarmen ab. »Ave! Spar dir den Weg. Er schläft. Was du da hörst, ist das Ergebnis seiner Albträume. Die hat er jede Nacht.«

Ich hatte inzwischen die Zimmertür erreicht und wollte bereits nach der Klinke greifen, doch die Worte des Engels ließen mich mitten in der Bewegung innehalten. Mit großen Augen drehte ich mich zu ihm herum. »Die hat er jede Nacht?«

Das ist unmöglich! Ich habe doch schon so viele Nächte mit Nox verbracht. Da hätte ich es ja wohl mitbekommen, wenn er in seinen Träumen derart gequält wird!

Adam nickte träge. »Seit du den Prüfungen zugestimmt hast und man uns unsere Fähigkeiten genommen hat, müssen wir ebenso schlafen wie gewöhnliche Menschen. Und genauso wie bei Menschen übernimmt in diesem Zustand auch bei uns das Unterbewusstsein die Kontrolle.« Stöhnend rieb er sich über das Gesicht. Es war schwer zu erkennen, über wen oder was er sich im Augenblick am meisten ärgerte. »Es ist also kein Wunder, dass der Höllenhund von Albträumen geplagt wird. Er hat drei Jahrhunderte lang Seelen gequält, gefoltert und sie anschließend in die ewige Verdammnis geführt. Früher mochte er damit vielleicht keine Probleme gehabt haben, aber wie ich bereits sagte, er hat sich verändert. Und jetzt, da er sich offenbar daran erinnert, dass irgendwo in ihm ein Gewissen und ein moralischer Kompass schlummern, holen ihn seine früheren Taten ein.«

Ich sah meinen besten Freund an, ohne zu wissen, was ich auf seine Worte erwidern sollte. Auch wenn seine Erklärung logisch klang und ich sogar zu einem winzigen Teil nachvollziehen konnte, weshalb ihn Nox' nächtliche Qual nicht berührte, war ich dennoch über die Gefühlskälte überrascht, die in seinen Silben mitschwangen. Nach all dem, was wir während der bisherigen Prüfungen gemeinsam durchgestanden und übereinander erfahren hatten, war ich der Annahme verfallen, dass Adam seinen Groll Nox gegenüber aufgegeben hatte. Anscheinend hatte ich mich getäuscht.

»Schlaf weiter, Ad«, sagte ich und öffnete die Zimmertür. »Wir sehen uns morgen.« Ich schlüpfte hinaus auf den Flur und machte mich auf die Suche nach Nox.

DREIZEHN

Ich hatte keine Ahnung, wo Nox für gewöhnlich schlief, aber seine albtraumgequälten Schreie lenkten mich wie das Licht eines Leuchtturms bei Nacht. Ich durchquerte den Flur und steuerte zielstrebig jene Tür an, hinter der ich früher das Schlafzimmer von Adams Eltern vermutet, mich jedoch nie getraut hatte nachzusehen. Doch da ich inzwischen wusste, dass Alfred und Ginger Hill nicht wirklich existierten und ich somit keine Angst haben musste, die beiden mitten in der Nacht zu Tode zu erschrecken, stürmte ich ungeniert in den Raum.

Wie nicht anders zu erwarten war, war das Zimmer in Dunkelheit gehüllt. Nur dank der Straßenlaternen vor dem Haus, die ihren schwachen Lichtschein durch das Fenster warfen, konnte ich schemenhafte Umrisse erkennen. Ähnlich wie Adams Schlafzimmer war auch dieses hier funktionell eingerichtet. Eine Kommode, ein Schreibtisch samt Stuhl, ein halbhohes Bücherregal und ein Nachttisch, der an ein großes Doppelbett grenzte. Mehr nicht. Doch im Gegensatz zu Adams chaotischem Stil wirkte dieser Raum puristisch und aufgeräumt. Wie eine Ausstellungsfläche im Möbelhaus. Nirgends konnte ich private Gegenstände oder Bilder entdecken, die darauf hindeuteten, dass dieser Raum tatsächlich bewohnt wurde. Zwar mochte die karge Einrichtung auf den ersten Blick zu dem Höllendiener passen, aber auf mich wirkte die Atmosphäre traurig. Als ob es dem Zimmer an einer Seele fehlte.

Mein unterschwelliges Unbehagen ignorierend, eilte ich auf die andere Zimmerseite zu und kletterte zu Nox aufs Bett. Wie ich es nicht anders gewohnt war, trug er zum Schlafen nur schwarze Boxershorts, die sich eng um seine muskulösen Beine spannten. Doch meine Aufmerksamkeit war auf das vor Qual und Leid verzerrte Gesicht gerichtet, das aufgrund der diffusen Lichtverhältnisse und einiger Schweißperlen auf Stirn und Lippenpartie ungesund und bleich wirkte.

»Nox?!« Ich handelte rein instinktiv, als ich dem Höllendiener behutsam eine Hand an die Wange legte. Seine Haut fühlte sich feucht und kalt an, seine Muskeln zuckten unkontrolliert. »Nox, wach auf. Hier ist Avery.« Obwohl meine leise Stimme keine Chance gegen seine Schreie hatte, wagte ich es nicht, lauter zu sprechen. »Nox, bitte wach auf! Du hast einen Albtraum.« Meine Finger zitterten, als ich ihn sanft zu schütteln begann. Doch auch dies war zwecklos. Entweder hatte er einen extrem festen Schlaf oder sein Unterbewusstsein hatte nicht vor, ihn so schnell aus seiner Hölle zu entlassen.

»Hör zu, Nox. Ich werde gleich etwas tun, was mir nicht leichtfällt. Also wenn du mich wahrnimmst, wäre jetzt der perfekte Augenblick, um aufzuwachen.« Ich wartete ein paar Sekunden ab, doch als sich keine Verbesserung der Situation einstellte, ergab ich mich meinem Schicksal. Mit einem innerlichen Seufzen legte ich mich neben den Höllendiener, unsere Körper dicht aneinandergeschmiegt. Einen Arm um seine Brust geschlungen, strich ich mit der anderen durch sein Haar, während ich leise Justin Biebers »Sorry« zu singen begann. Normalerweise hätte ich niemals in Gegenwart einer anderen Person gesungen, geschweige denn ein privates Ständchen gegeben. Aber Nox hatte mich bereits singen hören und mir wollte auf die Schnelle keine Alternative einfallen.

Ich beendete gerade den dritten Durchgang, als Nox endlich ruhiger wurde, seine Schreie verstummten und die Qual aus seiner Mimik wich.

»Ich wusste doch, dass du die Sehnsucht nicht aushalten und dich früher oder später zu mir ins Bett schleichen würdest.« Ohne die Augen zu öffnen, rollte sich Nox mit einem zittrigen Lächeln auf die Seite, legte einen Arm um meine Taille und zog mich fester zu sich heran. Sein Gesicht in meiner Halsbeuge vergraben, begann er mit seinen Lippen über mein Schlüsselbein zu streichen und raubte mir auf diese Weise die Gelegenheit einer Erwiderung. Aber hey, Reden wurde sowieso völlig überbewertet.

***

Den nächsten Tag verbrachten Adam, Nox und ich am Baker Beach. Ohne dass wir uns abgesprochen hatten, thematisierte keiner von uns den vorherigen Abend oder die anschließende Nacht, in der Nox zwar einen Großteil meines Körpers mit seinen Lippen erkundet, wir uns aber nicht geküsst hatten. Ich wusste nicht, ob der Höllendiener aus den gleichen Gründen wie ich gezögert hatte, aber ich war ihm dankbar für seine Zurückhaltung. Mein erstes Mal sollte weder als Ablenkung von einem Albtraum noch als Racheakt für meinen besten Freund dienen.

Am Samstag sah die Welt bereits wieder freundlicher aus. Beide Männer legten ein Verhalten an den Tag, das bewies, dass sie durchaus in der Lage waren, mit der neuen Situation klarzukommen. Nicht nur, dass sie ihre unangebrachten Besitzansprüche und Eifersuchtsdramen auf ein Minimum reduzierten, sodass es mir gelang, ihre zänkischen Kommentare und kampflustigen Blicke zu ignorieren, nein, am Abend konnten wir sogar ein entspannt-lockeres und teilweise auch ganz witziges Abendessen genießen. Anschließend umging Adam das heikle Thema der Nachtruhe, indem er sich mit einem Augenzwinkern und den Worten zurückzog, dass er die Nacht gern allein verbringen würde, um nicht erneut von mir verprügelt zu werden.

Als ich später in Nox' Armen einschlief, wagte es kein Albtraum uns zu belästigen.

***

Den Sonntag verbrachten wir mit einer letzten Tour durch das Hafenviertel Fisherman's Wharf, bevor wir am späten Nachmittag zu mir nach Hause fuhren. Adam war der Meinung, dass es allmählich Zeit wurde, Gabriel aufzusuchen und ihn auf das immer noch fehlende Tattoo anzusprechen. Und auch wenn ich es nicht gern zugab, hatte er recht. Jetzt, da unsere Gruppe wieder vollständig war, fiel es auch mir immer schwerer, die Nervosität bezüglich der nicht fortgeführten Prüfungen zu leugnen.

»Mom, ich bin wieder da!« Begleitet von Adam und Nox, der meine Reisetasche im Vorbeigehen auf dem Boden abstellte, begab ich mich in Richtung Wohnzimmer. Dort entdeckten wir meine Mom, die mit einem Buch auf der Couch lümmelte, eine Tasse Kaffee auf dem niedrigen Couchtisch neben sich. »Hey, Mom. Guck mal, wen ich mitgebracht habe.«

Adam trat hinter mir hervor, die Hände in seinen Jeans vergraben und ein jungenhaftes Lächeln auf den Lippen. »Hallo, Joleen.«

Beim Klang der vertrauten Stimme hob Mom ruckartig den Kopf und ihre Augen weiteten sich vor Überraschung. »Adam?!« Sie strahlte blanke Freude aus, als ihr ein mädchenhaftes Quietschen entfloh und sie überschwänglich von ihrem Platz aufsprang, wobei ihr Buch achtlos zu Boden fiel. »Mein Junge! Wie schön, dich zu sehen. Wo warst du nur die ganze Zeit?« Sie erstickte Adams Antwort in einer herzlichen Umarmung, was dem Engel ein Lachen entlockte, während er die Begrüßung erwiderte.

Nachdem die beiden ihr Wiedersehen ausgiebig zelebriert hatten, ließen sie voneinander ab. Mom nutzte den Moment, um Adam noch einmal von oben bis unten prüfend zu mustern, ehe sie sich mit glücklich-rührseligem Blick wieder auf die Couch setzte und uns einlud, es ihr gleichzutun.

»Ich bin so froh, dass ihr zwei euch wieder vertragen habt«, sagte sie, nachdem sie auch Nox mit einem herzlichen Lächeln begrüßt hatte. »Avery war die letzten Wochen einfach nicht sie selbst.«

Vor Verlegenheit wurden meine Wangen warm. Zwar wusste jeder der Anwesenden, dass es mir wegen Adams Abwesenheit nicht sonderlich gut gegangen war, aber das war kein Thema, über das ich jetzt unbedingt sprechen wollte. Außerdem gab es etwas sehr viel Wichtigeres zu klären. »Wo ist Gabriel? Ich dachte, ihr würdet das gesamte Wochenende miteinander verbringen.«

Mom schüttelte den Kopf, hob ihr Buch vom Boden auf und legte es zugeklappt neben ihre Kaffeetasse auf den Tisch. Sie benutzte nie Lesezeichen – ein Tick, der mich wahnsinnig machte. »Gabe und Kegan sind am Samstagmorgen zu einem Vater-Sohn-Jagdausflug aufgebrochen und kommen erst im Laufe der Woche wieder. Wann genau kann ich aber nicht sagen. Gabe wusste selbst nicht mit Sicherheit, wie lange sie wegbleiben würden.«

Adam, Nox und ich sahen uns an. Neben der offensichtlichen Frage, auf wen oder was die beiden wohl Jagd machten, warf uns diese Neuigkeit einen gigantischen Stein in den Weg. Wie sollten wir jetzt an Informationen bezüglich des Prüfungsstillstandes gelangen?

»Und ihr, Kinder? Was habt ihr so getrieben?«, fragte Mom, die glücklicherweise nichts von der angespannten Stimmung mitbekam, die sich in uns dreien breitmachte.

»Ach, nichts Besonderes«, antwortete ich ausnahmsweise aufrichtig. »Wir waren …« Das Läuten der Türklingel unterbrach mich. »Erwartest du Besuch?« Begleitet von meiner Frage erhob ich mich von meinem Platz und begab mich in den Flur, um zu öffnen.

»Eigentlich nicht. Aber vielleicht ist es Mrs Cornrath. Seit ihr Mann im Krankenhaus ist, kommt sie hin und wieder auf einen Kaffee vorbei.«

Moms Worte erklangen im selben Moment, als ich die Haustür erreichte und sie öffnete. Doch anstatt der älteren Nachbarin stand mir ein Mann gegenüber, den ich auf Mitte bis Ende vierzig schätzte. Er war nicht sonderlich groß, vielleicht einen halben Kopf größer als ich, und hatte kurz geschnittene, braun gefärbte Haare, die seine matt glänzenden grau-grünen Augen trüb erscheinen ließen.

»Hallo, Avery«, begrüßte mich der Mann, den ich hier als Allerletztes erwartet hätte. Obwohl ich ihn seit einer gefühlten Ewigkeit nicht mehr gesehen hatte, erkannte ich ihn sofort – auch wenn sich sein Gesicht in den letzten Jahren stark verändert hatte. Es war viel zu braun, von Falten überzogen und präsentierte einen verkniffenen Gesichtsausdruck, worüber auch die blendend weißen und perfekt modellierten Zahnreihen nicht hinwegtäuschen konnten. »Bekommt dein alter Herr eine Umarmung?«, fragte James Goose und streckte mir seine Arme entgegen. In einer Hand hielt er einen gigantischen Blumenstrauß, der aus knapp zwei Dutzend Callas und ebenso vielen weißen Rosen bestand.

Wie vom Blitz gerührt stand ich da und starrte den Mann an, den ich bis vor ein paar Wochen für meinen Erzeuger gehalten hatte. Doch in Wahrheit war er nur der Kerl, der meine Seele an den Teufel verkauft hatte.

Als ich keine Anstalten machte, mich zu bewegen, ließ James seine Arme sinken und räusperte sich verhalten. Dafür, dass er ein begnadeter Schauspieler sein sollte, verbarg er die Enttäuschung in seinem Blick verblüffend schlecht.

»Und, ähm, wie geht es dir?«, versuchte er die Peinlichkeit des Moments zu überspielen. Erfolglos.

Ich wollte bereits den Mund öffnen, um etwas zu erwidern, doch die Stimme meiner Mom kam mir zuvor.

»Avy-Spätzchen, wer ist da?« Anstatt eine Antwort abzuwarten, trat sie selbst in den Flur, um nachzusehen. Ich registrierte drei Herzschläge, ehe sie den Besucher an der Tür entdeckte. »James?!« Sie klang ebenso überrascht, ungläubig und verwirrt, wie ich mich fühlte. Doch im Gegensatz zu mir hatte sie keine Schwierigkeiten, ihren Emotionen verbal Ausdruck zu verleihen. »Was machst du hier?«

Eine verdammt gute Frage!

»Hallo, Jo.« James' zuvor verblasstes Lächeln kehrte in Schallgeschwindigkeit zurück und wurde von einem Funkeln in den Augen begleitet. Vermutlich erhoffte er sich, meine Mom würde seinem Überraschungsbesuch mehr Begeisterung entgegenbringen als ich. »Ich bin wegen eines neuen Films in der Stadt und wollte nachsehen, wie es euch so geht. Komme ich ungelegen?« Sein Blick glitt über Moms Outfit, das aus einer bequemen Yogahose und einem kuscheligen XXL-Pullover bestand. Nicht gerade der Look, den man freiwillig wählen würde, wenn der Ex-Mann nach über einem Jahrzehnt Funkstille plötzlich auftauchte.

Augenblicklich überzog ein kräftiges Rosa Moms Wangen und sie stellte sich diskret hinter mich. »Äh, nein, nein. Ich, also wir ... wir wollten gerade ...« Hilfesuchend sah sie mich an, doch ich war unfähig, ihr beizustehen.

»Tut mir leid. Ich hätte vielleicht vorher anrufen sollen.« Mit einem verhaltenen Räuspern senkte James den Blick und machte die Situation dadurch – falls das überhaupt möglich war – noch unangenehmer. Dennoch bewiesen seine folgenden Worte, dass wir die Spitze der Peinlichkeit noch nicht erreicht hatten. »Der hier ist übrigens für dich.« Er reichte Mom den Blumenstrauß. »Alles Gute zum Nicht-Hochzeitstag.«

Wie bei einem grausamen Autounfall verfolgte ich die Szene und betete inständig, dass irgendein C-Promi erscheinen und voller künstlicher Euphorie »Reingelegt!« rufen würde. Doch leider wurden meine Gebete nicht erhört.

»Ave, geht es dir gut?« Wie ein Geschenk des Himmels erklang Adams leise Stimme an meinem Ohr und riss mich aus meiner Lethargie. Ich drehte mich herum und entdeckte ihn gemeinsam mit Nox, wie sie beide mit zornigen Mienen und vor der Brust verschränkten Armen dastanden und James anstierten, als wären sie zwei Bodyguards, die nur auf einen Tötungsbefehl warteten.

Ein äußerst reizvoller Gedanke.

»Adam. Nicholas.« Mom lachte verlegen. Offenbar hatte sie die beiden auch erst jetzt bemerkt. »Das ist James. Mein Mann. Ich meine, mein Ex-Mann.« Erneut erklang ihr Lachen. Hohl. Künstlich. Angespannt. Die Situation überforderte sie mindestens ebenso sehr wie mich – sie hatte noch nicht einmal den Blumenstrauß entgegengenommen. »James, das sind Adam – Averys bester Freund – und sein Bruder Nicholas.«

James' Blick glitt von Mom zu den beiden Männern und seine Miene verdüsterte sich schlagartig. Auch er verschränkte die Arme vor der Brust, was ihm wegen der Blumen in der Hand nur bedingt möglich war. Dazu straffte er seine Schultern und schob das Kinn vor. Ich hatte keine Ahnung, was er mit diesem albernen Gehabe erreichen wollte, aber auf mich machte er eher einen peinlichen als einen einschüchternden Eindruck. »Sind das die beiden Typen, die unsere kleine Tochter zu einer polizeilich gesuchten Entführerin haben werden lassen?«, fragte James mit eisiger Stimme.

Vor Entsetzen keuchte ich auf und taumelte einen Schritt zurück. Dadurch stieß ich gegen Adam, der meinen Arm ergriff und mich stützte. Ich wollte meiner Empörung bereits Luft machen, aber eine Stimme, so samtweich wie die Liebkosung durch eine Feder, ließ mich innehalten.

»Nicht doch, Darling. Du weißt, dass diese Anschuldigungen nur haltlose Gerüchte der Presse waren. Man wollte einzig und allein deinen Ruf schädigen.« Begleitet von diesen Worten trat eine Frau hinter James' Rücken hervor, die wohl nur auf dieses Stichwort gewartet hatte. Sie war in etwa so alt und so groß wie ich, doch ihre langen Beine wirkten durch die schwindelerregenden High Heels an ihren Füßen unendlich. Ihr nougatfarbenes Haar, das in der Sonne glänzte und ihr in weichen Wellen über die zarten Schultern fiel, umrahmte das Gesicht einer handgefertigten Porzellanpuppe. Ihre Figur, die von der Göttin Venus selbst erschaffen worden sein musste, wurde von einem feuerroten Cocktailkleid umhüllt, das teuer und edel aussah. In Kombination mit der Designerhandtasche und einer Sonnenbrille in der Hand strahlte sie eine unbeschreibliche Macht, Stärke und Einfluss aus.

Ich war der Frau noch nie im Leben persönlich begegnet, trotzdem wusste ich genau, wer da vor mir stand.

»Hallo Jungs«, begrüßte Emilia ihre beiden ehemaligen Engelfreunde mit einem sinnlichen Lächeln. »Habt ihr mich vermisst?«

VIERZEHN

Toxische Stille.

Diese Bezeichnung beschrieb die im Raum herrschende Atmosphäre so treffend, dass man annehmen konnte, sie wäre extra für diese Situation geschaffen worden. Dabei wusste ich nicht einmal genau, wie wir überhaupt in diese unheilvolle Lage geraten waren. Gerade eben noch hatten wir an der Eingangstür gestanden und bereits im nächsten Moment saßen wir im Wohnzimmer, weil Mom wider jegliche Vernunft James und Emilia ins Haus eingeladen hatte. Doch anstatt sich unserer unwillkommenen Gesprächsrunde anzuschließen, war sie in der Küche verschwunden, um sich um den Blumenstrauß zu kümmern.

»Und, Avery, wie geht es dir?«, recycelte James eine seiner vorherigen Fragen, der ich bisher keine Beachtung geschenkt hatte, und bedachte mich mit einem Lächeln, als gäbe er ein Interview vor laufender Kamera. Adam, der neben mir saß, und Nox, der sich abseits postiert hatte, ignorierte er geflissentlich.

Völlig in Gedanken vertieft – ich war der fieberhaften Überlegung verfallen, welchem niederträchtigen Schicksalsschlag wir sowohl diesen Besuch als auch die Verbindung zwischen James und Emilia zu verdanken hatten –, öffnete sich mein Mund ein weiteres Mal automatisch. Doch als mir klar wurde, dass ich keine Antwort über die Lippen bringen würde, schloss ich ihn wieder und richtete meine Aufmerksamkeit auf die Frau an James' Seite. Emilia hatte zwar seit Betreten des Hauses kein Wort gesprochen, aber wie sie da auf James' Sessellehne saß, als posierte sie für ein Fotoshooting des Vogue Magazins, und ihren lüsternen Blick nicht von Nox abwandte, lenkte mich derart ab, dass James in den Hintergrund meines Bewusstseins trat. Jedoch war ich selbst verblüfft, dass meine vorherrschende Emotion für diesen Mann Gleichgültigkeit war. Denn obwohl mir durchaus bewusst war, dass Adam, Nox und ich allein seinetwegen um unser Leben bangen mussten, hatte ich in den vergangenen Monaten so viele Schmerzen und Grausamkeiten durchleiden müssen, dass die feige und rückgratlose Tat dieses Wichts mir im Vergleich dazu regelrecht irrelevant erschien. Sogar der Hass, den ich noch an meinem Geburtstag für ihn empfunden hatte, hatte so stark an Intensität nachgelassen, dass ich ihn kaum noch spürte.

»Du siehst auf jeden Fall sehr gut aus«, sprach James weiter. Sein hartnäckiger Wunsch, ein Gespräch in Gang zu bringen, war fast schon beeindruckend. »Du wirkst sehr ...«

»... lebendig?«, half ich aus und erwiderte seinen Blick. Eigentlich hatte ich die Silben nur denken und nicht aussprechen wollen – besonders da ich gewusst hatte, dass sie mir einen warnenden Blick und ein gezischtes »Ave!« von Adam einhandeln würden. Aber nun waren sie mir entflohen und wenn ich ehrlich war, hätte ich sie selbst dann nicht zurückgenommen, wenn ich es gekonnt hätte. Dafür genoss ich die Genugtuung zu sehr, die mich angesichts James' geweiteter Augen und seiner erblassten Gesichtsfarbe überkam.

»Das hatte ich nicht ... ich meine, das wollte ich nicht ...« James räusperte sich und sortierte mit gesenktem Blick seine Gedanken. Nachdem er sich gefasst hatte, sah er wieder auf. »Ich weiß nicht, was du meinst, Avery. Ich hatte sagen wollen, dass du glücklich und zufrieden aussiehst.«

Da genau in diesem Moment meine Mom, die sich offenbar für Martha Stewart hielt, ins Wohnzimmer kam und ein Tablett mit Kaffee und Gebäck neben ihrem Buch auf den Couchtisch stellte, sparte ich mir einen weiteren Kommentar und rollte nur mit den Augen, während Emilia amüsiert kicherte.

»Und? Wie läuft die Schauspielerei, James?«, übernahm Mom die Aufgabe des Gesprächsinitiators und setzte sich zu mir und Adam auf die Couch. Sie schlug ein Bein über das andere und wandte sich mit einer überraschenden Souveränität an ihren Ex-Mann. Einzig ihr dünnes Lächeln und ihre zitternden Finger zeugten von ihrer nervösen Anspannung. Beneidenswert. Ich war mir sicher, würde mein Ex-Mann in Begleitung eines Victoria-Secret-Models nach fast dreizehn Jahren Funkstille plötzlich vor meiner Tür stehen, wären

Gastgebermanieren und Selbstbeherrschung das Letzte, was ich an den Tag legen würde. »Du sagtest, du wärst wegen eines neuen Films in der Stadt?«

Der Angesprochene nickte. »Genau, Teile davon spielen in San Francisco. Und da ich bereits vor zwei Wochen mein letztes Projekt beendet habe, wurde es Zeit, dass der nächste Dreh startet. Immerhin ...« Er lächelte vermeintlich charmant, doch seine Stimme kratzte mir unangenehm in den Ohren. Sie hatte etwas Raues an sich, als bestände James' Frühstück seit Jahren aus einer Schachtel Zigaretten. »Immerhin möchte ich neben den ganzen Emmys und Golden Globes auch endlich einen Oscar erhalten.«

Mom nickte, doch ich bezweifelte, dass sie überhaupt richtig zugehört hatte. Ihren Blick hatte sie unentwegt auf Emilia gerichtet, was ich ihr nicht verübeln konnte. Diese Frau war – so ungern ich es auch zugab – eine wahre Erscheinung. Und das auch ohne das Wissen über ihr magisches Geheimnis.

Apropos.

Wer oder was war Emilia eigentlich? Zwar war sie als Engel erschaffen worden, sie hatte allerdings ihren Status für einen Menschen aufgegeben und war anschließend selbst zu einem geworden. Dann hatte man sie ermordet. War sie daraufhin in den Himmel aufgestiegen oder wie Nox in der Hölle gelandet? Steckte ihre Seele womöglich im Fegefeuer fest? Diese Vorstellung entlockte mir ein Lächeln.

»Sicherlich fragen Sie sich, ob ich ebenfalls Schauspielerin bin und ob James und ich uns dadurch kennengelernt haben, nicht wahr, Joleen?« Emilias honigsüße Stimme riss mich aus meinen garstigen Gedanken. Sie hatte ihre Aufmerksamkeit tatsächlich von Nox abgewandt und sie stattdessen meiner Mom gewidmet – inklusive Julia-Roberts-Lächeln und einem verschmitzten Funkeln in ihren mahagonibraunen Augen. »Das denken die meisten Menschen, weil es so naheliegend ist. Aber obwohl ich Kontakt zu vielen Schauspielern pflege, besitze ich selbst keinerlei Talent in diesem Bereich.« Ein leises Glucksen erklang. »Dabei wäre das Leben um so vieles leichter, wenn man in der Lage wäre, Gefühle und Beziehungen vorzutäuschen. Nicht wahr, Nicholas?« Ihr Blick glitt zu Nox, der mit dem Rücken an die Terrassentür gelehnt stand. Wie gewöhnlich hatte er seine Arme vor der

Brust verschränkt und strahlte mit seiner grimmigen Miene pure Erbarmungslosigkeit aus. Trotzdem meinte ich dieses Mal etwas in seinen Augen zu erkennen, was mir ein ungutes Gefühl bescherte. Anstatt die bizarre Situation mit Argusaugen und messerscharfem Verstand zu verfolgen – wie er es sonst tat, wenn er sich dazu durchringen konnte, die Klappe zu halten –, wirkte er abwesend, ja regelrecht unbelebt. Als würde sich nur eine leere Hülle mit uns im Zimmer befinden. Sogar jetzt, als er direkt angesprochen und ins Geschehen einbezogen wurde, bestand seine einzige Reaktion in einem kaum merklichen Zusammenzucken, ehe sich seine Haltung noch mehr versteifte.

Zum ersten Mal seit Wochen war es mir unmöglich einzuschätzen, was er gerade dachte oder fühlte.

»Sie und Nicholas kennen sich?« Meine unschuldige, unbedarfte Mom, die dankenswerterweise nicht wusste, worauf Emilias Worte in Wahrheit anspielten, blickte mit geweiteten Augen von der Sprecherin zu mir. Ihr stand die Frage, ob ich davon gewusst hatte, deutlich ins Gesicht geschrieben.

Meine Anspannung verstärkte sich und ich hätte am liebsten lauthals losgelacht. Oder geschrien. Oder um mich geschlagen. Egal was. Hauptsache irgendwie reagiert, um den Druck in meinem Inneren zu lindern. Aber ich konnte nicht. Jedes falsche Wort, jeder Blick, jede Geste konnte eine ganze Lawine neuer Probleme auslösen. Und ich war bereits mit diesem hier maßlos überfordert. Deshalb saß ich einfach da, mit einer hoffentlich ausdruckslosen Miene, die Hände im Schoß so fest ineinander verschränkt, dass meine Finger taub wurden, und biss mir mit einer derartigen Intensität auf die Innenseite meiner Wange, dass sich Blut auf meiner Zunge sammelte.

»Ja, wir waren lange Zeit unzertrennlich«, antwortete Emilia auf Moms Frage und lachte leise. Dazu machte sie eine wegwerfende Handbewegung, was die mehrdeutige Bedeutung ihrer Worte nur unterstrich. Inzwischen verstand ich ganz genau, was Adam mit Emilias Drama-Queen-Allüren meinte. »Aber das ist schon so lange her, dass es sich anfühlt, als lägen ganze Menschenleben dazwischen. Apropos Leben«, wechselte sie übergangslos das Thema und ihr Blick, der vor gehässiger Freude funkelte, huschte hinüber zu

Adam. »Wie geht es eigentlich Hope? Ich habe seit einer Ewigkeit nichts mehr von meiner besten Freundin gehört.«

Adam, der bisher ohne jegliche Regung dagesessen hatte, versteifte sich. Ebenso wie ich. Ich hatte es nicht für möglich gehalten, aber dieser Giftspritze war es tatsächlich gelungen, die ohnehin fragile Stimmung im Raum noch zu verstärken.

Dieses Miststück!

Je länger wir hier saßen und ich ihre Anwesenheit ertragen musste, desto weniger konnte ich nachvollziehen, weshalb Nox, Adam und mein Alter Ego sie gemocht hatten. Alles an ihr strahlte reine Boshaftigkeit aus.

Um Adam die Qual zu ersparen, auf die Frage zu antworten – was hätte er auch schon sagen können, ohne zu viel zu verraten? –, übernahm ich das Gespräch und nutzte darüber hinaus die Gelegenheit, den Druck in meinem Kopf durch ein passendes Ventil zu lindern.

»Wenn Sie keine Schauspielerin sind, wie kamen Sie dann in die unglückliche Lage, den da kennenzulernen?« Mit einem Kopfnicken deutete ich auf James.

Während meine Frage Emilia ein helles Lachen entlockte, hatte Mom nur einen entsetzten Blick für mich übrig.

Auch mein vermeintlicher Erzeuger stierte mich mit beschämt-wütender Miene an. »Sie ist meine Agentin«, antwortete er und versuchte, die Verlegenheit in seiner Stimme durch völlig unangebrachte Autorität zu vertuschen.

»Genau«, stimmte Emilia zu. »Deswegen schlafen wir auch nicht miteinander, falls Sie sich das gefragt haben sollten, Joleen.« Noch immer gluckste sie erheitert. »Ich meine, natürlich versucht es James immer mal wieder, aber ich unterhalte eine rein professionelle Beziehung zu meinen Aufträgen – im Gegensatz zu meinem Vorgänger.« Für den Bruchteil einer Sekunde huschte ihr Blick zu Nox, den die Worte zurück ins Reich der Lebenden gelockt zu haben schienen. Zumindest starrte er Emilia, der ich soeben den Titel »Höllenbarbie« verlieh, mit aufgerissenen Augen und einem undefinierbaren Blick an. »Außerdem«, fuhr ebenjene fort und versuchte gar nicht erst, das amüsierte Lächeln auf ihren Lippen zu verbergen. Es war mehr als offensichtlich, wie sehr sie die gesamte Situation genoss, »hat mich mein Chef erst vor wenigen Wochen gebeten, James als Klienten zu übernehmen. Aus diesem Grund wäre es mehr als unangebracht gewesen, gleich mit ihm ins Bett zu steigen, nicht wahr?! Immerhin ist er dein Vater.« Den letzten Satz hatte sie speziell an mich gerichtet und mit einem Augenzwinkern garniert.

Obwohl mir bewusst war, dass sie mich nur provozieren wollte, war es ihr gelungen, meine Selbstkontrolle an ihre Grenzen zu treiben – und ein winziges Stück darüber hinaus. »Er ist nicht mein Vater«, presste ich zwischen zusammengebissenen Zähnen hervor und verstärkte den Druck meiner Finger. Inzwischen waren meine Hände derart verkrampft, dass ich nicht einmal Adams Berührung wahrnahm, als er nach meinem Arm griff. Ebenso wenig wie seinen warnenden Blick, den er mir aus den Augenwinkeln zuwarf.

»Und, ähm, Joleen, wie ist es dir ergangen?«, überging James den spannungsgeladenen Moment, den mein Kommentar verursacht hatte, und wandte sich erneut mit diesem ekelhaft professionellen Lächeln an meine Mom.

»Ganz gut, danke.« Sie lächelte peinlich berührt. Vielleicht hätte ich mich schämen oder zumindest schuldig fühlen müssen, sie in eine derartige Situation gebracht zu haben. Doch das war mir unmöglich in Anbetracht der Vorfreude, die ich verspürte. Gleich würde meine wundervolle Mom endlich die Chance haben, ihrem erbärmlichen Loser-Ex-Mann unter die Nase zu reiben, wie phänomenal gut es ihr ohne ihn als Klotz am Bein ging.

Doch die Sekunden verstrichen und sie schwieg.

Mit großen Augen und geöffnetem Mund starrte ich sie an. Wieso sagte sie nichts? Wozu hatte sie diesen preisgekrönten Vollarsch und seinen höllischen Anhang ins Haus gebeten, wenn sie nicht vorhatte, nach all den Jahren mit den Qualen ihrer Vergangenheit abzuschließen und sich ihren Frust von der Seele zu reden?

Je länger die Pause wurde, desto wütender wurde ich. Auf meine Mom. Auf James. Auf die ganze Situation und das Leben im Allgemeinen.

»Ihr geht es blendend!«, merkte ich mit gerecktem Kinn an. Verflucht sollte ich sein, wenn ich tatenlos zusah, wie dieser arrogante Großkotz das Spiel des Lebens gewann. »Seit sie ihren hundertsechzig Pfund schweren Tumor losgeworden ist, den sie im Zuge völliger Unzurechnungsfähigkeit geehelicht und der ihr daraufhin fast das ganze Leben versaut hat, wird sie regelrecht von einer Glückssträhne verfolgt!«

»Avery!« Mom schnappte entsetzt nach Luft. Doch ich beachtete sie nicht. Ebenso wenig wie James, dessen Miene sekündlich zwischen Kalkweiß und Zornrot wechselte, während mich Emilia mit überraschter Erheiterung anlächelte.

»Mom ist inzwischen nicht nur die Leiterin der Finanzabteilung bei JP Morgan, sondern sie wird auch von einem wundervollen und loyalen Mann vergöttert, der etwas besitzt, was in deinem egoüberladenen Herzen keinen Platz hat. Und zwar Ehre!«

»Jetzt reicht es aber!« James war von seinem Sessel aufgesprungen und stemmte die geballten Fäuste in die Hüften. Vermutlich wollte er mich mit diesem Auftritt einschüchtern. Aber im Vergleich zu den Feen, Höllenfürsten und Vampiren, denen ich nicht nur begegnet, sondern gegen die ich auch gekämpft und überlebt hatte, war dieser heuchlerische Wurm der reinste Witz. »Ich bin noch immer dein Vater! Erweise mir gefälligst einen gewissen Respekt!«

»Respekt? Du erwartest ernsthaft Respekt? Von mir?« Ich lachte trocken und erhob mich ebenfalls von meinem Platz. Es tat unheimlich gut, meinen angestauten Emotionen endlich Luft zu machen. »Wofür denn? Dafür, dass du Mom einfach verlassen hast? Oder dafür, dass du mich verkauft hast, als wäre ich eine altersschwache Ziege, die keine Milch mehr gibt?«

»Ave!«, zischte Adam mir leise von der Seite zu und griff nach meiner Hand, während sich James' Augen ungläubig weiteten. Ich wusste genau, was mir mein bester Freund sagen wollte, aber seine Sorge war unbegründet. Ich ging zwar gerade voller Eifer in meiner Wut auf, aber das bedeutete nicht, dass ich so dumm war, etwas zu verraten, was ich für mich behalten musste. Nein, es gab genügend andere Dinge, die ich diesem verdammten Mistkerl vor die Füße kotzen konnte.

»Du hast so viel Respekt verdient wie ich das Schicksal, das ich deinetwegen erleiden muss. Deswegen lass mich eins klipp und klar festhalten: Du bist nicht mein Vater! Du bist nur ein jämmerlicher Verlierer, der seine Frau und ihr Kind mitten in der Nacht verlassen hat, um einem Traum nachzujagen, den er ohne Hilfe niemals erreicht hätte. Denn abgesehen von Integrität, Loyalität und Charakterstärke mangelt es dir auch an Talent.«

»Avery! Jetzt ist aber genug!« Mit einer Mischung aus Empörung und Entsetzen stierte mich Mom entgeistert an. »Was ist nur in dich gefahren?«

Obwohl mir bewusst war, dass sie nicht wirklich eine Antwort erwartete, lag mir dennoch eine auf der Zunge. Und vielleicht hätte ich mich auch dazu hinreißen lassen, diese auszusprechen, wenn nicht in genau diesem Moment ein glockenhelles Lachen erklungen wäre.

»Welch höchst amüsante Wendung.« Immer noch lachend erhob sich Emilia von ihrem Platz und strich ihr Kleid glatt, ehe sie dasselbe mit ihrem perfekt sitzenden Haar tat. »Aber ich denke, es wäre besser, wenn wir jetzt gehen. Nicht dass noch jemand etwas sagt oder tut, was er später bereut.« Sie zwinkerte mir zu, ehe sie sich an Mom wandte. »Vielen Dank für die Einladung, Joleen. Ihr Haus ist wirklich ... überschaubar.« Mit einem fadenscheinigen Lächeln trat sie an mich heran. »Es hat mich gefreut, dich kennenzulernen, Avery. Du hast etwas an dir, was mich an meine ehemalige Freundin Hope erinnert. Ein lustiger Zufall, nicht wahr?« Sie ergriff meine Hände und beugte sich vor, um mir je eins dieser Hollywood-Luftküsschen auf die Wangen zu hauchen. Im selben Augenblick hörte ich ihre Stimme unmittelbar in meinem Kopf. »Mal sehen, ob der ganze Aufruhr um deine Person wirklich berechtigt ist.« Sie richtete sich auf und schenkte mir ein strahlendes Lächeln. »Wir werden sicherlich noch sehr viel Spaß miteinander haben. Das spüre ich.« Begleitet von diesen Worten hob sie meine linke Hand an ihren Mund. Doch anstatt mir einen altmodischen und völlig unangebrachten Handkuss aufzudrücken, drehte sie meine Finger herum, sodass meine Handfläche nach oben zeigte.

»Was machst du da?«, zischte Adam, der plötzlich hinter mir stand, und zog mich von Emilia weg. Doch es war zu spät. Ihr vom Lippenstift klebriger Mund hatte sich bereits mit seiner rubinroten Farbe auf der hellen Haut meines Handgelenks verewigt.

Anstatt zu antworten, ließ Emilia meine Hand los, als hätte sie sich verbrannt. Dann zwinkerte sie Adam zu und wandte sich an James, der mich noch immer mit untertellergroßen Augen anstarrte. »Komm, Darling. Ich möchte noch ins Spa, bevor wir essen gehen.« Mit einer knappen Handbewegung bedeutete sie ihm, ihr zu folgen, und verschwand hüftewackelnd in Richtung Haustür – natürlich nicht, ohne Nox mit einem verführerischen Augenaufschlag zu bedenken.

Die Haustür war noch nicht gänzlich hinter den beiden zugefallen, als Adam und ich unsere Blicke wieder auf mein immer noch in der Luft schwebendes Handgelenk richteten. Emilias leuchtend roter Kussmund hob sich kontrastreich von meiner blassen Haut ab, als wäre er eine schmerzhaft entzündete Wunde.

»Ich glaube nicht, dass das etwas Gutes zu bedeuten hat«, sagte Adam mit leiser Stimme und sah mich mit besorgter Miene an.

Ich nickte, auch wenn ich mir sehnlichst wünschte, dass er sich irrte.

FÜNFZEHN

»Was hat dir die Stimme in deinem Kopf *wortwörtlich* gesagt?«, fragte Adam zum wiederholten Mal und fuhr sich mit den Fingern beider Hände durch die blonden Locken. Wir befanden uns im Badezimmer. Mit dem Rücken gegen die Badewanne gelehnt saß Adam auf dem Boden, während ich am Waschbecken stand und wie eine Irre versuchte, diesen penetranten Kussmund von mir zu waschen. Leider erfolglos.

»Das habe ich dir bereits fünf Mal gesagt.« Die Worte waren mir ungewollt harsch über die Lippen gekommen. Aber im Augenblick war ich einfach nur bodenlos genervt und hätte am liebsten geschrien, geheult und mich in mein Bett verkrochen. Wenn ich diesen Herpes verursachenden Flittchenstempel nicht bald von meinem Körper entfernte, würde ich mir noch aus Verzweiflung die Hand abschlagen.

»Dann wiederhol es bitte ein weiteres Mal«, bat Adam mit Engelsgeduld, was mich für einen Moment in meinem krankhaften Waschzwang innehalten und leise seufzen ließ. Es war nicht fair, meine schlechte Laune an ihm auszulassen.

Immerhin ist er hier – im Gegensatz zu Nox!

Dieser Gedanke fachte meinen Zorn von Neuem an und mir stiegen Tränen in die Augen. Ich war so unsagbar wütend, enttäuscht und traurig wegen des Höllendieners, dass ich es nicht in Worte fassen konnte. Doch anstatt meinen negativen Emotionen zu erliegen, wandelte ich sie in Energie um und startete eine neue Runde »Ich schrubb mir die Haut von den Knochen«.

»Es war Emilias Stimme«, knurrte ich. »Und sie hat gesagt: ›Mal sehen, ob der ganze Aufruhr um deine Person wirklich berechtigt ist.‹« Nach der letzten Silbe fuhr ich noch ein paar Mal mit der Hartborstenbürste über den Kussmund, doch schlussendlich gestand ich mir meine Niederlage ein. Wüst fluchend pfefferte ich die Bürste ins Becken und ließ mich verschwitzt, kraftlos und mit einem wundgescheuerten Handgelenk auf den Toilettendeckel sinken.

»Und du bist dir *wirklich* sicher, dass du dich nicht täuschst?« Auch Adams Nervenkostüm wirkte angespannt. Die Begegnung mit Emilia und James hatte auch an ihm Spuren hinterlassen. »Könnte es nicht sein, dass es gar nicht Emilias Stimme war? Oder dass du sie falsch verstanden hast?«

Zu erschöpft, um die immer gleichen Fragen zu beantworten, bedachte ich Adam mit einem »Echt jetzt?!«-Blick.

»Okay, schon gut. Sorry.« Der Engel hob abwehrend die Hände. Dann fügte er so leise hinzu, dass er vermutlich mehr zu sich selbst sprach: »Ich versuche einfach nur zu verstehen, was sie damit meinen könnte.«

Ich sparte mir die Bemerkung, dass ich mit diesem Thema selbst völlig überfragt war, und widmete mich stattdessen meinem Handgelenk, das mittlerweile ebenso feuerrot leuchtete wie dieser dämliche Kussmund, der sich wie ein Brandmal aus der Hölle in meine Haut gesengt zu haben schien.

Klasse! Jetzt hat mich bereits zum zweiten Mal ein Dämon geküsst, der nicht »Nox« heißt. Aber wenigstens war es dieses Mal nicht auf den Mund.

Seufzend ließ ich Kopf und Schultern hängen. Ich war mental zu erschöpft, um meine Gedanken davon abzuhalten, sich erneut mit dem Höllendiener zu beschäftigen. Und so fand ich mich, ähnlich wie bei einer Rückblende in einem Film, im Erdgeschoss wieder, wo Emilia und James vor wenigen Augenblicken das Haus verlassen hatten. Adam stand mir gegenüber und starrte auf mein Handgelenk, während Mom hinter uns auf der Couch saß und etwas vor sich hinmurmelte. Zwar konnte ich sie nicht verstehen, aber der Rhythmus ihrer Worte erinnerte mich an ein Gebet. Nox lehnte währenddessen weiter an der Terrassentür und starrte mit undefinierbarem Ausdruck in den Augen auf die Stelle, an der Emilia kurz zuvor gestanden hatte. Sein Anblick beunruhigte mich dermaßen, dass ich mich von Adam abwandte, um nach dem Höllendiener zu sehen. Doch bevor ich den ersten Schritt auf ihn zu machen konnte, sprang meine Mom wie von einer Tarantel gestochen vom Sofa auf und sah sich hektisch im Raum um.

»Was ist los?«, fragte ich besorgt. »Was suchst du?« Ich hoffte inständig, die Antwort würde weder »Meinen Verstand« noch »Eine Axt« lauten.

»Meine Handtasche«, sagte Mom und ich atmete erleichtert auf. Die Wahrscheinlichkeit, dass sie in ihrem Michael-Kors-Shopper eine Waffe oder die Kontaktdaten eines Auftragsmörders mit sich herumtrug, war überschaubar gering. »Ich muss sofort zu einem Meeting der AA. Wenn ich da nicht hingehe, renne ich in die nächstbeste Bar und betrinke mich.« Zwar wusste ich, dass sie seit ihrem letzten Rückfall wieder regelmäßig zu solchen Treffen ging, aber das hatte ich eher zufällig erfahren; Mom hatte etwas Derartiges nie in meiner Gegenwart erwähnt. Während sie so offenkundig über ihre Krankheit sprach, stand sie bereits im Hausflur und stieg in ihre Pumps. Sie wirkte wie im Wahn, weshalb keiner von uns es wagte, sie anzusprechen. Wenig später war sie ohne Verabschiedung aus der Haustür verschwunden.

Vermutlich hätte mich diese Szene berühren oder zumindest zu einer irgendwie gearteten Reaktion bewegen müssen. Aber mir blieb keine Zeit, das eben Geschehene zu realisieren, denn bereits im nächsten Augenblick wurde ich erneut abgelenkt. Ein sanfter Windstoß wehte durch das Zimmer und ließ mich meinen Kopf ruckartig herumdrehen. Ich entdeckte Nox, der die Terrassentür geöffnet hatte und hinausgetreten war. Zuerst dachte ich, er bräuchte nur frische Luft, doch dann drehte er sich zu mir herum und sagte mit Grabesstimme: »Warte heute Abend nicht auf mich, Kleines. Es kann spät werden.« Anschließend teleportierte er sich einfach weg.

»Ich würde dir ja gern unter die Nase reiben, dass ich dich vor dem Höllenhund gewarnt habe«, merkte Adam an und katapultierte mich damit zurück in die Realität. Zur gleichen Zeit erhob er sich vom Boden und kam zu mir rüber. »Aber du siehst auch so schon völlig fertig aus. Deshalb spare ich mir den Spruch für Nox' nächste Idiotenaktion auf, die – da bin ich mir ganz sicher – nicht lange auf sich warten lassen wird.« Mit einer Fratze, die wohl eine Art trauriges Grinsen darstellen sollte, ließ sich Adam vor mir auf die Knie sinken. »Und jetzt zeig mir dein Handgelenk – oder zumindest das, was du davon übriggelassen hast.« Wie selbstverständlich griff er nach meiner Hand. Doch anstatt einen sanften Druck zu spüren, wie ich es von Adam gewohnt war, verursachte seine Berührung einen flammenden Schmerz, als hätte mich ein Bunsenbrenner gestreift. Reflexartig zog ich meinen Arm zurück und stieß den Engel mit der freien Hand von mir.

»Verdammt, Ad! Pass doch bitte auf!« Ich drückte die brennende Stelle an meine Brust, in der Hoffnung, dadurch die Qual lindern zu können. »Das tat echt weh!«

»Tut mir leid«, kam die überraschend kleinlaute und verblüffend leise Antwort, als befände sich Adam in einem anderen Raum.

Irritiert blickte ich mich um. Tatsächlich entdeckte ich den Engel nicht länger unmittelbar vor mir, sondern am anderen Ende des Badezimmers, wo er wieder auf dem Boden saß und mich aus geweiteten Augen anstarrte.

»Was soll das?«, fragte ich verärgert. Ich war nicht in der Stimmung für alberne Witze. »So fest habe ich dich nun auch nicht geschubst.«

»Nein, nicht du.« Die Anspannung in Adams Miene verstärkte sich. »Aber dein neues Tattoo.«

»Was? Wovon redest du?« Ohne darüber nachzudenken, was ich tat, hob ich meine Hand und betrachtete die noch immer rot leuchtende Haut meiner Arminnenseite. Ich hatte Emilias Judaskuss inzwischen so lange und intensiv gemustert, dass ich jede noch so feine Linie ihres Mundes kannte. Aber ich hätte diese ungewollte Detailliebe gar nicht gebraucht, um die Wandlung zu erkennen, die unbemerkt auf meinem Handgelenk stattgefunden hatte. Anstelle des rubinroten Lippenabdrucks, den ich verzweifelt und trotzdem erfolglos zu entfernen versucht hatte, prangte jetzt ein Runensymbol in tiefschwarzer Tinte auf Höhe meiner Pulsschlagader. »Was zur Hölle ist das?« Mit zitternden Fingern strich ich über das Zeichen, das trotz seiner Schlichtheit – es erinnerte auf den ersten Blick an die Ziffer Sieben mit zwei zusätzlichen Strichen – eine uralte und zutiefst komplexe Macht ausstrahlte, die ich bis auf den Grund meiner Seele wahrnahm.

»Das ist das Kainsmal«, erklärte Adam mit beinahe ehrfürchtiger Stimme und ich hob automatisch den Kopf. Er saß noch immer mit dem Rücken gegen die Zimmertür gelehnt und machte nicht den Anschein, als wollte er diesen Platz allzu bald verlassen.

»Kainsmal?«, wiederholte ich und kramte in meinem überforderten Verstand nach einer Erklärung, weshalb mir der Begriff so vertraut erschien. Ich war mir sicher, das Symbol noch nie zuvor gesehen oder zumindest nicht bewusst wahrgenommen zu haben.

Adam nickte und räusperte sich. Es war offensichtlich, dass ihm die folgenden Worte nur schwer über die Lippen kamen. »Mit diesem Mal hat Gott Kain gezeichnet, nachdem dieser seinen Bruder Abel aus Neid erschlug.«

»Was?« Meine Stimme schrillte um eine Oktave höher. Langsam kehrten meine schwammigen Erinnerungen aus dem Religionsunterricht zurück. Kain und Abel hatten Opfergaben für Gott vorbereitet. Doch Gott hatte Kain nicht beachtet, weshalb dieser aus blankem Neid den Boden mit dem Blut seines Bruders getränkt hatte. Daraufhin hatte Gott Kain als ersten Mörder der Menschheitsgeschichte gebrandmarkt und ihm dadurch ein ruheloses und unstetes Leben auferlegt. »Aber wieso trage ich plötzlich dieses Mal?« Wie von selbst glitt mein Blick zurück auf den breiten Tintenstreifen auf meiner Haut. »Ich habe niemanden umgebracht. Ich habe ja nicht einmal einen Bruder, den ich beneiden könnte – abgesehen von dir, meine ich natürlich.«

»Das weiß ich.« Adam legte seine Stirn in Falten. Er wirkte konzentriert, gleichzeitig aber auch besorgt. »Deshalb denke ich nicht, dass du aus diesem Grund gezeichnet wurdest.«

»Ach, nein?« Hoffnung keimte in mir auf. Wenn sich jemand mit dem ganzen Religionskram auskannte, dann doch wohl ein Engel.

»Menschen, die an das Kainsmal denken, assoziieren damit immer als Erstes den Brudermord«, erklärte Adam. »Deshalb wurde im Laufe der Jahrhunderte aus diesem Zeichen das Symbol der Schande. Aber das ist nur ein Teil der Geschichte. Als Gott Kain das Zeichen gab, wollte er ihn einerseits für sein Handeln bestrafen, ja. Aber Kain hat seine Tat bereut und eingesehen, dass der Mord an seinem Bruder unverzeihlich war. Doch Gott hat ihm verziehen. Und als Kain daraufhin anmerkte, dass er durch das Brudermörder-Zeichen nun selbst zur Zielscheibe für Angriffe werden würde, hat Gott ihm versichert, dass jeder …«

»Dass jeder, der versucht, ihm Leid anzutun, die siebenfache Rache zu spüren bekommt«, beendete ich den Satz und meine Augen wurden noch größer. Ich erinnerte mich wieder an die Geschichte und daran, dass ich sie bereits damals, als ich sie kennenlernte, total unlogisch fand. Gott hatte Kain zur Strafe als Mörder gekennzeichnet, ihn aber auch vor Anschlägen anderer geschützt?! Wieso? Hatte Kain es nicht verdient, für seine grauenvolle Tat in ständiger Angst und Gefahr zu leben?

»So ist es«, bestätigte Adam. »Und auch wenn ich dir nicht sagen kann, weshalb dir Emilia dieses Zeichen verpasst hat – oder weshalb sie dazu überhaupt in der Lage war –, kann ich dir versichern, dass der Schutz des Mals einwandfrei funktioniert.« Zur Unterstreichung seiner Worte rieb er sich über die Brust.

Ich sah Adam einen langen Moment einfach nur an. So ungeheuerlich diese Offenbarung auch sein mochte, entlockte sie mir dennoch ein Lächeln. Die Vorstellung, dass mir ab sofort kein Leid zugefügt werden konnte, war unbeschreiblich berauschend.

»Wow, das ist …« Mir entfloh ein leises Kichern, doch ich zwang mich zur Konzentration. Jetzt war nicht der geeignete Augenblick, um mich einer kindischen Euphorie hinzugeben. Besonders wenn es so viele ungeklärte Fragen gab. Also glitt ich vom Toilettendeckel und ging zu Adam. Mit der ausgestreckten Hand blieb ich vor ihm stehen. »Komm, gehen wir runter in die Küche und verbinden mein Handgelenk. Ich will Mom nicht erklären müssen, warum ich plötzlich ein neues Tattoo habe – und dann auch noch ausgerechnet *dieses* hier. Anschließend können wir Nox benachrichtigen und Kriegsrat halten.«

Adam betrachtete mich erst mit kritischer Miene, dann ergab er sich mit einem Seufzen und nahm mein Angebot an. Doch auch dieses Mal ging mit der Berührung unserer Finger ein brennender Schmerz einher, der meinen Arm in Flammen aufgehen ließ. Dieses Mal tat es sogar noch mehr weh als zuvor.

Reflexartig sprang ich zurück und stieß mit meinem Hinterteil gegen das Waschbecken. »Scheiße, verdammt!«, fluchte ich ungehalten und schüttelte meine Hand. Sie fühlte sich an, als hätte ich mit ihr eine glühende Herdplatte berührt. »Was soll der Mist?! Dieses Mal hast du mich doch gar nicht angegriffen!«

Adam antwortete nicht. Als meine Qual nach einigen Sekunden nachließ und ich den Blick auf den Engel richtete, entdeckte ich den Grund für sein Schweigen. Zusammengekauert lag er auf dem Boden, das Gesicht vor Gram verzogen. Mit beiden Armen umklammerte er seinen Oberkörper. Sein Atem ging hektisch und seine Lider waren fest zusammengepresst.

»Adam!« Von Panik ergriffen eilte ich auf meinen besten Freund zu und ließ mich vor ihm auf den Boden fallen. Wie von selbst glitten meine Hände zu ihm, doch bevor ich aus blinder Sorge einen Fehler machen konnte, schüttelte er den Kopf.

»Nein! Bitte nicht ... anfassen!« Seine Stimme war kaum mehr als ein heiseres Röcheln und die karamellbraunen Augen blickten mich aus winzigen Schlitzen an.

Adams Anblick verstärkte den Knoten in meiner Brust und ließ meine Augen feucht werden. Ich wusste zwar nicht, wie das möglich war, aber es stand außer Frage, dass ich der Grund für sein Leid war.

»Gönn mir ... erst eine kleine Pause ... bevor du mich weiter ... quälst.« Der Anflug eines Lächelns stahl sich auf seine Lippen, doch es wirkte zu gezwungen, als dass es glaubhaft gewesen wäre.

»Was ist hier los, Ad?«, fragte ich mit belegter Stimme und schlang meine zitternden Arme um den Bauch. Die Freude über das Tattoo war genauso schnell wieder verschwunden, wie sie zuvor aufgekommen war. »Wieso können wir uns auf einmal nicht mehr ohne Schmerzen berühren?«

»Ich weiß es nicht, Ave.« Adam zwang sich in eine halbwegs aufrechte Position. »Aber da dir Emilia das Mal verpasst hat, befürchte ich, dass sie diejenige ist, die uns diese Frage beantworten kann.«

SECHZEHN

»Du verfluchter Höllenbastard! Jetzt geh endlich ans Telefon!« Adam zischte die Worte in den Hörer. Seit mehr als zwei Stunden versuchte er Nox zu erreichen. Und obwohl er bisher keinen Erfolg gehabt hatte, gab er nicht auf. Sein Durchhaltevermögen war beneidenswert. Ich selbst hatte meine Bemühungen längst eingestellt. Nach sieben Anrufen, fünf Mailboxnachrichten und vier SMS war es mir zu blöd, jemandem hinterherzurennen, der eindeutig nicht mit mir reden wollte. Dann mussten unsere wichtigen und drängenden Informationen eben warten, bis Nox sich dazu herabließ, uns zurückzurufen.

Adam beendete den Anruf mit einem weiteren wenig himmlischen Fluch und warf sein Handy neben mich aufs Bett. Wir hatten uns in mein Zimmer zurückgezogen, um meiner Mom aus dem Weg zu gehen, die vor einer halben Stunde nach Hause gekommen war. Zwar ließ ich sie an einem Abend wie diesem nur ungern allein, aber die Alternative wäre ein verkrampfter Fernsehabend gewesen, bei dem ich unentwegt darauf hätte achten müssen, niemanden zu berühren.

»Und was machen wir jetzt?« Adam ließ sich erschöpft auf meinen Schreibtischstuhl sinken. Inzwischen hatte er sich zwar von dem Angriff meines Tattoos erholt, doch die Sorgenfalten auf seiner Stirn wollten einfach nicht verschwinden.

»Welche Optionen haben wir denn, wenn wir weder wissen, in welchem Hotel Höllenbarbie wohnt, noch auf welchem Kontinent sich Nox gerade aufhält?« Begleitet von meiner Gegenfrage warf ich einen Blick auf mein Handy. Es war erst kurz nach einundzwanzig Uhr, aber meinem Gefühl nach hätte es weit nach Mitternacht sein müssen.

Adam seufzte, nachdem er wegen meines Spitznamens für Emilia für einen kurzen Moment gelächelt hatte, und fuhr sich durch die Haare. Seine

Locken standen ihm bereits wirr vom Kopf ab. »Ja, du hast recht. Zwar kenne ich hier in der Gegend ein paar Ecken, in denen Nox sich für gewöhnlich aufhält, aber mithilfe seiner Teleportationsfähigkeit kann er überall auf der Welt sein.« Ächzend erhob er sich von seinem Platz. »Hoffen wir einfach, dass der Höllenhund morgen früh bereit ist, sich mit uns zu treffen.« Träge bewegte sich Adam auf mich zu. Auf halbem Weg schien ihm allerdings klar geworden zu sein, was er gerade vorgehabt hatte. Abrupt und mit deutlichem Missfallen im Blick blieb er stehen. »Vermutlich wäre es keine gute Idee, die Nacht hier zu verbringen, oder?« Er gab sich selbst eine Antwort und rieb sich ein weiteres Mal über den Kopf. »Ich gehe dann mal rüber in mein Zimmer.« Gequält lächelnd nahm er sein Handy vom Bett, winkte mir zum Abschied und verließ mit einem gemurmelten »Gute Nacht« mein Schlafzimmer.

Schweren Herzens und mit einem Gefühl von Einsamkeit sah ich ihm nach. Was für eine perverse Form von Ironie, dass ich nach so langer Zeit endlich meinen besten Freund zurückhatte, nur um ihn nach bereits zwei Tagen wieder zu verlieren – und das, obwohl er sich dieses Mal in nächster Nähe aufhielt.

***

Nach einer unruhigen Nacht voller schräger Träume und Phasen des Wachliegens traf ich am nächsten Morgen in der Küche auf Adam und meine Mom, die für uns alle das Frühstück vorbereitet hatten. Im Gegensatz zu mir schienen sie gut geschlafen zu haben, denn sie unterhielten sich, alberten herum und wirkten entspannt. Ihr Anblick erschien mir so vertraut und *normal*, dass es mir gelang, die dunkle Wolke, die mich seit dem vorangegangenen Abend wie ein Schatten verfolgte, zu vertreiben und meine Sorgen für eine gewisse Zeit zu verdrängen.

Zumindest war das der Fall, bis meiner Mom der Verband auffiel, den ich unter einem langärmeligen T-Shirt zu verbergen versuchte. Natürlich war mir bewusst gewesen, dass ich ihn nicht für immer geheim halten konnte, aber ich hatte zumindest gehofft, ein paar Tage damit durchzukommen.

»Was ist passiert?«, fragte sie mit deutlich vernehmbarer Sorge. »Hast du dich verletzt?«

Ich schüttelte den Kopf. In weiser Voraussicht hatte ich mir genau für diese Situation eine hoffentlich plausible Ausrede einfallen lassen. »Ich habe mir gestern Abend dank einer blöden Bewegung das Handgelenk verdreht und wollte es ein paar Tage mit dem Verband ruhigstellen.«

Mom musterte mich mit kritischem Blick, hakte aber nicht nach, sodass wir unser Frühstück unbeirrt fortführen konnten.

»Ich habe mir übrigens gedacht, dass wir unseren heutigen Shoppingtrip bei Macy's starten«, sagte meine Mom und nippte an ihrem Kaffee. »Dort bekommen wir den Großteil der Sachen, die du für dein Wohnheimzimmer brauchst.«

»Klingt gut«, erwiderte ich wenig enthusiastisch. Die Vorstellung, mich durch volle Einkaufshäuser zu quälen, in denen sich unzählige Menschen tummelten, die ich nicht berühren durfte, brachte meinen Magen zum Rebellieren.

Mom, die nichts von meinem Unbehagen mitbekam, plapperte gut gelaunt weiter, sodass ich mich auf mein Frühstück und meine Bemühungen konzentrieren konnte, niemandem am Tisch zu nah zu kommen. Einige Zeit gelang mir das auch ganz gut, doch schließlich geschah das Unvermeidliche: Mom und ich griffen im selben Moment nach dem Marmeladenglas und unsere Finger berührten sich. In Erwartung des einsetzenden Schmerzes zuckte ich so stark zusammen, dass ich mit dem Ellbogen gegen meine Tasse stieß und sich ein Großteil des darin befindlichen Kakaos auf den Tisch ergoss.

»Habe ich dir einen elektrischen Schlag verpasst?«, fragte Mom und schnappte sich ihre Serviette, um mir mit der Sauerei zu helfen. »Tut mir leid. Das passiert mir auch ständig im Büro. Meine Kollegen nennen mich deswegen schon ›Carmen Elektra‹.« Mit einem leisen Lachen stand sie auf, vermutlich um einen Lappen zu holen. Aber selbst wenn sie mit einem neongrünen Schaf auf Rollschuhen zurückkehren würde, wäre das nur der zweitgrößte Was-zur-Hölle-ist-hier-los-Moment des Morgens.

Das schien Adam ebenso zu sehen, denn er warf mir einen verwirrten Blick zu. Und obwohl keiner von uns beiden auch nur ein Wort sagte, war ich mir sicher, dass wir denselben Gedanken hatten: Wieso konnte ich meine Mom berühren, ohne dass es schmerzte, Adam hingegen nicht?

***

»Wir müssen so schnell wie möglich herausfinden, ob das Kainsmal nur auf bestimmte Merkmale reagiert«, sagte Adam, kaum dass meine Schlafzimmertür hinter uns ins Schloss gefallen war. Er hatte sich während des restlichen Frühstücks nichts von seinen Gedanken anmerken lassen, hatte aber, ebenso wie ich, die ganze Zeit an nichts anderes denken können. »Und wenn das tatsächlich der Fall ist, um welche Merkmale es sich dabei handelt.«

»Meinst du zum Beispiel so was wie blonde Haare, ein charmantes Lächeln und ein Faible für T-Shirts mit Comic-Motiven?« Mit einem extrabreiten Grinsen ließ ich mich auf mein Bett sinken, während es sich Adam erneut auf meinem Schreibtischstuhl bequem machte. Mir war bewusst, dass die Situation nicht wirklich lustig war. Aber die Gewissheit, dass ich zumindest eine Person auf der Welt gefahrlos berühren konnte, erleichterte mich so sehr, dass ich mein loses Mundwerk nicht unter Kontrolle hatte. Seit gestern Abend hatte ich unentwegt daran denken müssen, wie gravierend sich mein Leben verändern würde, wenn ich jeglichen Körperkontakt zu anderen Leuten meiden müsste. Umso erleichterter war ich, dass dies offensichtlich nicht der Fall war.

»Ich überlege gerade, ob es eine sinnvolle Erklärung geben könnte, weshalb dein Kainsmal nur auf Männer reagiert«, überging Adam meinen Kommentar und ließ mich stattdessen an seinen Gedanken teilhaben. »Aber mir fällt keine Verbindung ein, außer dass Kain und Abel beide Männer waren.«

»Das wäre auch ziemlich sexistisch, meinst du nicht?« Ich kuschelte mich mit dem Rücken in mein Kissen und schnappte mir Addy, den Teddybären, den ich von Adam geschenkt bekommen hatte. Seine kreisrunden Glasaugen hatten dieselbe Farbe wie die meines Schutzengels und in seinem künstlichen Fell hing Adams persönlicher Duft. Wenn ich schon nicht meinen besten Freund anfassen konnte, wollte ich wenigstens seinen plüschigen Doppelgänger im Arm halten. »Außerdem würde das ja wohl dem eigentlichen Sinn des Kainsmals widersprechen, oder? Immerhin hast du gestern gesagt, dass es seinen Besitzer vor Angriffen beschützen soll. Von daher wäre es doch logisch, wenn mich mein Tattoo vor Dämonen und Dämonenblütlern schützt. Unabhängig von ihrem Geschlecht, meine ich.«

Adam zog die Augenbrauen hoch und eine kleine Falte bildete sich über seinem Nasenrücken. Anschließend lehnte er seinen Oberkörper vor und stützte ihn mit den Unterarmen auf seinen Oberschenkeln ab. »Das stimmt natürlich. Nur wieso kann ich dich dann nicht berühren? Durch meine Adern fließt kein Dämonenblut.« Ehe ich die Gelegenheit hatte, etwas zu erwidern, schien ihm selbst ein Gedanke gekommen zu sein. Seine Mimik veränderte sich und er begann mit den Fußspitzen zu wippen. »Aber du könntest trotzdem recht haben – nur eben umgekehrt.« Auf meinen irritierten Gesichtsausdruck hin erklärte er: »Überleg doch mal. Das Tattoo kam von Emilia – einer Dienerin Luzifers. Es leitet eine weitere Seelenprüfung ein – etwas, von dem wir wissen, dass es von den sieben Höllenfürsten erschaffen wurde. Und ausgerechnet ich, ein Seraph, kann dich plötzlich nicht mehr ohne quälende Schmerzen berühren?! Ich glaube nicht, dass es sich um einen unglücklichen Zufall handelt.«

»Heiliger Kuhmist!« Meine Kinnlade klappte herunter, als mir bewusst wurde, worauf Adam anspielte. »Du hast recht!« Die Erklärung klang so einleuchtend, dass es unmöglich war, dass sie nicht der Wahrheit entsprach. Jede bisherige Prüfung war von einer Krux begleitet gewesen, die uns beeinträchtigt hatte. Beim »Hochmut« war es der Zeitdruck gewesen, der uns unvorsichtig hatte werden lassen, bei Davids »Wollust« die Unwissenheit darüber, wer oder was für das Fallen der Äpfel verantwortlich war. Und dieses Mal? Wie es schien, wollte man mich durch die körperliche Distanz zu meinem besten Freund mental zermürben.

Clever!

So ungern ich es auch zugab, die Höllenfürsten hatten bei der Erstellung ihrer Aufgaben reichlich Kreativität bewiesen.

»Bleibt nur die Frage, ob das Kainsmal auf mich reagiert, weil ich dein

Genius bin, oder ob es an dem himmlischen Blut in meinen Adern liegt.« Seufzend massierte sich Adam die Schläfen. Er wirkte so niedergeschlagen, dass ich ihn am liebsten in den Arm genommen hätte.

»Das …«, begann ich, als mich ein Klingeln unterbrach, das aus Adams Hosentasche kam. Ich zuckte zusammen, als hätte ich eine Spinne auf meiner Nasenspitze entdeckt, und hielt den Atem an, als der Engel sein Handy hervorholte.

»Nox«, bestätigte Adam meine unausgesprochene Frage und nahm das Gespräch an. »Zur Heiligen Jungfrau Maria. Ich hoffe, du hast eine gute Ausrede dafür, dass du dich jetzt erst meldest, du räudiger Höllenhund!« Er hielt das Handy zwischen uns, nachdem er den Lautsprecher angemacht hatte.

»Räudiger Höllenhund?« Ein helles Lachen erklang, das in so starkem Kontrast zu Nox' tiefem Bariton stand, dass sich das Blut in meinen Adern in Crushed Ice verwandelte und eine zentimeterdicke Gänsehaut meinen Körper überzog. Ich wusste nicht, warum Emilia im Besitz von Nox' Handy war, aber bei dem Gedanken, dass sie freien Zugriff auf die Nachrichten und Fotos hatte, die der Höllendiener und ich miteinander geteilt hatten, wurde mir ganz anders. »Das ist zu köstlich, Adam. Ja wirklich. Ist das so ein Bruderding zwischen euch? Nicholas hat dich nämlich als ›Harfenquäler‹ abgespeichert.«

»Emilia.« Adam biss die Zähne fest zusammen und seine Miene verdüsterte sich. Diese Frau war im Augenblick vermutlich die einzige Person auf Erden, die auf seiner Abschussliste noch vor dem Höllendiener stand. »Wieso hast du Nox' Handy? Wo treibt sich der dämonische Abschaum herum?«

»Autsch! Das ist aber nicht sehr nett, Adam. Bist du etwa sauer? Aber doch nicht, weil er gestern eure Anrufe und Nachrichten verpasst hat, oder?« Emilia gab sich keine Mühe, ihr heuchlerisches Mitgefühl überzeugend klingen zu lassen. »Das war gewiss keine Absicht. Nicholas war einfach viel zu betrunken, um euch zu beachten.« Sie gluckste erheitert. »Selbst jetzt bin ich mir nicht sicher, ob er mehr als ein Grunzen zustande bringen würde. Deswegen rufe ich auch an. Ich wollte sichergehen, dass euch nichts Wichtiges auf der Seele lastet.«

»Wo ist Nox?«, wiederholte Adam mit gereizter Stimme, ohne auf Emilias Worte einzugehen. Seine sonst so engelhafte Geduld schien an ihre Grenzen zu stoßen.

Emilia seufzte theatralisch. »Wo soll er schon sein, Adam? Denkst du ernsthaft, ich lasse ihn allein, nachdem ich ihn endlich wiederhabe?« Sie schnalzte mit der Zunge, ehe sie ihre Emotionen wieder unter Kontrolle brachte und mit einem sinnlichen Lächeln in der Stimme hinzufügte: »Er ist, wo er hingehört – bei mir!«

Wider besseres Wissen konnte ich nichts gegen die lähmende Qual unternehmen, die Emilias vor Gift triefende Worte in mir auslösten. Mein Magen hatte bereits die Größe und die Konsistenz einer Dörrpflaume angenommen, mein Handgelenk kribbelte unangenehm und mein Herz pumpte kein Blut durch meine Adern, sondern eine neongrüne Substanz, die mich in eine weibliche und vor Eifersucht schäumende Version des unglaublichen Hulk zu verwandeln drohte. Dabei war mir durchaus bewusst, dass diese manipulative Hexe nur aus diesem Grund anrief. Aber egal, wie sehr ich mich auch dagegen zu wehren versuchte, es war mir unmöglich, *nicht* mit offenen Armen in ihre Falle zu rennen. Außerdem hatte ich Nox noch nie betrunken erlebt – wie viel musste er eigentlich für einen derartigen Rausch getrunken haben? Aber ich konnte mir erschreckend leicht vorstellen, wie er in diesem Zustand Moral und Anstand über Bord warf und sich seinen alten, abtrünnigen Instinkten hingab.

»Wo seid ihr?«, hakte Adam nach und seine Worte glichen immer mehr einem Knurren. Ob er sich wohl auch gerade vorstellte, wie Emilia und Nox halb nackt nebeneinanderlagen, ihre Gliedmaßen kamasutramäßig ineinander verschlungen hielten und einander mit wollüstigen Blicken in die Augen sahen?

»Ich weiß es ehrlich gesagt nicht ganz sicher. Ich bin nur der Einladung gefolgt, die so freimütig ausgesprochen wurde. Aber ich nehme an, das karg eingerichtete Schlafzimmer gehört Nicholas, nicht wahr?! Zumindest entspricht der minimalistische Stil seinem Typ.«

Meine Übelkeit hatte inzwischen ein Maß angenommen, das ich nur bezwingen konnte, indem ich mir eine Faust vor die Lippen presste und mir immer wieder einzureden versuchte, dass Nox mein Vertrauen und unsere Beziehung nicht einfach so wegwerfen würde, nur weil Emilia plötzlich auf der Bildfläche erschienen war.

Das würde er mir nicht antun! Nicht nach alldem, was wir bereits zusammen durchgemacht hatten!

Doch egal, wie sehr ich mir das auch einzureden versuchte, gewisse Zweifel blieben. Nur weil Nox damals keine romantischen Gefühle für Emilia gehegt hatte, bedeutete das nicht, dass sich das nicht in der Zwischenzeit geändert haben konnte. Schließlich deutete alles darauf hin, dass sich dieses Miststück in seinem Schlafzimmer befand.

»Bleibt, wo ihr seid!«, befahl Adam mit ungewohnter Härte in seiner Stimme und riss mich damit aus meinen Gedanken. »Wir sind gleich bei euch.« Ohne mich auch nur ein einziges Mal aus den Augen gelassen zu haben, beendete er das Telefonat. Einen langen Moment sagte keiner von uns etwas. Erst als das Display schon lange wieder schwarz war, ergriff Adam erneut das Wort. »Ich würde dir sehr gerne sagen, dass du dir wegen Emilia und Nox keine Sorgen machen musst, Ave. Aber du weißt, dass ich dich niemals anlügen würde, selbst wenn ich es könnte. Deswegen sollten wir uns am besten so schnell wie möglich auf den Weg machen.«

SIEBZEHN

Meine Mom war nicht sonderlich begeistert, dass ich gleich an unserem ersten gemeinsamen Ferientag wegwollte. Aber dank Adams himmlischer Überredungskunst konnten wir sie davon überzeugen, dass sie heute sowieso andere Pläne gehabt hatte und es ihr im Nachhinein betrachtet sogar ganz gut passte, wenn wir unseren Shoppingausflug verschoben.

Leider wollte Adam seine Engelsfähigkeit nicht an mir praktizieren, sodass ich mich während der dreißigminütigen Fahrt zu seinem alten Zuhause mit meinen masochistischen Fantasien herumquälte, die mir immer wieder aufzeigten, wie Nox und Emilia ihr Wiedersehen zelebrierten. Lang. Ausgiebig. Und in jedem verdammten Zimmer des Hauses.

Trotzdem musste ich zugeben, dass es mir jetzt wieder leichter fiel, meine Emotionen und Gedanken unter Kontrolle zu halten. Als während des Telefonats Emilias Stimme durch meinen Kopf gegeistert war, hatte ich mich fremdgesteuert gefühlt. So als hätte die rationale Seite meines Gehirns ein Schläfchen gehalten, während die emotionale Hälfte wie auf einem Kokstrip jede meiner Empfindungen um ein Vielfaches verstärkte.

Diesem Eindruck war es geschuldet, dass ich sowohl nervös als auch angespannt meinen Wagen vor der vertrauten Fassade zum Stehen brachte und ausstieg. Wenn es mir bereits beim Klang von Emilias Stimme so ergangen war, wie würde ich mich dann erst bei ihrem Anblick schlagen? Leider blieb mir keine Wahl und so folgte ich Adam durch die geöffnete Haustür in das vom Tageslicht erhellte Wohnzimmer – oder besser gesagt in den Raum, den ich als solches in Erinnerung hatte. Denn die vier Wände, in denen ich mich gerade befand, hatten in etwa so viel Ähnlichkeit mit einer Wohnstube wie ich mit der Sängerin Cher.

Die für gewöhnlich nahezu gespenstische Ordnung des Raumes war einem Chaos gewichen, das mich ungewollt beeindruckte. Umgeworfene Sitzmöbel, eine aus der Wand gerissene Kommode und ein ebensolches Sideboard. Zerbrochenes Holz und Glasscherben zwischen Sofapolstern, Kissen und abgerissenen Gardinen. Selbst die Bilderrahmen, die einst die Wände geziert hatten, befanden sich nicht mehr an ihrem Platz.

»Nox!«, rief Adam mit einer derart grollenden Stimme, dass ihn sogar die Nachbarn am Ende der Straße hören mussten. Jeder Muskel seines Körpers schien unter Spannung zu stehen und Zorn strahlte ihm aus jeder Pore.

Ich hingegen stand einfach nur da und ließ meinen Blick über das unfassbare Chaos gleiten. Irgendwann stachen mir ein Paar achtlos weggeworfene Biker Boots und eine Lederjacke ins Auge, die im ersten Moment nicht weiter verdächtig wirkten. Doch bei genauerer Betrachtung verriet ein kleiner, funkelnder Edelstein ihr gut gehütetes Geheimnis.

Das ist doch nicht etwa …? Nein! Das ist unmöglich! Das würde mir Nox nicht antun!

Ein weiteres Mal an diesem Morgen stockte mir der Atem und mein Körper wurde von einem Schauder erfasst, während sämtliche Alarmsirenen in meinem Kopf losschrillten. Dennoch schritt ich langsam auf den Kleiderhaufen zu und ging unmittelbar davor in die Knie. Ich musste mich einfach vergewissern, dass ich falschlag!

Während Adam hinter mir ein weiteres Mal nach Nox rief, schoben meine tauben Finger das vertraute, weiche Leder zur Seite, um das darunter befindliche Kleidungsstück freizulegen. Der daumennagelgroße Edelstein hatte, wie ich jetzt erkennen konnte, eine wunderschöne Herzform und zierte die Mitte zweier beeindruckender C-Körbchen eines schwarzen Spitzen-BHs.

Unweigerlich füllten sich meine Augen mit Tränen und mein Herz galoppierte wie eine Herde Mustangs in meiner Brust. Wut, Trauer und Enttäuschung dominierten meine Emotionen und verwandelten mich in einen Molotowcocktail auf zwei Beinen.

Okay, ruhig bleiben und tief durchatmen! Dafür gibt es sicher eine völlig harmlose Erklärung.

»Nox! Ich schwöre dir, wenn du nicht …«, begann Adam in einer vor Zorn triefenden Tonlage, wie ich sie zuvor noch nie bei dem Engel vernommen hatte. Dadurch lenkte er meine Aufmerksamkeit auf sich und ich erhob mich mechanisch aus meiner Kauerhaltung.

»Jetzt hör endlich auf, hier rumzubrüllen!« Emilias Stimme erklang, ohne dass die Sprecherin selbst zu sehen war. Augenblicklich verspürte ich wieder dieses Kribbeln in meinem Handgelenk und meine logischen Gedankengänge schwanden schneller, als die Titanic gesunken war. »Wir haben euch längst gehört trotz des prasselnden Duschwassers.« Begleitet von diesen Worten erschien Emilia auf der Treppe. Im Gegensatz zu ihrem gestrigen Vamp-Outfit trug sie ein luftiges weißes Sommerkleid, das ihren weiblichen Kurven schmeichelte und sie jung und unschuldig aussehen ließ. Ihr ungeschminktes Gesicht sowie ihre dunklen, feucht schimmernden Haarsträhnen bestätigten, dass sie frisch geduscht war. »Tut mir leid, dass ihr warten musstet. Ich brauchte einen Moment, um mich anzuziehen – wenn man ständig abgelenkt wird, dauert das eben alles ein wenig länger. Ihr kennt das sicherlich.« Leise glucksend schritt sie in übertrieben galanter Haltung die Stufen hinab, als befände sie sich nicht in einem schlichten Reihenhaus, sondern auf einer königlichen Gala. Unten angekommen, kam sie direkt auf mich zu. »Du hast meinen BH gefunden?« Sie strahlte mich an. »Wo war er? Ich habe schon überall danach gesucht!« Mit einem Lächeln, das ebenso falsch war wie ihre vorgetäuschte Freude, beugte sie sich zu mir vor. Ich nahm an, dass sie nach dem Stück Stoff greifen würde, das ich unbewusst aufgehoben hatte und nun mit verkrampften Fingern umklammert hielt, sodass sich der Schmuckstein in meine Handfläche bohrte. Doch stattdessen wisperte mir Emilia etwas zu. »Schade, dass du nicht genügend Oberweite hast, um die Körbchen auszufüllen. Ich hätte dir den BH gerne überlassen. Immerhin weiß ich aus eigener Erfahrung, wie sehr Nicholas auf solche Teilchen steht.« Mit einem Augenzwinkern richtete sie sich auf und wandte sich Adam zu. »Ich freue mich wirklich sehr, dich wiederzusehen, Adam. Aber in drei Teufels Namen, wieso machst du so einen Stress? Brennt der Himmel oder was ist los?«

Unumwunden erwiderte der Engel Emilias Blick, wobei jeder Zentimeter seines Körpers ein Mahnmal blanken Zorns darstellte und ich geneigt war, seine Selbstbeherrschung als achtes Weltwunder anerkennen zu lassen.

»Nox?!«, rief er mit stählerner Miene, anstatt auf Emilias Kommentar einzugehen. »Wenn du jetzt nicht auf der Stelle deinen Arsch hierher bewegst, so schwöre ich bei unserem Erschaffer, werde ich hochkommen und dich eigenhändig in die Hölle prügeln – und weil ich dann sowieso dortbleiben muss, werde ich den Rest unserer gemeinsamen Ewigkeit damit zubringen, dir ein neues Gesicht zu modellieren.«

Während Adams Schwur Emilia ein amüsiertes Lachen entlockte, konnte ich nicht anders, als den Engel mit heruntergeklappter Kinnlade und großen Augen anzustarren. Zwar hatte ich Adam bereits vor Zorn und Wut überkochen sehen – seit Nox in unser Leben getreten war sogar öfter, als mir lieb war –, aber noch nie hatte ich meinen besten Freund derartige Worte aussprechen hören. Ganz zu schweigen davon, dass er währenddessen so gefühlskalt dreingeschaut hätte.

»Eine nette Vorstellung, Goldlöckchen«, dröhnte es aus dem ersten Stock. »Ja, wirklich. Aber damit würdest du unzählige Frauen dieser Welt unglücklich machen, inklusive unserer Kleinen.« Mit ungewohnt schweren, trägen Schritten und wenig anmutigen Bewegungen erschien Nox auf der Treppe. Er war barfuß und trug wieder nur eine schwarze Jogginghose. Sein nackter Oberkörper war von Wasserperlen benetzt und die nassen Haarsträhnen hatte er unordentlich nach hinten gekämmt. Seine Gesichtsfarbe wirkte im Vergleich zu sonst blass-grau. Wenn ich nicht wüsste, dass er einen Kater hatte, würde ich mir ernsthaft Sorgen um den Höllendiener machen. »Außerdem schließe ich mich Emis Frage an.« Nox schlurfte die Stufen hinunter. »Wieso, zur Hölle, machst du so einen Stress?«

Emi?!

Mit jedem von Nox' Schritten echote der Kosename in meinem Kopf, als wäre mein Schädel die Glocke des Big Ben.

Emi! Emi! Emi!

Noch nie hatten drei Buchstaben derart vertraut und intim geklungen und mir eine derart heftige Übelkeit bereitet. Das Einzige, was die Situation noch grausamer gemacht hätte, wäre der Anblick, wenn Nox dieser Hexe vor meinen Augen die Zunge in den Hals gesteckt hätte.

Was nicht ist, kann ja noch kommen, erklang eine Stimme, die meiner verblüffend ähnelte, jedoch nicht meinen Gedanken entsprungen war.

Oder?

Nox erreichte das Erdgeschoss und stellte sich mit vor der Brust verschränkten Armen zwischen Emilia und Adam. Mir warf er nur einen flüchtigen Blick zu, was in etwa denselben Effekt hatte, als hätte er mich geohrfeigt.

Mit hassglühendem Blick stierte Adam den Höllendiener an und ballte die Fäuste so fest, dass seine Knöchel weiß hervorstachen. »Wieso ich so einen Stress mache? Weil du höllischer Bastard lieber eine Orgie feierst, als bei dem Mädchen zu sein, das sich aus unerfindlichen Gründen für dich entschieden hat und dich gestern dringend gebraucht hätte.«

Nox' Kopf ruckte zu mir herum und seine schimmernden Augen taxierten mich, bis sein Blick an meinem bandagierten Handgelenk hängen blieb. Seine Miene war unmöglich zu deuten. War er verärgert? Genervt? Gelangweilt?

Reflexartig öffnete ich den Mund, um von dem Tattoo zu erzählen – schließlich waren wir deswegen hergekommen –, doch meine Lippen gehorchten mir nicht. »Den hier«, ich hob meine Hand, mit der ich den BH umklammert hielt, als hinge mein Leben davon ab, »habe ich bei deinen Schuhen und deiner Jacke gefunden. Emilia sagt, es ist ihrer.«

Nox' Augenbrauen zogen sich zusammen. Verwirrt sah er zwischen mir und dem Unterwäscheteil hin und her. Er machte nicht den Eindruck, als wüsste er, worauf ich anspielte.

Ein leiser Hoffnungsschimmer keimte in mir auf.

Hatte ich mich etwa getäuscht? War ich einer Illusion zum Opfer gefallen, die Emilia inszeniert hatte, um einen Keil zwischen Nox und mich zu treiben? Nach dem, was ich bisher über diese Hexe gehört und am eigenen Leib erfahren hatte, wäre ihr das durchaus zuzutrauen.

Kaum hatte sich dieser Gedanke gebildet, erlosch der Lichtfunke bereits wieder, als sich Nox' Miene veränderte und ein Ausdruck in seine Augen trat, der mir schmerzlich vertraut war, obwohl ich ihn bisher nur ein einziges Mal hatte ertragen müssen. Damals waren wir beim Blutkarneval gewesen und hatten gerade im Pandämonium den ersten Schlüssel gefunden. Nox hatte mir auf dem Weg zum zweiten Schlüssel überdeutlich klargemacht, dass er trotz seiner Gefühle für mich nicht mit mir zusammen sein wollte. Später hatte ich zwar seine Beweggründe für diese Entscheidung erfahren, aber das Gefühl, als er mein Herz in Abermillionen winziger Teilchen gesprengt hatte, würde ich niemals wieder vergessen.

»Du hast mit ihr geschlafen?« Meine Worte hatten nicht wie eine Frage klingen sollen, doch am Ende des Satzes hatte meine Stimme einen höheren Ton angenommen. Fast schien es, als wollte mein Unterbewusstsein einen winzigen Funken Raum schaffen, falls sich die ganze Situation doch noch auf wundersame Weise als Missverständnis entpuppen sollte.

Was sie allerdings nicht tat.

Stattdessen detonierte die Wahrheit wie eine Bombe in meinem Bewusstsein und machte mich ganz schwindelig. Meine ohnehin zitternden Knie drohten endgültig nachzugeben und wenn ich nicht aufpasste, würde ich jeden Augenblick in Ohnmacht fallen.

Er hat mit ihr geschlafen. Nox war tatsächlich mit Emilia im Bett!

Bis zur letzten Sekunde hatte ich an einen bösen Streich geglaubt. Aber jetzt konnte selbst ich nicht mehr die Wahrheit leugnen, die sich wie schnell trocknender Beton in meinem Kopf ausbreitete und meine Gedanken zum Erliegen brachte.

Er hat mit ihr geschlafen. Obwohl er immer wieder beteuert hat, dass ich diejenige bin, die er will, war er mit ihr im Bett.

Mein Puls raste und Schweiß bildete sich in meinem Nacken. Mir war abwechselnd heiß und kalt, weshalb ich alles um mich herum nur schleppend wahrnahm. Fast schien es, als würde mein Verstand im Zeitlupentempo arbeiten.

»Verdammte Dämonenseuche, Kleines! Hast du mir nicht zugehört?« Nox' energischer Ausruf durchdrang das Gefühl von Fassungslosigkeit, das sich wie eine Blase um mich gelegt hatte und die Ursache für meine gedankliche

Lethargie gewesen war. Schlagartig schien ich wie aus einem tiefen Traum zu erwachen und meine verzögerte Wahrnehmung löste sich in Luft auf. Zum ersten Mal, seit ich am heutigen Morgen dieses Haus betreten hatte, erkannte ich den Höllendiener so scharf und detailliert, wie ich es von den letzten Tagen gewohnt war. »Ich habe keine Ahnung, von wem der BH ist. Gestern waren so viele Leute hier, dass ich nicht einmal mitbekommen habe, wann Emilia vorbeigekommen ist.« Als wäre Nox selbst klar geworden, dass seine Worte mehr Fragen aufwarfen, als sie beantworteten, seufzte er resigniert. »Ich war gestern Abend bei Reed. Nach ein paar Drinks wollte ich mich auf den Weg zu dir machen, aber er hatte gerade Feierabend und ... ach keine Ahnung! Irgendwie sind wir hier gelandet, betrunkener als beabsichtigt und in Begleitung irgendwelcher Dämonenblütler, die Bock auf Party hatten.« Für einen Moment glitt sein Blick an mir vorbei in Richtung des Chaos, ehe er mich wieder ansah. »Aber egal, wie viel ich gestern auch getrunken habe, Kleines, eines weiß ich mit absoluter Sicherheit: Ich bin allein ins Bett gegangen und auch allein aufgewacht. Das kann dir Emi bezeugen – immerhin hat sie mich vorhin geweckt, als ihr beiden auf dem Weg hierher wart.«

Mit immer größer werdenden Augen starrte ich Nox an. Obwohl ich wusste, dass der Höllendiener nicht lügen konnte, brauchten seine Worte einen Moment, um sich einen Weg durch das Gewirr aus Zweifeln und Eifersucht in meinen Kopf zu bahnen. Erst als ihnen das gelungen war und sie den giftigen Nebel verdrängt hatten, war ich in der Lage, das eben Gesagte zu realisieren.

»Du ... du hast also gar nicht mit Emilia geschlafen?« Die Erleichterung traf mich wie eine Abrissbirne und hemmte für einen Moment meine Wut auf dieses psychotische Miststück. Denn auch wenn ich mir nicht auf Anhieb erklären konnte, weshalb Nox mich zuvor derart schuldbewusst angesehen hatte, wollte ich mir darüber jetzt nicht den Kopf zerbrechen. In diesem Augenblick genügte mir einzig und allein die Gewissheit, dass er mich nicht betrogen hatte.

»Natürlich habe ich mit Emilia geschlafen, zur Hölle!« Nox' Zorn war zurückgekehrt – intensiver als zuvor und dieses Mal begleitet von einem erzürnten Knurren. »Aber das weißt du längst. Immerhin ist das fast vierhundert Jahre her und du hast es beim Blutkarneval selbst gesehen! Deswegen verstehe ich nicht, warum das jetzt auf einmal von Bedeutung ist!« In seinen leidenschaftlich funkelnden Augen spiegelten sich Enttäuschung und Schmerz wider, was meine Euphorie umgehend dämpfte. »Ich dachte, über diesen Mist wären wir längst hinaus, Kleines. Ich nahm an, du würdest mir endlich vertrauen. Aber offenbar gibt es nichts, was ich sagen oder tun könnte, um dir zu beweisen, dass ich die Sache zwischen uns wirklich ernst meine.« Für den Bruchteil einer Sekunde gab er mir die seltene Gelegenheit, seine Emotionen zu erfassen, dann schob er sie hinter seine vor Arroganz strotzende Maske und verschränkte wie üblich abwehrend die Arme vor der Brust.

Meine eben noch verspürte Erleichterung erlosch. Stattdessen überrollte mich das schlechte Gewissen, weil ich zu Unrecht an Nox und seinen Gefühlen gezweifelt und ihn sogar eines Verbrechens beschuldigt hatte, das er gar nicht begangen hatte.

»Nox, ich ...« Ich wusste nicht, was ich sagen sollte. Mein Herz pochte unregelmäßig und schmerzhaft. Ich verstand nicht, was mit mir los war, aber meine Emotionen schienen ein Eigenleben entwickelt zu haben. Normalerweise war ich weder sonderlich eifersüchtig, noch zog ich voreilige Schlüsse. Aber seit Emilia aufgekreuzt war und mir dieses Tattoo verpasst hatte ...

Ich schauderte und ein neuerlicher Gedanke versuchte sich an die Oberfläche meines Bewusstseins zu kämpfen. Doch bevor ich ihn richtig fassen konnte, wurde das Kribbeln in meinem Handgelenk so stark, dass ich den leisen Aufschrei, der meinem Mund entfliehen wollte, nicht zurückhalten konnte. Ich geriet ins Straucheln, als hätte mich jemand geschubst.

Trotz all des Zorns, den der Höllendiener im Moment für mich empfand, eilte er auf mich zu. Ich wollte ihn noch davon abhalten, aber ich war zu langsam, und so geschah zum zweiten Mal an diesem Morgen das Unausweichliche. Nox packte meine Oberarme und zog mich an seine Brust. Seine Geste war so unbeschreiblich sanft, dass ich für den Bruchteil einer Sekunde nichts anderes wahrnahm als seine Wärme, seinen Duft und die vertraute Nähe zwischen uns beiden. Doch bereits im nächsten Augenblick wurde mein Körper von einer Erschütterung erfasst. Ein lodernder Schmerz, als bohrten sich Dutzende glühender Schürhaken in meinen Brustkorb, die mich in verschiedene Richtungen davonschleppen wollten, ließ mich so heftig von Nox wegtaumeln, dass ich über meine eigenen Füße stolperte und zu Boden ging.

Mein Schmerzensschrei mischte sich mit einer Stimme, deren Klang mich für gewöhnlich an samtig-weiche, flüssig-warme Vollmilchschokolade erinnerte. Doch in diesem Moment ähnelte Nox' sonorer Bariton einer Rolle Stacheldraht, die durch mein Innerstes pflügte und meine Organe in Geschnetzeltes verwandelte.

»Was … zur Hölle … ist hier … los?«, stieß der Höllendiener vor Verwirrung und Zorn strotzend zwischen flachen Atemzügen hervor. Seit unserem Aufenthalt in Mabs Verlies wusste ich, dass er ein extrem hohes Schmerzlevel besaß und körperliches Leid unnatürlich gut verkraften konnte. Dass es ihm jedoch in diesem Augenblick nicht gelang, seine Emotionen unter Kontrolle zu halten, und er einen ungehinderten Blick in seine Gefühlswelt zuließ, zeigte deutlich, wie heftig die Qual gewesen sein musste, die mein Tattoo ihm zugefügt hatte.

»Genau davon wollten wir dir gestern berichten.« Adam seufzte und kam auf mich zu. Obwohl er keinen Grund hatte, sich über den Verlauf dieses Morgens zu freuen, glaubte ich dennoch eine Spur Erleichterung in seinen Augen aufblitzen zu sehen. Zwar konnte ich diese Regung in keiner Weise gutheißen, aber wirklich übelnehmen konnte ich sie dem Engel auch nicht. Die Sorge, ob er womöglich als Einziger auf der Todesliste meines Mals stand, war sicherlich alles andere als angenehm gewesen. »Ave hat ein neues Tattoo. Das Kainsmal. Oder besser gesagt eine abgedrehte Version davon.« An meiner Seite angekommen, kniete sich Adam hin und versperrte mir dadurch die Sicht auf Nox. Ich hatte gerade noch gesehen, dass der Höllendiener blutverschmiert zwischen zerbrochenen Holzbohlen lag, nachdem er während seines heftigen Aufpralls ein paar der unteren Treppenstufen demoliert hatte. »Geht's dir gut?«, fragte mich Adam mit leiser Stimme. Ihm war deutlich anzusehen, wie gern er mich berührt hätte.

Um mein eigenes Verlangen nach tröstender Nähe zu überspielen, nickte ich nur schlicht und zwang meinen Rumpf trotz schmerzenden Unterarms in eine halbwegs aufrechte Position. Mein Herz schlug mir bis zum Hals und ein apfelsinengroßer Kloß blockierte meine Kehle. Trotzdem war ich erleichtert, Nox über Adams Schulter hinweg sehen zu können. Ich musste einfach sichergehen, dass er nicht ernsthaft verletzt worden war.

»Das Kainsmal?«, hakte der Höllendiener ein wenig verspätet nach. Offenbar hatte mein Tattoo seinen Verstand eine Spur zu lange und zu intensiv gegrillt. »Bist du dir sicher? Warum kann ich die Kleine dann nicht anfassen? Ich habe sie doch gar nicht angegriffen.«

»Diese und einige andere Fragen kann uns hoffentlich Emilia beantworten.« Adam erhob sich aus seiner Kauerhaltung und wandte sich mit eisiger Miene an die Höllenbarbie. »Immerhin ist sie dafür verantwortlich, dass Ave mit dem Mal gezeichnet wurde.«

ACHTZEHN

Emilias »Wie bitte?« und Nox' »Was zur Hölle erzählst du da?« dröhnten im selben Moment durch die angespannte Stille, die Adams Worte verursacht hatten. Auch blickten die beiden Adam in etwa gleich entsetzt an, was Emilias Aussage widerlegte, dass sie über keinerlei schauspielerisches Talent verfügte. In diesem Moment wirkten ihre Erschütterung und die Betroffenheit über Adams Anschuldigung derart überzeugend, dass sogar ich versucht war, ihr das abzukaufen – und das, obwohl ich anwesend gewesen war, als sie mir ihren klebrigen Lippenstiftmund auf mein Handgelenk gedrückt hatte. Aber so, wie sie jetzt dastand, mit diesen großen, unschuldigen Bambiaugen, die Lippen einen Spaltbreit geöffnet, wirkte sie tatsächlich wie ein Opfer, das zu Unrecht eines Verbrechens beschuldigt wurde.

»*Ich* soll ihr das Mal verpasst haben?«, hakte Emilia nach. »Das ist absolut unmöglich, und das weißt du auch, Adam!« Ihre Entrüstung wich beschämter Wut und sie schlang sich mit deutlich sichtbarer Kränkung die Arme um die Taille. Zugleich wandte sie sich hilfesuchend an Nox. »Nicholas, du weißt ebenfalls, dass kein Wesen außer Gott jemanden mit dem Kainsmal zeichnen kann. Warum also behauptet Adam etwas Derartiges?«

Mit gefurchter Stirn und stetig intensiver wirkender Verwirrung blickte Nox zwischen Emilia, Adam und mir hin und her. Dann erhob er sich ächzend aus seiner hölzernen Falle und verschränkte die blutbefleckten Arme vor der geschundenen Brust. »Ich habe keine Ahnung, was hier los ist, Emilia. Aber Adam kann ebenso wenig Lügen aussprechen wie ich. Also egal, was er sagt, es muss sich um die Wahrheit handeln – zumindest seiner Meinung nach.« Nox wandte sich seinem Engelbruder zu. »Deshalb bin ich sehr gespannt, was du uns erzählen wirst.«

Die Fäuste geballt, funkelte Adam den Höllendiener an. Ich war offenbar nicht die Einzige, die die deutlich mitschwingende Skepsis in Nox' Stimme bemerkt hatte. Doch Adam hatte schon immer über die bessere Selbstkontrolle verfügt, weshalb er auch in diesem Fall seinen eigenen Groll außer Acht ließ und stattdessen in knappen Sätzen berichtete, welch unwillkommene Überraschung uns Emilias Kuss eingehandelt hatte.

Nox' Blick ruckte in meine Richtung, als suchte er eine Bestätigung für Adams Worte. Als ich nickte, entglitten ihm die Gesichtszüge. »Beim tollwütigen Cerberus! Dagegen ist eine Dämonenpockenepidemie ein Witz.«

Dem wusste niemand etwas hinzuzufügen, weshalb wir in Schweigen verfielen. Einzig und allein mein wild pochendes Herz und mein schwerer Atem – Überbleibsel von der schmerzhaften Begegnung mit Nox – waren zu vernehmen. Doch die Qual hatte auch etwas Gutes. Dadurch, dass sich mein Körper wie eine gigantische wirbellose Nacktschnecke anfühlte, die unter einen Bus geraten war, gelang es mir wesentlich einfacher, meine Gedanken und Gefühle auf Kurs zu halten und bei Emilias Anblick nicht erneut in glühender Eifersucht zu ertrinken.

Leider hielt meine Besonnenheit nur so lange an, bis die Höllenbarbie zur nächsten Showeinlage ansetzte. Wie auf Kommando füllten sich ihre Augen mit Tränen und sie verbarg schluchzend das Gesicht hinter den Fingern. Ihr zarter Körper wurde von einem Beben erfasst und ihre weinerliche Stimme murmelte irgendetwas, was vermutlich nicht einmal die beiden Männer verstanden.

Adam und ich tauschten perplexe Blicke, während Nox auf Emilia zutrat und schützend seine Arme um sie legte. Als wäre es für ihn das Natürlichste der Welt, weinende Frauen zu trösten, zog er die Höllenbarbie an sich, was sie wiederum ausnutzte, indem sie sich an seine breite Brust schmiegte, als wollte sie mit ihm verschmelzen.

Beim Anblick der beiden gefror mein Herz zu Eis. Die Zärtlichkeit und die Intimität, die ich mit ansehen musste, waren mir so vertraut, dass es sich anfühlte, als würde ich selbst dort bei Nox stehen und seine langen Finger auf meinem Rücken spüren. Ich bildete mir sogar ein, seinen Duft in der Nase zu haben.

»Es tut mir so schrecklich leid, Nicholas!« Emilia hob ihren Kopf und sah Nox aus tränennassen Augen an. Zu meinem Leidwesen gehörte sie zu der Art Frau, die selbst während eines vermeintlichen Zusammenbruchs beneidenswert schön aussah. »Ich wusste nicht, was ich da anrichte. Ich wollte doch niemanden verletzen, sondern nur die Chance ergreifen, dich endlich wiederzusehen.«

Nox verstärkte seinen Griff und zog Emilia noch enger zu sich heran. Augenblicklich verkrampfte sich jeder Muskel in meinem Körper und ein schmerzhafter Stich traf mein Herz.

»Was ist hier los, Emi?«, fragte er. »Wer hat dich auf die Erde geschickt und dir aufgetragen, Avery aufzusuchen?«

Das war mein Stichwort. Obwohl meine Knie immer noch so weich waren wie frisches Toastbrot, quälte ich mich auf die Beine. Währenddessen gönnte sich die Höllenbarbie noch ein paar Sekunden, um Nox anzuschmachten, ehe sie theatralisch den Blick senkte.

»Du weißt, dass mir nach dem gewaltsamen Ende meines menschlichen Lebens der Zutritt zum Himmelsreich verwehrt blieb.« Emilias Worte waren nur schwer zu verstehen, da ihre Lippen an Nox' Haut zu kleben schienen. »Und auch wenn ich mich nicht selbst umgebracht habe, wurde ich wie eine Selbstmörderin behandelt und zu Peymakalir gebracht.«

Bei der Nennung des mir unbekannten Namens sog Nox scharf die Luft ein und sein Griff verstärkte sich erneut. Das nahm Emilia zum Anlass, sich noch inniger an ihn zu kuscheln.

»Er brach meinen Willen in Rekordzeit, doch das hinderte ihn nicht daran, mich weiterhin auf die wohl denkbar grausamste Art zu foltern. Er wollte mich nicht einfach nur bestrafen, er wollte mich *vernichten*! Alles zerstören, was mich ausmachte. Meinen Charakter. Meine Erinnerungen. Sogar meine Träume und Hoffnungen wollte er mir rauben.« Erneut schluchzte Emilia auf und ihre schmalen Schultern bebten. »Und wäre nicht Luzifers Sohn Leviathan vor ein paar Wochen in meine Kammer gekommen, wäre Peymakalir all dies auch gelungen.«

Ungewollt weckten Emilias Worte mein Mitgefühl. Zwar verfügte ich über eine blühende Fantasie, die Bilder und Gedanken in mir hervorriefen, die mich selbst ängstigten, doch die Vorstellung, wie das Dasein als verdammte Seele in der Hölle sein musste, sprengte die Grenzen meines Kopfkinos. Und auch wenn ich die Höllenbarbie nach nicht einmal vierundzwanzig Stunden bereits mehr verabscheute als den Mann, der meine Seele an Luzifer verkauft hatte, ließ mich ihr Schicksal nicht kalt.

»Was wollte Leviathan von dir?«, fragte Adam mit eisiger Grimmigkeit. Entweder hatte er in den vergangenen Wochen sein Pokerface perfektioniert oder einen Teil seiner Menschlichkeit eingebüßt. Es war unmöglich, dass ihn Emilias Worte nicht berührten.

»Er sagte, er habe Informationen über meine früheren Leben eingeholt und wolle mir einen Deal vorschlagen.« Emilia sprach, ohne den Blick zu heben. »Er erzählte mir, dass du, Nicholas, Richard aus Rache für den Mord an mir getötet hast und dass du deswegen gefallen bist. Als ich ihn daraufhin anflehte, mich zu dir zu lassen, erfuhr ich, dass das nicht möglich ist, weil du jetzt ein Seelenjäger bist und auf der Erde wandelst.« Endlich löste sie ihr Gesicht von Nox' Brust und blickte auf. Doch außer dem Höllendiener schien sie niemanden wahrzunehmen. »Er berichtete mir ebenfalls, dass du genau wegen dieses Jobs in großen Schwierigkeiten steckst. Dass du unfreiwillig zum Teilnehmer der Seelenprüfungen wurdest und dass es dir und deinen Begleitern zwar gelungen sei, die ersten Runden zu überleben, dass ihr euch dadurch aber sehr mächtige Feinde geschaffen habt.« Emilia trat einen Schritt zurück, als bräuchte sie etwas Abstand, und schlang sich die Arme um den Oberkörper. »Zuerst verstand ich nicht, warum er mir all das erzählte. Dann unterbreitete er mir endlich sein Angebot. Er wollte dafür sorgen, dass Luzifer mich ebenfalls zu einer Seelenjägerin machte, damit ich zu dir auf die Erde konnte. Außerdem sollte ich meine Engelsfähigkeiten zurückerhalten.« Ihre belegte Stimme nahm einen hoffnungsvollen Ton an. »Im Gegenzug verlangte er nur, dass ich die menschliche Seele ausfindig mache, an die du durch die Prüfungen gebunden bist, und ihr ohne Einsatz irgendwelcher magischer Kräfte einen simplen Kuss auf das linke Handgelenk gebe.« Kaum war die letzte Silbe über ihre Lippen gekommen, schluchzte Emilia erneut auf. Sie verbarg das Gesicht ein weiteres Mal hinter den Händen, genau in dem Augenblick, als ihre Knie nachgaben. Bevor sie auf dem Boden aufschlagen konnte, war Nox bereits bei ihr und fing sie auf. »Ich wusste doch nicht, dass ich euch dadurch schaden würde«, presste sie hervor, während der Höllendiener sie auf seine Arme hob und sie an sich drückte. »Das war nie meine Absicht, das müsst ihr mir glauben! Ich wollte nur der Hölle entfliehen und zu Nicholas, meinem Racheengel.«

***

Hass.

Blanker, alles verzehrender Hass.

Diese Worte beschrieben das lodernde Gefühl in meinem Inneren am treffendsten. Und auch wenn es ein wenig übertrieben erscheinen mochte, eine Person, die man so gut wie gar nicht kannte, dermaßen zu verabscheuen, dass einem bereits beim bloßen Gedanken an sie speiübel wurde, entsprach das meiner Empfindung – und das lag nicht zuletzt daran, dass mir jetzt, da ich mich nicht länger mit Emilia in einem Raum befand, erneut der Verdacht gekommen war, dass sie irgendeine Art Einfluss auf mich genommen haben musste. Anders konnte ich mir nicht erklären, weshalb ich jedes Mal, wenn ich ihre Stimme hörte oder sie ansah, zu diesem Mädchen wurde, das nicht nur krankhaft eifersüchtig war, sondern sich auch bis in die Haarspitzen unsicher gebärdete.

So bin ich überhaupt nicht!

Aus diesem Grund war ich Adam unbeschreiblich dankbar, dass er mich aus dem Haus bugsiert hatte, nachdem Emilia ihre Show auf die Spitze getrieben und Nox sie wie ein dunkler Ritter auf seinen Armen ins Obergeschoss getragen hatte – ohne sich von uns zu verabschieden oder uns eines letzten Blickes zu würdigen.

»Als mein Handy heute Morgen klingelte und ich Nox' Namen auf dem Display sah, wusste ich instinktiv, dass ich besser nicht rangehen sollte. Wieso habe ich nicht auf mein Gefühl gehört?!« Adam verstärkte den Griff seiner

Finger um das Handgelenk seines anderen Armes, der auf seinen Knien abgestützt lag. Wir saßen am Baker Beach, die nackten Zehen im Sand vergraben, und starrten hinaus auf die sich brechenden Wellen, deren Rauschen sich mit dem Geschrei der Möwen mischte.

»Wenn es dich tröstet, du bist nicht der größte Idiot von uns beiden. Schließlich bin *ich* diejenige, die sich in einen gefallenen Engel verliebt hat, vor dem mich jeder – er inklusive – gewarnt hat.« Über mich selbst verärgert, rollte ich mit den Augen. »Es war nur eine Frage der Zeit, bis sich meine Naivität rächen würde.«

Adam warf mir einen Seitenblick zu, ohne mir zu widersprechen, wie jeder andere es getan hätte. Stattdessen lächelte er traurig und wandte sich wieder dem Meer zu.

Da jetzt geklärt war, wer von uns beiden den Preis »Vollhorst des Jahres« verdient hatte, widmeten wir uns wieder den jeweils eigenen Gedanken. Und da ich nicht länger Emilias Bann unterlag, konnte ich mich auch endlich mit den unzähligen Fragen beschäftigen, die mir seit ihrem Auftauchen auf der Seele lasteten.

»Sag mal, Ad, über welche Engelskräfte verfügte Emilia eigentlich, als sie noch ein Seraph war?«

Den Anflug eines Lächelns auf seinen Lippen, drehte sich der Engel zu mir herum. »Keine, die es ihr hätten ermöglichen können, mit dir auf telepathischem Weg zu kommunizieren oder dich mit dem Kainsmal zu zeichnen.« Seine Mundwinkel sanken herab und er widmete seine Aufmerksamkeit wieder dem Meer. Doch das hinderte mich nicht daran, ihn mit angehobener Augenbraue niederzustarren, bis er seufzend nachgab und sich wieder mir zuwandte. »Als Engel konnte sie Krankheiten heilen, mit Tieren reden und die Gefühle ihres jeweiligen Schützlings bis zu einem gewissen Grad verstärken oder abschwächen. Aber nichts davon spielt eine Rolle, Ave. Emilia ist nicht mehr das himmlische Wesen, das sie einst war – was die Geschichte, die sie uns erzählt hat, umso beunruhigender macht.«

»Was meinst du damit?« Irritiert krauste ich die Stirn. »Ich dachte, sie kann ebenso wenig lügen wie du und Nox – was im Übrigen der einzige

Punkt an ihr ist, der in mir nicht das Bedürfnis weckt, sie unentwegt ohrfeigen zu wollen.«

Adams Lippen wagten einen schwachen Versuch, sich zu kräuseln, doch gegen das, was ihm auf dem Herzen lag, war er machtlos. »Wenn das der Fall wäre, gäbe es zwar immer noch eine ganze Menge ungeklärter Fragen, aber wir wüssten zumindest, was wir von Emilia und ihrer Geschichte halten sollten. Nur leider ist sie nicht wie Nox als Seraph vom Himmel gefallen, sondern als Mensch gestorben. Das bedeutet, dass sie bei ihrem Tod keine Serapheneigenschaften besessen hat. Keine himmlischen Kräfte oder Fähigkeiten, keinen magischen Glanz und vor allem kein himmlisches Blut.«

Meine Kinnlade klappte herunter und meine Augen weiteten sich. »Aber das heißt ja …«

»Dass sie uns nach Strich und Faden belügen kann?« Adam nickte. »Ganz genau. Dennoch erscheint mir ihre Geschichte zumindest stellenweise authentisch. Leviathan ist nämlich tatsächlich als Fürst des Neides bekannt. Und da Kain seinen Bruder aus Neid tötete und du jetzt sein Mal trägst, ist es ziemlich offensichtlich, dass die dritte Prüfung dieser Todsünde zugeschrieben ist.«

Ich nickte. Diesen Gedanken hatte ich gestern ebenfalls gehabt. Leider verspürte ich angesichts dieser Information keine Erleichterung, sondern ich fürchtete mich derartig, dass meine Kehle staubtrocken war und sich schmerzhaft zuschnürte. Der Neid war neben dem Zorn die von mir am meisten gefürchtete Todsünde.

»Bedeutet das also, Emilias Story ist wahr?«, fragte ich, nachdem wir für einen Moment geschwiegen hatten. So recht wollte ich das nicht glauben.

Anstatt mir zu antworten, blickte Adam zunächst mit gefurchter Stirn in den wolkenlosen Himmel, der sich am Horizont mit dem Meer verband. Dann räusperte er sich. »Ich kann es dir nicht mit Gewissheit sagen, Ave. Du musst Folgendes wissen: Wenn ein Mensch stirbt – ganz gleich, ob seine Seele in den Himmel aufsteigt oder in die Hölle hinabfährt –, bleibt sein Körper auf der Erde. Nur der formlose Geist reist weiter. Findet also eine menschliche Seele einen Weg hierher zurück, benötigt sie als Erstes einen Körper. Dieser wird dann entweder extra für die Seele erschaffen, oder es wird ein bereits vorhandener übernommen. Doch egal, welche Variante gewählt wird, ein fleischlicher Körper ist immer nur eine Hülle. Die magischen Fähigkeiten, über die ein Wesen verfügt, sind mit seiner Seele verbunden.«

»Aber Emilias Seele hatte zum Zeitpunkt ihres Todes keine Fähigkeiten mehr«, sprach ich meine Gedanken laut aus und Adam nickte erneut, ehe er mich wieder ansah.

»So ist es. Das bedeutet, Leviathan hat nicht nur dafür gesorgt, dass Emilia einen Körper erhält, der exakt ihrem himmlischen Erscheinungsbild gleicht, er hat sie auch mit neuen Kräften ausgestattet. Ein beachtlicher Aufwand, wenn du mich fragst, nur damit sie dir einen Kuss aufs Handgelenk gibt.« Adam seufzte und rieb sich mit beiden Händen übers Gesicht, ehe er seine Finger in den Haaren vergrub. »Ich weiß nicht, was das zu bedeuten hat, Ave. Aber mein Instinkt sagt mir, dass Emilia uns nicht alles verraten hat. Und auch wenn ihre Aura sie als Dämonin ausweist, bin ich seit der Sache mit Gabriel, Kegan und Asmodis vorsichtig. Meiner Meinung nach sollten wir in Emilias Gegenwart auf der Hut sein. Solange wir nicht die Wahrheit über ihre Rückkehr kennen, ist sie eine ebenso große Bedrohung wie die Prüfung selbst.«

NEUNZEHN

Adam und ich blieben bis zum späten Nachmittag am Strand und überlegten fieberhaft, was wir als Nächstes tun sollten. Zwar verfügte er über Seraphenkontakte, die uns womöglich in Bezug auf Emilia helfen konnten, aber er wusste nicht, ob seine Kollegen in den letzten fünfzig Jahren, seit er sie das letzte Mal gesehen hatte, noch an ihren alten Standorten in Namibia, Sri Lanka oder Schweden stationiert gewesen waren. Und obwohl diese Zeitspanne für Himmelswesen offenbar nicht mehr war als wenige Wochen nach menschlicher Zeitrechnung, bestand noch immer die Hürde, wie wir ohne größere Schwierigkeiten zu ihnen gelangen sollten. Die naheliegendste Antwort wäre Nox' Teleportationsfähigkeit gewesen, aber Adam und ich waren uns einig, dass der Höllendiener momentan nicht die beste Wahl war, wenn es um verlässliche Unterstützung ging. Leider bedeutete das im Umkehrschluss, dass Adam und ich vorerst auf uns allein gestellt waren und in Ermangelung besserer Alternativen erst einmal auf Gabriels Rückkehr warten mussten. Glücklicherweise schienen wir bei dieser Prüfung nicht unter Zeitdruck zu stehen, wenngleich der Umstand, dass ich keinen körperlichen Kontakt zu meinem besten Freund haben konnte, extrem belastend war.

Am Abend trafen Adam und ich meine Mom im Wohnzimmer beim Fernsehen. Wir gesellten uns zu ihr, um uns ein wenig zu entspannen. Aber meine Gedanken kreisten unentwegt um die jüngsten Geschehnisse, weshalb ich mich schon bald mit pochenden Kopfschmerzen auf mein Zimmer zurückzog, während Adam ankündigte, eine Runde joggen zu wollen. Ich konnte nicht verstehen, wie er nach einem Tag wie diesem die dafür nötige Kraft aufbrachte. Mir war nur danach, mich ins Bett zu legen, mir die Decke über den Kopf zu ziehen und diesen beschissenen Tag zu Ende zu bringen. Doch egal welche Pläne ich auch geschmiedet hatte, es kam anders. Als ich die Tür zu meinem Zimmer öffnete, hörte ich das Schicksal leise über mich lachen.

»Nox?« Perplex starrte ich auf mein Bett, das von dem Höllendiener belagert wurde. Wie üblich hatte er die Arme lässig hinter dem Kopf verschränkt und ein Bein über das andere gelegt. Passend zu seiner Lederjacke und den Stiefeln trug er ein schiefes Grinsen auf den Lippen. »Was zum Teufel machst du denn hier?« Hätte man mich noch vor wenigen Minuten gefragt, wessen Anwesenheit ich heute Abend für wahrscheinlicher hielt als die des gefallenen Engels, wäre meine Wahl auf einen dreiköpfigen, silber-lila gestreiften Tiger mit französischem Akzent gefallen. Glücklicherweise bekam ich meine Verblüffung schnell wieder unter Kontrolle, sodass ich erst ins Zimmer trat und die Tür hinter mir schloss, ehe ich weitersprach. Adam hatte mich vermutlich gehört, aber meine Mom musste nicht unbedingt etwas von dem unerwarteten Besucher mitbekommen. »Bist du hergekommen, um mir vorzuschwärmen, wie froh du über Emilias Rückkehr bist? Oder habt ihr zwei bereits die Nase voll voneinander?«

Mit einem feixenden Funkeln in den Augen richtete sich Nox aus seiner Liegeposition auf, erhob sich von meinem Bett und näherte sich mir langsam. »Weißt du, Kleines. Genau diese Art von herzlicher Begrüßung ist es, die mich jedes Mal mit dem größten Vergnügen hierherkommen lässt. Ja, wirklich. Aber dieses Mal ist dein freches Mundwerk nicht der Grund, weshalb ich dich sehen wollte.« Zwei Schritte von mir entfernt blieb er stehen und verschränkte die Arme vor der Brust. Sein Blick wirkte kritisch. »Wie du weißt, stehe ich darauf, wenn du deine Krallen ausfährst. Aber heute Morgen hast du dabei irgendwie angespannt gewirkt. Fast als wärst du nicht du selbst. Daher wollte ich nachsehen, ob es dir inzwischen besser geht.«

»Wie bitte?« Pikiert wanderte eine meiner Augenbrauen in die Höhe. »Ich habe heute Morgen *angespannt* gewirkt?« Ungewollt entfloh mir ein heiseres Lachen und ich trat an Nox vorbei. Erst schloss ich das Fenster, das ich, einer alten Gewohnheit geschuldet, offengelassen hatte, sodass der Höllendiener in mein Zimmer gelangen konnte. Dann setzte ich mich auf mein Bett. Die Intensität meiner Kopfschmerzen hatte sich bereits verdoppelt. »Deinem messerscharfen Verstand entgeht ja gar nichts, Sherlock.« Ich warf mich rücklings auf die Matratze, schloss die Augen und hoffte, das Hämmern in meinem Kopf würde sich beruhigen. Zur Ruhe kam ich jedoch schon deshalb nicht, weil ich Nox' verlockenden Duft in der Nase hatte, der sich in den Daunen eingenistet hatte.

Der Höllendiener kam auf mich zu. Ich spürte, wie er sich dem Bett näherte. »Hilf mir mal kurz auf die Sprünge, Kleines. Ist deine Feindseligkeit noch immer Leviathans Fluch geschuldet oder bist du aus irgendwelchen Gründen ernsthaft wütend auf mich? Ich bin mir gerade nicht sicher, wie ich deine Kratzbürstigkeit einordnen soll.«

Umgehend schoss ich hoch, bis ich senkrecht im Bett saß, und starrte Nox aus geweiteten Augen an. »Was hast du gerade gesagt?« Seine Worte hatten etwas in mir berührt, was meinen Groll für einen Moment verdrängte. »Von welchem Fluch redest du?«

»Von welchem Fluch?« Nox, der erneut mit einem kleinen Sicherheitsabstand vor mir zum Stehen gekommen war, blickte mich mit zur Seite geneigtem Kopf an. »Von dem auf deinem Handgelenk natürlich. Ist dir dein Verhalten heute Morgen nicht ungewöhnlich vorgekommen?« Kopfschüttelnd lockerte er seine Haltung und lächelte auf warmherzige Weise. »Ich kenne dich inzwischen gut genug, um zu wissen, dass deine Eifersucht auf Emilia nicht real ist, ebenso wie dein Hass ihr gegenüber.«

Anstatt Nox darauf hinzuweisen, dass er keine Ahnung hatte, *wie* real mein Hass war, starrte ich ihn einfach nur an. Seine Worte hatten soeben einen Gedanken an die Oberfläche meines Bewusstseins befördert, der zuvor in tiefster Dunkelheit verborgen gewesen war und den ich trotz größter Mühen nicht richtig hatte greifen können. Doch jetzt, da ich endlich dem diffusen und unklaren Gefühl in meinem Inneren, das mich den ganzen Tag über beschäftigt und an den Rand einer ausgeprägten Migräneattacke geführt hatte, einem Namen geben konnte, verwandelte sich mein Kopf in einen von Silvesterfeuerwerkslichtern übersäten Nachthimmel.

Emilia hat mich verflucht! Natürlich! Wieso bin ich da nicht selbst draufgekommen? Ihr Lippenstift – und damit ihr Speichel – muss in meine Blutbahn geraten sein.

Auf diese Weise manipuliert sie mich. Deswegen hat mein Handgelenk auch die ganze Zeit über wie verrückt gejuckt.

Zuerst hatte ich gedacht, das würde an dem blöden Verband liegen, den ich noch immer trug, um meiner Mom nichts von meinem neuen Körperbild erzählen zu müssen. Doch jetzt …

Erleichterung durchflutete mich. Ebenso wie Furcht. Auch kehrte meine zuvor verdrängte Wut in Schallgeschwindigkeit zurück. »Warum hast du heute Morgen nichts von dem Fluch erwähnt?« Am liebsten hätte ich den Höllendiener geboxt, doch stattdessen musste ich mich damit begnügen, ihn mit gedrosselter Stimme anzufauchen. Zur Unterstreichung meines Zorns ballte ich die Fäuste. »Weshalb hast du diese Hexe in Schutz genommen und sie wie ein neugeborenes Rehkitz behandelt, obwohl du wusstest, was sie mir angetan hat?« Ich gab Nox keine Möglichkeit, etwas zu erwidern, sondern zeterte mit zusammengebissenen Zähnen weiter. »Erst lässt du Adam und mich im Stich, um eine Party mit deinem Vampirbuddy zu feiern. Dann gewährst du diesem manipulativen Miststück freie Bahn, um sich zwischen uns zu drängen. Und zum Grande Finale erzählst du mir, dass mich diese psychopathische Höllenbarbie auch noch verflucht hat?! Und wieder scheint dich das nicht im Geringsten zu stören! Was zum Teufel ist los mit dir, Nox? Hat man dir eine Gehirnwäsche verpasst?« Eigentlich war meine Frage rhetorischer Natur gewesen, doch jetzt, nachdem mir die Silben über die Lippen geperlt waren, wurde mir bewusst, dass das gar keine allzu abwegige Möglichkeit war. »Oh. Mein. Gott!« Meine Hände flogen wie von selbst an meinen Mund und meine Augen weiteten sich schockiert. »Emilia hat dir tatsächlich eine Gehirnwäsche verpasst, oder?!« Panik, Schmerz und Angst vermischten sich zu einem brennenden Feuerball und offenbarten mir mit erschreckender Klarheit, was ich zuvor nicht hatte sehen wollen. »Es ist genau wie damals bei Adam und Alyssa. Auch Emilia hat es irgendwie geschafft, dich mit einem Bann zu belegen.« Tränen verschleierten meine Sicht, doch bereits im nächsten Moment wurde meine Furcht von einem anderen, noch beängstigenderen Szenario verdrängt und mir stockte der Atem. »Du bist gar nicht Nox, richtig? Du bist Emilia. Du hast dich in Nox verwandelt, um …« Ja, wozu eigentlich? Würde es Emilia um meinen Tod gehen, hätte sie dazu bereits mehrfach Gelegenheit gehabt. Sie musste ein anderes Ziel verfolgen.

Aber welches?

Bevor ich mir darüber Gedanken machen konnte, lenkte Nox meine Aufmerksamkeit auf sich. »Bist du fertig mit deiner Dämonenjagd oder brauchst du noch Weihwasser und einen Rosenkranz?« Er bedachte mich mit einer gelangweilten Miene. »Im Ernstfall würde dir zwar weder das eine noch das andere etwas nützen, aber wenn du dich damit wohler fuhlst ...« Er zuckte mit den Schultern.

»Haha.« Der Laut war mir ungewollt über die Lippen gekommen, dennoch zuckten meine Mundwinkel. Auch spürte ich, wie sich meine Anspannung lockerte. Dieser Spruch war einfach so typisch für den Höllendiener, dass es mir unmöglich war, nicht darauf zu reagieren.

Nox grinste, sichtlich zufrieden, dass sein Ablenkungsmanöver funktioniert hatte. »Wie du meinst. Aber da du mir endlich mal zuhörst, sollte ich dir wohl erklären, warum du mit deinen Verschwörungstheorien so weit von der Wahrheit entfernt liegst, dass ich ernsthaft versucht bin, deine Zurechnungsfähigkeit infrage zu stellen.« Er schritt auf mich zu, bis er unmittelbar vor meinem Bett zum Stehen kam. »Doch zuvor sollte ich dich wohl davon überzeugen, dass ich *ich* bin.« Ein vertrautes Funkeln in den Augen begleitete seine Worte, ehe er in einer geschmeidigen und dennoch blitzschnellen Bewegung das Bett erklomm und sich mit gespreizten Beinen über mich kniete. Obwohl ich den Eindruck hatte, dass wir uns so nah waren, dass der Höllendiener auf mir hätte liegen müssen, berührten wir uns nicht. »Seit jenem Moment damals in der Cafeteria deiner alten Schule, als du von dem Lichten Volk erfahren hast, hat sich zwischen uns etwas verändert, Kleines. Ich weiß nicht, wie ich es bezeichnen oder beschreiben soll, aber eines kann ich dir mit absoluter Gewissheit versprechen.« Nox beugte seinen Kopf zu mir herab, sodass ich nichts anderes mehr wahrnahm als seine schimmernd grünen Iriden, die mir inzwischen so vertraut waren, dass ich sie trotz mangelnden Künstlertalents hätte zeichnen können. Auch sein unverkennbarer Duft nach brennendem Holz umwehte mich und verstärkte den Sog, der mich jedes Mal einholte, sobald Nox – der echte Nox! – mich auf diese Weise anschaute. »Wenn ich dir in die Augen sehe und mir nichts als grenzenlose Unschuld, Hoffnung und unerschütterlicher Glaube entgegenblickt, dann gibt es keinen Zauber, keinen Bann oder Fluch, dem es gelingen würde, mich von dir zu entfremden.« Die Worte waren nur gewispert, aber in meinem Kopf dröhnten sie, als hätte man sie mir per Megafon ins Ohr gebrüllt. Prompt raste mein bereits wild pochendes Herz davon und erinnerte mit seiner neuen Schlagfrequenz an ein Känguru auf Speed. »Wann glaubst du mir endlich, dass es für mich keine andere gibt, Avery.« Seine geraunten Worte strotzten vor Sinnlichkeit und strichen sanft wie die Liebkosung mit einer Pfauenfeder über meine geschundene Seele. »Ich gehöre dir. Ganz allein. Und zwar bedingungslos.«

ZWANZIG

Ich kannte mich nicht mit Beziehungen und auch nicht mit der Liebe im Allgemeinen aus. Ich wusste nicht, welche Regeln es beim Flirten zu berücksichtigen galt oder was man beim Anbahnen sexueller Anziehung beachten musste. Und da ich leider zu alt war, um wichtige Fragen des Lebens mit diesen Ja-nein-vielleicht-Ankreuzzettelchen zu klären, hatte ich auch keine Ahnung, ab wann eine Beziehung offiziell als eine solche zählte.

Aber auch wenn ich von all diesen Dingen nichts wusste, war ich mir in einem Punkt unumstößlich sicher. Das, was Nox soeben zu mir gesagt hatte, war mit das Schönste, was ich jemals gehört hatte.

»Nox ...« Obwohl meine Stimme nur ein tonloses Hauchen war, wollte ich ihm unbedingt sagen, wie sehr mich seine Worte berührten und wie viel sie mir bedeuteten. Aber mein Kopf war wie leergefegt und es war mir unmöglich, die passenden Silben aneinanderzureihen. Stattdessen wurde mir mit einer geradezu beängstigenden Klarheit bewusst, wie dringend ich die wenigen Zentimeter zwischen uns überbrücken und den Höllendiener küssen wollte. Nach den quälenden Wochen und vor allem den letzten zwei Tagen sehnte ich mich nach diesem Beweis tiefer Verbundenheit in Zeiten der Unsicherheit. Aber mir war auch auf grausame Art bewusst, dass es dazu nicht kommen durfte. »Nox ...«, sagte ich erneut, dieses Mal mit vernehmbarer Qual in der Stimme. »Bitte steh auf!« Die Silben auszusprechen, nachdem sie sich bereits in meinen Gedanken grauenhaft angefühlt hatten, glich einem Schmerz, als würde man eine ellenlange und mehrere Zentimeter in die Tiefe ragende Fleischwunde mit Salz auffüllen, um die Blutung zu stoppen. »Wenn du mir so nah bist, kann ich nur daran denken, wie dringend ich dich küssen will und wie sadistisch es ist, dass ich das nicht darf.«

Nox erwiderte meinen Blick, ohne sich zu bewegen oder etwas zu erwidern. Fast wäre ich dem Verdacht erlegen, dass er mich gar nicht gehört hatte. Das war natürlich Unsinn, wie sich im nächsten Moment herausstellte. Der Höllendiener setzte sich seufzend in Bewegung und begab sich in vertraut galanter Haltung zu meinem Schreibtischstuhl, auf dem er sich rittlings niederließ.

»Ich hasse es, dass du immer so vernünftig sein musst, Kleines. Da bleibt gar kein Platz für ein bisschen Spaß.« Schmollend legte er seine Arme auf die Rückenlehne. »Aber damit eins klar ist: *Du* hast gekniffen. Mich hätte die Aussicht auf ein bisschen Schmerz nicht davon abgehalten, über dich herzufallen.«

Meine Mundwinkel zuckten und mir wurde bei seinen Worten ganz warm ums Herz. Um meine kindische Freude nicht allzu offensichtlich zu präsentieren, setzte ich mich in einen bequemen Schneidersitz und kämmte meine Haare mit den Fingern.

»Du hättest also in Kauf genommen, mir Leid zuzufügen, nur um ein bisschen rumzuknutschen?«, fragte ich, nachdem ich meinen galoppierenden Herzschlag und meine hastige Atmung einigermaßen unter Kontrolle gebracht hatte. »Hast du es so nötig?« Ich garnierte meine Frage mit einem frechen Grinsen.

Nox lachte leise. »Du betrachtest die Sache aus einem völlig falschen Blickwinkel. Ich hätte unser *beider* Leid in Kauf genommen, um dir zu beweisen, wie wichtig du mir bist. Das nennt man ›Hingabe‹, ›Heldentum‹ und – sofern man auf so etwas steht – ›Romantik‹.«

»Hingabe, Heldentum und Romantik?« Ich versuchte mich an einem abfälligen Lachen, heraus kam jedoch ein albernes Schulmädchenkichern, während eine ganze Schar Schmetterlinge in meinem Bauch den Karneval von Rio nachahmte. »Wären ›Egoismus‹, ›Narzissmus‹ und ›Egozentrik‹ nicht treffender?«

»Ah, deine Worte treffen mich, Kleines!« Nox lachte erneut und griff sich theatralisch an die Brust. »Wenn du so etwas sagst, fühle ich mich immer so schrecklich eindimensional. Aber ich besitze sicherlich mehr Facetten als dieser *Mr Grey,* dessen Geschichte du seit Tagen verfallen bist. Mal ehrlich, wieso liest du eigentlich nur so dicke Schinken, die man viel sinnvoller als Waffe nutzen könnte?«

Dieses Mal war ich es, die lachte. Dennoch schüttelte ich den Kopf, um meine errötenden Wangen zu verbergen. Trotzdem konnte ich nicht leugnen, wie euphorisierend das Gefühl von Erleichterung war, das ich in diesem Augenblick verspürte. Nach all den Zweifeln und der Unsicherheit, die mich seit Emilias Auftauchen wie ein Schatten verfolgt und meine Gedanken und Emotionen dominiert hatten, fühlte sich dieser Moment wie pures Glück an.

»Bist du hergekommen, um über meinen Lesegeschmack zu meckern, oder willst du mir endlich erklären, warum du dich gestern und heute wie der größte Vollidiot benommen hast?« Um eine strenge Miene bemüht, verschränkte ich die Arme vor der Brust, doch meine Mundwinkel wollten einfach nicht aufhören, in Richtung meiner Ohren zu wandern. Mich überkam ein Gedanke, der wenig nett war: In Adams Gegenwart wäre die Situation gewiss nicht so entspannt verlaufen.

»Du willst gleich zum Wesentlichen kommen? Na gut.« Nox zuckte mit den Schultern. »Vermutlich ist das sogar besser. Ansonsten muss ich mir doch noch Sorgen machen, dass du mir eines Nachts einen Krug Weihwasser über den Kopf gießt und das Vaterunser runterpsalmodierst.« Er grinste mich schelmisch an, ehe er eine förmliche Miene aufsetzte. Doch ich konnte seine Aussage unmöglich unkommentiert stehen lassen.

»Davor hast du Angst? Wieso?« Erneut entfloh mir ein Kichern. »Du hast doch selbst gesagt, dass man dich nicht so einfach töten kann. Solange ich also nicht mit einer Axt vor dir stehe, brauchst du dir um deinen Kopf keine Sorgen zu machen.«

Nox' Augen weiteten sich minimal und ein vertrautes Glänzen trat in seinen Blick. »Wow, Kleines! Ich weiß gerade nicht, was ich heißer finde. Die Vorstellung, dich mit einer Streitaxt bewaffnet in meinem Schlafzimmer vorzufinden, oder die Gewissheit, dass du mir tatsächlich endlich mal zugehört hast.« In seiner Miene machte sich ein düster-verführerischer Ausdruck breit. »Aber du solltest wirklich aufpassen, wenn du so etwas zu mir sagst. Du weißt, wie sehr ich auf deine scharfe Zunge stehe. Wenn du also nicht willst, dass ich doch noch über dich herfalle, solange du unter diesem Fluch stehst, solltest du mich nicht mit solchen Aussagen in Versuchung führen. Schließlich war ich seit einer ungesund langen Zeit mit keiner Frau mehr zusammen.« Wie ein sinnliches Versprechen schwebten seine Worte durch den Raum und verwandelten mein Innerstes in ein Brausepulverfass, das sich gefährlich nah an einer Wasserquelle befand. Wenn das so weiterging, würde ich noch übersprudeln.

»Okay«, brachte ich nach einem tiefen Atemzug heraus, während das feurige Kribbeln in meinem Inneren meinen gesamten Körper in Flammen zu setzen schien. »Jetzt sollten wir aber wirklich darüber reden, mit welcher Art von Fluch Emilia mich belegt hat.«

»Leviathan«, korrigierte mich Nox. »*Er* hat dich verflucht, nicht Emilia. Sie mag jetzt zwar eine Dämonin sein und neue Fähigkeiten erhalten haben, aber ihre Macht reicht bei Weitem nicht aus, um jemanden mit einem derart starken Bannspruch zu belegen. Ob du es glauben willst oder nicht, Kleines, sie ist bei dieser Prüfung eine ebenso unschuldige Schachfigur, wie wir es sind.«

Meine Euphorie bekam einen herben Dämpfer und die lodernden Flammen, die gerade eben noch mein Innerstes verzehrt hatten, erloschen augenblicklich. Stattdessen fühlte ich mich, als hätte man mich mit einer Stahlbürste geschrubbt.

»Wieso nimmst du sie immer noch in Schutz?« Ich brachte Emilias Namen nicht über die Lippen. Seit dem Beginn unserer Unterhaltung hatte mir jede Erwähnung der Höllenbarbie einen schmerzhaften Stich versetzt und meine gute Laune zurückgedrängt. Doch Nox' letzte Worte hatten das sprichwörtliche Fass zum Überlaufen gebracht. »Wieso erkennst du nicht, dass diese manipulative, bösartige und verabscheuungswürdige Hexe dich um den kleinen Finger gewickelt hat? Sie braucht überhaupt keine magischen Kräfte und auch keinen Bann, damit du ihr aus der Hand frisst. Das schafft sie bereits, indem sie eure gemeinsame Vergangenheit und deine Schuldgefühle ihr gegenüber ausnutzt. Glücklicherweise weiß ich von Adam ...«

»Ich weiß, was dir Goldlöckchen erzählt hat«, unterbrach mich Nox harsch und auch seine Flirtlaune schien umgeschlagen zu sein. »Denkst du wirklich, mir wäre ihre Dämonenaura nicht aufgefallen oder ich wüsste nicht, welche Konsequenzen sich daraus ergeben?« Er schüttelte den Kopf. »Dabei sind es in Wahrheit du und Adam, die keine Ahnung haben. Hinter Emilias Rückkehr steckt sehr viel mehr als nur die offensichtlichen Probleme.« Seine Finger krampften sich um seine Oberarme und auch seine Mimik wirkte plötzlich angespannt. »Adam hat dir sicherlich gesagt, dass die dritte Prüfung dem Neid zugeschrieben ist.« Als ich nickte, nickte auch Nox. »Allerdings ist Leviathan nicht nur der Fürst des Neides, sondern auch – und das sogar an erster Stelle – ein ziemlich kranker und abgedrehter Psychopath. Er liebt es, seine Opfer auf perfide Art zu quälen, was auch der Grund dafür ist, dass wir wochenlang auf das Tattoo warten mussten. Er wollte uns zermürben, noch bevor seine Prüfung offiziell ihren Anfang genommen hat. Aus demselben Grund hat er auch Emilia auf die Erde geschickt. Durch den Kuss, den sie dir aufs Handgelenk gegeben hat, wurde sie zu deinem Trigger. Das bedeutet, sobald du sie siehst, ihre Stimme oder ihren Namen hörst oder womöglich nur an sie *denkst*, reagierst du mit völlig übertriebener Eifersucht – was in Anbetracht unserer Geschichte ein nicht zu unterschätzender Schachzug war.« Nox seufzte. »Dieser Bastard will unsere Gruppe auseinandertreiben, damit wir es entweder gar nicht erst bis zu seiner Prüfung schaffen oder ihr zumindest geschwächt entgegentreten.«

Mit großen Augen hatte ich Nox zugehört – oder besser gesagt, es versucht. Denn auch wenn seine Worte erschreckend logisch klangen, hatte ich ziemliche Probleme, sie als Wahrheit anzuerkennen. Viel zu sehr wurde ich davon abgelenkt, dass der Höllendiener Emilia immer wieder wie einen Unschuldsengel dargestellt hatte. Glücklicherweise erwartete Nox keine Erwiderung, sondern führte das Gespräch selbst fort. Auf diese Weise konnte ich mich darauf konzentrieren, den brodelnden Vulkan in meinem Inneren mit tiefen Atemzügen unter Kontrolle zu halten.

»Leider bezweifle ich, dass sich seine Trümpfe allein darauf beschränken. Dadurch, dass Leviathan Emilias menschliche Seele in einen Dämon verwandelt und sie mit nicht zu verachtenden Kräften ausstaffiert hat, ist er einen extremen Schritt gegangen. Er hat eine der obersten Regeln im Waffenstillstand zwischen Himmel und Hölle gebrochen und damit sein eigenes Leben als Spieleinsatz in die Runde geworfen. Das bedeutet Folgendes: Sollte sein Plan nicht aufgehen und wir bestehen wider Erwarten seine Prüfung, wird Luzifer ihn für seinen Gesetzesverstoß bis in alle Ewigkeit ins Höllenfeuer verbannen.« Mit bedeutungsschwerer Miene sah mich der gefallene Engel an. »Ein ziemlich hoher Einsatz, nur um ein paar simple Psychotricks auszuspielen, meinst du nicht auch?«

Mit immer noch geweiteten Augen nickte ich erneut, während ich spürte, wie sich die Klauen eisiger Panik um mich legten und jede noch so winzige Bewegung verhinderten. Wenn sogar Nox vernehmbare Ehrfurcht gegenüber dem Höllenfürsten an den Tag legte, war dieser eindeutig kein zu unterschätzender Gegner.

»Und was machen wir jetzt?«, fragte ich nach einigen Momenten der Stille. Mit einem Mal wünschte ich mir, Adam wäre hier. Aber wenn sich der Engel in Hörweite befunden hätte, wäre er sicherlich längst zu uns gestoßen. »Wie finden wir heraus, was Leviathan noch in der Hinterhand hat, und vor allem, worin die eigentliche Prüfung besteht?« Ich biss mir auf die Unterlippe, während ich mir über die mit einer Gänsehaut überzogenen Arme rieb. Zwar behagte es mir nicht, die folgenden Worte auszusprechen, aber mir wollte im Augenblick keine andere Möglichkeit einfallen. »Vielleicht sollten wir noch einmal mit *ihr* reden.« Ich zischte das Personalpronomen, als würde ich Emilia dadurch verwünschen können. »Vielleicht finden wir etwas heraus, was uns bisher entgangen ist?«

Nox schüttelte den Kopf. »Das bringt nichts, Kleines. Abgesehen davon, dass du bei einem direkten Gespräch mit Emilia viel zu abgelenkt wärst, um dich überhaupt konzentrieren zu können, wird sie uns auch nichts Neues berichten. Ich habe heute den ganzen Tag mit ihr verbracht und einen ziemlich guten Eindruck gewonnen, worüber sie informiert ist – und worüber eben nicht.«

Die Vorstellung, wie er und Emilia stundenlang eng umschlungen im Bett lagen und sich mit verliebten Blicken gegenseitig irgendwelche Unanständigkeiten zuraunten, explodierte in meinem Kopf wie eine heiß gelaufene Lavalampe. Mein Pulsschlag schoss in die Höhe, mein Herz vibrierte in der Brust und Heiß-Kalt-Schübe wechselten einander sekündlich ab.

Nox war meine Reaktion nicht entgangen. Er seufzte und griff den Gesprächsfaden mit beherrschter Stimme wieder auf. »Ich weiß, dass du Emilia nicht traust, Kleines. Und da sie jetzt nicht einmal mehr durch ihr himmlisches Blut an die Wahrheit gebunden ist, hast du auch jedes Recht dazu. Schon klar. Aber du musst mir glauben, wenn ich dir sage, dass sie keine Ahnung von Leviathans Plänen hat. Du darfst nicht vergessen, dass ich Emilia seit einigen Jahrhunderten kenne. Und auch wenn sie kein Seraph mehr sein mag, hat sich ihr Charakter nicht im Geringsten verändert. Ihr unstillbares Bedürfnis, im Mittelpunkt jeglicher Aufmerksamkeit zu stehen, ist fast genauso stark ausgeprägt wie mein angeblicher Egoismus.« Er zwinkerte mir zu, grinste kurz und wurde sogleich wieder ernst. »Wenn man sich also nicht ganz dumm anstellt, ist es ziemlich einfach, sie zum Reden zu bringen und gleichzeitig ihren Hunger nach Dramen zu stillen – zumindest für eine gewisse Zeit.«

»Ach, also hast du dich deswegen so aufgeführt?«, fragte ich zähneknirschend. Meine Emotionen befanden sich bereits am Rand des Kontrollierbaren. »Du wolltest Emilia ausspionieren und sie gleichzeitig entertainen?« Ich hoffte, dass mein Unverständnis angesichts dieser Erklärung ebenfalls dem Fluch geschuldet war. Ansonsten musste *ich* mir Gedanken um die Zurechnungsfähigkeit eines gewissen Höllendieners machen. »Dir ist aber schon klar, wie widersprüchlich das klingt, oder?!«

»Ich *wollte* gar nichts von beidem«, erwiderte Nox angespannt. »Ich habe lediglich eine ungeplante Situation genutzt, um an mögliche Informationen zu gelangen. Das hatte nicht das Geringste mit Emilia selbst zu tun.« Er biss seine Zähne so fest aufeinander, dass seine Kiefermuskulatur deutlich hervortrat. »Im Gegenteil sogar. Ich war nur ihretwegen bei Reed. Denn entgegen Adams und deiner Meinung wollte ich mich dort nicht betrinken, sondern Annabelle aufsuchen und mit ihr über die Möglichkeit sprechen, Emilias Verwandlung rückgängig zu machen.« Der Griff seiner Finger nahm zu, bis die Knöchel weiß wurden. Auch sein Blick wirkte plötzlich abwesend, als würde er auf einmal zu sich selbst sprechen, was seine leiser werdende Stimme unterstrich. »Eine menschliche Seele hat in der Hölle wirklich nichts zu lachen. Aber eine Wandlung zum Seelenjäger …« Mit einem kurzen Kopfschütteln verbannte er seine Gedanken und kehrte zurück in die Gegenwart. Als er weitersprach, klang seine Stimme wieder fest. »Leider hält sich Annabelle momentan nicht in der Stadt auf. Und als ich bereits zu dir und Goldlöckchen zurückkehren wollte, lud mich Reed auf einen Drink ein.« Nox zuckte mit den Schultern. »Während wir uns unterhielten, machte mich Spike darauf aufmerksam, dass draußen vor der Tür eine Dämonin stand und mich suchte – verdreh nicht ständig die Augen, Kleines.« Nox knurrte. »Ich sagte dir bereits, dass ich Emilia ebenso gut kenne wie sie mich. Es ist also kein Wunder, dass sie mich bei Reed gesucht hat.« Nachdem sich Nox kurz geräuspert hatte, kehrte er zu seiner eigentlichen Erzählung zurück. »Als ich wusste, dass Emilia mich gefunden hatte, boten sich mir zwei Möglichkeiten. Entweder ich ignorierte sie und riskierte es, ihren Zorn auf uns zu lenken, oder ich kümmerte mich ein wenig um sie.«

»Und du hast dich natürlich für die zweite Variante entschieden«, warf ich schnippisch ein, was Nox ein trotziges Lächeln entlockte.

»So ist es. Aber nicht auf die Art, die du dir mit deinen unanständigen Gedanken einbildest. Ich bot ihr eine Bühne, auf der sie ihr Aufmerksamkeitsbedürfnis ausleben konnte, ohne allzu großen Schaden anzurichten.« Auf meinen verständnislosen Blicken hin fuhr Nox fort: »Ich lud sämtliche Dämonenblütler, die sich in der Bar aufhielten, zu einer Party ein und achtete darauf, dass Emilia mitbekam, wo diese stattfand. Als sie später auftauchte, befand ich mich bereits in meinem Zimmer. Natürlich dachte sie, ich wäre so früh abgehauen, weil ich entweder betrunken oder mit einer Frau beschäftigt war. Als sie mich am nächsten Morgen weckte und mich allein im Bett vorfand, sagte sie nur, dass ihr beiden bereits auf dem Weg wart.«

Trotz meiner kochenden Eifersucht brachte ich ein Nicken zustande. Ich hatte meine Lippen so fest zusammengepresst, dass es wehtat. Aber ich wollte verhindern, dass meine Emotionen ein weiteres Mal die Oberhand gewannen und sich verbal äußerten.

»Zuerst hatte ich nicht gewusst, wie ich deine Reaktion auf Emilia einschätzen sollte – immerhin bist du ihr zuvor nie begegnet.« Nox furchte nachdenklich die Stirn. »Als du mich dann auch noch auf ihren BH und diese längst vergessene Geschichte ansprachst, dachte ich, du hättest endgültig den Verstand verloren. Erst als ich das von dem Kainsmal erfuhr, kam mir der Verdacht mit dem Fluch.« Sein Blick huschte zu meinem verbundenen Handgelenk. »Aber denkst du wirklich, es wäre sinnvoll gewesen, dieses Thema anzusprechen? Du hast ja selbst mitbekommen, wie schnell Emilia eine Unterhaltung nach ihren Wünschen lenkt.«

»Also hast du beschlossen, den Tag mit ihr zu verbringen? Als Belohnung für ihr besonderes Talent?« Die Worte waren mir entflohen, ehe ich meine Hände vor den Mund schlagen und den Rest meiner garstigen Gedanken für mich behalten konnte. Ich fragte mich immer drängender, weshalb Nox dieses Weibsbild so sehr mochte. Es war mir einfach unverständlich.

»Wir haben nur geredet, Kleines.« Der Höllendiener klang verständnisvoll, aber sein genervter Unterton war nicht zu überhören. »Ich habe sie dazu gebracht, über ihre Zeit in der Hölle, ihre Verwandlung zur Dämonin und ihren Job als Seelenjägerin zu sprechen. Ihre Antworten waren jedoch wenig überraschend. Also kannst du mir glauben, Kleines. Wenn sie auch nur das Geringste über Leviathan und die Prüfung wüsste, hätte ich es aus ihr herausbekommen.«

Ich zwang mich zu einem weiteren Nicken. Tief in meinem Inneren wusste ich, dass ich Nox glaubte und ihm vertraute. Doch diese Gewissheit war durch die stetig wachsende Eifersucht während unseres Gesprächs so weit zurückgedrängt worden, dass ich sie kaum noch spürte. Und selbst wenn ich Nox vertraute, galt das ganz gewiss nicht für Emilia – Eifersuchtstrigger hin oder her. Bereits vor ihrem Kuss hatte sie bewiesen, dass sie ein grausames Miststück war.

»Und was machen wir jetzt mit ihr?«, fragte ich. Es fiel mir unbeschreiblich schwer, die folgenden Worte in einer halbwegs sachlichen Tonlage auszusprechen, anstatt sie wie eine Furie herauszubrüllen. »Bestimmt wird sie uns nicht einfach in Frieden lassen, jetzt, da sie bereits aufgetaucht ist.«

In Nox' Miene zeichnete sich ein dämonisches Funkeln ab. Er erhob sich mit raubtierhafter Geschwindigkeit und einer beneidenswerten Anmut von seinem Platz und kam binnen eines Wimpernschlages vor mir zum Stehen. Doch anstatt sich ein weiteres Mal über mich zu beugen und mich dadurch auf meinem Bett festzunageln, verschränkte er die Arme vor der Brust und blickte auf mich herab. Seine Haltung wirkte weder arrogant noch überheblich. Viel eher hatte ich den Eindruck, als würde er sich nicht entscheiden können, ob er seinem Wunsch nach körperlicher Nähe nachkommen oder auf sein Pflichtgefühl hören und auf Distanz bleiben sollte. »Mach dir keine Gedanken über Emilia, Kleines. Ich kümmere mich um sie.« Er ging vor mir in die Hocke, sodass wir fast auf Augenhöhe waren. »Aber eins musst du mir versprechen. Egal, was in der kommenden Zeit geschieht, was du siehst, hörst oder meinst, dir einzubilden. Denk immer daran: Es. Ist. Nicht. Echt! Hast du mich verstanden? Du bist das einzige Mädchen, das mich interessiert. Das musst du mir glauben, Avery. Bitte!«

Den Blick fest auf Nox gerichtet, zwang ich meine fragile Konzentration auf den Höllendiener. Seine Gesichtszüge verrieten eine widersprüchliche Mischung aus Härte und Sanftheit, Strenge und Hoffnung. Nur seinen Augen strahlten etwas aus, was eindeutiger nicht sein konnte und mich tief in meinem Herzen berührte.

Geh nicht. Verlass mich nicht!

Nox hatte den Moment angesprochen, als wir in der Caféteria meiner alten Schule zum ersten Mal aneinandergeraten waren. Damals waren mir diese Worte in den Sinn gekommen. Und wie Nox zuvor treffend gesagt hatte, hatte sich in diesem Augenblick etwas zwischen uns verändert.

Etwas, um das es sich zu kämpfen lohnt!

»Ich vertraue dir, Nox.« Ich hob meine Hand, um ihm über die Wange zu streichen, konnte mich aber gerade noch rechtzeitig davon abhalten und legte stattdessen all meine Zuneigung für den Höllendiener in meinen Blick. »Und ich verspreche dir, das wird sich nicht ändern, egal was geschieht.«

EINUNDZWANZIG

Nox begann sich zu entspannen und ein sanftes Lächeln stahl sich auf seine Lippen. Wir sahen uns einen Moment lang einfach nur an, ehe er sich erhob und zu meinem Schreibtischstuhl zurückkehrte. Offenbar war ich nicht die Einzige in diesem Raum, die einen gewissen Sicherheitsabstand benötigte.

»Gut, da wir jetzt all die unwichtigen Dinge geklärt haben«, nahm Nox den Gesprächsfaden mit gewohnt gelangweilter Stimme auf, »sollten wir uns endlich einem Thema widmen, das wirklich von Relevanz ist. Deinem Kainsmal.« Mit einem Kopfnicken deutete er auf mein Handgelenk. »Zeigst du es mir?«

Perplex, aber auch dankbar für den plötzlichen Themenwechsel, wurde mir erst jetzt bewusst, dass Nox das Tattoo bisher noch gar nicht gesehen hatte. Also tat ich, worum er mich gebeten hatte, und löste Schicht für Schicht den inzwischen leicht ergrauten Verband. Die darunter befindliche Haut war vom Schweiß und der ständigen Reibung ein wenig gereizt, weshalb mir ein wohliges Seufzen entfloh, als meine Haut auf einmal frei lag und ein zarter Lufthauch über die gerötete Stelle strich. Auch wenn ich den Verband erst vor zwei Tagen angelegt hatte, kam es mir sehr viel länger vor.

Nox gab einen Grunzlaut von sich. »Das habe ich mir bereits gedacht.« Sein Adlerblick hatte das Tattoo erspäht, noch bevor ich es ihm richtig zeigen konnte. »Es steht auf dem Kopf, was der Grund dafür ist, dass es auf himmlisches Blut reagiert.« Als er meinen irritierten Blick bemerkte, fügte er erklärend hinzu: »Anstatt in Richtung deines Herzens zu deuten, zeigt es zu deinen Fingern.«

Verblüfft hob ich die Augenbrauen und lenkte meinen Blick auf das Zeichen. Dieses Detail war mir überhaupt nicht aufgefallen, obwohl ich mir das Tattoo lange und ausgiebig angesehen hatte. Wenigstens war ich nicht die Einzige, der es entgangen war. Adam hatte es offenbar auch nicht bemerkt.

Oder – was wahrscheinlich ist – es ist ihm aufgefallen, aber er wollte mich nicht mit irgendwelchen Spekulationen behelligen.

Eine Geste, die ich von Nox nicht erwarten konnte. Er ließ mich an seinen Überlegungen teilhaben, auch wenn ich nicht einmal die Hälfte davon verstand. Dennoch hörte ich ihm gespannt zu. Jetzt, da Emilia nicht länger unser Gesprächsthema war, fiel es mir um ein Vielfaches leichter, mich zu konzentrieren, und ich wollte so viel wie möglich mitnehmen.

»Das Mal ist im Übrigen auch spiegelverkehrt«, sagte Nox und rieb sich nachdenklich das Kinn. »Das könnte zwar eine absichtlich falsch gelegte Fährte sein, aber mein Instinkt sagt mir, dass das nicht der Fall ist.« Er machte nicht den Eindruck, als würde er mich noch wahrnehmen, doch nach einigen Sekunden schien er aus seiner Gedankenblase zu erwachen und sein Blick klärte sich. »Hör zu, Kleines. Jedes deiner bisherigen Tattoos war sowohl ein Hinweis auf die jeweilige Todsünde als auch auf die Prüfung selbst – was uns aber erst im Nachhinein klar geworden ist. In Anbetracht dieses Wissens bin ich versucht zu sagen, dass die dritte Prüfung mit Kain selbst zu tun haben muss. Nur leider stellt genau diese Möglichkeit ein ziemliches Problem dar. Es weiß nämlich niemand, was mit ihm geschehen ist.«

»Wie meinst du das?« Verwirrt runzelte ich die Stirn. »Er war doch ein Mensch, oder nicht? Dann muss er doch bereits seit Langem tot sein.«

»Theoretisch schon, aber es gibt keine Beweise dafür.« Nox dehnte seinen Nacken, was sich anhörte, als würde ein Rottweiler das Skelett eines Hamsters mit seinem Kiefer zermalmen. »Die überwiegende Meinung über Kain lautet, dass Gott ihn zwar durch das Mal vor Angriffen jeglicher Art geschützt, ihn aber nicht unsterblich gemacht hat. Demnach wäre er irgendwann an Altersschwäche gestorben und seine Seele müsste entweder im Himmel oder in der Hölle gelandet sein. Nur …«, Nox lehnte sich vor und senkte seine Stimme verschwörerisch, »… ist sie weder oben noch unten jemals aufgetaucht.«

»Was?« Meine Frage echote durch den Raum wie eine lästige Mücke. »Heißt das etwa, es besteht die Chance, dass Kain – also *der* Kain – ernsthaft noch am Leben ist?«

Nox nickte.

Ungläubig klappte mein Mund auf. Auch wenn ich bereits einigen magischen Wesen begegnet war, die sehr viel älter gewesen waren, als es der menschlichen Natur entsprach, erschien es mir in diesem Fall irgendwie furchteinflößend.

Na super! Nicht nur, dass wir es mit einem psychopathischen Höllenfürsten, einer manipulativen Ex-Freundin und einem Fluch zu tun haben, nein, der erste Mörder der Menschheitsgeschichte läuft auch noch irgendwo frei herum und niemand weiß, wo er sich aufhält oder wie er so lange überleben konnte. Mir entfloh ein Schnauben. *Es ist ja nicht so, als wären die Prüfungen für sich allein bereits eine extreme Herausforderung.*

Als hätte Nox meine Gedanken gelesen, trat ein amüsiertes Funkeln in seine Augen, und auf seine Lippen stahl sich ein Grinsen. »Guck nicht so, Kleines. Sonst könnte ich noch denken, dass ich deinen sonst so unerschütterlichen Glauben an einen Sieg gegen Luzifer zerstört habe. Aber so katastrophal ist die Lage doch gar nicht.« Sein Grinsen wurde breiter und nahm einen feixenden Ton an. »Immerhin gibt es noch eine Verzweiflungstat, der wir uns bisher aus guten Gründen nicht gewidmet haben – und die ich auch in Zukunft sehr gerne außer Acht gelassen hätte. In Anbetracht der aktuellen Umstände haben wir aber wohl keine Wahl.« Ehe ich nachfragen konnte, was Nox mit dieser kryptischen Andeutung meinte, sprach er bereits weiter. »Wie ich schon sagte, war ich gestern bei Reed, weil ich mit Annabelle reden wollte. Normalerweise hätte ich dir davon nichts erzählt, weil ich nicht will, dass du überhaupt von ihr *weißt*. Aber wie es scheint, ist es unausweichlich, also beschränke ich mich auf die wichtigsten Dinge, um dir keine unnötigen Sorgen zu bereiten.« Mit einem tiefen Atemzug wurde er ernst. Prompt schlug mein Herz schneller. Ich war mir sicher, dass, egal was ich gleich zu hören bekäme, es der Grund für viele weitere schlaflose Nächte sein würde. »Damals, bei unserem Besuch in der Bar, habe ich dir erzählt, dass Annabelle die Älteste ihrer Art ist, die ich jemals getroffen habe«, begann Nox seine Erklärung und ich nickte. »Das war zwar nicht gelogen, aber es war eine dezente Untertreibung. In Wahrheit ist sie älter als Adam und ich.«

»Was?«, rief ich. Adam und Nox waren um die zweitausend Jahre alt. Wie alt musste dann erst Annabelle sein? Da ich mich ein wenig vor der Antwort fürchtete – und auch hoffte, dass die genaue Jahreszahl keine allzu bedeutende Rolle spielte –, hakte ich nicht nach, sondern gab Nox mit einem zögerlichen Nicken zu verstehen, dass er weitererzählen sollte.

»Wie du dir vorstellen kannst, ist es schier unmöglich, so lange zu leben, ohne sich Feinde zu schaffen. In diesem Fall macht auch Annabelle keine Ausnahme. Aber im Gegensatz zu vielen anderen war sie sich dieser Tatsache von Beginn an bewusst und hat sich aus diesem Grund im Laufe ihres Daseins ein Netzwerk aus Freunden, Anhängern und Spionen geschaffen, die sie über die Jahrhunderte hinweg mit Informationen versorgten. Dadurch ist sie unter anderem an Geheimnisse gelangt, die sie unglaublich mächtig machen, obwohl sie keine Magie im eigentlichen Sinne bewirken kann. Allerdings ist *Wissen* in vielen Fällen eine sehr viel tödlichere Waffe als jeglicher Zauber. Aus diesem Grund ist Luzifer sowohl ihr größter Fan als auch ihr gefährlichster Feind.«

Als Nox innehielt und mich ansah, überkam mich eine Gänsehaut. Ich hatte bereits während unseres Besuchs in der Bar den Verdacht gehegt, dass diese Annabelle eine ziemlich beeindruckende Persönlichkeit sein musste. Doch nach der gerade vernommenen Beschreibung musste ich annehmen, dass die Vampirclananführerin womöglich sogar gefährlicher war als Königin Mab.

Nox nickte, als wüsste er genau, was ich gerade dachte. Vermutlich hatte mich meine unkontrollierte Mimik verraten. »Wie du siehst, Kleines, lebt es sich wesentlich sicherer, wenn Annabelle einen nicht unbedingt auf dem Schirm hat.«

»Ach, dann hast du mich also *deswegen* in ihre Bar geschleppt? Weil du der Meinung warst, mein Leben wäre zu sicher?« Ich schnaubte und verschränkte die Arme vor der Brust. Es war schlimm genug, dass ich wegen Nox von einem Vampir angegriffen und gebissen worden war. Aber dass der Höllendiener ohne mein Einverständnis das Risiko eingegangen war, mich auf den

Radar dieser uralten und unbeschreiblich mächtigen Dämonenblütlerin zu pinnen, war eine völlig andere Hausnummer.

»Beruhige dich, Kleines.« Nox grinste mich an. »Annabelle betritt weder die Bar noch interessiert es sie, was dort vor sich geht. Ihr Refugium ist die Bibliothek.«

Noch immer schmollend wandte ich den Blick ab. Manchmal schaffte es Nox, mich binnen Sekunden zur Weißglut zu treiben. Doch kaum hatte ich damit begonnen, mich in meinem Ärger zu suhlen, schoss mir ein Gedanke durch den Kopf, der meine Aufmerksamkeit wieder auf mein Gegenüber lenkte. »Wieso warst du dann überhaupt in der Bar, wenn sich Annabelle dort niemals aufhält? Nein, warte, vergiss die Frage. Sag mir lieber, warum du so bescheuert bist und diese Vampirin aufsuchst, wenn du weißt, wie gefährlich sie ist? Nur damit sie dir hilft, Emilia zurückzuverwandeln?« Mein Groll hatte meine Stimme zittrig werden lassen. Es wäre ein Leichtes gewesen, meinen Gemütszustand erneut auf den Fluch zu schieben, aber tief in meinem Inneren wusste ich, dass das nicht der Wahrheit entspräche. Dieses Mal war es allein Nox' unerklärliche Zuneigung gegenüber diesem dämonischen Biest, die mich an den Rand eines Nervenzusammenbruchs führte.

Anstatt etwas zu erwidern, bedachte mich Nox mit einem undefinierbaren Blick. Ich meinte zwar eine Mischung aus Erheiterung, Ärger und Mitgefühl in seinen Augen zu erkennen, aber sicher war ich mir nicht. »Wenn es Adams Seele wäre, um die es hier ginge, würdest du mich nicht ankeifen, weil ich das Risiko eingegangen bin, sondern weil ich dich nicht mitgenommen habe.« Seine Mundwinkel zuckten grimmig, während in seinem Blick eine Spur Wut aufblitzte. »Ich weiß, dass Emilia nicht einfach ist, Kleines. Aber mir bedeutet sie viel. Vermutlich ebenso viel, wie Adam dir bedeutet – und auch mir. Aber wenn du ihm verrätst, dass ich das gesagt habe, werde ich dich übers Knie legen müssen.«

Ungewollt kräuselten sich meine Lippen, doch das genügte nicht, um meinen Groll vollständig zu dämpfen. Leider konnte ich mich nicht länger gegen einen Gedanken wehren, der bereits seit gestern im Begriff war, mein Bewusstsein zu durchdringen.

So, wie ich mich bei Emilia fühle, muss es Nox ergehen, wenn ich für Adam Partei ergreife.

Die Vorstellung war nicht sonderlich angenehm. Und auch wenn mir bewusst war, dass sowohl Emilia und Adam als auch die Beziehungen, die Nox und ich zu ihnen führten, nicht vergleichbar waren, konnte ich nicht leugnen, dass die Worte des Höllendieners sein Handeln ein winziges bisschen nachvollziehbarer gemacht hatten.

Trotzdem war ich noch wütend auf den Höllendiener und wollte ihn nicht so einfach vom Haken lassen. Deshalb lenkte ich unser Gespräch in eine andere Richtung. »Wenn Annabelle über so viel Insiderwissen verfügt, warum haben wir sie dann nie auf die Prüfungen angesprochen? Ich meine, wenn du schon bereit bist, unser aller Leben für deine Höllenfreundin zu riskieren, hätten wir uns womöglich mit Annabelles Hilfe einiges an Ärger ersparen können.«

Nox zeigte sich von meinem Themenwechsel wenig beeindruckt. »Mir war klar, dass diese Frage kommen wird. Aber du vergisst eins, Kleines. Niemand außer uns hat jemals eine Prüfung bestanden. Annabelle hatte also nie die Gelegenheit, Informationen darüber anzusammeln. Dementsprechend hätte sie uns auch nicht helfen können.« Er zuckte mit den Schultern. »Jedoch birgt die Tatsache, dass sich dieser Bereich vermutlich als Einziger der gesamten magischen Welt ihrem Wissen entzieht, für uns ein enormes Gefahrenpotenzial. Denn abgesehen davon, dass sie uns nicht helfen könnte, sieht Annabelle in uns eine besonders verlockende Informationsquelle. Dass sie bisher nicht auf uns aufmerksam geworden ist, haben wir einzig und allein ihrem Drang nach Diskretion und Unantastbarkeit zu verdanken.« Auf meinen irritierten Blick hin fuhr Nox fort: »Annabelle gilt in der Dämonenblütlergemeinschaft als Geist. Niemand weiß, wo sie sich aufhält, mit wem sie auf welche Art interagiert und auf wessen Seite sie in welchem Fall steht. Ihre politischen und geschäftlichen Angelegenheiten sind neben ihrem Wissen ihr größtes Geheimnis.«

Gedankenverloren nickte ich, während sich meine Stirn krauste. »Okay, das klingt nicht gerade danach, dass sie dir aus reiner Herzensgüte mit Emilia geholfen hätte, selbst wenn du sie angetroffen hättest.«

Nox lachte amüsiert. »Verdammt, Kleines! Hast du in den vergangenen Monaten gar nichts gelernt? Niemand – weder Seraph, Dämon noch sonst irgendwer – würde einem anderen Wesen aus reiner Herzensgüte helfen. Jeder verlangt, erwartet oder erhofft sich dadurch einen gewissen Vorteil.«

»Und weil du Informationen über die ersten beiden Prüfungen besitzt, willst du Annabelle einen Deal anbieten, habe ich recht?«

Nox nickte. Ein diabolisches Grinsen schlich sich auf seine Lippen. »Aber inzwischen geht es mir nicht mehr allein um die Möglichkeit von Emilias Rückverwandlung. Nach dem, was ich heute über dein Tattoo in Erfahrung gebracht habe, bin ich mir sicher, dass Annabelle mir auch darüber etwas Hilfreiches erzählen kann. Immerhin war sie Kains letzte bekannte Ehefrau.«

TEIL 2

ZWEIUNDZWANZIG

Das Gespräch mit Nox lag inzwischen eine knappe Woche zurück. Eine Woche, in der ich den Höllendiener zwar nicht gesehen, aber zumindest per SMS Kontakt mit ihm gehabt hatte. Und auch wenn es mich schmerzte, den nervigen Blödmann so lange nicht um mich herum gehabt zu haben, musste ich dennoch zugeben, dass ich die Freiheit genoss, die seine Abwesenheit mit sich brachte. Ohne den gefallenen Engel gab es keinen Stress mit Adam – okay, abgesehen von dem Moment, als ich ihm von dem Gespräch mit Nox erzählt hatte –, keine Emilia, die mich terrorisierte, und auch keinen Fluch, der mich in eine emotionsgeladene Kalaschnikow verwandelte. Einzig und allein der frische Verband, unter den ich das Kainsmal gesperrt hatte, erinnerte mich bei jedem zufälligen Blick an seine Präsenz.

Generell waren die letzten Tage – bis auf Adams mehrstündigen Tobsuchtsanfall mit unzähligen Flüchen und Beschimpfungen, die ausnahmslos an Nox gerichtet waren – erschreckend normal und ereignislos verlaufen. Und nachdem sich der Zorn meines besten Freundes endlich vollständig verzogen und er eingesehen hatte, dass Annabelle momentan unsere beste Chance war, um an Informationen zu gelangen, hatte ich mich sogar so weit entspannen können, dass ich bei den Shoppingtouren mit ihm und meiner Mom beinahe so was wie Spaß empfand. Zwar wusste ich nicht, ob ich wirklich all die farbenfrohen Utensilien benötigte, die Mom mir so großzügig für meinen Umzug ins Wohnheim kaufte, der in weniger als zwei Wochen anstand, aber da sie beim Einkaufen unglaublich beschwingt und glücklich wirkte, wollte ich sie nicht daran hindern, ihre Kreditkarte bis ans Limit zu reizen. Stattdessen zelebrierte ich die willkommene Pause von den Prüfungen, die meiner bisherigen Erfahrung nach nicht lange anhalten würde. Denn solange Annabelle nicht auf Nox' Kontaktversuche reagierte, die über Reed liefen, und Gabriel und Kegan laut Moms Aussage ihren Jagdausflug auf unbestimmte Zeit verlängerten, blieb uns sowieso nichts anderes übrig, als abzuwarten.

Am Mittwochabend gingen Adam und ich ins Kino und anschließend eine Runde Billard spielen. Als wir gegen dreiundzwanzig Uhr zurückkehrten, entdeckten wir eine Gestalt, die auf der obersten Stufe der Haustreppe stand und im Schutz der Dunkelheit versuchte, ins Haus zu gelangen. Wir selbst befanden uns einige Meter abseits auf dem Bürgersteig, weshalb ich nur einen groben Umriss ihres stämmigen, mehrgliedrigen Körpers ausmachen konnte. Aber die Details ihres Aussehens waren mir nicht im Geringsten so wichtig wie die Sorge um meine Mom, die sich im Haus aufhielt.

»Adam!« Panisch griff ich nach seinem Arm und klammerte mich daran fest, als würde ich ohne ihn jeden Augenblick umfallen. »Was in drei Teufels Namen ist *das*?«

Mehrere Dinge, die im selben Augenblick geschahen, kamen ihm zuvor. Als Erstes schien sich die Kreatur in zwei Teile aufzuspalten. Wo gerade noch ein unförmiges, missgestaltetes Wesen gestanden hatte, gab es plötzlich zwei schmalere Versionen davon. Den Bruchteil einer Sekunde später reagierte auch der Bewegungsmelder über der Haustür und ein grelles Licht vertrieb die vorherige Dunkelheit.

»Mom?« Vor Unglauben klappte mir der Mund auf und ich wusste nicht, ob ich erleichtert lachen oder beschämt im Erdboden versinken wollte. Mein Unterbewusstsein war aufgrund der unterschwelligen Bedrohung, die mein Leben seit Monaten bestimmte, derart überspannt, dass ich anstatt zwei Personen, die sich wild knutschend umschlungen hielten, ein Monster gesehen hatte, das in unser Haus eindringen wollte.

»Avery? Adam?« Moms Stimme klang überrascht, aber ich vernahm auch deutlich eine Spur Panik. »Was macht ihr denn hier? Ich dachte, ihr wolltet ins Kino?!«

»Und wir dachten, du wärst allein zu Hause«, erwiderte ich und trat ein paar Schritte auf sie zu. »Warum hast du nicht erwähnt, dass Gabriel zurück ist und vorbeikommt?« *Dann wären wir nicht so lange weggeblieben,* fügte ich gedanklich hinzu.

Ein Räuspern, das von einer tiefen, männlichen Stimme zeugte, lenkte meinen Blick auf Moms Objekt der Begierde. Der Mann stand unmittelbar unter der Lampe, sodass ich erst ein paar Mal blinzeln und anschließend die verengten Augen abschirmen musste, ehe ich überhaupt etwas erkennen konnte. Und selbst dann hoffte ich inständig, dass mir mein Verstand aufgrund der unvorteilhaften Lichtverhältnisse einen Streich spielte.

»Mom?!« Mit hastigen Schritten eilte ich auf sie zu, blieb aber am Fuß der Treppe stehen und sah mit entsetzt-schockierter Miene zwischen ihr und ihrem Liebhaber hin und her. »Bitte sag mir, dass ich mich gerade in einem extrem abartigen Albtraum befinde.«

»Jetzt übertreib nicht gleich wieder.« James trat neben Mom und legte ihr einen Arm um die Taille. »Seit wann bist du so melodramatisch, Avery? Und solltest du inzwischen nicht erwachsen genug sein, um zu akzeptieren, dass deine Eltern auch im fortgeschrittenen Alter noch ein Liebesleben haben?«

Mein Blick glitt von Mom zu James. Ich wusste nicht, was mich mehr verstörte. Dass dieser Wurm dastand, als hätte er irgendwelche Besitzansprüche an meine Mom, oder seine vor Infantilität strotzenden Worte. So oder so, ich würde seine Aussage sicherlich mit keiner Erwiderung würdigen. Stattdessen lenkte ich meine Aufmerksamkeit zurück auf Mom, die steif wie ein Brett dastand und kein Wort über die Lippen brachte. Anscheinend hatte ihr die Situation die Sprache verschlagen.

Dafür sprudelte ich vor Gedanken über, die allesamt in die Welt hinausgelassen wollten.

»Wie konntest du nur, Mom?« Meine Stimme klang belegt und zitterte. Meine Augen hatten sich vor Wut mit Tränen gefüllt, während sich meine Hände wie von selbst zu Fäusten geballt hatten. »Ich dachte, du bist mit Gabriel zusammen. Und vor allem dachte ich, dass du mit ihm *glücklich* bist.« Enttäuschung vermischte sich mit meiner Wut und gewann in Windeseile die Oberhand. Meine Emotionen drohten mir den Boden unter den Füßen wegzureißen und ich wünschte mir, dass das Monster, das sich mein Unterbewusstsein eingebildet hatte, an ihrer Stelle hier stehen würde.

»Ave, bitte beruhige dich.« Mom kam eine Stufe herunter und streckte ihren Arm aus, als wollte sie nach mir greifen. »Lass uns ins Haus gehen und in Ruhe darüber reden.« Sie machte einen weiteren Schritt auf mich zu, doch ich schüttelte den Kopf und trat zwei Schritte zurück. Ich sollte mich beruhigen? Unmöglich! Mein Leben lang hatte sie mir gepredigt, dass man nicht lügen und betrügen durfte. Dass es falsch war, jemanden absichtlich zu verletzen. Und jetzt das? Und dann auch noch ausgerechnet mit dem Mann, der mein Leben auf grausame Art zerstört hatte? Das Bild, das ich von meiner Mom hatte, bekam einen hässlichen Riss.

»Wenn du vergessen kannst, was dir dieser Mistkerl angetan hat, ist das deine Sache, Mom. Aber ich werde ihm niemals verzeihen.« Mit einem letzten, vor Abscheu triefenden Blick in James' Richtung kehrte ich den beiden den Rücken. »Komm, Ad. Lass uns fahren. Ich möchte heute Nacht nicht hierbleiben.« Ich eilte zurück zu meinem Auto. Im Moment wollte ich nichts dringender als so schnell wie möglich hier weg.

***

Eine halbe Stunde später saß ich neben Adam auf der Couch in seinem Wohnzimmer und starrte stupide auf den Fernseher, auf dem eine alte Folge »Friends« lief. Keiner von uns beiden sprach, aber das war mir ganz recht. Die hirnrissigen Fehlentscheidungen meiner Mom, die sie für ihr Liebesleben traf, waren mit Abstand das letzte Thema, über das ich reden wollte. Außerdem stand es mir nicht zu, über ihr Leben zu urteilen. Sie war alt genug, die Konsequenzen ihres Handelns abzuschätzen und damit umgehen zu können.

»Ich hole mir was zu trinken«, sagte Adam und erhob sich von der Couch. »Willst du auch was?«

Ohne den Blick vom Fernseher zu wenden, schüttelte ich den Kopf. Zwar kannte ich die Episode bereits, aber es tat unheimlich gut, ausnahmsweise anderen Leuten dabei zuzusehen, wie sie mit Problemen zu kämpfen hatten – auch wenn diese im Vergleich zu meinen völlig unbedeutend waren.

Adam verschwand in der Küche.

Keine zehn Sekunden später vernahm ich leise Schritte, die aus Richtung der Treppe hinauf ins Obergeschoss zu kommen schienen.

Augenblicklich drehte ich mich herum und entdeckte Emilia, wie sie leichtfüßig die Stufen herabschwebte. Die zerstörten Holzbohlen waren im Zuge der Aufräumarbeiten nach der vergangenen Party bereits repariert worden, sodass ihrem engelsgleichen Auftritt nichts im Wege stand.

»Oh, ich wusste gar nicht, dass du heute Nacht vorbeikommen wolltest, Avery.« Emilia, die ein sehr edles und sicherlich horrend teures Negligé aus bordeauxroter Seide trug, das gerade eben lang genug war, um ihren Po zu bedecken, und vermutlich extra für ihre Topmodel-Figur geschneidert worden war, glitt mit einem Lächeln auf mich zu. »Ich hoffe, Nicholas und ich haben dich nicht beim Fernsehen gestört. Du weißt ja, wie laut er nachts gern mal wird.« Ihr Zwinkern wurde von einem leisen Kichern begleitet, das in meinen Ohren klang, als würde eine Dampfwalze über Glasscherben fahren. Auch spürte ich, wie sich mein Puls rapide beschleunigte und meine Atmung flach und hastig wurde. Schweiß bildete sich in meinem Nacken und obwohl mein gesamter Körper zu glühen schien, waren meine Finger eiskalt.

Mit aller mentaler Kraft, die ich noch aufbringen konnte, zwang ich mich, an dem festzuhalten, was ich Nox versprochen hatte: Welchen Grund es auch immer dafür gab, dass Emilia in einem Hauch von Nichts hier herumlief, es hatte nichts damit zu tun, dass mich der Höllendiener betrog.

Ich vertraue ihm! Nox betrügt mich nicht und das alles hat nichts zu bedeuten!

Emilia hatte sich währenddessen dem Sessel genähert, der mir am nächsten stand, und ließ sich in anmutiger Haltung darauf nieder. Zähneknirschend und mit zu Fäusten geballten Händen verfolgte ich jede ihrer Bewegungen.

Gott war mein Zeuge, ich verabscheute diese Frau – Fluch hin oder her.

Tief durchatmend zwang ich meine Emotionen nieder, als plötzlich Adams Stimme erklang. Er war aus der Küche zurückgekommen, eine Flasche Wasser und zwei Gläser in der Hand.

»Emilia. Was machst du hier? Nox hat nicht erwähnt, dass du vorbeikommen wolltest.« Seine Haltung wirkte steif und angespannt, als er auf uns zukam, die Getränke auf dem niedrigen Couchtisch abstellte und sich auf seinen ursprünglichen Platz setzte. Der unausgesprochene Nachtrag, dass wir ansonsten nicht hergekommen wären, hing an ihm wie sein Schatten.

»Ach, das hat er nicht?« Emilia schien ehrlich verblüfft. Sie kaschierte ihre Regung, indem sie sich ihre Haare über die Schulter warf und den Kopf leicht zur Seite neigte. »Merkwürdig. Dabei bin ich jede Nacht hier.« Ihr Blick huschte in meine Richtung und ihr Lächeln wirkte zum ersten Mal authentisch. Bösartig und hinterhältig, aber aufrichtig. »Du musst wissen, er wird von schrecklichen Albträumen geplagt, seit er an die Seelenprüfungen gebunden ist. Und da ich genau weiß, was er durchmacht, möchte ich ihm in dieser qualvollen Zeit zur Seite stehen.« Ihre Miene erhellte sich, als ginge die Sonne über einem Sumpfloch auf, und sie zuckte vergnügt mit den Schultern. »Außerdem habe ich sehr viel freie Zeit, seit ich nicht länger irdischen Bedürfnissen unterliege.«

Trotz aller guten Vorsätze und der sich stetig wiederholenden Mantras hatte sich die rationale Hälfte meines Verstandes schmollend zurückgezogen und stattdessen meinen überreizten Emotionen den Weg freigeräumt. Die Fäuste hatte ich inzwischen so stark geballt, dass die Fingernägel kleine blutende Halbmonde in meine Handflächen gedrückt hatten, und mein Mund öffnete sich, ohne dass ich kontrollieren konnte, was gleich herauskommen würde.

»Goldlöckchen? Kleines? Was macht ihr hier?« Nox' tiefer Bariton dröhnte von der Treppe zu uns herüber und mein Kopf schnellte wie ein gerissenes Gummiband zu ihm herum. Ich wusste nicht, ob ich ihm für sein Timing danken oder ihm lieber den Arsch aufreißen sollte, weil er offenbar mit Emilia eine kuschelige Pyjamaparty veranstaltete. Doch meine Wut erhielt einen Dämpfer, als Nox in Stiefeln, Jeans, Shirt, Lederjacke und seinen fingerlosen Handschuhen auf uns zuschritt. Anscheinend hatten wir den Höllendiener auf dem Sprung erwischt. »Gibt es ein Problem?« Sein Blick taxierte mich, als würde mir die Antwort auf diese Frage auf der Stirn stehen.

»Zu Hause gab es einen unerfreulichen Zwischenfall«, antwortete Adam in beneidenswert neutraler Tonlage. »Aber nichts, was wir jetzt klären müssten – im Gegensatz zu der Frage, wohin du gerade unterwegs bist.«

Nox' Blick glitt von mir zu Adam. Obwohl seine Miene gewohnt ausdruckslos wirkte, bildete ich mir ein, in seinen Augen ein verräterisches Aufblitzen zu erkennen. »Zu Reed«, lautete die zweisilbige Antwort. »Und ich bin spät dran. Also gehe ich jetzt.« Ohne ein weiteres Wort zu verlieren, begab er sich zur Tür.

»Stopp!«, rief ich automatisch und sprang regelrecht von der Couch. Ein Gedanke, so grell und strahlend wie eine Leuchtkugel in finsterer Nacht, hatte sich durch das Dickicht meiner Empfindungen gekämpft und alles andere in den Hintergrund gedrängt. »Was willst du bei Reed?« Ich klang wie eines dieser kontrollsüchtigen Biester, die jeden Schritt ihres Partners bis ins kleinste Detail wissen und kontrollieren wollten, wodurch sie ihm die Luft zum Atmen raubten. Doch in diesem Moment war mir meine übertriebene Reaktion herzlich egal. Es konnte nur zwei Gründe geben, weshalb Nox zu Reed wollte. Und ich bezweifelte, dass ihm nach der letzten Feier bereits wieder der Sinn nach einer Party stand.

Nox, den ich gerade erreichte, als er nach dem Türknopf greifen wollte, erwiderte meinen Blick mit verengten Augen. Ärger zeichnete sich auf seiner Miene ab, was meinen Verdacht bestätigte. Annabelle hatte sich gemeldet und er war auf dem Weg zu ihr. »Ich wurde auf einen Drink eingeladen«, antwortete er mit grollender Stimme. »Und du scheinst vergessen zu haben, was du mir versprochen hast.«

Seine Worte berührten etwas tief in meinem Inneren, aber meine Emotionen hatten sich wie ein undurchdringliches Geflecht über mein Bewusstsein gespannt und schirmten rigoros alles ab, was nicht dazu diente, meine Wut weiter anzustacheln.

»Du wurdest auf einen Drink eingeladen?« Schnaubend verschränkte ich die Arme vor der Brust. Ich konnte einfach nicht fassen, dass Nox tatsächlich vorgehabt hatte, zu Annabelle zu gehen, ohne uns ein Wort davon zu erzählen. War er größenwahnsinnig geworden? Wer wusste schon, wie dieses Treffen verlaufen würde. Vielleicht würde ich den gefallenen Engel erst in der Hölle wiedersehen. Dann wäre es allerdings zu spät, um ihn für sein egoistisches Handeln umzubringen. »Bist du dir sicher, dass die Einladung nur für dich gilt? Bestimmt ist eine Begleitperson inbegriffen, meinst du nicht?«

»Schon möglich«, knurrte Nox. »Aber hast du Goldlöckchen schon mal in einem Cocktailkleid gesehen? Das ist kein schöner Anblick.« Seine Miene verdüsterte sich weiter und seine Stimme wurde gefährlich leise. »Außerdem halte ich es für keine gute Idee, wenn du und Emi allein im Haus bleibt.«

»Tja, dann wäre es wohl besser, wenn ich dich begleite«, presste ich zwischen zusammengebissenen Zähnen hervor und versuchte den Schmerz auszublenden, der mich jedes Mal ereilte, wenn Nox diesen ekelhaft intimen Spitznamen für die Höllenbarbie verwendete.

»Auf keinen Fall!«, riefen beide Männer im selben Moment und Nox verschränkte ebenfalls mit geblähten Nüstern die Arme vor der Brust. Sein Blick loderte vor Zorn und seine Atmung glich der eines rotsehenden Stieres.

Unterdessen war Adam zu uns gestoßen und hatte sich neben seinem Bruder postiert. »Ave.« Er sah mich mit weicher, einfühlsamer Miene an. »Du weißt nicht, worauf du dich da einlassen willst. Lass uns lieber von hier verschwinden und irgendwohin fahren. Wenn wir uns beeilen, schaffen wir es vielleicht bis zum Sonnenaufgang zum Hollywoodschriftzug.«

Ich sah zu Adam. Seit fast dreizehn Jahren war er inzwischen mein bester Freund. Er hatte immer auf mich aufgepasst, mich beschützt und jede Krise meines Lebens gemeinsam mit mir durchgestanden. Er war mein Fels in der Brandung, mein Rettungsring auf hoher See. Doch seit ich von dem Seelenvertrag wusste und wir an die Prüfungen gebunden waren, behandelte er mich immer öfter wie ein kleines Kind, anstatt mir zur Seite zu stehen und mich zu unterstützen. Und jedes Mal, wenn er das tat, entfachte er in mir den Wunsch, ihm auf geradezu kriminelle Weise zu verdeutlichen, dass er sich wie ein Vollidiot benahm.

»Ich komme mit, Nox«, sagte ich bestimmt und wandte mich wieder dem Höllendiener zu. »Entweder du nimmst mich freiwillig mit oder ich gehe allein dahin. Du weißt, ich kenne sowohl den Weg als auch das Passwort zur Bar. Und wenn ich euch da nicht antreffe, wird mir Reed sicherlich gern Gesellschaft leisten.«

Adam entglitten die Gesichtszüge und er starrte mich mit vor Fassungslosigkeit geweiteten Augen an. Nox' Miene hingegen zeugte von blankem Zorn. Er kniff seine Lider und seine Lippen so fest zusammen, dass sie kaum noch als solche zu erkennen waren.

»Zur Hölle mit dir, Kleines!« Die Silben waren nicht mehr als ein animalisches Knurren. »Deinetwegen beginne ich langsam zu verstehen, warum die Menschen Mord als ›Tat aus Leidenschaft‹ bezeichnen.«

DREIUNDZWANZIG

»Avery, mi amore.« Reed ergriff meine Hand und führte sie an seine kalten, harten Lippen. Wir hatten erst vor wenigen Augenblicken die Bar betreten, aber der Vampir hatte uns sogleich entdeckt und uns am Fuße der Stufen in Empfang genommen. Genau wie bei meinem letzten Besuch trug er auch dieses Mal eine schwarze Anzughose, ein weißes Hemd, rote Hosenträger und eine farblich passende Fliege. Doch anstatt damit wie ein Clown auszusehen, wirkte der Look an ihm stimmig und lässig. »Wieso hast du mich so lange auf ein Wiedersehen warten lassen?« Er lächelte mich auf charmante Art an, ohne meine Hand loszulassen. Ich wusste nicht, ob er diese Show abzog, weil es seine Art war oder weil er damit Adam und Nox ärgern wollte, die beide neben mir standen und über diese Begrüßung nicht sonderlich erfreut schienen.

»Ich war beschäftigt«, antwortete ich und löste meine Finger aus seinem Griff. Zum einen hegte ich kein allzu großes Verlangen, von einem Wesen ohne Herzschlag angefasst zu werden. Zum anderen wollte ich die oberflächliche Selbstbeherrschung meiner beiden Begleiter nicht unnötig auf die Probe stellen. Die Autofahrt hatte uns alle emotional aufgeladen und es bedurfte sicherlich nicht viel, um diese toxische Energie freizulassen. Wenngleich Adams Zorn, den er während der Fahrt auf Flüche, Drohungen und ausschweifende Standpauken aufgeteilt hatte, allein auf dem Fakt basierte, dass Nox mich vor Wochen in diese Bar geschleppt und ich ihm nichts davon erzählt hatte. Von Hollys Angriff wusste er immer noch nichts. Nox hingegen hatte seit Verlassen des Hauses kein Wort gesagt. Auch hatte er konsequent meinen Blick gemieden, was meine eigene Wut nur weiter schürte. Sein Verhalten war so unfassbar scheinheilig und heuchlerisch, dass ich ihn am liebsten geschlagen hätte. Denn auch wenn mein Handeln

Adam über unseren Ausflug in die Vampirbar in Kenntnis gesetzt hatte, war nicht ich diejenige, die vorgehabt hatte, sich allein mit Annabelle zu treffen. Dazu kam Emilias Nachtwäschen-Modenschau und ihr fragwürdiges Verhalten, als wir das Haus verlassen wollten. Denn anstatt unser Gehen mit einer Dramashow de luxe zu kommentieren, hatte sie uns nur viel Spaß gewünscht und war selbst wie ein braves Lämmchen zurück ins Obergeschoss gepilgert.

Was hat Nox zu ihr gesagt, dass sie so handzahm war?

Reed riss mich aus meinen Gedanken, indem er mich anlächelte und nickte. »Dass du beschäftigt warst, kann ich selbstverständlich nachvollziehen.« Er schob seine Hände in die Taschen seiner Anzughose. »Ich bin nur froh, dass der unschöne Vorfall während deines letzten Besuchs nicht der Grund für deine Abwesenheit war. Das hätte mich untröstlich gestimmt.« Mit einem letzten Zwinkern in meine Richtung wandte er sich schließlich an Nox. »Kommt, gehen wir an die Bar und trinken etwas – natürlich auf Kosten des Hauses. Annabelle meldet sich, wenn sie bereit ist.« Mit einer einladenden Geste deutete er in Richtung Theke.

Nox ließ ein unbestimmtes Grunzen verlauten, dann folgte er Reed. Ich wollte mich dem Vampir ebenfalls anschließen, doch Adam hatte den Saum meines Babydoll-Tops gepackt und hinderte mich daran.

»Welchen Vorfall meint Reed?« Der Engel hatte seine Lippen dicht an mein Ohr geführt und sein Atem strich über meine Haut. Trotzdem empfand ich die Gänsehaut, die mich überkam, nicht als angenehm.

Ich schluckte, ohne mich zu Adam herumzudrehen. Es überraschte mich keineswegs, dass er diese Fragen stellte. Und es war mir auch bewusst, dass ich ihm früher oder später von Hollys Angriff erzählen musste. Aber ganz bestimmt nicht hier und jetzt, wenn die Stimmung der beiden Brüder derart angespannt war. Da würde ich mich eher freiwillig dazu melden, während eines Fallschirmsprungs eine Bombe zu entschärfen.

»Ad, vertraust du mir?« Begleitet von dieser Frage wandte ich mich herum und sah ihm fest in die Augen. »Dann glaub mir bitte, dass es besser ist, wenn ich dir diese Frage zu einem anderen Zeitpunkt beantworte. Okay?«

Adam erwiderte meinen Blick mit gerunzelter Stirn und verengten Augen. Ihm war anzusehen, dass ihm meine Bitte missfiel. Dennoch nickte er kaum merklich und ich atmete erleichtert auf. Mit einem leisen »Danke« folgte ich Nox und Reed zur Bar.

»Was wollt ihr eigentlich von Annabelle?«, fragte Reed an Nox gerichtet, als Adam und ich zu ihnen aufschlossen. Der Vampir hatte vier Gläser auf die schwarze Thekenoberfläche gestellt und war im Begriff, diese mit einer bernsteinfarbenen Flüssigkeit zu befüllen. »Als ich sie in deinem Namen um ein Treffen bitten sollte, sagtest du nur, dass du ihr ein Geschäft unterbreiten willst.«

Nox nahm einen der mit Whisky gefüllten Gläser in die Hand und betrachtete den Inhalt mit konzentrierter Miene. »Weißt du, was das Geheimnis unserer Freundschaft ist, Reed?« Er lenkte seinen Blick auf den Vampir und ein feines Lächeln umspielte seine Lippen. »Dass wir uns nie in die Angelegenheit des jeweils anderen einmischen.«

Reed grinste. »Heißt das, du wirst mir auch nicht die Frage beantworten, wer die Dämonin ist, die dich neulich hier gesucht hat und später bei deiner Party aufgekreuzt ist?« Er schob Adam und mir je ein Glas zu und nahm selbst das letzte. »Komm schon, Nox. Sie war wirklich verdammt heiß. *Zu* heiß, um sie nicht mit einem Freund zu teilen.« Augenzwinkernd führte er sein Glas Whisky an den Mund und nahm einen großzügigen Schluck.

Ohne eine Regung tat Nox es ihm gleich. Offenbar machte es ihm weniger aus, wenn Reed Interesse an Emilia zeigte als an mir.

Nachdem Reed und Nox ihre Gläser geleert hatten, stellten sie sie zurück auf die Theke und Reed wandte sich an Adam. Bisher hatten die beiden weder ein Wort miteinander gewechselt noch sich direkt angesehen, weshalb ich nicht sagen konnte, ob die beiden sich überhaupt kannten. »Wie kommt es eigentlich, dass du ebenfalls hier bist? Ich dachte, Seraphen meiden Dämonenblütler-Lasterhöhlen.« Reeds Lächeln barg eine unterschwellige Schärfe, was nicht zuletzt an dem Aufblitzen seiner Vampirzähne lag.

Adam erwiderte seinen Blick mit demselben berechnenden Lächeln auf den Lippen und derselben Feindseligkeit in den Augen. »Ich hatte heute

Abend nichts Besseres vor, also dachte ich, ich begleite Ave. Schließlich scheint sie hier öfter zu verkehren, als ich bisher angenommen habe.«

Reeds Lächeln wurde breiter, nur nicht freundlicher. Zum ersten Mal, seit ich den Vampir kennengelernt hatte, meinte ich das tödliche Raubtier unter seiner sonst so charmanten Fassade zu erblicken.

Anstatt etwas zu erwidern, füllte Reed die von ihm und Nox geleerten Gläser auf. Anschließend hob er seins in die Höhe und sagte mit feierlicher Stimme: »Auf alte Freunde, schöne Frauen und diesen Moment. Wer weiß, ob wir jemals wieder in dieser Runde zusammenfinden werden.«

***

Adam und ich beobachteten Nox und Reed noch einige Zeit, wie sie Whisky tranken und in Erinnerungen an gemeinsame Erlebnisse schwelgten. Uns beachteten sie dabei so gut wie gar nicht, was mir zwar die Gelegenheit gab, meine Gedanken und Gefühle zu sortieren, mir aber auch verdeutlichte, wie sehr mich Nox' Distanziertheit verletzte.

Irgendwann – mir war bereits der Verdacht gekommen, dass uns die Vampirclananführerin absichtlich lange warten ließ, um ihre überlegene Position zu verdeutlichen – wurden wir endlich erlöst. Ein hochgewachsener Mann, vermutlich ebenfalls ein Vampir, trat hinter die Bar. Er trug einen schwarzen Anzug und ein schwarzes Hemd. Sein markantes Gesicht war von unzähligen Narben gezeichnet und seine Haare militärisch kurz geschoren. Er würdigte uns keines Blickes, als er Reed knapp zunickte.

Reed erwiderte die Geste und wandte sich anschließend an uns. Seine Haltung war auf einmal steif und seine Stimme klang angespannt. Offenbar war ich nicht die Einzige, die Mr Bodyguard-Vampir mit seiner Präsenz nervös machte. »Annabelle erwartet euch. Sergej wird euch zu ihr bringen.«

Wir dankten Reed, erhoben uns von unseren Hockern und folgten Sergej, der bereits vorgegangen war, ohne sich zu vergewissern, ob wir ihm folgten.

Am anderen Ende der Bar stießen wir auf einen schwarzen Vorhang, der so geschickt mit der Dunkelheit verschmolz, dass ich ihn gar nicht bemerkt hätte, wenn er nicht von zwei Wachen flankiert worden wäre. Ebenso wie

Sergej waren auch sie komplett in Schwarz gehüllt und zuckten nicht einmal mit der Wimper, als wir hinter Mr Bodyguard-Vampir den blickdichten Stoff passierten.

Der dahinter gelegene Raum war deutlich kleiner als die Bar, aber ähnlich geschmackvoll eingerichtet. Schwarz gestrichene Wände, eine hohe Decke mit einem Kronleuchter und überall verteilt schummriges Kerzenlicht. Sitzgelegenheiten gab es hier nicht, stattdessen prangte mitten im Raum ein obszön großes Bett, das mit blutroter Satinwäsche bezogen war und Platz für vier bis fünf Personen bot.

Sergej schien an dem ungewöhnlichen Inventar keinen Anstoß zu nehmen. Ohne zu stocken, schritt er an dem Bett vorbei. Adam und Nox taten es ihm gleich. Nur ich konnte meinen Blick nicht von der sich unentwegt wogenden Bettdecke wenden, aus deren Richtung unanständig klingende Geräusche zu hören waren. Ich hegte zwar einen Verdacht, was den Ursprung für die ekelerregenden Stöhn- und Schmatzlaute anbelangte, doch aus Gründen meiner seelischen Unversehrtheit redete ich mir erfolgreich ein, dass ich mir das ganze Szenario nur einbildete, und schloss rasch zu meinen Begleitern auf. Diese hatten in der Zwischenzeit einen Stopp vor einer Wand eingelegt. Kaum hatte ich den Mund geöffnet, um zu fragen, worauf wir warteten, glitt die Wand in der Mitte auseinander und gab den Blick auf eine schwach beleuchtete Fahrstuhlkabine frei.

Vor Verblüffung wollte mir der Mund aufklappen, aber ich zwang mich zur Contenance und passierte hinter Sergej und Nox die Schwelle zum Lift. Nachdem auch Adam eingestiegen war, glitten die Türen geräuschlos wieder zu und die Kabine setzte sich ebenso still in Bewegung. Hätte nicht dieses unangenehme Kribbeln meinen Magen befallen, das einen immer bei Fahrstuhlfahrten ergriff, hätte ich nicht mit Sicherheit sagen können, dass wir uns tatsächlich von der Stelle bewegten.

Um mich von meiner stetig stärker werdenden Nervosität abzulenken, ließ ich unauffällig meinen Blick schweifen. Doch bis auf die schwarz-metallische Wand *vor* und Adam und Nox unmittelbar *neben* mir konnte ich nichts entdecken. Keine Schalttafel, keine Etagenanzeige, gar nichts. Mein Puls beschleunigte sich und Adrenalin rauschte mir durch die Adern, bis es in meinen Ohren summte. Eine dünne Schweißschicht überzog meine Haut und meine Sinne schärften sich automatisch. Ich war zwar nicht klaustrophobisch, dennoch behagte es mir ganz und gar nicht, gemeinsam mit einem Vampir auf derart engem Raum eingeschlossen zu sein.

Glücklicherweise endete die Fahrt nach einigen endlos erscheinenden Sekunden und ich nahm an, dass sich dieselben Türen öffnen würden, durch die wir den Fahrstuhl betreten hatten. Doch Pustekuchen. Die Türen auf der gegenüberliegenden Seite glitten auseinander, was ich erst bemerkte, als ein heller Lichtschein die Kabine flutete und meinen Schatten auf die vor mir befindliche Wand warf.

Fast synchron drehten Adam, Nox und ich uns um. Sergej hatte den Fahrstuhl bereits verlassen, weshalb wir freien Blick auf das hatten, was sich unmittelbar vor uns erstreckte.

»Oh. Mein. Gott!«

VIERUNDZWANZIG

Auch wenn meine Worte ein einziges Flüstern gewesen waren, bremste ich mich abrupt. Ich hatte mir fest vorgenommen, mein Mundwerk bei diesem Treffen wie einen bissigen Hund an einer extrem kurzen Leine zu halten. Doch bereits bei der ersten Möglichkeit hatte ich versagt. Jedoch war es schier unmöglich, bei dem sich mir bietenden Anblick keinen Laut der Faszination von mir zu geben. Schließlich bekam man nicht jeden Tag einen Saal zu sehen, dessen Volumen alle physikalischen Grenzen sowie die des menschlichen Verstandes sprengte.

»Ich hoffe, das waren die letzten Worte, die wir heute Nacht von dir gehört haben«, knurrte Nox schlecht gelaunt, aber ich nahm ihn nur am Rande wahr. Meine Konzentration war auf etwas völlig anderes gelenkt.

Wie ferngesteuert trat ich aus dem Fahrstuhl in die von gleißendem Licht durchflutete Räumlichkeit. Ich wusste nicht, warum es so hell war, da ich weder Fenster – abgesehen davon, dass es draußen finstere Nacht war – noch eine andere Beleuchtung entdeckte. Außerdem schien das Licht nicht von irgendwoher zu kommen. Viel eher hatte es den Anschein, als würde es einfach existieren. Wie Sauerstoff.

Mit stetig größer werdenden Augen und vor Unglauben aufgeklapptem Mund ließ ich meinen Blick umherschweifen und fühlte mich wie ein kleines Kind im Süßigkeitenhimmel. Nur dass sich hier in den meilenweit in alle Himmelsrichtungen und in schwindelerregende Höhe ragenden Regalen keine Bonbons, Lollis oder Schokotafeln befanden, sondern Bücher. Bücher. Bücher. Und noch mehr Bücher. Bücher so weit das Auge reichte – und weit darüber hinaus.

Mein Herz pochte vor Aufregung und in meinem Magen kribbelte es, als mich meine Füße zu einem der Regale führten. Nox und Adam folgten mir wie ein Schatten und ich spürte ihre Blicke wachsam auf mir ruhen. Doch als sich meine Finger wie von selbst hoben und in grenzenloser Ehrfurcht über die Buchrücken strichen, hielten sie mich nicht davon ab.

Staunend saugte ich jedes Detail der Bücher in mich auf. Die meisten von ihnen sahen uralt aus und unterschieden sich in Breite, Höhe und Farbe. Sogar das Umschlagmaterial schien bei jedem Werk ein anderes zu sein. Umso neugieriger war ich zu erfahren, welche Titel sich hinter diesen Schmuckstücken verbargen. Leider kannte ich keinen einzigen und bei einem Großteil konnte ich nicht einmal genau sagen, um welche Sprache es sich handelte. Trotzdem gab es in diesem Moment keinen Ort auf der Welt, an dem ich lieber gewesen wäre. Bereits als Kind hatte ich mir gewünscht, einmal in einer Bibliothek stehen zu dürfen, wie beispielsweise der Schlossbücherei des verwunschenen Prinzen im Disneyfilm »Die Schöne und das Biest«. Doch im Vergleich zu dieser Büchermegalopole, in der ich mich gerade aufhielt, war seine Sammlung nicht spannender als das verstaubte Stadtarchiv von Mill Valley.

»Ich finde es immer wieder wundervoll, mit anzusehen, wenn jemand zum ersten Mal meine bescheidene Bibliothek betritt. Das Wissen, dass es andere Wesen gibt, die ebenfalls von einem unstillbaren Hunger nach Lehre und geistiger Überlegenheit getrieben werden, erfüllt mich mit einem Gefühl, das wohl nur eine Mutter kennt, die ihr Neugeborenes beim Schlafen beobachtet.« Begleitet von der wohlklingenden Altstimme, die einen vernehmbar französischen Akzent besaß, trat eine Frau zwischen den Regalen hervor. Sie wurde von vier Männern flankiert – vermutlich ebenfalls Vampire –, die in schwarze Anzüge gekleidet waren und, ähnlich wie Sergej, der Teil der Gruppe war, ausdruckslose Mienen zur Schau trugen.

Sofort zog ich meine Hand zurück und lenkte meinen Fokus auf die Männer. Obwohl sie alle eine gewisse Bedrohung und Gefahr ausstrahlten, war Sergej mit Abstand der beängstigendste von ihnen.

»Dennoch hätte ich es niemals für möglich gehalten, dass sich ausgerechnet ein Mensch hierher verirrt.« Die Frau – ich nahm an, dass es sich um Annabelle handelte – fokussierte mich mit Augen, die so dunkel waren, dass sie beinahe schwarz wirkten. Doch trotz der Intensität ihres Blickes, der mich erschaudern ließ, wirkte ihre Musterung kein bisschen feindselig. Viel eher erschien sie mir neugierig-interessiert.

Um Contenance bemüht, erwiderte ich ihren Blick bestimmt, aber nicht unhöflich. Mir pochte das Herz bis zum Hals, mein Mund war staubtrocken und meine Kehle enger als ein Nadelöhr. Denn auch wenn ich bereits damit gerechnet hatte, dass die Vampirclananführerin eine beeindruckende Präsenz besaß, übertrafen die Macht und die Stärke, die sie ausstrahlte, meine kühnsten Vorstellungen – ganz zu schweigen von ihrer unglaublichen Schönheit. Ihr Gesicht war nicht nur makellos, ebenmäßig und rein, ihre Züge waren auch so fein, dass man den Eindruck gewinnen konnte, Michelangelo hätte sie selbst entworfen. Ihre porzellanhelle Haut wirkte angesichts der spektakulär großen Augen, der hohen Wangenknochen und der sinnlich-vollen Lippen geradezu aristokratisch und um ihren schlanken Hals lag ein eindrucksvolles Goldcollier. Die blutroten Edelsteine in Tropfenform ließen ihre ohnehin atemberaubende Robe imposanter wirken, ohne dass ich sagen konnte, was mich an dem Kleid am meisten faszinierte. War es der schwere und voluminöse Stoff, der im Brustbereich mit einem rubinroten Farbton begann, dann nach unten hin immer dunkler wurde, bis er schließlich am Saum, der sich in mehreren Zentimetern über den Boden ausbreitete, sein Ende in einem satten Nachtschwarz fand? Oder war es doch der extravagante Schnitt, dessen Rock so ausladend war, dass sich darunter problemlos eine Person verstecken konnte, während die obere Hälfte gerade eben über genügend Stoff verfügte, dass die weiblichen Reize der Trägerin verdeckt wurden?

»Comtesse.« Nox, der eine leichte Verbeugung andeutete, lenkte mich von Annabelles Haarpracht ab, die ich gerade bestaunt hatte. Ihre dunkelbraunen Strähnen reichten ihr bis zur Hüfte und schimmerten wie ein von der Sonne geküsster See. »Wir danken Euch für die Ehre Eurer Einladung. Uns ist bewusst, wie wertvoll und kostbar Eure Zeit ist.«

Comtesse? Annabelle ist eine französische Gräfin?

Erstaunt blickte ich den Höllendiener an. Abgesehen davon, dass ich ihn noch nie derart demütig erlebt hatte, verschlug es mir die Sprache, dass er mir bei all den Informationen über die Vampirin verschwiegen hatte, dass sie adelig war.

Doch jetzt war nicht der richtige Augenblick, um mich über Nox zu ärgern. Stattdessen suchte ich nach einem Hinweis, welches Verhalten meinerseits angebracht war. Sollte ich mich ebenfalls verbeugen? Oder taten das nur Männer und von mir wurde ein Knicks erwartet? Sollte ich damit vielleicht warten, bis ich direkt angesprochen wurde?

Hilfesuchend warf ich Adam einen Blick zu, doch er hatte seinen Oberkörper ebenfalls leicht nach vorne gebeugt und würde mir in diesem Moment keine Unterstützung bieten können.

Na klasse!

Da ich nicht den blassesten Schimmer hatte, wie man sich in Gegenwart einer Gräfin verhielt, entschied ich mich für eine verkorkste Mischung aus Verbeugung und Knicks. Ich hoffte nur, dass mein guter Wille mehr zählte als die miserable Ausführung.

»Nicholas Nightingale.« Die Art, wie Annabelle sprach, klang kultiviert. Dennoch meinte ich einen Funken Erheiterung in ihrer Stimme zu vernehmen, was sie weniger erhaben wirken ließ. »Dein Ruf ist fast ebenso bekannt wie meiner, wage ich zu behaupten. Dennoch ist es dir gelungen, mich zu überraschen. Sowohl deine Hartnäckigkeit als auch dein Charme und deine Attraktivität scheinen wohlgehütete Geheimnisse zu sein.« Die Vampirin näherte sich uns mit einem feinen, aber nicht unfreundlichen Lächeln. »Umso bedauerlicher ist es, dass unser Zusammentreffen von sehr kurzer Dauer sein wird. Denn wie du bereits sagtest, ist meine Zeit äußerst kostbar. *Zu* kostbar, um sie an etwas zu verschwenden, das für mich ohnehin nicht von Belang sein wird.«

»Bei allem Respekt, Euer Hochwohlgeboren.« Nox' Miene mochte weiterhin neutral erscheinen, aber ich war mir sicher, in seinen Augen einen winzigen Schimmer Unmut zu erkennen. Offenbar startete dieses Treffen nicht so, wie es sich der Höllendiener vorgestellt hatte. »Darf ich Euch daran erinnern, dass wir die ersten und bisher einzigen Wesen sind, denen es gelungen ist, nicht nur eine, sondern bereits zwei Seelenprüfungen zu bestehen?«

»Das ist mir durchaus bewusst«, unterbrach die Vampirin Nox mit einer Spur Strenge in der Stimme, was vermutlich nicht nur mich innerlich zusammenzucken ließ. Doch schon im nächsten Moment verschwand der Anflug von Härte aus ihrer Mimik und ihr Lächeln, das für den Bruchteil einer Sekunde erstarrt war, taute wieder auf. »Und meine Ablehnung eurem Anliegen gegenüber dürft ihr keineswegs als mangelnde Achtung für eure Leistung auffassen. Nur denke ich nicht, dass ausgerechnet ein Genius, ein gefallener Seraph und ein Mensch über Wissen verfügen, das den Wert meiner Zeit rechtfertigt.«

Sowohl Nox' Miene als auch sein Körper versteiften sich und der Ausdruck in seinen Augen, der zuvor unterwürfigen Charme ausgestrahlt hatte, wandelte sich in dezente, wenn auch unverkennbare Gereiztheit.

»Mit Verlaub, Comtesse.« Adam, der seine Arme hinter dem Rücken verschränkt hielt, senkte minimal den Kopf, sah der Vampirin jedoch weiterhin fest in die Augen. »Erlaubt Ihr mir gütigerweise die Frage, weshalb Ihr uns eingeladen habt, wenn Ihr uns nicht einmal anhören wollt? Wir sind in der Annahme hergekommen, Euch ein paar Fragen stellen und uns im Gegenzug mit unserem Wissen bezüglich der Seelenprüfungen erkenntlich zeigen zu dürfen.«

»Das dachtet ihr also?« Der Blick der Vampirin schnellte zu Adam und ihre Lider verengten sich eine Spur. In ihre Augen trat eine Schärfe, die mir eine Gänsehaut bescherte. »Das ist natürlich ärgerlich. Um aber deine Frage zu beantworten: Ich habe den unaufhörlichen Bemühungen eures Freundes nachgegeben, weil ich ansonsten niemals meine Ruhe bekommen hätte. Und jetzt«, sie hob hoheitsvoll den Kopf und legte ihre Arme vor der Brust aufeinander. Ihre langen, an den Spitzen scharfkantig zulaufenden Fingernägel bohrten sich in ihre Haut, »tätet ihr gut daran zu gehen – solange es euch noch gestattet ist.« Begleitet von diesen Worten traten die vier Bodyguards einen Schritt auf uns zu und untermalten dadurch die ohnehin wenig subtile Drohung.

Mir stockte der Atem, während sich jeder Muskel in meinem Inneren anspannte und sämtliche Hoffnungen, die ich in dieses Treffen gelegt hatte, in Luft auflösten. Wut, Verzweiflung und Furcht breiteten sich in mir aus. Ich wollte im gleichen Maße panisch hier weglaufen, wie es mir in den Fingern juckte, meiner Frustration Ausdruck zu verleihen. Glücklicherweise kam mir Nox zuvor, sodass ich keine Gelegenheit bekam, diesem Impuls nachzugehen.

»Nochmals vielen Dank für Eure Zeit, Comtesse.« Erneut deutete der Höllendiener eine Verbeugung an. Dieses Mal wirkte die Geste überzeichnet, fast schon spottend. »Das Treffen mit Euch war ebenso aufschlussreich wie kurzweilig.« Ohne sich wieder aufzurichten, trat er einen Schritt zurück, was Adam und ich als Zeichen deuteten, uns ebenfalls zu verabschieden.

Nachdem sich der Engel ein weiteres Mal verneigt und ich mich aus meinem verkrüppelten Knicks erhoben hatte, wandten wir uns zum Gehen. Wir hatten die Türen des Fahrstuhls noch nicht erreicht, als die Vampirin ein weiteres Mal das Wort an uns richtete.

»Nur interessehalber. Auf welche Fragen hattet ihr euch Antworten erhofft? Sicherlich keine, die die Seelenprüfungen betreffen. Ansonsten hättet ihr nicht erst jetzt um eine Audienz gebeten.«

Während ich vor Verblüffung kurz stockte, huschte ein Lächeln über Nox' Gesicht. Doch bevor er sich – und damit auch Adam und ich – ein weiteres Mal herumdrehte, hatte er seine Mimik wieder unter Kontrolle. »Wir möchten Eure Zeit wirklich nicht länger vergeuden, Hochwohlgeboren. Die Chance, dass Ihr uns bei unserem Anliegen hättet helfen können, war ohnehin schwindend gering. Verzeiht bitte meine unverfrorene Dreistigkeit, Euch zu diesem Treffen genötigt zu haben.« Erneut wollte Nox eine Verbeugung andeuten, doch die Vampirin hinderte ihn daran, indem sie sich aus der Mitte ihrer Begleiter herauswagte und sehr viel näher vor uns zum Stehen kam, als mir lieb war.

»Das letzte Wesen, das es gewagt hat, mich zu verspotten«, sagte sie mit einem Blitzen im Blick, das mich vor Angst erstarren und die Luft anhalten ließ, obwohl ich gar nicht der Mittelpunkt ihrer Aufmerksamkeit war, »hat es nie aus diesem Gebäude herausgeschafft. Und auch wenn ich es durchaus zu schätzen wüsste, dein hübsches Gesicht tagtäglich an der Wand meines

Schlafgemaches bewundern zu können, denke ich nicht, dass dies das Schicksal ist, das du dir erwünschst, Gefallener. Oder täusche ich mich?«

»Eure Schönheit wird nur durch Euren grenzenlosen Wissensschatz überragt«, erwiderte Nox schmeichelnd und bestätigte damit meine Vermutung. Der Höllendiener verfolgte einen Plan. Ich hatte keine Ahnung, wie dieser aussah, aber ich war mir sicher, dass er unseren Tod bedeuten würde, sollte etwas schiefgehen.

Die Vampirin musterte Nox noch einen Augenblick lang, dann richtete sie ihre Aufmerksamkeit auf mich. »Ich habe viele interessante Dinge über dich gehört, Avery. Vor allem, dass du dich den Seelenprüfungen stellst, um deine Seele zurückzuerhalten, sagt einiges über dich aus.« Mit prüfendem Blick musterte sie mich und mein Puls verdoppelte seinen Schlagrhythmus. Auch wenn dies nicht die erste Begegnung mit einem extrem mächtigen magischen Wesen war, gehörten diese Momente nicht zu den Dingen, an die man sich jemals gewöhnte. »Du erinnerst mich an jemanden aus meiner Vergangenheit. Aus diesem Grund weiß ich deinen Mut und deine Willensstärke als besondere Attribute zu schätzen.« Ihr Blick intensivierte sich. »Beweise mir, dass ich mich nicht in dir täusche.« Sie legte eine dramatische Pause ein. »Auf welche Fragen hattet ihr euch eine Antwort erhofft?«

Noch immer erstarrt unter ihrem durchdringenden Blick, wagte ich es nicht zu blinzeln oder zu schlucken. Nur mein Herz, das viel zu schnell pochte und reines Adrenalin durch meine Adern pumpte, schien sich meiner Lähmung zu widersetzen.

»Wir sind auf der Suche nach Kain«, hörte ich mich sagen, ohne zu wissen, woher ich die ruhige und selbstbewusste Stimme nahm. Eigentlich hätte ich mich wie eine quietschende Version von Micky Maus anhören müssen. »Und da es Gerüchte darüber gibt, dass Sie einst mit ihm liiert waren, dachten wir, Sie wüssten vielleicht, was aus ihm geworden ist und wo wir ihn finden können.«

»Ihr seid auf der Suche nach Kain?« Aufrichtige Verblüffung zeichnete sich auf der Miene der Vampirin ab, ehe sie leise auflachte und sich ihre angespannte Haltung in nichts auflöste. »Selbstverständlich habe ich mir bereits

Gedanken darüber gemacht, wie eure Fragen lauten würden, doch niemals wäre ich darauf gekommen, dass ihr ausgerechnet den Aufenthaltsort dieses Taugenichts in Erfahrung bringen möchtet.« Noch immer spürbar amüsiert schüttelte sie den Kopf. Erst als sich ihre Erheiterung gelegt hatte, ergriff sie wieder das Wort. »Es tut mir ehrlich leid, aber auch wenn Kain und ich einst das Bett geteilt haben, kann ich euch nicht sagen, wo er sich aufhält. Aber wenn ich euch einen Rat mitgeben darf, verschwendet nicht eure Zeit mit der Suche. Wo auch immer er gelandet ist, er wird es nicht anders verdient haben.« Sie zuckte mit den schmalen Schultern. »Nun solltet ihr aber wirklich gehen. Es dauert nicht mehr lange bis zum Sonnenaufgang und ich habe noch andere Termine, denen ich bis zur Tagesruhe nachkommen muss.«

»Comtesse, erlaubt Ihr mir eine letzte Frage?« Adam, der so still gewesen war, dass die Präsenz der Vampirin ihn aus meiner Wahrnehmung verdrängt hatte, trat dichter an mich heran. »Unter welchen Umständen seid Ihr Kain das letzte Mal begegnet?«

»Das kann ich nicht mit Gewissheit sagen.« Mit drastisch abgekühlter Laune wandte sich Annabelle an Adam. Es war offensichtlich, dass dies keine Frage war, der sie sich gern widmete. »Aber ich erinnere mich an eine Nachricht, die ich von einem befreundeten Hexenmeister erhalten habe. Das war vor etwa siebenhundert Jahren. Meine Liaison mit Kain lag bereits einige Zeit zurück, nur war er noch immer nicht über das Ende meiner Zuneigung ihm gegenüber hinweg. Aus diesem Grund war er auf der Suche nach einer Möglichkeit, seinen Gefühlen zu entkommen. Der Hexenmeister berichtete, dass Kain ihn aufgesucht hatte, er ihm aber nicht helfen wollte, aus Angst vor der siebenfachen Rache des Mals. Aus Mitleid bot er Kain an, einen Dämon heraufzubeschwören, der ihn womöglich bei seinem Anliegen unterstützen konnte. Wie es scheint, ist bei der Beschwörung ein Fehler unterlaufen, denn als ich einige Tage später den Hexenmeister kontaktierte, um in Erfahrung zu bringen, ob Kains Flehen nach Erlösung Gehör gefunden hatte, erfuhr ich, dass alle Betroffenen der Beschwörung – Kain, der Dämon und der Hexenmeister – spurlos verschwunden waren.« Erneut zuckte die Vampirin mit den Schultern. »Seit jeher wurde Kain nicht mehr gesichtet.«

Eine tiefgehende Stille schloss sich den Worten an und meine Anspannung verstärkte sich. Wenn das wirklich der Wahrheit entsprach, würden wir Kain niemals finden.

Und ohne ihn werden wir die dritte Prüfung nicht antreten und bestehen können!

»Wir danken Euch, Comtesse.« Der Höllendiener verneigte sich ein weiteres Mal und trat einen Schritt zurück. »Wenn Ihr erlaubt, würden wir uns jetzt zurückziehen, um Euch nicht länger mit unserer Anwesenheit zu belästigen.«

»Es sei euch gestattet.« Die Vampirin entließ uns mit einer wegscheuchenden Handbewegung und kehrte uns den Rücken.

Adam, Nox und ich nutzten die Gelegenheit und bestiegen die Fahrstuhlkabine. Obwohl ich noch unzählige Fragen an die Comtesse gehabt hätte, war ich nicht so dumm, die Chance einer Flucht verstreichen zu lassen.

Gleich ist es geschafft!, versuchte ich meinen immer noch viel zu schnell schlagenden Puls zu beruhigen. *In wenigen Sekunden schließen sich die Türen und ich kann wieder atmen!*

Als hätte die Vampirin meine Gedanken gelesen – ich schloss nicht aus, dass sie dazu in der Lage war –, blieb sie auf halbem Weg zu ihren Bodyguards stehen und wandte sich noch einmal zu uns um. Ihre Lippen waren zu einem Lächeln verzogen, das im Gegensatz zu der freundlichen Miene zu Beginn unseres Treffens kalt und berechnend wirkte. »Ich bin im Übrigen voll der Freude, euch drei ab sofort zu meinen Verbündeten zählen zu dürfen. Sicherlich wird es für euch noch die ein oder andere Gelegenheit geben, mir eure Dankbarkeit für meine heutige Unterstützung zu erweisen.« Ihr Lächeln nahm grausame Züge an, was mir das Blut in den Adern gefrieren ließ. »Und sorgt euch nicht um die Vampirin, die Avery angegriffen hat. Sie wird im angemessenen Maße für ihren unerlaubten Biss bestraft werden.« Während ihre letzte Silbe verklang, glitten die Türen des Fahrstuhls endlich zu. Und auch wenn wir nun in Sicherheit zu sein schienen, beschlich mich der unangenehme Verdacht, dass wir der Vampirgräfin nicht zum letzten Mal begegnet waren.

FÜNFUNDZWANZIG

»Was im Namen des heiligen Michael stimmt nicht mit euch beiden?« Adam tobte vor Wut, wie seine gerötete Gesichtsfarbe, die zu Fäusten geballten Hände und die weiß glühenden Augen bewiesen. Er hatte es geschafft, seinen Zorn so lange unter Kontrolle zu halten, bis wir die Vampirbar ohne Aufsehen verlassen und uns von ihr entfernt hatten. Erst als wir wieder in der schmalen Gasse standen, in der sich mein Auto befand, hatte er seine Beherrschung abgestreift, ähnlich einer Schlange, die ihre Haut ablegte. »Erst verschweigt ihr mir, dass ihr in dieser Bar gewesen seid – was bereits eine ausgemachte Dummheit darstellt. Aber nein, ihr toppt das Ganze auch noch, indem ihr zulasst, dass Ave von einem …« Er stockte und griff sich mit schmerzverzerrter Miene an den Hals. Es hatte den Anschein, als würden ihm die Worte in der Kehle feststecken und ihm den Atem rauben. Erst nach einigen Sekunden des Abwartens und ein paar anschließenden Atemzügen konnte er weitersprechen. »Dass ihr zugelassen habt, dass Ave von einer Kreatur angegriffen und *gebissen* wird, ist unverzeihlich!« Sein vor Zorn lodernder Blick traf den meinen und ich fühlte mich entsetzlich. Ich hatte nicht gewollt, dass Adam auf diese Weise von Hollys Überfall erfuhr. »Wieso hast du mir nichts davon gesagt, Ave? Hast du in den vergangenen Wochen nicht oft genug am eigenen Leib erfahren, welch verheerende Katastrophen ein Geheimnis anrichten kann?« Unverständnis und Enttäuschung mischten sich mit seinem Zorn und waren ihm deutlich in den Augen abzulesen. Seine Stimme wurde leiser, war aber nicht weniger emotionsgeladen. »Du hast keine Ahnung, was ein Biss alles mit dir hätte anrichten können. Einen derartigen Vertrauensbruch hätte ich von dem Höllenhund erwartet, aber nicht von dir.«

Ich wollte den Mund öffnen. Mich erklären. Verteidigen. Entschuldigen.

Doch ich konnte es nicht. Abgesehen davon, dass es bereits spät in der Nacht war und der gesamte Abend, seit ich meine Mom beim Fremdknutschen erwischt hatte, die reinste Höllenfahrt gewesen war, wusste ich auch nicht, wie ich mein Verhalten hätte rechtfertigen sollen. Sämtliche Anspannung, Furcht und Sorge, die die Vampirclananführerin in mir hervorgerufen hatte, waren in den Hintergrund gerückt und überließen meinem Schuldgefühl die Bühne.

»Reg dich wieder ab, Goldlöckchen.« Nox verschränkte die Arme vor der Brust. Seit wir erneut in den Fahrstuhl gestiegen waren, schien er mit seinen Gedanken beschäftigt zu sein, sodass ich überrascht war, dass er Adam überhaupt zugehört hatte. »Ich habe das Gift sofort ausgesaugt und die Kleine in den darauffolgenden Tagen keine Sekunde aus den Augen gelassen. Wenn es auch nur das geringste Anzeichen für irgendeine Art von Veränderung gegeben hätte, wäre mir das aufgefallen.«

Adams Blick schoss zu Nox und sein Groll schien von Neuem aufzuflammen. Dieses Mal noch intensiver. »Ich soll mich abregen?« Er fletschte die Zähne, weshalb die folgenden Worte kaum zu verstehen waren. »Ich habe dir das Wertvollste anvertraut, das es für mich auf der Welt gibt. Aber du Auswurf der Hölle hast nicht nur in dem Fall versagt, es mit deinem Leben zu beschützen, sondern auch noch den letzten Funken Ehre, der sich womöglich in deiner verdorbenen Seele befunden hat, mit Füßen getreten, indem du zu *feige* warst, mir von diesem Angriff zu erzählen.« Mit jeder Silbe spannten sich seine Muskeln mehr und mehr an, bis jede Pore seines Körpers blanke Aggressivität ausstrahlte.

»Pass auf, was du sagst, Himmelsschläfer.« Auch Nox' oberflächliche Gelassenheit war umgeschlagen und er strotzte plötzlich vor Provokation und Gewaltbereitschaft. »Oder hast du etwa vergessen, dass *du* derjenige warst, der die Kleine überhaupt erst allein gelassen hat? Nachdem du abgehauen warst und ihr das Herz gebrochen hattest, war ich alles, was sie noch hatte.« Er verengte die Augen, was seine ohnehin drohende Haltung unterstrich. »Und auch wenn es dir gegen den Strich geht, solltest du allmählich akzeptieren, dass sich Avery für *mich* entschieden hat. Aus diesem Grund würde ich niemals zulassen, dass ihr etwas geschieht. Dafür bedeutet sie mir zu viel.«

Adam hielt Nox' Blick stand, ohne etwas zu erwidern. Und so, wie ich meinen Kumpel kannte, würde er die gesamte Heimfahrt über schweigen und uns auf diese Weise bestrafen. Doch dann überraschte er mich und tat etwas, was ich niemals für möglich gehalten hätte. So schnell, dass ich es mit meinen menschlichen Sinnen nicht mitbekam, holte er aus und donnerte seine Faust auf Nox' Kiefer. Der ohrenbetäubende Knall echote durch die schmale Gasse und ich sah, wie Nox' Kopf zur Seite ruckte. Offenbar hatte der Höllendiener ebenfalls nicht mit einem körperlichen Angriff seines Bruders gerechnet, denn er hatte nicht einmal versucht, den Schlag abzuwehren.

Vor Schreck und Entsetzen über die völlig untypische Tat meines besten Freundes entfloh mir ein spitzer Schrei und ich schlug mir die Hände vor den Mund. Egal wie rasend vor Wut Adam jemals gewesen war, ich hatte noch nie erlebt, dass er eine Prügelei angefangen hatte.

Nox spuckte eine Mischung aus Speichel und Blut aus, ehe er sich mit dem Handrücken über den Mund wischte. Unentwegt behielt er sein Gegenüber mit zornglühender Miene im Visier. »Was habe ich dir früher immer gepredigt, Goldlöckchen?«, sagte er mit blutiger Lippe. »Wenn du schon den ersten Schlag austeilst, sollte er ordentlich sitzen. Sonst machst du deinen Gegner nur wütend. Und zur Hölle, *ich bin wütend*!« Mit einem ohrenbetäubenden Kampfschrei stürzte er sich auf Adam und riss ihn mit sich auf den Boden. Von da an konnte ich unmöglich sagen, wer gerade die Oberhand hatte und was genau geschah. Ich sah nur einen verschwommenen Punkt über den unebenen und mit Kies bestreuten Asphalt huschen und hörte verschiedene Geräusche, die unter anderem wie dumpfe Schlaglaute klangen.

Starr vor Angst überschlug ich fieberhaft meine Möglichkeiten. Leider gab es nicht viele Optionen, um einzuschreiten, ohne mich selbst in Gefahr zu begeben. Und da ich über keinen Wasserschlauch verfügte, mit dem ich die beiden Vollidioten abspritzen konnte, musste ich mir etwas anderes einfallen lassen.

So schnell mich meine zitternden Beine trugen, eilte ich zu meinem Auto. Ich brauchte einige Sekunden, um die Fahrertür zu öffnen, doch sobald es mir gelungen war, warf ich mich auf das Lenkrad und drückte mit meinem gesamten Körpergewicht auf die Hupe. Der Sirenenton schrillte los, breitete sich in der engen Gasse aus und wurde von den hohen Wänden links und rechts von uns wiedergegeben. In meinen Ohren klingelte es, mein Herz raste und ich war schweißgebadet. Und obwohl ich die Sorge nicht abschütteln konnte, dass die gesamte Atmosphäre von dem nervtötenden Geräusch erfüllt war und jeden Moment ungebetene Gäste auftauchen konnten, hörte ich nicht auf. Im Gegenteil. Ich drückte sogar noch fester zu, als könnte ich damit die Lautstärke des Warnsignals verstärken.

Sekunden um Sekunden verstrichen, in denen nichts geschah. Doch irgendwann schien der dröhnende Lärm auch Adams und Nox' zornvernebelten Geist durchdrungen zu haben, denn der hektisch umherflitzende Punkt kam endlich zum Stehen. Ein paar Meter von meinem Auto entfernt entdeckte ich Adam, der mit dem Rücken auf dem Boden lag, und Nox, der über ihm kniete. Ihre Gesichter waren zerschunden und blutüberströmt und trotz der Distanz erkannte ich deutlich, wie hektisch sie atmeten.

Von meinem Unterbewusstsein gelenkt löste ich mich von dem Lenkrad und der Warnton verstummte augenblicklich. Leider konnte ich meine innerliche Anspannung nicht so einfach abschütteln, weshalb ich weiterhin in höchster Alarmbereitschaft war.

Auch die Brüder schienen in ihrer Haltung erstarrt zu sein. Einige Zeit verging, in der ich nicht im Geringsten deuten konnte, wie es weitergehen würde. Doch dann – ich traute meinen Augen nicht! – wischte sich Nox die Hände an der Hose ab und streckte Adam einen Arm entgegen. Der Engel musterte die dargebotene Hand, ergriff sie schließlich und ließ sich aufhelfen.

Fassungslos beobachtete ich die Szenerie, ohne glauben zu können, was sich da vor mir abspielte. Selbst als Adam und Nox ein paar Worte wechselten und sich anschließend in die Arme fielen, war ich mir sicher, mein Unterbewusstsein würde mir etwas vorgaukeln. Zwar hatte ich bereits von solchen Geschichten gehört, jedoch war ich noch nie selbst Zeuge eines solchen Phänomens geworden und wusste deshalb nicht so recht, was ich davon halten und wie ich darauf reagieren sollte.

Nachdem Adam und Nox ihre Versöhnung zur Genüge zelebriert hatten, schienen sie sich erstmals meiner Abwesenheit bewusst zu werden. Sie sahen sich kurz um, entdeckten mich schließlich und schlenderten grinsend auf mich zu.

Meine Fassungslosigkeit verstärkte sich exponentiell, weshalb ich keine Kraft mehr hatte, mich länger aufrecht zu halten. Stattdessen sank ich in den Fahrersitz und ließ mich von dem Gefühl emotionaler Leere einnehmen, das stets nach einem ordentlichen Adrenalinschub folgte.

»Was ist los, Ave?«, fragte Adam, als die beiden den Wagen erreicht und die Türen geöffnet hatten. Er ließ sich auf die Rückbank sinken, während Nox den Beifahrersitz in Beschlag nahm. »Du siehst aus, als wärst du einem Wesen begegnet, das noch abscheulicher aussieht als der Höllenhund.« Feixend schlug er seinem Bruder gegen den Oberarm, was dessen Grinsen verstärkte.

»Witzig, dass der Spruch ausgerechnet von dir kommt. Mit deiner demolierten Visage hättest du gute Chancen auf den ersten Preis bei einem Schönheitswettbewerb für Ghule.«

Den Blick zwischen Adam und Nox hin- und herpendelnd, gab ich irgendwann auf und starrte stattdessen durch die Windschutzscheibe auf die vor uns liegende Gasse. Abgesehen davon, wie schlimm die beiden zugerichtet waren und dass sie mit ihrem Anblick tatsächlich als Hauptakteure in einem Horrorkabinett arbeiten konnten, wusste ich nicht, wie ich mit der neuen Situation umgehen sollte. Von Nox war ich derartige Aktionen und Stimmungsumbrüche gewohnt. Aber Adam? So war er überhaupt nicht! Und auch wenn mir sein verändertes Verhalten ein ungutes Gefühl bescherte, wusste ich nicht, was ich dagegen unternehmen sollte. Früher hätte ich ihn einfach darauf angesprochen. Nur war in den letzten Wochen und Monaten so viel vorgefallen, dass sich ein Gedanke, der gelegentlich in mir aufgekeimt war, den ich bisher aber rigoros von mir gedrängt hatte, nicht länger leugnen ließ: Unsere Freundschaft hatte sich verändert. Ich wusste nicht, wann es seinen Anfang genommen hatte und wie groß das Ausmaß inzwischen war, aber ich bezweifelte, dass sich das Problem mit einem einfachen Gespräch aus der Welt schaffen ließ.

Um mich von diesem traurigen und ebenso beängstigenden Gedanken abzulenken, startete ich mit zitternden Fingern den Motor und manövrierte uns zurück auf die Hauptstraße. Nach einigen Minuten, die ich dazu genutzt hatte, um meine Emotionen in den Griff zu bekommen, wagte ich es, das Wort zu ergreifen. »Wie geht es jetzt weiter? Wir wissen noch immer nicht, wo sich Kain aufhält oder wie wir ihn finden sollen. Ganz zu schweigen davon, dass wir auch weiterhin keinen blassen Schimmer haben, worum es bei der Prüfung überhaupt geht.«

»Das denkst du, Kleines.« Nox lümmelte sich sichtbar zufrieden in den Sitz und verschränkte lässig die Arme vor der Brust. »In Wahrheit hat uns Annabelle sehr viel mehr verraten, als sie vermutlich beabsichtigt hatte.«

Verblüfft schossen meine Augenbrauen in die Höhe und ich musste mich davon abhalten, mich zu Nox herumzudrehen, zumal es galt, den nächtlichen Straßenverkehr im Blick zu behalten. »Ach, ist das so?«, hakte ich nach, als der Höllendiener keine Anstalten machte, von sich aus weiterzureden. »Dann lass Adam und mich doch bitte an deiner glorreichen Weisheit teilhaben.«

»Mit dem größten Vergnügen, Kleines.« Nox wandte sich mir zu, ein überhebliches Siegerlächeln auf den Lippen. »Du kennst doch sicherlich den Spruch ›Körpersprache lügt nicht‹. Tja, die liebe Annabelle hätte sich im Laufe ihres Daseins anstatt Unmengen an Wissen und Geheimnissen besser ein gutes Pokerface angeeignet. Dann hätte sie, als du vorhin Kain erwähnt hast, ihre Emotionen auch besser im Griff gehabt. Doch so hat sie sich nicht nur durch ihre Reaktion verraten, sondern auch mit der Geschichte, mit der sie von sich ablenken wollte.« Er zuckte mit den Schultern. »Ein typischer Anfängerfehler.«

»Was? Sie hat sich die Geschichte nur ausgedacht?« Vor Ärger glitt mein Blick zu Nox, ehe ich ihn wieder auf die Straße lenken konnte. Auch wenn es mich eigentlich nicht hätte überraschen dürfen, konnte ich nicht fassen, dass wir mal wieder unser Leben riskiert hatten, nur um mit irgendwelchen Fake-Informationen abgespeist zu werden.

»Du hörst nicht zu, Kleines.« Nox seufzte genervt, doch ich war zu wütend, um mich über den Höllendiener zu ärgern. »Annabelle scheint keine geübte Lügnerin zu sein. Deshalb ist es unmöglich, dass sie sich eine derartig detaillierte und schlüssige Geschichte einfach so aus den Fingern saugt. Viel wahrscheinlicher ist es, dass die Dämonenbeschwörung tatsächlich stattgefunden hat. Nur eben nicht ganz so, wie man es uns verkauft hat.«

»Zum Beispiel der Punkt, dass Kain magische Unterstützung in Anspruch nehmen wollte, um seinen unerwiderten Gefühlen zu entkommen«, warf Adam ein. »Das ist mir auch aufgefallen. Bei diesem Teil der Geschichte ist Annabelles Tonlage um einige Nuancen von ihrer gewohnten Sprechstimme abgewichen.«

Nox warf seinem Bruder einen anerkennenden Blick zu. »Sehr gut, Goldlöckchen. Wenigstens einer, der aufgepasst hat.« Er wandte sich wieder mir zu. »Annabelles Erzählung wirkte an manchen Stellen deutlich weniger souverän als an anderen. So etwas ist meistens dann der Fall, wenn starke Emotionen im Spiel sind. Deswegen denke ich, dass die Geschichte in Wahrheit wie folgt abgelaufen ist: Kain und Annabelle haben sich tatsächlich getrennt – aus welchem Grund auch immer. Jedoch war es nicht Kain, der der verlorenen Liebe nachtrauerte, sondern Annabelle. Als sie anschließend ihre Informanten auf ihn ansetzte und erfuhr, dass ihr Ex-Lover auf der Suche nach magischer Hilfe war – vielleicht, um sein Mal loszuwerden? –, hat sie ihre Chance auf Rache gewittert und diese ergriffen.« Nox zuckte mit den Schultern. »Dass die Dämonenbeschwörung anschließend mehr Opfer forderte als geplant, kam Annabelle vermutlich sogar gelegen. Auf diese Weise musste sie sich nicht um lästige Zeugen oder Beweise kümmern, die möglicherweise Kains Verschwinden mit ihr in Verbindung brachten.«

»Du glaubst also«, versuchte ich das Gesagte mit meinen wirren Gedanken in Einklang zu bringen, »dass Annabelle Kain aus verschmähter Liebe umbringen wollte, es aber aufgrund des Mals nicht selbst tun konnte? Also hat sie einen befreundeten Hexenmeister dazu gebracht, diese Aufgabe für sie mithilfe eines Dämons zu erledigen?«

Nox nickte. »Das ist meine Theorie. Ja.«

»Aber warum sollte sich ein Hexenmeister auf einen derartigen Job einlassen? Er wusste doch von dem Kainsmal und der siebenfachen Rache.«

»Du darfst nicht vergessen«, gab Adam zu bedenken, »dass sich Annabelles Anhänger nicht zwangsläufig aus freien Stücken für sie entschieden haben. Viele fürchten sich vor ihr, ihrem Wissen und den Geheimnissen, die sie über andere besitzt.«

»Das heißt, sie hat den Hexenmeister erpresst?«, fragte ich. Es war gar nicht so einfach, den beiden Engeln gedanklich zu folgen, wenn sie aufgrund ihrer magischen Maulsperre nicht ungehindert sprechen konnten. »Okay, gehen wir mal davon aus, dass ihr mit eurer Theorie recht habt und Annabelle für Kains Verschwinden verantwortlich ist. Was bringt uns dann dieses Wissen? Wir haben noch immer keinen blassen Schimmer, wo sich Kain aufhält und worin die Prüfung besteht.«

»Das stimmt nicht ganz, Kleines.« Nox' Grinsen wurde breiter, was im Schein der Dunkelheit ziemlich furchteinflößend wirkte. »Wenn ein Dämon beschworen wird, öffnet sich das Tor zur Unterwelt. Da Annabelles Handlanger sowie die Kreatur, die er gerufen hat, durch die Macht des Mals vernichtet wurden, blieb Kain als Einziger an das Pentagramm gebunden. Und genau das wurde ihm schließlich zum Verhängnis.«

»Was? Kain ist in der Hölle?« Mein Mund hatte sich verselbstständigt und die Worte unkontrolliert über meine Lippen befördert. »Aber ... aber ich dachte ... ich meine, du sagtest ...« Mein Hirn schien einem Kurzschluss erlegen zu sein, denn ich konnte keinen klaren Gedanken fassen. Nach all den Niederschlägen dieses Abends hatte ich nicht angenommen, dass es noch schlimmer kommen könnte. »Aber wie sollen wir die dritte Prüfung absolvieren, wenn wir unmöglich zu Kain gelangen können?« Meine Stimme glich einem hohen Fiepen und ich musste gegen die Tränen in meinen Augen ankämpfen. Die plötzliche Ausweglosigkeit der Situation setzte mir zu.

»Beruhige dich, Kleines.« Nox löste seine Arme. Für einen winzigen Moment schwebte eine seiner Hände in der Luft, als wollte er mich berühren, doch er überlegte es sich anders und verschränkte stattdessen seine Finger im Schoß. »Ich weiß, was ich sagte. Aber offenbar war ich falsch informiert.

Oder Kain ist es irgendwie gelungen, sich all die Jahrhunderte unbemerkt dort aufzuhalten. Ich weiß es nicht. Aber darum geht es jetzt auch gar nicht. Wir sollten uns eher der Frage widmen, wo Kain dort unten stecken könnte. Wenn er sich nämlich in Luzifers Schloss aufhält, haben wir ein ernstes Problem. Dorthin gelangt man nicht so einfach – außer«, seine Stimme nahm einen gewissen Stolz an, »man gehört seinem Inneren Kreis an.«

Falls Nox beabsichtigt hatte, mich mit seiner Erklärung zu beruhigen, verfehlte er sein Ziel. Und zwar meilenweit. Mein Puls schoss weiter in die Höhe, meine Atmung wurde immer flacher und hektischer und vor meinen Augen begannen schwarze Punkte zu tanzen. Es glich einem Wunder, dass ich trotz meiner zitternden Gliedmaßen den Wagen noch rechtzeitig auf einem Seitenstreifen zum Halten bringen konnte.

Nox und Adam tauschten bedeutungsvolle Blicke aus und ich bemerkte aus den Augenwinkeln, wie der Engel sacht den Kopf schüttelte. Darauf schien der Höllendiener nicht hören zu wollen, denn er wandte sich wieder mir zu. »Hör zu, Kleines. Wenn du hier und jetzt beschließt aufzugeben, nimmt dir das niemand krumm. Diese ganze Seelenrettungsmission war von Beginn an zum Scheitern verurteilt und wir haben es bereits weiter geschafft, als ich es jemals für möglich gehalten habe.« Er zuckte mit den Schultern. »Zudem haben wir bei dieser Prüfung den Vorteil, dass uns kein Zeitlimit im Nacken sitzt. Mit ein wenig Geschick können wir vielleicht noch ein paar Jahre rausschlagen, ehe wir für den Rest der Ewigkeit in die Hölle hinabfahren.«

Vor Verblüffung weiteten sich meine Augen und ich vergaß für einen Moment meine voranschreitende Panik. Stattdessen fühlte ich mich an den Abend vor meinem Geburtstag zurückerinnert, als Nox am Strand etwas Ähnliches zu mir gesagt hatte. Damals hatte er in mir eine unbeschreibliche Wut entfacht.

Ich habe mir geschworen, bis zum bitteren Ende zu kämpfen. Für Mom.

Zwar waren die vergangenen Monate alles andere als ein Spaziergang gewesen und ich sehnte mich nach der unbeschwerten Zeit zurück, als ich nicht jede Minute des Tages, ebenso wie in sehr vielen Nächten, um mein

Leben bangen musste. Aber zumindest besaß ich noch ein Leben, um das es sich zu kämpfen lohnte.

Wie sich lichtender Nebel ebbte auch meine Panik allmählich ab. Lediglich meine zitternden Finger und mein erhöhter Pulsschlag zeugten noch von meiner Anspannung. »Wir geben nicht auf«, hörte ich mich mit fester Stimme sagen. Währenddessen erwiderte ich Nox' Blick unbeugsam. »Wir haben es bereits so weit geschafft und werden jetzt nicht einfach den Schwanz einziehen! Auf keinen Fall!«

Nox' Mundwinkel verzogen sich zu einem schiefen Grinsen und der Ausdruck in seinen Augen veränderte sich ebenfalls. Auf einmal las ich Anerkennung in seinem Blick. »Wie du willst, Kleines. Dann werden wir in die Unterwelt hinabsteigen, um Kain zu suchen.«

SECHSUNDZWANZIG

»Erklärt ihr mir bitte noch einmal, wieso ihr nicht versucht, mich davon abzuhalten, euch in die Unterwelt zu begleiten? Als ich zu Annabelle wollte, habt ihr beiden fast einen Herzinfarkt bekommen. Aber jetzt ...« Ich zog eins der Couchkissen auf meinen Schoß. Nachdem ich uns einige Zeit ziellos umherkutschiert hatte, hatte ich irgendwann meiner stetig intensiver werdenden Unkonzentriertheit nachgegeben und war schließlich mit Adam und Nox in ihr Haus zurückgekehrt. Es mochte verrückt erscheinen, aber lieber riskierte ich es, Emilia zu begegnen, als meiner Mom.

»Es ist anzunehmen, dass es dort zur dritten Prüfung kommen wird, wenn wir Kain erst mal gefunden haben.« Adam saß auf dem Sessel, den ich meistens für mich beanspruchte, während Nox und ich mit einem gewissen Sicherheitsabstand zueinander auf dem Sofa Platz genommen hatten. »Ohne dich können wir diese jedoch unter keinen Umständen bestehen – schließlich ist es deine Seele, um die wir kämpfen.«

»Außerdem«, ergänzte Nox und ich wandte mich ihm zu, »benötigen wir deine Seele als Schlüssel, um in die Unterwelt zu gelangen.«

»Und genau diesen Teil verstehe ich nicht.« Das Kissen fest an meine Brust gedrückt, runzelte ich die Stirn. Mein Herz pochte wie wild und meine Handflächen waren kaltschweißig. Nox und Adam hatten bereits während der Autofahrt versucht, mir die Problematik zu erklären, aber ich war mit dem nächtlichen Straßenverkehr derart überfordert gewesen, dass ich mich nicht auf ihre Worte hatte konzentrieren können. »Ich dachte, das Tor zur Unterwelt öffnet sich, indem man einen Dämon beschwört.«

»Das ist eine Möglichkeit.« Nox verschränkte die Arme locker vor der Brust und legte die Füße auf den Couchtisch. »Aber weder ist sie ungefährlich, noch können wir sie ohne Hilfe durchführen.« Er warf mir einen vielsagenden Blick zu und ich nickte verstehend. Wir würden einen Hexenmeister zur Unterstützung benötigen.

Ich schauderte. Seit der Beschluss gefallen war, dass wir in die Unterwelt hinabsteigen würden, fror ich unbeschreiblich. Ich hatte das Gefühl, als würden sich Eiswürfel durch meine Adern kämpfen, und die schmerzhafte Gänsehaut, die Besitz von meinem Körper ergriffen hatte, wäre ab sofort Dauergast. »Welche Möglichkeit bleibt uns dann?«, fragte ich und rieb mir mit einer Hand über den Arm. Obwohl Nox unmittelbar nach unserer Ankunft das Obergeschoss gecheckt und mir mitgeteilt hatte, dass Emilia nicht länger im Haus war, konnte ich mich nicht wirklich entspannen. Vermutlich lag das an dem selbstmörderischen Manöver, über das wir gerade sprachen. »Ich bezweifle, dass uns die Route 666 dorthin führt.«

»Normalerweise würde ich sagen, ich teleportiere uns runter«, sagte Nox, ohne mit der Wimper zu zucken. Dass er nicht auf meinen Witz einging, zeigte deutlich, wie ernst das Thema war. »Als Seelenjäger habe ich mit einer verdammten Seele im Gepäck freien Zugang. Aber das wird dieses Mal nicht funktionieren. Abgesehen davon, dass ich momentan vom Dienst suspendiert bin und für die Teleportation mit dir in Körperkontakt treten müsste, reichen meine Kräfte für eine so extreme Distanz derzeit nicht aus.«

»Hinzu kommt«, warf Adam mit tonloser Stimme ein und lenkte dadurch meine Aufmerksamkeit wieder auf sich. Seine Miene mochte ausdruckslos erscheinen, aber seine Augen verrieten die Wahrheit über seine Emotionen, »dass wir nicht wissen, was geschieht, wenn ich die Schwelle zur Unterwelt passiere. Seraphen ist es nicht grundlos untersagt, das Reich der Dämonen zu betreten.«

Schlagartig intensivierte sich die Kälte in meinem Inneren und ich umschlang das Kissen, als hinge mein Leben davon ab. Ich erinnerte mich, dass Gabriel mal etwas davon erzählt hatte, dass Himmelsdiener keinen Zutritt zur Hölle hatten. Aber niemals hätte ich es für möglich gehalten, dass sich diese Information als derart relevant herausstellen würde.

»Danke, Goldlöckchen.« Nox knurrte seinen Bruder an. Offenbar war ihm meine Reaktion nicht entgangen. »Hättest du dieses Detail nicht für dich behalten können?«

»Nein, hätte ich nicht.« Adam erwiderte Nox' Blick ungerührt. »Ave soll wissen, welche Hürden uns erwarten, wenn wir das Risiko eingehen. Sie soll sich keine Vorwürfe machen, falls etwas schiefgeht.« Während des letzten Halbsatzes hatte er seine Aufmerksamkeit wieder mir gewidmet und dafür gesorgt, dass sich meine Augen mit Tränen füllten. Natürlich wusste ich, was auf dem Spiel stand. Doch so ungeschönt daran erinnert zu werden, verursachte mir heftige Übelkeit, die ich nur unter Kontrolle halten konnte, weil ich mir so fest auf die Wangeninnenseiten biss, dass ich Blut schmeckte.

»Okay.« Mit einem tiefen Atemzug riss ich mich zusammen und klammerte mich fest an den winzigen Hoffnungsschimmer, dass Adam im Augenblick kein vollwertiger Seraph war. Ebenso wie Nox musste auch mein Schutzengel mit gewissen Einschränkungen klarkommen. Und ich hoffte darauf, dass sich ebendiese ausnahmsweise als Vorteil erwiesen. »Wenn wir also keinen Dämon beschwören und Nox uns nicht in die Unterwelt bringen kann, wie wollen wir dann dorthin gelangen?«

Die Miene des Höllendieners verdüsterte sich und mich beschlich der Verdacht, dass mir seine folgenden Worte ganz und gar nicht gefallen würden. »Es gibt nur eine Person, die uns in diesem Fall helfen kann, Kleines. Und auch wenn ich dich ungern in eine derartige Situation bringe, ist Emilia unsere einzige Chance, zu Kain zu gelangen.«

***

Wenn man dem Tod oft genug gegenüberstand, war es unvermeidlich, dass man sich irgendwann mit Gedanken und Fragen beschäftigte, die damit zu tun hatten. Zum Beispiel: Wann wird es bei mir passieren? Oder: Was wird der Grund für mein Ableben sein? Wo werde ich mich zu dem Zeitpunkt aufhalten? Werde ich währenddessen allein oder im Kreise von Familie und Freunden sein? Wird es überraschend passieren oder werde ich Gelegenheit haben, mich darauf vorzubereiten? All diese Fragen und Überlegungen waren völlig normal und richtig. Was hingegen weniger normal war, war die

Beschäftigung, mit der Adam, Nox und ich unsere womöglich letzten Stunden als lebendige Wesen auf der Erde verbrachten. Denn anstatt nach einem ausgiebigen Schönheitsschlaf, den wir nach den Geschehnissen der vorherigen Nacht alle dringend nötig gehabt hätten, am Strand zu liegen, Cocktails zu trinken und unsere Kraftreserven aufzutanken, hockten wir nach einer viel zu kurzen Schlafpause wieder im Wohnzimmer und die beiden Engel trichterten mir so viel Wissen ein, wie sie über die Lippen brachten.

Und das war nicht gerade wenig.

Ich lernte verschiedene Dämonenarten kennen und erfuhr, wie ich sie anhand ihres äußeren Erscheinungsbildes unterscheiden und wie ich mich am besten gegen sie zur Wehr setzen konnte. Mir wurde beigebracht, welche Regeln in der Unterwelt galten und mit welchem Verhalten ich einem Kampf am sichersten aus dem Weg gehen konnte. Gleichzeitig wurde ich dahingehend unterrichtet, wie ich mich in einem Kampf am besten verteidigen und wie ich meine Schwächen in Stärken umwandeln konnte. Im Anschluss daran drückte mir Adam ein ungewöhnliches Messer in die Hand und erklärte mir, dass diese Waffe einer der wenigen geweihten Gegenstände wäre, die in der Unterwelt ihre Wirkung nicht verloren – im Gegensatz zu Weihwasser, welches mein Vorschlag gewesen war. Das würde sich nämlich durch die hohe dämonische Konzentration in beliebiges Leitungswasser verwandeln und umgehend verdunsten.

Sowohl neugierig als auch voller Ehrfurcht hatte ich das Messer in Augenschein genommen. Sein Griff war aus altem, abgenutztem Leder und seine Klinge aus einem silberfarbenen, matten Material, das mit verschiedenen Symbolen versehen war. Obwohl es überraschend groß und schwer war, lag es gut in der Hand.

Am Abend zwangen uns unsere knurrenden Mägen zu einer Pause, die Nox nutzte, um ein Treffen mit Emilia auszumachen. Ich hatte währenddessen gefühlt die gesamte Speisenauswahl von Luigis Restaurant bestellt, nur um mit ansehen zu müssen, wie keiner von uns auch nur einen Bissen davon zu sich nahm. Offenbar war ich nicht die Einzige, der die Aussicht auf unsere bevorstehende Unternehmung schwer im Magen lag.

Gegen einundzwanzig Uhr zog ich mich in Adams Zimmer zurück, um mich umzuziehen. Der Engel selbst war bereits vor zwei Stunden aufgebrochen, ohne eine Erklärung, was er vorhatte. Er hatte nur verlauten lassen, gegen zweiundzwanzig Uhr zurück zu sein. Nox hatte unterdessen ein paar Klamotten von mir zu Hause geholt. Natürlich hätte ich auch selbst hinfahren können, aber ich wollte nicht das Risiko eingehen, auf meine Mom zu treffen. Zwar mochte es falsch und feige erscheinen, dass ich ihr aus dem Weg ging, obwohl die Gefahr bestand, dass ich sie nie wiedersehen würde. Aber jedes Mal, wenn ich auch nur an sie dachte, erschien vor meinem geistigen Auge das Bild von ihr und James und wie sie sich küssten. Dann kochte diese unbeschreibliche Wut in mir hoch, Tränen verschleierten meine Sicht und meine Gedanken erlahmten. In diesen Momenten war ich so voller Schmerz, Kummer und Enttäuschung, dass ich kaum atmen konnte. Aber für unser bevorstehendes Manöver benötigte ich einen klaren Verstand.

»Ist bei dir alles klar, Kleines?« Nox war, ohne anzuklopfen, ins Zimmer getreten. Da ich bereits fertig umgezogen war, nahm ich ihm seine Tat nicht übel. Außerdem hatte er mich inzwischen so oft leicht bekleidet gesehen, dass es albern gewesen wäre, ausgerechnet jetzt einen auf prüde zu machen. »Du bist seit dem Abendessen gefährlich still und ich wollte sichergehen, dass du es dir nicht anders überlegt hast. Sonst kann ich mir das Treffen mit Emilia sparen.«

Die Erwähnung der Höllenbarbie ließ mich innerlich zusammenzucken, doch ich verdrängte den Gedanken an sie und konzentrierte mich stattdessen auf Nox. Seine Anwesenheit wirkte sich beruhigend auf mich aus und ich wünschte mir zum wiederholten Mal, er könnte mich in den Arm nehmen.

»Ach, auf einmal stört dich meine introvertierte Art?«, konterte ich – ein schwacher Versuch, mich von meinen eigenen Überlegungen abzulenken – und setzte mich auf Adams Bett. »Sonst meckerst du doch immer rum, dass ich zu viel rede.«

»Ja, wenn du stundenlang darüber referierst, wie toll Surfen sein soll, anstatt zu akzeptieren, dass ich mich niemals auf einem Brett stehend übers Wasser bewegen werde.« Nox bedachte mich mit einem finsteren Blick, setzte sich aber trotzdem neben mich auf die Matratze. Wie ich nicht anders erwartet hatte, trug er seine übliche Kampfmontur und wirkte damit zu gleichen Teilen furchteinflößend und verführerisch. »Und jetzt lenk nicht vom Thema ab, sondern beantworte mir meine Frage. Ist bei dir alles klar oder hast du deine Meinung wegen heute Nacht geändert?«

Anstatt auf Nox' Worte zu reagieren, musterte ich den gefallenen Engel. Sein Gesicht, seine Mimik und Gestik, all das war mir mittlerweile so vertraut wie mein eigener Herzschlag. Ich konnte und wollte mir nicht vorstellen, wie es sein würde, ihn nie wieder auf diese Weise betrachten zu können.

»Du hast keine Ahnung, was du verpasst«, erwiderte ich und zog meine Beine an die Brust, um sie anschließend mit meinen Armen zu umfangen. Ich wollte jetzt nicht über unseren Trip reden. Mir persönlich ging das alles sowieso viel zu schnell und ich hätte mir gut und gern noch etwas mehr Vorbereitungszeit gewünscht. Aber Nox' Argumentation, dass ich mich vermutlich nie gewappnet fühlen würde, wir mit jedem Tag, den wir zögerten, unser Glück aber unnötig herausforderten, war überzeugender. Deswegen hatten wir uns darauf verständigt, gleich heute Nacht hinabzusteigen – um Punkt Mitternacht, wenn die Zugänge für die Seelenjäger geöffnet wurden. »Wenn ich surfe«, sprach ich weiter und richtete meine Aufmerksamkeit auf das positive Gefühl, das ich mit meiner Leidenschaft verband, »dann ist es so, als ob ich *wirklich* lebe, verstehst du? Wenn das Adrenalin durch meine Adern rauscht und meine Sinne schärft, gibt es nichts außer mir und dem Wasser. Keine Sorgen, keine Probleme. Nur die grenzenlose Freiheit.« Beim Sprechen hatte sich ein Lächeln auf meine Lippen verirrt, das immer breiter geworden war. Doch im nächsten Augenblick wurde es von dunklen Gewitterwolken verdrängt, die eine tsunamiähnliche Melancholiewelle mit sich brachten. »Wenn ich mir vorstelle, dieses Gefühl nie wieder verspüren zu dürfen ...« Mit einem sachten Kopfschütteln beendete ich meinen Satz und atmete tief durch, um den Kloß in meiner Kehle loszuwerden. Vergeblich.

Nox hatte meinen Ausführungen reglos gelauscht, doch jetzt verengten sich seine Augen und eine Mischung aus Sorge und Mitgefühl trat in seinen Blick. Als er das Wort ergriff, schwang Anspannung in seiner Stimme mit.

»Hör zu, Kleines. Ich werde dir keine falschen Hoffnungen machen und dir erzählen, dass wir diesen Trip unbeschadet überstehen werden. Aber ich will, dass du eines weißt. Egal was heute Nacht geschieht ...« Ein unsicheres Lächeln stahl sich auf seine Züge und der sonst vor Souveränität und Selbstbewusstsein strotzende Höllendiener wirkte mit einem Mal verlegen, als er mit einer Hand in die Tasche seiner Lederjacke griff und etwas daraus hervorholte. Mein Blick huschte zu seinen Fingern, in denen ich eine kleine schwarze Schatulle entdeckte. »... du bedeutest mir viel, Avery. Sehr viel. Verflucht, du bedeutest mir mehr, als ich selbst jemals für möglich gehalten hätte. Du bist der Grund, weshalb ich morgens mit einem Lächeln aufwache und abends mit dreckigen Fantasien einschlafe. Du bewohnst jeden meiner wachen Gedanken und wenn ich dich jetzt ohne Probleme anfassen könnte, würde ich dir zeigen, wie ernst ich es meine.« Er zwinkerte mir zu, was meinen ohnehin rasenden Herzschlag sowie meine Kerntemperatur weiter anheizte. »Zwar gehst du mir gelegentlich so sehr auf den Nerv, dass ich dich am liebsten mit einer Schleife um den Hals Luzifer vor die Füße legen würde, aber dann will ich dich im selben Moment so dringend küssen, dass ich das Gefühl habe, vor Verlangen zu ersticken.« Sein Lächeln wich jenem schiefen Grinsen, das mein Herz jedes Mal aus dem Takt brachte. »Du bist die mit Abstand dickköpfigste, sturste und unberechenbarste Seele, der ich jemals begegnet bin. Aber – zur Hölle! – ich bin dir mit jeder Faser meines Körpers verfallen.« Sein Blick flackerte auf und in seinen Augen sah ich nichts außer grenzenloser Zuneigung. »Ich wollte, dass du das weißt, bevor wir aufbrechen.« Er legte mir die kleine Box auf den Oberschenkel.

Perplex saß ich da und starrte auf das Rechteck auf meiner Cargohose. Ich wusste nicht, was ich sagen oder denken sollte. Nox' Worte hatten mich bereits zu Tränen gerührt, aber dann auch noch ein Geschenk? Glücklicherweise war meine Neugier größer als meine Rührung und so glitten meine zitternden Finger auf die kleine Schatulle zu. Die Box selbst fühlte sich fest an, aber sie schien von einem samtig-weichen und ziemlich edlen Stoff überzogen zu sein.

Mit wild pochendem Herzen und zugeschnürter Kehle öffnete ich den

Deckel. Mein Blick fiel auf das darin befindliche Schmuckstück, das auf einem glänzenden Satinkissen ruhte, und mir stockte nicht nur der Atem.

»Nox!« Der Ausruf war kaum mehr als ein heiseres Flüstern und mein Kopf schoss ruckartig in die Höhe. Meine Augen mussten vor Unglauben so groß wie Unterteller sein.

»Gefällt es dir?«

»Ob es mir gefällt?« Ich sah zurück auf den Inhalt der Box. Auf den zweiten Blick war er sogar noch umwerfender. »Es ist atemberaubend! Ich weiß gar nicht, was ich sagen soll!« Ehrfürchtig strich ich mit den Fingern über den Silberanhänger, der an einer feingliedrigen Kette hing und einen wunderschönen Engelsflügel darstellte. Jede einzelne Feder war bis ins Detail zu erkennen und als ich es wagte, den Anhänger von seinem Kissen zu heben, spürte ich auf dessen Rückseite einige feine Kerben. Ich drehte den Flügel herum und entdeckte eine feine Gravur. Leider konnte ich unmöglich sagen, um welche Sprache es sich handelte.

»Es ist Latein«, sagte Nox, als würde er mir die Frage an der Nasenspitze ablesen. »Und der Text bedeutet so viel wie ›Zwei Seelen, die gemeinsam fliegen‹. Zumindest steht das da, wenn man beide Flügel zusammenfügt.« Er griff an den Halsausschnitt seines Shirts und holte eine dünne Lederkette hervor, an der ein silberner Anhänger hing, der meinem glich wie ein Ei dem anderen.

Falls es anatomisch möglich war, weiteten sich meine Lider noch ein Stück. Meine Hand flog an meine geöffneten Lippen, während mir vor Rührung die Worte fehlten. Noch nie hatte ich etwas Derartiges gehört oder erlebt und ich war mir sicher, dass es nur wenige Momente im Leben gab, die diesen Augenblick jemals toppen würden.

Leise lachend verbarg Nox seinen Anhänger samt Kette unter seinem Shirt. »Diese Art von Sprachlosigkeit weiß ich durchaus zu schätzen, Kleines. Und auch wenn es verdammt verlockend ist, noch ein wenig hierzubleiben«, er erhob sich vom Bett und steckte die Hände in die Taschen seiner Hose. Obwohl seine Miene Erheiterung ausstrahlte, wirkte seine Körperhaltung angespannt, »wäre es naiv zu glauben, meine Selbstbeherrschung sei mehr als ein ausgehungertes Tier an einer sehr dünnen Leine.« Sein Grinsen wurde eine Spur breiter, wirkte aber im gleichen Maß gequält. Gott, ich wusste zu gut, wie es ihm gerade ging. »Wir sehen uns später, Kleines.« Mit einem letzten Blick in meine Richtung ließ mich Nox allein.

SIEBENUNDZWANZIG

Die nächsten zwei Stunden verbrachte ich allein im Haus. Adam war noch immer nicht von seinem geheimnisvollen Ausflug zurückgekehrt, Nox hingegen befand sich bereits bei seinem Treffen mit Emilia. Überraschenderweise verspürte ich nicht den geringsten Anflug von Eifersucht – was kein Wunder war in Anbetracht des unbeschreiblich romantischen Moments, den ich zuvor mit dem Höllendiener hatte erleben dürfen. Nicht der geringste Zweifel, mochte er auch noch so hartnäckig sein, hätte eine Chance gegen die Horde Schmetterlinge, die durch mein Innerstes flatterten und mich geradezu euphorisierten.

»Hübscher Anhänger. So viel Geschmack hätte ich dem Höllenhund gar nicht zugetraut.« Adam war unbemerkt im Wohnzimmer erschienen und hatte mir dadurch einen gigantischen Schrecken eingejagt. Doch anstatt sich zu entschuldigen oder in irgendeiner Weise auf meinen spitzen Schrei einzugehen, ließ er nur eine große Reisetasche zu Boden fallen, was ein Scheppern verursachte, als befände sich darin entweder eine alte Ritterrüstung oder eine Sammlung antiker Bestecke.

»Verdammt, Ad! Musst du dich so anschleichen?« Mit zitternden Fingern verbarg ich den Anhänger samt Kette unter meinem Longshirt und erhob mich von der Couch. Mein Blick huschte unterdessen zur Wanduhr. Es war bereits nach elf. Offenbar war ich meinen träumerischen Gedanken tiefer verfallen, als ich gedacht hatte. »Wo warst du überhaupt? Hast du ein Museum ausgeraubt?« Neugierig näherte ich mich der Tasche. Ihr olivenfarbener Stoff wirkte abgenutzt, die Ledergurte mitgenommen. Ich hatte dieses scheußliche Ding noch nie zuvor gesehen.

Adam sparte sich eine Erwiderung und trat stattdessen, ohne mich eines Blickes zu würdigen, an mir vorbei. Seine abweisende Haltung hätte mich normalerweise verletzt, aber er war bereits den ganzen Tag über kühl und distanziert gewesen, was ich bisher auf unseren bevorstehenden Trip geschoben hatte. Aber inzwischen fragte ich mich, ob nicht doch mehr dahintersteckte.

»Was ist los, Ad?« Ich folgte dem Engel, der vor einem Bild stehen geblieben war, das uns beide gemeinsam mit Harmony und Killian auf dem Abschlussball zeigte. Wir lachten fröhlich in die Kamera und schienen rundum glücklich zu sein. Ich erinnerte mich gut an diesen Abend, auch wenn er aus einem anderen Leben zu stammen schien. »Bist du nervös wegen heute Nacht?« Ich stellte mich an seine Seite, sodass ich sein Gesicht im Profil sehen konnte. »Machst du dir Sorgen, was uns erwartet oder dass wir nicht lebend zurückkehren? Willst du die Sache lieber abblasen?«

Adam drehte seinen Kopf zu mir herum. In seinem Blick lag weder Wärme noch Zuneigung. Auch seine Stimme, als er das Wort ergriff, war frostig. »Und was, wenn es so wäre? Würde es irgendetwas ändern? Würde es die Zeit zurückdrehen und den Vertrag ungeschehen machen? Uns alle befreien?« Ohne eine Erwiderung abzuwarten, wandte er mir erneut den Rücken zu und ging zu seiner Reisetasche, neben der er sich hinkniete, um den Reißverschluss aufzuziehen.

Verblüfft über die ungewohnt harsche Antwort wusste ich nicht sofort, was ich erwidern sollte. Natürlich würden Lampenfieber oder der Wunsch eines Abbruchs nichts an unserem Plan ändern. Wir hatten keine Wahl und das wusste Adam ebenso gut wie ich. Dass er dennoch diese Worte gewählt hatte, bestätigte meinen Verdacht, dass ihn mehr beschäftigte als nur die Reise in die Unterwelt.

»Adam, ich weiß nicht, was …«, begann ich und machte einen unsicheren Schritt auf ihn zu. Doch ehe ich meinen Satz fortführen konnte, unterbrach er mich.

»Spar dir deine Worte, Engelchen. Wir wissen beide, dass Reden nichts ändern wird. Genieß lieber deine letzte Stunde auf der Erde.«

Wie vom Blitz gerührt stand ich da und blickte Adam an. Ich hasste es, wenn er mich »Engelchen« nannte. Aber noch schmerzhafter traf mich die

Art und Weise, wie er mit mir sprach. Die vor Hochmut und Kälte strotzenden Silben verwandelten mein Herz in ein Nadelkissen für Eissplitter und ich war zu perplex, um zu reagieren. Uns mochten nur zwei oder drei Meter trennen, die Distanz fühlte sich allerdings an, als befände sich ein ganzes Sonnensystem zwischen uns.

»Was soll das, Adam?« Vor Wut und Schmerz stiegen mir Tränen in die Augen und meine Hände ballten sich zu Fäusten. Sämtliche Glücksgefühle, die mich zuvor noch beseelt hatten, waren meinem rasenden Puls zum Opfer gefallen, und auch wenn ich Verständnis hätte zeigen müssen, konnte ich es nicht. Adam war nicht der Einzige, der unter enormem Stress und Anspannung stand. Doch keiner von uns benahm sich deswegen wie ein arrogantes Arschloch. Nicht einmal Nox, von dem es am ehesten zu erwarten gewesen wäre. »Wenn du ein Problem hast, warum sagst du es nicht einfach, sondern ziehst hier diese Show ab? So bist du doch gar nicht«, fügte ich mit belegter Stimme hinzu.

Adam hielt mitten in der Bewegung inne. Er hatte irgendetwas in seiner Reisetasche gesucht, stellte seine Bemühungen nun ein und erhob sich blitzschnell aus seiner Kauerhaltung. Dabei drehte er sich zu mir herum. Glühender Zorn und brennende Aggressivität strahlten von ihm ab wie die Hitze eines Schmelzofens. »Du glaubst zu wissen, wer ich bin?« Seine Stimme zitterte vor Energie. »Woher nimmst du das Recht, dir so etwas einzubilden? Nur weil wir zwei Jahrzehnte miteinander verbracht haben?« Wie ein Raubtier auf der Jagd schnellte er auf mich zu und kam erst gefährlich nah vor mir zum Stehen. Seine Augen leuchteten gleißend hell und jeder Muskel in seinem Körper hatte sich kampfbereit angespannt. »Zwanzig Jahre? Das ist gar nichts! Du hast keine Ahnung, wer ich bin oder was mich quält. Du kennst nur das, was ich bereit war, dir zu zeigen.« Seine Stimme war bedrohlich tief und leise geworden und sein Blick hatte sich intensiviert. Noch nie in meinem Leben hatte ich mich vor Adam gefürchtet, doch in diesem Moment wünschte ich mich tatsächlich auf einen anderen Planeten, nur um ihm zu entkommen. »Wenn du auch nur die geringste Ahnung hättest, mit welchen inneren Dämonen ich mich herumschlage, hättest du keine Angst vor der

Hölle, sondern vor *mir.*« Er beugte seinen Oberkörper näher zu mir herüber, sodass sein Atem beim Sprechen mein Gesicht streifte. »Bereits ein Quantum des Hasses, den ich für Harmony empfinde, weil sie uns an Königin Mab ausgeliefert und uns alle damit beinahe zum Tode verurteilt hat, würde ausreichen, damit du den Verstand verlierst.« Seine Augen wurden verräterisch feucht und in den nachfolgenden Worten schwang deutlich vernehmbar Schmerz mit. »Sie war meine Freundin, Avery! Ich habe ihr vertraut. Genau wie Killian.« Sein Blick flackerte, doch dann schüttelte er mit einem zynischen Lächeln den Kopf und raubte mir damit die Möglichkeit zu erkennen, welche Emotionen ihn neben Hass und Schmerz noch quälten. »Er hat vielleicht nicht aus freien Stücken gehandelt, aber trotzdem hat er versucht, die Frau zu ermorden, die ich wie eine Mutter liebe. Das werde ich ihm niemals verzeihen können.«

Adams Worte mochten wie Säure brennen, mir Schmerzen zufügen, als würde ich durch einen gigantischen Fleischwolf gedreht werden, aber ich wagte es nicht, auch nur eine Silbe zu verpassen. Einerseits war ich gar nicht in der Lage wegzuhören, andererseits hatte Adam recht. Für einen Menschen mochten zwanzig Jahre eine kleine Ewigkeit bedeuten. Aber für einen zweitausend Jahre alten Seraph? Das war kaum der Rede wert. Zudem hatte ich tatsächlich keine Ahnung, was in meinem besten Freund vorging. All die Jahre, und insbesondere die Zeit seit Beginn der Seelenprüfungen, war Adam immer für mich da gewesen. Er hatte mich sowohl körperlich als auch seelisch und emotional beschützt. Ich hatte in ihm immer einen sicheren Hafen gesehen und dies bis an sämtliche Grenzen ausgereizt. Nur hatte ich mir nie Gedanken darüber gemacht, dass auch er Hilfe und einen Zufluchtsort benötigen könnte.

»Wieso hast du nie etwas gesagt?« Vor Scham, Schuldgefühlen und Selbsthass klang meine Stimme rau.

»Warum?« Adam lachte trocken auf. Er hatte sich bereits ein wenig beruhigt, trotzdem blitzten noch immer Tränen in seinen Augen. »Weil ich dich liebe, Avery! Ich will dich beschützen. Nicht nur vor dem Tod, der Hölle oder irgendwelchen Kreaturen. Ich will dich vor sämtlichem Leid und Schmerz der Welt beschützen.« Mit einem Mal sackten seine Schultern kraftlos herab und er wirkte um Jahrhunderte gealtert. »Außerdem, was hätte es gebracht? Wenn ich dir die bestialischen Details erzählen würde, wie Elyon und meine anderen Brüder und Schwestern abgeschlachtet wurden, würde das nicht das Geringste ändern. Dadurch könnten wir die anderen Schutzengel nicht beschützen oder meine Albträume beenden.« Er kehrte mir erneut den Rücken und ging zurück zu der Reisetasche. Gleichzeitig sprach er weiter. »Und auch wenn ich dir bei Luigi gesagt habe, dass ich akzeptieren werde, dass du dich für Nox entschieden hast, kann ich es nicht. Die Gewissheit, dass die Seele meiner Sanprada, die noch immer mit der meinen verbunden ist, den mit Abstand größten Vollidioten sämtlicher Zeitrechnungen liebt, ist ...« Ein weiteres Kopfschütteln beendete seinen Satz und er hockte sich vor sein Mitbringsel. »Du wolltest wissen, wo ich so lange gesteckt habe?« Er drehte seinen Kopf eine winzige Spur in meine Richtung, ohne mich anzusehen. »Bis auf die Stunde, die ich bei Joleen verbracht habe, um sie mit meiner Engelszunge darauf vorzubereiten, dass sie ihre Tochter womöglich nie wiedersehen wird, war ich in einer Kirche. Ich habe drei Stunden darum gebeten und gebettelt, ein letztes Mal Einlass in den Himmel zu erhalten, um mich von meiner Heimat verabschieden zu dürfen.« Er wandte sich wieder der Tasche zu, sodass ich sein Gesicht nur von der Seite sah. Doch das genügte, um eine Tränenspur über seine Wange laufen zu sehen. »Aber offenbar war das zu viel verlangt.« Ein trauriges Lachen mischte sich unter den Schmerz, der in seinen Worten mitschwang. »Zumindest habe ich als Trostpreis das hier bekommen.« Er klappte die beiden Seiten der Tasche auf, sodass ich unweigerlich einen Blick ins Innere erhaschte und diverse Waffen entdeckte. Zwar konnte ich von meiner Position aus nicht alles erkennen, doch neben Schwertern und Dolchen sah ich einen Bogen und ein paar Pfeile.

Ich wollte den Mund öffnen und etwas Tröstendes sagen, aber gab es überhaupt irgendetwas auf dieser Welt, was ich hätte vorbringen können, um Adam auch nur im Geringsten zu helfen? Abgesehen davon war ich selbst derart aufgewühlt, dass ich kaum einen klaren Gedanken zustande brachte. Ich hatte es während der letzten Wochen erfolgreich vermieden, an meine ehemaligen Freunde zu denken. Doch das war jetzt nicht länger möglich. Sämtliche verdrängten Gefühle, die ich für die Jaramangos empfand, kehrten mit einer derartigen Intensität zurück, dass ich ins Taumeln geriet.

Harmony hat uns verraten? Das ist unmöglich! Das würde sie uns niemals antun!

Natürlich war mir bewusst, dass Adam mich nicht anlügen konnte. Zudem hatte Killian bei unserem letzten Aufeinandertreffen etwas Ähnliches angedeutet.

Aber ich wollte es nicht wahrhaben. Deswegen habe ich weder Nox noch Adam jemals auf die Sache angesprochen.

Meine eigene Naivität raubte mir den Atem und der Schmerz in meiner Brust ließ meinen gesamten Körper erbeben. Ehe meine Knie nachgaben, rettete ich mich auf die Couch.

Adam, der entweder nichts von meinem seelischen Unheil mitbekam oder dem es einfach egal war, sprach mit überraschend neutraler Stimme weiter. »Aber vielleicht ist es auch besser, dass ich nicht ein letztes Mal in die Goldene Stadt konnte. Sonst wäre die Gewissheit, dass ich nie wieder als Genius tätig sein werde, zu vernichtend.« Mit einem leisen, kaum wahrnehmbaren Seufzen beugte er sich über die mitgebrachten Waffen und begann darin herumzuwühlen.

»Sag das nicht, Adam«, hörte ich mich nach einigen Sekunden der Stille sagen. Ich wusste nicht, wie es die Silben über meine Lippen geschafft hatten, aber es war ihnen gelungen. Und das sogar in einem halbwegs ruhigen und verständlichen Ton. »Wir werden die Prüfungen meistern und über Luzifer siegen. Nachdem wir meine Seele befreit haben, wirst du wieder in den Himmel dürfen. Das verspreche ich dir!«

Adam lachte. Leise. Traurig. Und ohne den Blick von dem Inhalt der Reisetasche zu wenden. »Du solltest nichts versprechen, was du nicht halten kannst, Engelchen.« Er holte einen Dolch heraus und musterte die messingfarbene Waffe. »Denn selbst wenn uns das Unmögliche gelingen wird und wir tatsächlich alle Prüfungen und die Begegnung mit Luzifer erfolgreich meistern sollten, bist du die Einzige, die in ihr gewohntes Leben zurückkehren wird. Nox und ich hingegen werden zu Menschen.« Er klang plötzlich resigniert. »Zu ganz gewöhnlichen Menschen ohne die geringste Erinnerung an unser bisheriges Leben. Ein sauberer Neuanfang.« In einer lässig wirkenden Bewegung warf er den Dolch in die Luft und fing ihn geschickt wieder auf. Es schien, als wollte er ein Gefühl für die Waffe gewinnen. »Eine komplette Festplattenformatierung sozusagen.« Erneut warf er den Dolch, diesmal blitzschnell. Die im Licht der Deckenlampe glänzende Klinge glitt nur wenige Zentimeter an meinem Kopf vorbei, ehe sie sich mit vibrierendem Griff in die Wand hinter mir bohrte. Doch das war nicht der Grund, weshalb ich Adam mit geweiteten Augen und geöffnetem Mund anstarrte, als wäre ich eine Wachsfigur bei Madame Tussauds. Die jüngste Beichte des Engels hatte mich in eine neue Form der Starre versetzt, in der ich nichts anderes als ihn wahrnehmen konnte.

»Wenn ich meine Seele zurückerhalte, werdet ihr zu Menschen? Aber warum …«

»Warum?«, unterbrach mich Adam mit einem weiteren Lachen, ohne mich meinen Satz beenden zu lassen. Dieses Mal strotzte der Laut vor Hohn und Spott. »Woher soll ich das wissen?! Man hat uns nie erklärt, warum welche Regeln erstellt wurden. Wir wurden ja nicht einmal über alles informiert, wie du dich vielleicht erinnern kannst.«

Ich wusste in der Tat, was Adam andeutete. Doch meine ursprüngliche Frage hatte gar nicht auf die unverschämten und mehr als ungerechten Rahmenbedingungen dieses völlig kranken Spiels abgezielt.

»Das meine ich nicht«, erwiderte ich. »Ich will wissen, weshalb du mir überhaupt von den Prüfungen erzählt hast. Warum hast du zugelassen, dass ich dein Leben ruiniere?« Ein Gefühl keimte in mir auf. Etwas, was ich noch nie zuvor verspürt hatte und was ich weder benennen noch beschreiben konnte. Ich wusste nicht einmal, ob es positiver oder negativer Natur war. »Nox hat mir zu Beginn der ersten Prüfung gesagt, dass du mir etwas verheimlichst. Aber ich dachte, er wollte sich nur wichtigmachen und einen Keil zwischen uns treiben. Deswegen habe ich dich nie darauf angesprochen.« Meine Stirn legte sich in Falten und das Zittern in meinem Körper hörte schlagartig auf. Auch mein Tränenfluss war versiegt. »Weshalb hast du das getan, Adam? Wieso hast du mein Leben über deins gestellt?«

»Wieso?« Er hob den Kopf und sah mich mit einem Blick an, der so klar und offen war, dass ich das Gefühl hatte, auf den Grund seiner Seele sehen zu können. Leider ließ genau dieser Eindruck das Blut in meinen Adern gefrieren. Anstatt Licht, Wärme und Kampfgeist zu erblicken, entdeckte ich nichts als Finsternis, Kälte und Hoffnungslosigkeit. »An dem Tag deiner Geburt, als ich dir zugeteilt wurde und dir das erste Mal in die Augen sah, wusste ich, dass du etwas ganz Besonderes bist. Ich schwor, dich bis zu meinem letzten Atemzug zu beschützen.« Eine weitere Träne stahl sich aus seinen Augenwinkeln. »Nur hätte ich niemals für möglich gehalten, dass ich dabei so grenzenlos versagen würde.«

ACHTUNDZWANZIG

»Weiß jeder, wie es laufen wird, oder gibt es noch Fragen?« Nox' Blick glitt durch die Runde und blieb an mir hängen. Auch wenn er seine Worte an die Allgemeinheit gerichtet hatte, hegte ich den Verdacht, dass sie speziell für mich gewesen waren. Aus diesem Grund schüttelte ich dezent den Kopf, ohne den Höllendiener direkt anzusehen. Seit er mit Emilia zurückgekehrt war, beobachtete er mich mit Argusaugen und ich wollte um jeden Preis vermeiden, dass er von der Auseinandersetzung zwischen Adam und mir erfuhr – auch wenn man mir sicherlich ansah, dass etwas im Argen lag.

Ich will gar nicht wissen, was für einen verstörenden Anblick wir geboten haben.

Mein Blick fiel auf die Stelle an der Wand, wo vorhin der Dolch gesteckt hatte. Adam hatte ihn erst herausgezogen, nachdem Nox und Emilia eingetrudelt waren, und ich wurde den Verdacht nicht los, dass er das absichtlich getan hatte, um den Höllendiener darauf aufmerksam zu machen. Fast so, als hätte er einen weiteren Streit heraufbeschwören wollen.

Glücklicherweise ist es nicht dazu gekommen.

»Ich will ja keinen Stress machen, aber wenn wir heute Nacht hinabsteigen wollen, sollten wir uns ranhalten. Die Zeit läuft.« Emilia, die dicht an Nox gekuschelt auf der Couch saß, schmiegte sich noch enger an ihn und ich musste mir fest auf die Zunge beißen, um den gehässigen Kommentar, der mir bereits in der Kehle steckte, für mich zu behalten. Obwohl ich wusste, dass meine Eifersucht nicht real, sondern nur eine Begleiterscheinung des Fluchs war, fiel es mir unfassbar schwer, meine Emotionen zu kontrollieren. Selbst die konzentrierte Erinnerung an den romantischen Moment mit Nox reichte nicht aus, um meine Gedanken im Zaum zu halten. Der einzige Vorteil an Emilias Anwesenheit war, dass mich die masochistischen

Fantasien von ihr und Nox von dem betäubenden Gefühl ablenkten, das der Streit mit Adam in mir hervorgerufen hatte.

Nox nickte und erhob sich von der Couch. Emilia folgte ihm. Sie trug eine hautenge Lederhose samt passender Jacke und High Heels. Ihre Haare hatte sie zu einem lockeren Zopf geflochten, der ihr über die Schulter fiel, und ihrem Smokey-Eyes-Make-up nach zu urteilen konnte man annehmen, sie sei die Anführerin einer Motorradgang.

»Bist du bereit?« Der Höllendiener sah mich mit ernster Miene an. Mir war bewusst, dass er mit seiner Frage eigentlich etwas anderes meinte, dennoch checkte ich meine Ausrüstung. Ähnlich wie die anderen war ich bis unter die Haarspitzen bewaffnet. Im Schaft des einen Stiefels steckte das Messer, das ich heute Mittag von Adam zum Trainieren bekommen hatte. In dem anderen befand sich ein Eisenpflock, den ich eher für Vampire benutzt hätte als für Dämonen. Am Gürtel meiner Hose war ein Schwert befestigt, während unsichtbar verborgen unter den Schichten meiner Kleidung mein persönlicher Talisman, der Engelsflügel, ruhte.

»Ich habe alles«, erwiderte ich selbstbewusster, als es der Wahrheit entsprach. Ich mochte vielleicht wie Lara Croft aussehen, doch ich fühlte mich wie ein kleines Kind, das sich zu Halloween verkleidet hatte.

Nox musterte mich noch einen Augenblick lang kritisch, sparte sich aber dankenswerterweise weitere Worte. Jede Silbe konnte mein innerliches Pulverfass zum Explodieren bringen.

»Gut, dann lasst uns starten.« Er stellte sich in die Mitte des Wohnzimmers, Emilia neben sich. Adam nahm, wie besprochen, den Platz auf Nox' anderer Seite ein und ich bugsierte meinen zitternden Körper zwischen den Engel und die Höllenbarbie. »Der Countdown läuft. Zehn. Neun. Acht.« Nox ergriff Emilias und Adams Hand. »Sieben. Sechs. Fünf.«

Emilia reichte mir ihre Hand und auch wenn sich jede Faser meines Körpers dagegen wehrte, legte ich meine Finger in ihre. Augenblicklich durchfuhr mich eine eisige Kälte und ich spürte, wie meine Kerntemperatur schlagartig um fünf Grad herabsank.

»Vier. Drei.« Nox zählte unbeirrt weiter, doch ich nahm seine Stimme nicht mehr wahr. In meinem Kopf waren Bilder erschienen, die mein Bewusstsein von der Realität trennten. Ich sah ihn und Emilia in einem mir unbekannten Zimmer. Es war nicht sehr groß, aber hell und nobel eingerichtet. Ich tippte auf ein Hotelzimmer. Höllenbarbie trug ein fliederfarbenes Seidenkleid, das bis zum Boden reichte, aber einen Ausschnitt bis zum Bauchnabel hatte. Die hauchdünnen Spaghettiträger betonten ihre zarten Schultern und der Pastellton untermalte ihre Schönheit. Nox trug seine übliche Montur, doch ich spürte, dass sich diese Szene heute Abend ereignet haben musste. Die beiden sprachen miteinander. Ich konnte nicht hören, worum es ging, aber ihre lächelnden Mienen erweckten den Eindruck, dass sie flirteten. Dieser Verdacht bestätigte sich, als Nox seine Jacke von sich streifte und zielstrebig auf Emilia zuschritt. Seine Muskeln spannten sich bei jeder Bewegung an und waren unter dem enganliegenden Shirt deutlich zu erkennen. Emilia legte unterdessen kokett ihren Kopf zur Seite und strich sich mit den Fingern einer Hand lasziv über ihren hellen Hals. Von dort wanderte sie weiter hinunter bis zu ihrem Schlüsselbein. Als sie den Träger ihres Kleides erreichte, verzogen sich ihre vollen Lippen zu einem verführerischen Lächeln, während Nox' Blick hungrig aufflammte. Emilia sagte etwas, doch erneut konnte ich nicht hören, was es war. Dafür bekam ich mit erschreckender Klarheit mit, wie Nox dicht vor ihr zum Stehen kam und seine Hände hob. Die eine legte er ihr in den Nacken, die andere auf ihre. Im ersten Augenblick glaubte ich, er wollte ihrem Tun Einhalt gebieten, doch dann erkannte ich, dass er es war, der ihr den Träger ihres Kleides von den Schultern streifte und den edlen Stoff wie einen fließenden Wasserfall zu Boden gleiten ließ. In der Sekunde, als Emilia mit nichts am Körper außer einem hauchdünnen Spitzenhöschen dastand, beugte sich Nox vor und presste seine Lippen leidenschaftlich auf ihre.

Vor Entsetzen zog ich scharf die Luft ein. Doch anstatt klaren, frischen Sauerstoffs drang sengende Hitze in meine Lungen und ließ das Bild in meinem Kopf in Flammen aufgehen. Wie ein Foto, das man in ein loderndes Feuer warf, begannen sich erst die Ecken zusammenzurollen, ehe die gesamte Aufnahme schwarz wurde und sich anschließend aus meinem Bewusstsein entfernte.

Abrupt schien ich aus einer Art Trance zu erwachen und riss reflexartig meine Augen auf. Doch das Erste, was ich wahrnahm, war die unbeschreibliche Hitze, die meine Haut zum Kribbeln brachte und ein kratziges Gefühl auf meinen Schleimhäuten hinterließ. Auch das Atmen war mit einem Mal die reinste Qual und immer, wenn ich Luft holte, fühlte es sich an, als würden glühende Kohlen in meinem Rachen stecken. Umgehend schloss ich die Augen und wechselte von Nasen- zu Mundatmung. Doch diese Idee war alles andere als genial. Binnen eines Wimpernschlags verwandelte sich mein Mundinnenraum von einem perfekt gepflegten Feuchtbiotop in einen völlig ausgebrannten und von Asche und Staub bedeckten Naturboden. Ich begann zu husten und zu würgen, doch das brachte nicht das Geringste. Jeder Atemzug beförderte mehr von der tödlichen Hitze in meinen Rachen, während meine Lungen nach erlösendem Sauerstoff schrien.

Ruhig bleiben! Jetzt bloß keine Panik! Ich habe schon Schlimmeres durchgestanden.

Gut, das war eine glatte Lüge, aber sie half mir, meine Furcht in den Griff zu kriegen. Ich schloss den Mund, drosselte meine hektische Atmung bewusst auf kurze, flache Atemzüge durch die Nase und konzentrierte mich darauf, meinen Puls auf ein akzeptables Niveau zu senken, um die aufkommende Panik in Schach zu halten. Als mir das schließlich gelungen war und sich meine Atmung nach einer gefühlten Ewigkeit halbwegs an die veränderten Umstände gewöhnt hatte, bemerkte ich den bestialischen Gestank, der die gesamte Atmosphäre zu erfüllen schien. Ich war mir sicher, dass jede Pore meines Körpers mit dem Geruch von vergammelten Eiern verstopft war, und sollten wir diesen Trip allen Ernstes überleben, würde ich mich nach unserer Rückkehr vermutlich in einer Dekontaminationsdusche einsperren müssen, um den beißenden Schwefelgestank loszuwerden.

Irgendwann wagte ich es, die Lider zu heben. Ich musste mir einen Überblick über meine Umgebung verschaffen und herausfinden, weshalb ich bisher keinen meiner Reisebegleiter wahrgenommen hatte. Leider war es gar nicht so einfach, die Augen zu öffnen, wenn man sich in einer derart unbarmherzigen Hitze aufhielt. Doch nach mehrfachem Blinzeln und vielen heilsamen Tränen gelang es mir, auch dieses Problem in den Griff zu bekommen, und ich konnte endlich meinen Blick schweifen lassen.

So sah sie also aus, die Hölle.

Natürlich hatte ich mir bereits ausgemalt, wie die berühmt-berüchtigte Unterwelt aussehen mochte, aber in meiner Vorstellung war sie eher eine vertrocknete und einsame Brachlandschaft gewesen und keine dystopische Endzeit-Version der Megametropole New York. Doch genauso sah es hier aus. Eine grauenvolle Karikatur der beliebten Großstadt inklusive tiefhängendem, feuerrot lohendem Himmel, pechschwarzen Gewitterwolken und einer Landschaft, die aus eingestürzten Bauten, Ruinen und Trümmern jeglicher Art zu bestehen schien. Ich selbst stand auf einem dieser Schutthügel und konnte von meinem Posten aus brennende Autowracks entdecken, ebenso wie gespenstisch in die Höhe ragende Flammensäulen, die an Bäume erinnerten. Das Szenario wurde von einem grauen Nebel begleitet, der sich bei näherer Betrachtung als umherwirbelnde Asche herausstellte, die die gesamte Umgebung inklusive meiner Wenigkeit bedeckte.

»Willkommen in meiner Welt, Avery.«

Die Stimme in meinem Kopf war nicht meine eigene und ich hörte sie nicht zum ersten Mal. Dennoch war Freude das Letzte, was ich empfand. Sie – ich hatte einen vagen Verdacht, wer zu mir gesprochen hatte, wollte diese Möglichkeit aber einfach nicht wahrhaben – machte mir bewusst, dass ich mich nicht in einem abgedrehten Traum oder in irgendeiner verrückten VR-Brillen-Simulation befand, sondern in der leibhaftigen Hölle.

Und zwar mutterseelenallein.

Panik drohte mich zu ergreifen und ich drehte mich ruckartig um die eigene Achse. Hastig suchte ich die gesamte Umgebung ab, konnte aber niemanden entdecken. Mein Pulsschlag schoss in die Höhe und meine Sinne schärften sich. Immer wieder drehte ich mich herum, bis mir schwindelig wurde. Trotzdem änderte sich nichts an dem sich mir bietenden Anblick. Die diffusen Lichtverhältnisse in Kombination mit dem Aschenebel spielten gegen mich und alles in mir schrie danach, lauthals nach meinen Begleitern zu rufen. Nur war das vermutlich das Dümmste, was ich tun konnte. Die Gefahr, dass ich nicht Adam oder Nox – wenn es sein musste, würde ich sogar mit Emilia vorliebnehmen – auf mich aufmerksam machte, sondern irgendwelche Dämonen, war viel zu groß.

Vielleicht haben wir den Abstieg gar nicht geschafft, sondern sind gestorben?

Kaum war mir dieser Gedanke gekommen, schob ich ihn so weit von mir, dass er in dem Höllenteil landete, der unter China lag.

Nein! Wir haben es geschafft! Irgendwie ist es uns gelungen und deshalb muss ich die anderen suchen!

Ich verstärkte meine Bemühungen. Nox und Adam hielten sich hier irgendwo auf. Das wusste ich. Ich *spürte* es.

Bitte! Bitte! Bitte!

Doch so sehr ich auch suchte und mich an den Gedanken klammerte, dass ich nicht allein war, konnte ich nicht leugnen, dass ein hartnäckiger Zweifel blieb und mit jeder Sekunde, in der meine Suche erfolglos blieb, stärker wurde.

Ein leises, aber deutlich vernehmbares Knurren erklang und unterbrach meine Überlegungen. Ich hatte keine Ahnung, von wem es stammte, aber ich war nicht sonderlich scharf darauf, es herauszufinden. Stattdessen lief ich los, ohne mich noch einmal umzusehen. Ich wollte nur noch hier weg, um mir anschließend in Ruhe einen Plan für mein weiteres Vorgehen zu überlegen.

So schnell mich meine zitternden Beine trugen, lief ich davon. Meine Schritte hallten in der gespenstischen Stille wider und Schuttreste knirschten unter meinen Füßen. Ich kam an brennenden Mülltonnen, Briefkästen und Straßenschildern vorbei, passierte finstere Gassen und übersprang Gegenstände, die mir im Weg lagen. Ich zwang mich, stets geradeaus zu blicken, doch mein Kopf ruckte wie von selbst immer wieder nach hinten. Aber so sehr ich mich auch konzentrierte, ich konnte nichts Verdächtiges erkennen.

Hatte ich mir das Knurren nur eingebildet? Hatte man mir eine Falle gestellt, um mich von den anderen wegzulocken?

Das war durchaus eine realistische Möglichkeit, aber genau in diesem

Moment wiederholte sich das Knurren und dieses Mal klang es bereits deutlich näher und lauter.

Sofort legte ich noch einen Zahn zu. Mein Herz pochte mir bis zum Hals, meine Muskeln schmerzten und ich rutschte mit meinen Schuhsohlen immer wieder auf dem mit Asche bedeckten Boden aus. Jeder Atemzug fühlte sich an, als würde ich brennende Fackeln schlucken, doch nichts davon hinderte mich daran zu rennen, als wäre der Teufel selbst hinter mir her – ein Gedanke, der vermutlich gar nicht so abwegig war.

Eine Lichtreflexion schräg vor mir lenkte mich kurzzeitig ab. Es sah aus wie das Aufblitzen eines Spiegels in der Sonne, doch als ich mich herumdrehte, um es genauer in Augenschein zu nehmen, war es verschwunden. Leider genügte der winzige Augenblick der Unachtsamkeit, um meine Füße zum Stolpern zu bringen. Für einen Moment wedelte ich noch mit den Armen, in der Hoffnung, das Gleichgewicht nicht zu verlieren, aber es war sinnlos. In einem beeindruckenden Sturzflug ging ich zu Boden, rutschte ein Stück und wurde sogleich von einer Schmerzwelle überspült. Meine Schulter und Hüfte pochten, weil ich auf meine Waffen gefallen war, und mein Fußknöchel schmerzte, während meine aufgeschürften Handflächen brannten. Trotzdem musste ich zugeben, dass es deutlich schlimmer hätte enden können.

Nachdem ich mich vergewissert hatte, dass ich mir nichts gebrochen oder verstaucht hatte, erhob ich mich ungelenk und ließ meinen Blick hastig umherschweifen. Ich brauchte dringend ein gutes Versteck. Doch meine Suche nach einem Zufluchtsort endete abrupt, als das Knurren ein weiteres Mal erklang. Dieses Mal sogar noch näher und lauter, sodass selbst der Boden unter meinen Füßen vibrierte und die Aschepartikel in der Luft für eine Hundertstelsekunde erstarrten. Mein Kopf ruckte herum und zum ersten Mal entdeckte ich meinen Verfolger. Es war ein Tier, das sich trotz seiner kolossalen Größe – auch wenn ich seine genauen Maße nicht schätzen konnte, würde es mich nicht wundern, wenn es sowohl in der Höhe als auch in der Breite jeweils die Fünfmetermarke sprengte – verflucht schnell und wendig auf mich zubewegte. Seine Haut war ohne Fell und pechschwarz. Sie spannte sich über ein Knochengestell, als besäße das Tier keinerlei Muskeln oder

Fleisch. Seine Beine waren unnatürlich lang und dünn, doch seine Krallen, die sich bei jeder seiner Bewegungen wie Schaufelbagger in die Erde gruben, wirkten selbst auf die Distanz, als wären sie breiter als meine Taille. Auf seinem Rücken lagen Lederflügel wie bei einer gigantischen Fledermaus und als wären all diese grauenerregenden Dinge nicht furchteinflößend genug, besaß das Tier auch noch drei Köpfe, die mit rot glühenden Augen, schäumenden Mäulern und gefletschten Zähnen ausgestattet waren.

Cerberus.

Jetzt, da ich den Höllenhund mit eigenen Augen sah, erinnerte ich mich wieder an Nox' Erzählung. Cerberus war der Bewacher der Unterwelt und sollte dafür sorgen, dass keine Lebenden hinein- und keine Toten herauskamen. Das war aber alles, was mir von dem heutigen Infodump im Kopf geblieben war. Der Hinweis, wie man sich am besten gegen das Tier verteidigte, war mir entfallen – nicht, dass ich es gewagt hätte, selbst wenn ich es gewusst hätte. Wenn man einen US-Army-Panzer mit über zweihundert Sachen auf sich zurasen sah, stellte man sich diesem auch nicht mit einem gezückten Messer in den Weg. Nein, man rannte um sein Leben.

Und genau das tat ich jetzt.

Mit Kraftreserven, von denen ich nicht wusste, woher ich sie nahm, rannte ich schneller als jemals zuvor in meinem Leben. Ich flog regelrecht über den mit Schutt und Asche bedeckten Boden, sprintete wie ein gedopter Profisportler, und doch musste ich mir eingestehen, dass meine Bemühungen nicht ausreichen würden, um vor dem Höllenhund wegzulaufen.

Aber welche Alternative hatte ich?

Als wollte mir jemand einen Tipp zur Lösung des Rätsels schicken, vernahm ich erneut die Lichtreflexion. Sie kam aus einer der Gassen, die durch zwei nebeneinander aufragende Gebäudetrümmer entstanden war und so finster wirkte, dass ich bisher keinen Drang verspürt hatte, mich ihr zu nähern.

Aber sie scheint schmal genug zu sein, damit Cerberus nicht hindurchpasst.

Ich wusste nicht, ob es eine gute Idee war, der Lichtreflexion zu folgen, oder ob ich mich damit in die nächste Katastrophe stürzen würde, aber da der Höllenhund mittlerweile die mehreren Hundert Meter Distanz zwischen uns deutlich verkleinert hatte und ich das Gefühl seines schnaufenden Atems in meinem Nacken nicht loswurde, blieb mir keine Zeit für eine gründliche Risiko-Chancen-Analyse.

Wie ein Hase auf der Flucht schlug ich einen Haken nach rechts und legte noch eine Schippe Tempo obenauf. Meine Lungen und sämtliche Muskeln brannten und meine Beine waren so weich wie Pudding. Noch nie hatte ich mich derart verausgabt.

Ich näherte mich der Gasse, deren Dunkelheit mich wie das Zielbanner bei einem Marathonlauf lockte. Doch Cerberus rückte ebenfalls unaufhörlich an mich heran und sein Knurren und Bellen ließen die Erde immer stärker erbeben.

Nur noch wenige Meter! Ich muss es einfach schaffen!

Ein Schnappen unmittelbar hinter mir brachte mich aus dem Rhythmus und eine stinkende Atemwolke, die so heiß war, als hätte ich es mit kochendem Wasserdampf zu tun, hüllte mich ein. Zwar konnte ich mich diesmal auf den Beinen halten, aber mein Tempo ließ schlagartig nach.

Ich schaffe es nicht!

Kaum war mir dieser Gedanke entsprungen, schoss ein Pfeil aus der Dunkelheit geradewegs auf mich zu. Ich hatte nicht einmal die Gelegenheit zu reagieren, als die silberglänzende Spitze, gelenkt durch das wilde Bellen des Höllenhundes, ihren Kurs änderte und an mir vorbeizischte. Automatisch wandte ich mich um und folgte mit meinem Blick der Flugbahn, wodurch ich hautnah mitbekam, wie sich das Bogengeschoss zielstrebig in eins der sechs rotglühenden Augen des Höllenhundes bohrte. Blut und eine gelb leuchtende Flüssigkeit spritzten hervor und wurden von einem markerschütternden Schmerzensschrei begleitet, der nicht nur die Erde erzittern ließ.

Cerberus verlangsamte sein Tempo und blieb schließlich stehen. Er warf seinen verletzten Kopf hin und her in dem Versuch, den Fremdkörper aus seinem Auge zu befördern, während seine beiden anderen Köpfe rasend vor Wut kläfften.

Ich wusste nicht, wem ich diese Rettung zu verdanken hatte, aber ich nutzte meine Chance und brachte die letzten Meter in Rekordzeit hinter mich. Als mich die Dunkelheit der Gasse verschluckte, warf ich mich in einem hollywoodreifen Hechtsprung noch tiefer hinein, um bloß sicherzugehen, dass die riesigen Pranken des Höllentiers mich nicht doch noch erreichen konnten.

»Das war knapp!« Arme fingen mich auf und bewahrten mich vor einem weiteren Sturz. Die Stimme kam mir bekannt vor, aber sowohl die undurchdringliche Finsternis als auch der penetrante Schwefelgeruch machten es mir unmöglich herauszufinden, wer da gesprochen und mich aufgefangen hatte.

»Ja, das war knapp«, erwiderte eine andere Stimme, doch dieses Mal wusste ich, wem sie gehörte. »Es war so verdammt knapp, dass Avery beinahe als Hundefutter geendet hätte, du dämlicher Idiot!« Ich hatte Emilia noch nie derart zornig erlebt, weshalb ich im ersten Moment nicht wusste, was mich an der Situation am meisten irritierte. Dass sich Emilia offenbar ernsthaft um mein Leben sorgte oder dass sie sich mit jemandem in dieser Gasse aufhielt, der eindeutig weder »Nox« noch »Adam« hieß? Oder war es doch der Aspekt, dass mein Fluch hier unten scheinbar außer Kraft gesetzt war? Zumindest verspürte ich beim Klang ihrer Stimme nicht den geringsten Anflug von Gedanken- oder Gefühlsmanipulation. Lediglich ein mulmiges Gefühl rumorte in meinem Magen, aber ich wollte nicht ausschließen, dass das von meiner jüngsten Nahtoderfahrung herrührte. »Und jetzt mach endlich etwas Licht, damit wir hier wegkönnen«, zeterte Emilia weiter. »Nur weil wir vorerst vor Cerberus sicher sind, bedeutet das noch lange nicht, dass wir außer Gefahr sind.« Ein dröhnendes Kläffen unterstrich ihre Worte und ließ mich zusammenfahren, was meinen Retter dazu animierte, seinen Griff zu verstärken.

»Zu Befehl, meine Königin.« Der vor Sarkasmus und Spott triefende Ton wurde von einem Klicken und dem anschließenden Entzünden einer Flamme begleitet. Der Feuerschein vertrieb die Dunkelheit und offenbarte mir endlich das Geheimnis der Person, an dessen Brust ich gedrückt wurde.

O mein Gott!

Fassungslos darüber, wessen Gesicht nah vor meinem schwebte, war ich außerstande, einen Laut über die Lippen zu bringen.

Das ist unmöglich!

»Was ist los, Ave? Hat dich Cerberus etwa doch in den Hintern gezwickt?« Kegan grinste mich an, während er sich mit der brennenden Fackel in der Hand die Zigarette ansteckte, die sich zwischen seinen Lippen befand.

NEUNUNDZWANZIG

»Was machst du denn hier?«, hörte ich mich krächzen, während meine Gedanken Purzelbäume schlugen. Noch vor wenigen Minuten wäre ich jede Wette eingegangen, dass sich meine Begegnung mit Cerberus nicht so schnell übertrumpfen ließ. Doch so leicht konnte man sich täuschen.

»Zur Hölle, Avery! Hör auf, den Vollidioten anzuschmachten. Das ist ja ekelerregend.« Emilia schnaubte abfällig und steckte den Bogen, den sie in der Hand hielt, zurück in die Halterung auf ihren Rücken und warf anschließend ihren Zopf über die Schulter. Offenbar war sie die Schützin gewesen, die mir den Höllenhund vom Leib gehalten und mir dadurch das Leben gerettet hatte.

»Ach komm schon, Em.« Kegans helle Augen blitzten amüsiert auf. »Sei nicht eifersüchtig. Du weißt doch, du wirst immer mein liebstes Miststück bleiben.« Er zwinkerte ihr zu, was das Chaos in meinem Kopf verstärkte.

»Ihr beiden kennt euch?«, kam es mir unkontrolliert über die Lippen. Ich war stolz auf mich, dass ich das lautstarke Bellen des Höllenhundes übertönte, obwohl meine Kehle vor Schmerzen glühte. »Woher? Und was machst du überhaupt hier unten? Ich dachte, Seraphen haben keinen Zutritt in die Unterwelt!« In meinem Kopf tobten noch mehr Fragen und Gedanken, aber die mussten warten – vor allem die irritierende Information, dass ich meine Rettung tatsächlich der Höllenbarbie zu verdanken hatte. Ich bezweifelte, dass ihre Hilfe auf einer plötzlich entdeckten Sympathie basierte. Viel wahrscheinlicher war es, dass sie mein Leben beschützte, weil es mit dem von Nox verbunden war.

Kegans Grinsen wurde breiter, während er seinen Griff lockerte, ohne mich loszulassen. Auch wenn mich seine Nähe verunsicherte, konnte ich mich nicht von ihm lösen, ohne Gefahr zu laufen, auf der Stelle umzukippen.

»Du stellst ganz schön viele Fragen für jemanden, der nur haarscharf dem Bewacher der Unterwelt entkommen ist.« Diesmal zwinkerte er mir zu, als wollte er mir etwas verdeutlichen. Leider war ich gerade nicht in der Verfassung, geheime Botschaften via Augenlider-Morsecodes zu entschlüsseln. Das musste der Engel – ich weigerte mich weiterhin, ihn als meinen Bruder anzuerkennen – ebenfalls bemerkt haben, denn er nahm einen langen Zug aus seiner Zigarette, ehe er weitersprach. »Wir haben leider keine Zeit für ausschweifende Erklärungen, deshalb nur so viel: Als Ad heute Nacht um Unterstützung gebeten hat, sind Gabe und ich gleich losgezogen.« Sein Blick glitt zu Emilia und das Lächeln auf seinen Lippen wich einem liebestollen, aber auch gequälten Ausdruck. »Tja, und mit dieser Oberzicke verbindet mich eine lange und grausame Vergangenheit.« Er nahm einen weiteren Zug aus seiner Zigarette und hauchte perfekt geformte Rauchherzen in Richtung der Höllenbarbie. »Abgesehen davon, dass sie die beste Freundin meiner Schwester war, ist sie auch die unangefochtene Queen meines gebrochenen Herzens.«

Verblüfft über diese überraschende Beichte wandte ich mich mit großen Augen an Emilia. Zwar hatte ich mir nie Gedanken über das Liebesleben des Soldatenengels gemacht, aber ich wäre niemals auf die Idee gekommen, dass er ausgerechnet für Emilia schwärmte.

Was finden Männer nur an ihr?

»Okay, aber wie bist du hier runtergekommen?«, lenkte ich das Gespräch zurück auf das eigentliche Thema und sah wieder Kegan an. Weder die Lovestory der beiden noch das Liebesleben des Engels im Allgemeinen interessierte mich genügend, um nachzuhaken. Dafür gab es ausreichend andere Dinge, die ich in Erfahrung bringen musste. »Ist Gabriel auch hier? Und wo sind Adam und Nox?« Allmählich lichtete sich das Chaos in meinen Gedanken und ich begann mir einzelne Fragen selbst zu beantworten – wie zum Beispiel, dass mich Kegan ohne Schmerzen berühren konnte. Ebenso wie der Fluch schienen auch die restlichen Funktionen des Kainsmals in der Unterwelt nicht zu funktionieren. Ein äußerst tröstlicher Gedanke.

»Nein, Gabe ist nicht hier«, sagte Kegan und schüttelte den Kopf. Die Haare trug er wie gewohnt zu einem Pferdeschwanz gebunden. Sein schwarzes Shirt mit einer Zeichnung, die mich an ein Pentagramm erinnerte, sowie tiefsitzende Jeans samt Proletenschlüsselkette erweckten nicht den Eindruck, als wäre er auf einen Trip in die Hölle vorbereitet gewesen. Er trug ja nicht einmal eine Waffe bei sich. »Das Risiko, das ich eingegangen bin, um hierherzugelangen, war ziemlich groß. Zu groß, als dass er es ebenfalls in Kauf hätte nehmen können.«

»Was die Frage aufwirft, warum du es überhaupt versucht hast.« Emilia warf Kegan ein gehässiges Lächeln zu. Auch wenn ich das Miststück nicht leiden konnte, musste ich ihr beipflichten. Wieso riskierte er sein Leben, um uns zu helfen?

»Ich sagte dir bereits, dass der Sanprado meiner Schwester um Hilfe gebeten hat.« In Kegans Stimme schwang eine gewisse Schärfe mit und seine Augen funkelten feindselig. Meine Sympathie für ihn wuchs schlagartig. Jeder, der der Höllenbarbie Kontra bot, war mir sogleich Freund. Und auch wenn er einst Gefühle für Emilia gehegt hatte, war er diesem Irrsinn offenbar entkommen.

Vielleicht verrät er mir, wie er das gemacht hat. Dann können wir Nox diesen Dämon ebenfalls austreiben.

Emilias Augen blitzten zornig auf, was mich von meinen garstigen Gedanken ablenkte. Zum ersten Mal, seit ich die Höllenbarbie persönlich getroffen hatte, glaubte ich bei ihr eine aufrichtige Reaktion zu erkennen. »Und ich sagte dir bereits, dass ich dir nicht glaube, dass das der alleinige Grund ist. Gabriel würde es niemals erlauben, dass sein Mustersoldat sein Leben für einen Genius aufs Spiel setzt. Auch nicht, wenn es sich um Adam handelt.« Sie verschränkte die Arme vor der Brust und reckte trotzig das Kinn in die Höhe. »Du und Hope habt euch nie gegen Daddy gestellt. Also weiß er entweder, was du getan hast, oder es muss einen *wirklich* triftigen Grund dafür geben, dass du gegen seinen Befehl agierst.«

Kegan erwiderte Emilias Blick mit verengten Augen, entgegnete jedoch nichts darauf. Mir hingegen hatte der kurze Schlagabtausch etwas offenbart, was die Überlegung verdrängte, weshalb Adam den Bruder seiner

Sanprada nie zu Gesicht bekommen hatte, während Emilia es sogar gelungen war, so nah an ihn heranzukommen, dass sie ihm das Herz brechen konnte.

Emilia weiß nicht, was mit Hope geschehen ist! Das wollte mir Kegan gerade mit seinem Zwinkern verdeutlichen. Sie weiß nicht, dass ihre Seele in meinem Körper steckt und dass er in die Hölle hinabgestiegen ist, um ihr *Leben zu retten.*

Die Frequenz meines Pulses schoss in die Höhe und mein ohnehin von Schweiß überzogener Körper begann von Neuem zu transpirieren. Ich war keine gute Lügnerin oder Geheimnisbewahrerin. Und auch wenn ich Emilia kein bisschen ausstehen konnte, behagte es mir ganz und gar nicht, sie anzulügen. Aus diesem Grund blieb mir nichts anderes übrig, als das Thema zu wechseln.

»Wo sind eigentlich Adam und Nox?«, fragte ich und löste mich von Kegan. Es fühlte sich sonderbar an, von ihm gehalten zu werden, auch wenn ich ihm für seine Hilfe dankbar war.

»Das wissen wir nicht«, antwortete Kegan und lenkte seine Aufmerksamkeit auf mich. Sofort entspannte sich seine Miene. »Als ich durch das Portal kam, war Em die Einzige, die ich finden konnte.«

»Wir müssen beim Teleportieren getrennt worden sein«, sagte Emilia, ohne auf Kegans Worte einzugehen. Sie wirkte aufrichtig bedrückt und mal wieder schien es, als würden die Höllenbarbie und ich dasselbe empfinden. So unterschiedlich wir auch sein mochten, in wenigen Punkten tickten wir offenbar gleich – und unsere Sorge um Nox war definitiv einer davon. »Aber weit können sie nicht sein«, sprach sie nach einem tiefen Atemzug weiter. »Die Distanz zwischen dir und mir war nicht sehr groß.« Ihr Blick glitt die Gasse entlang in Richtung des Höllenhundes, der unentwegt kläffte und knurrte. Gewiss waren ihm bisher nicht viele Leute entkommen – falls überhaupt –, weshalb ihn meine Flucht fuchsteufelswild machen musste. »Ich schlage vor, wir beginnen dort mit unserer Suche.« Sie deutete in die entgegengesetzte Richtung.

Kegan und ich nickten einvernehmlich. Mir war jeder Vorschlag recht, der mich möglichst weit von Cerberus fortbrachte.

***

Wir passierten die Gasse schweigend, was mir die Gelegenheit gab, die jüngsten Ereignisse zu verarbeiten und meine Gedanken und Emotionen zu sortieren. Dennoch musste ich mich auf den Weg konzentrieren, der von verschiedenen Gebäuderesten und Steinen belagert wurde und mich trotz Kegans Fackellicht immer wieder zum Stolpern brachte. Emilia ließ dann jedes Mal ein theatralisches Seufzen vernehmen, das ich mit dem größten Vergnügen ignorierte, während ich ihr in Gedanken den Mittelfinger zeigte.

Nach einer gefühlten Ewigkeit erreichten wir das andere Ende des Weges und betraten einen weitläufigen Platz. Auf den ersten Blick erinnerte er an einen riesigen Hinterhof mit Sitzbänken, Bäumen und sogar einem Brunnen im Zentrum. Doch natürlich waren die Sitzgelegenheiten zertrümmert, die Bäume standen in Flammen und im Brunnen plätscherte kein Wasser, sondern orangerot leuchtende Lava, die sich in zentimeterbreiten Flüsschen über den Boden ausbreitete und die Fläche in ein obskures Schachfeld teilte. Cerberus' Bellen war kaum noch zu hören, dafür erklang nun das gespenstische Krächzen irgendwelcher Vögel hoch oben vom Himmel. Doch jedes Mal, wenn ich meinen Blick dorthin schnellen ließ, erkannte ich nur schwarze Schemen ohne konkrete Form – was mich ehrlich gesagt ziemlich erleichterte. Je weniger ich von den einzelnen Kreaturen wusste, die sich hier aufhielten, desto größer war die Chance, ohne bleibenden Schaden davonzukommen.

»Wo sollen wir mit unserer Suche anfangen?«, fragte ich und musterte die vier Wege, die von dem Platz abgingen. Selbst wenn wir uns aufteilten, würden wir nicht alle Möglichkeiten abdecken können.

»Adam sagte, dass ihr auf der Suche nach Kain seid.« Kegan fischte eine neue Zigarette aus seiner Hosentasche, steckte sie sich an und inhalierte den Rauch genüsslich. »Vermutlich sind die beiden aufgebrochen, um sein Versteck zu suchen. Aber …« Mit konzentrierter Miene ließ er seinen Blick über den Platz schweifen. »Ich bezweifle, dass sie es auf dieser Ebene finden werden. Wenn sich der Bastard tatsächlich die ganze Zeit unbemerkt hier unten aufgehalten hat, wird er sich vermutlich wie eine Kanalratte in den Katakomben verkrochen haben.«

»Adam und Nox würden die Suche nach Kain niemals der meinen vorziehen«, sagte ich nachdrücklich und schüttelte vehement den Kopf. »Abgesehen davon, dass wir denken, dass die dritte Prüfung mit Kain in Zusammenhang steht, und sie mich brauchen, um diese überhaupt antreten zu können, würden mich die beiden niemals allein in der Hölle umherirren lassen.«

»Sie hat recht«, bestätigte Emilia mit ernster Miene und verblüffte mich damit ein weiteres Mal. Seit mein Urteilsvermögen durch den Fluch nicht länger manipuliert wurde, ertappte ich mich immer öfter dabei, wie ich in der Höllenbarbie etwas anderes sah als ein bösartiges und skrupelloses Miststück, das uns alle ins Verderben stürzen wollte. »Ihr Soldaten werdet darauf trainiert, euer Ziel zu verfolgen und es zu erreichen, ganz gleich, welche Konsequenzen oder Opfer es nach sich zieht«, sagte Emilia weiter. »Einem Genius werden aber andere Werte beigebracht. Außerdem kenne ich Nicholas wie niemand sonst.« Ein arrogantes Lächeln breitete sich auf ihren Lippen aus, als sie ihren Blick auf mich richtete. »Er würde Averys Leben nicht leichtfertig aufs Spiel setzen. Immerhin ist sein eigenes mit ihrem verknüpft.«

Sofort ebbte der winzige Anflug von Sympathie ab, den ich gerade eben noch für die Hexe gehegt hatte, und ich musste den Impuls unterdrücken, der blöden Kuh nicht beide Augen auszukratzen. Zumindest bestätigten ihre Worte meinen Verdacht, weshalb sie mir mit Cerberus geholfen hatte. Jetzt konnte sich meine Welt wieder wie gewohnt weiterdrehen.

»Wie du meinst, Em.« Kegan schien alles andere als glücklich zu sein, was mir in Erinnerung rief, dass er ein echter und knallharter Seraphensoldat war, der über keinerlei Empathie oder Fähigkeiten im Umgang mit Menschen verfügte. Unweigerlich fragte ich mich, wie es wohl sein musste, ein Leben im ewigen Kampf zu führen, ganz ohne Freunde und Spaß. »Dann suchen wir eben erst die beiden.« Er sah sich auf dem Platz um und legte wenig später den Kopf in den Nacken, den Blick gen Himmel gerichtet. »Kommt, wir müssen da hoch!« Mit einem Fingerzeig deutete er auf das Dach des Wolkenkratzers uns gegenüber. »Von dort haben wir einen guten Überblick und sollten Ad und Nox am schnellsten finden.«

»Du willst da hoch?«, hakte ich nach und hoffte inständig, mich verhört zu haben. Ich hatte zwar keine Höhenangst, aber zum einen bezweifelte ich, dass uns für den Aufstieg ein Fahrstuhl oder wenigstens intakte Stufen zur Verfügung standen, zum anderen hegte ich kein allzu großes Verlangen, mich den krächzenden Vögeln zu nähern. Wenn sie bereits von hier unten die Größe einer Orange hatten, welchen Umfang würden sie dann wohl im Verhältnis eins zu eins besitzen?

»Was ist los, Ave?« Kegan grinste mich amüsiert an. »Du hast doch keine Angst vor Drachen, oder?«

»Drachen?« Meine Stimme nahm einen schrillen Ton an und mein Blick huschte von Kegan hinauf in Richtung Himmel. Gerade zog einer der Schemen seine Kreise über uns, als hätte er gehört, dass wir über ihn sprachen.

»Ja, Drache, Draco oder Drakōn.« Kegan zuckte mit den Schultern und rauchte mit einem letzten Zug den Rest seiner Zigarette auf, ehe er den Stummel in eins der Lavaflüsschen warf, wo es im selben Moment in Flammen aufging und binnen weniger Sekunden verschwunden war. »Nenn sie, wie du willst. Sie haben unzählige Namen. Aber wenn wir Nox und Ad finden wollen, bleibt uns keine andere Wahl.«

»Das wird wohl einen Moment warten müssen, Key«, sagte Emilia mit schlagartig angespannter Haltung. Immer wieder sah sie sich mit verengten Augen um, während sie den Bogen von ihrem Rücken nahm und in Kampfposition ging. »Wir bekommen Besuch.«

Ruckartig sah auch ich mich um, konnte aber nichts Verdächtiges erkennen. Alles sah haargenau so aus wie noch vor wenigen Augenblicken.

»Fuck!« Kegan klang ebenfalls deutlich alarmiert. »Vajinzos. Und ich habe nicht einmal ein Schwert.«

»Vajinzos?« Ich hatte diesen Begriff noch nie gehört, aber die Reaktion meiner beiden Begleiter ließ keinen Raum für Hoffnung, dass es sich um harmloses Gebäck handelte, wie mir der fremd klingende Name assoziieren wollte.

»Ja, das sind niedere Dämonen, die sich von verdammten Seelen ernähren.« Kegan drehte sich immer wieder im Kreis, als würde er jeden Moment mit einem heimtückischen Angriff rechnen. »Nenn sie von mir aus ›Seelenfresser‹, wenn dir das besser gefällt. Fakt ist, dass sie nicht unbedingt mächtig sind, dafür aber ziemlich lässig. Vor allem, weil sie immer in größeren Gruppen auftauchen.« Nachdem er sich einmal um die eigene Achse gedreht hatte, blieb sein Blick an mir hängen und ein furchteinflößendes Grinsen bildete sich auf seinen Lippen. »Hey, Ave. Das Schwert an deiner Hüfte – kannst du damit umgehen?«

Perplex sah ich an mir herab. Ich hatte mich bereits derart an das Gewicht der Waffe gewöhnt, dass ich sie völlig vergessen hatte. »Ähm, nein, nicht wirklich«, gab ich zu und schluckte den Kloß in meinem Hals herunter. Bereits als Nox mich mit Adams Mitbringseln ausgestattet hatte, war ich mir sicher gewesen, sie niemals benutzen zu werden. Ich hatte keinerlei Kampferfahrung und würde mir mit hoher Wahrscheinlichkeit eher selbst ein Bein abschlagen, als dass ich damit einen Gegner ausschalten würde.

»Hätte mich auch gewundert.« Kegans Grinsen wurde breiter und er streckte mir eine Hand entgegen. »Gibst du es mir? Damit werde ich dich sehr viel leichter beschützen können – schließlich sind sie hinter deiner Seele her.«

Meine Augen weiteten sich noch eine Spur, während ich mit zitternden Fingern versuchte, das Schwert von meinem Gürtel zu lösen. Unbewusst hatte ich bereits damit gerechnet, dass meine Anwesenheit hier unten nicht lange unbemerkt blieb, aber ich hatte nicht erwartet, dass ich wie ein rot leuchtendes Feuerwehrsirenenlicht alle möglichen und unmöglichen Kreaturen anlocken würde.

Nach einigen Anläufen war es mir schließlich gelungen, das Schwert zu lösen, und ich reichte es an Kegan weiter, der es mit einem zufriedenen Blick inspizierte. »Nicht schlecht. Das Schwert des Apostels Matthias.«

Gerne hätte ich Kegan gefragt, was er damit meinte, aber um ehrlich zu sein, interessierte es mich nicht wirklich. Außerdem erklangen genau in diesem Augenblick sonderbare Klicklaute, als würde man in einem Uhrenantiquariat stehen, dessen Exponate nicht exakt aufeinander abgestimmt waren. Wie von selbst ruckte mein Kopf hin und her, bis ich in jeder der Gassen um uns herum kleine grün-gelbe Lichter aufleuchten sah. Augenblicklich beschleunigte sich mein Puls und Adrenalin schoss durch meine Adern. Schweißperlen bildeten sich in meinem Nacken, auf meinem Gesicht und auf meinen Handflächen.

»Am besten, du bleibst hinter mir«, sagte Kegan und winkte mich zu sich. »Pass nur auf, dass du mir nicht im Weg stehst und ich dir aus Versehen den Kopf abschlage.«

Ich wusste nicht, ob der Engel einen makabren Witz machte oder seine Warnung ernst meinte, aber mir blieb keine Zeit, darüber nachzudenken. Als die ersten Seelenfresser aus den Gassen kamen und ins rötlich schimmernde Tageslicht traten, war ich von ihrem Anblick derart schockiert, dass ich das Risiko einer Enthauptung billigend in Kauf nahm, nur um von diesen Viechern verschont zu bleiben. Mit ihrem skurrilen und abartigen Aussehen erinnerten sie mich zwar irgendwie an einen Menschen, aber eher an dessen Zombiemonsterversion. Sie standen auf ihren Hinterläufen, doch ihre Rücken waren so stark gekrümmt, dass ihre disproportional langen Arme beinahe den Boden berührten. Ihre Haut war ledrig, grau und derart faltenreich, als stammten sie von der chinesischen Hunderasse Shar-Pei ab, während ihre Finger und Zehen lange und knöcherige Äste darstellten. Doch das Beängstigendste an ihnen waren ihre Köpfe. Diese sahen aus wie menschliche Schädel, die man bis zum Nasenbein gespalten und wie weich gewordenes Wachs auseinandergebogen hatte. Dadurch erhielt man einen freien Blick auf die pulsierende Masse, die sich zwischen den beiden Schädelhälften befand und vage an ein Hirn erinnerte. Ihre Augen waren nicht mehr als schwarze Höhlen, in denen Lichter glommen, und aus ihren karikativ verzerrten Mündern drangen zwei Zungen hervor, die ähnlich wie bei einer Schlange auch noch gespalten waren.

Verzweifelt versuchte ich mich daran zu erinnern, was mir Nox und Adam über diese Kreaturen erzählt hatten, aber mir wollte nichts einfallen. Mein Kopf war wie leergefegt und mein Bewusstsein auf »Überleben« programmiert. Aus diesem Grund postierte ich mich auch so dicht hinter Kegan, wie es möglich war, ohne ihn womöglich zu behindern. Trotzdem fühlte ich mich alles andere als sicher, weshalb ich zusätzlich sowohl den Eisenpflock als auch das Messer aus meinen Stiefeln zog und beides kampfbereit in den Händen hielt. Zwar glaubte ich nicht ernsthaft daran, dass ich auch nur eins davon benutzen würde, aber schaden konnte es nicht.

»Du besitzt das Messer, mit dem Kain Abel getötet hat?« Kegan grinste mich über seine Schulter hinweg an, ohne die sich nähernden Dämonen aus den Augen zu lassen. »Nicht schlecht, das muss ich zugeben. Da hat wohl jemand seine Hausaufgaben gemacht. Aber damit du deine Waffe auch richtig einsetzt, hier ein kleiner Tipp: Um die Drecksviecher zu töten, musst du sie entweder enthaupten oder ihre Herzen durchbohren.« Als ich ihn fragend ansah, ergänzte er: »Das sind die pulsierenden Dinger in ihren Köpfen. Aber schlag richtig fest zu. Die Masse sieht nur weich aus, in Wahrheit ist sie äußerst widerstandsfähig.«

Ich nickte, obwohl ich mir nicht sicher war, Kegan wirklich verstanden zu haben. Zum einen war ich viel zu sehr davon abgelenkt, dass er nicht versucht hatte, mich aus dem Kampf auszuschließen – stattdessen gab er mir sogar Tipps, was mit Adam oder Nox völlig undenkbar gewesen wäre –, zum anderen war mir so kotzübel, dass ich mich kaum konzentrieren konnte.

Während Kegans kurzer Instruktion waren die Dämonen auf den Platz gekommen und hatten uns umzingelt. Das penetrante Klickern, das aus ihren Mäulern kam und wohl eine Art Kommunikation darstellte, war zu einem Summen angeschwollen und dröhnte wie ein ganzer Schwarm Bienen in meinen Ohren. Nun verstand ich, was der Seraphensoldat mit seiner Aussage gemeint hatte, die Seelenfresser würden in größeren Gruppen erscheinen. Die Zahl der Dämonen übertrumpfte meine kühnsten Vorstellungen und war damit eindeutig zu groß, als dass Kegan und Emilia allein mit ihnen hätten fertigwerden können.

Ich habe keine Wahl! Ich muss ihnen helfen!

Auch wenn ich sicherlich keine große Unterstützung darstellte, konnte ich mich unmöglich einfach nur hinter Kegan verstecken und auf meinen Tod warten. Wenn ich schon von diesen abscheulichen Kreaturen getötet wurde, wollte ich wenigstens ein paar von ihnen mit ins Verderben reißen.

»Em, bist du bereit?« Kegan wandte sich dem Brunnen zu und ich tat es ihm gleich. Ich hatte nicht mitbekommen, wie sich Emilia mit gezücktem Bogen auf dem obersten Brunnenring postiert hatte. Lava spritzte hinter ihr empor und auch wenn ich es nicht gerne zugab, war ihr Anblick ziemlich imposant. Wie eine Marvel-Superheldin, die in den Kampf zog.

»Ich bin bereit, Baby.« Auch auf Emilias Gesichtszügen lag ein kämpferisches Lächeln, das sie beneidenswert schön, aber auch furchteinflößend aussehen ließ. »Lasst uns die Party starten.« Begleitet von diesen Worten schoss sie den ersten Pfeil ab.

DREISSIG

Die nächsten Sekunden, Minuten oder auch Stunden – ich hatte jegliches Zeitgefühl verloren – agierte ich rein instinktiv. Nach Emilias wortwörtlichem Startschuss waren die Dämonen auf uns zugekommen, jedoch hatten sie sich so träge und schwerfällig bewegt, dass man fast meinen konnte, sie wären schlafwandelnde Zombies. Auch vermochte ich unmöglich zu sagen, was ihr eigentliches Ziel war. Hätten sie mich töten wollen, wäre ihnen das mit ihren langen und extrem scharfkantigen Klauen problemlos gelungen. Stattdessen hatte ich den Eindruck, als versuchten sie mich nur zu packen und mich zu sich heranzuziehen. Fast so, als wollten sie mich umarmen oder gar ... *küssen*? Anders konnte ich ihr Handeln unmöglich beschreiben. Dabei waren ihre Bemühungen für mich nicht völlig schmerzfrei. Bei jedem Griff schnitten sie mir in Arme, Beine oder Oberkörper, sodass ich mich nach kürzester Zeit wie ein Stück Fleisch fühlte, das mit seinem eigenen Schweiß gepökelt wurde. Glücklicherweise waren die Wunden nicht sonderlich tief, weshalb es mir möglich war, den Schmerz einigermaßen auszublenden und mich auf den Kampf zu konzentrieren. Nachdem es mir nach einigen erfolglosen Versuchen gelungen war, einen der Dämonen zu töten, hatte ich ein Gespür dafür entwickelt, wie ich mir die Bestien vom Hals halten konnte. Natürlich stellte ich mich sehr viel ungeschickter an als Emilia und Kegan, die keinerlei Schwierigkeiten mit diesen Kreaturen zu haben schienen, dennoch war ich stolz auf mich.

»Wie viele sind es noch?«, schrie ich nach einer gefühlten Ewigkeit über den ohrenbetäubenden Krach hinweg und übersprang eins der mit Blut getränkten Lavaflüsschen, um einigen extrem aufdringlichen Dämonen auszuweichen. Diese Sorte hatte mich bereits einmal dazu gebracht, aus Unachtsamkeit in einen der glühenden Bäche zu treten, und ich war Nox dankbar dafür, dass er mir geraten hatte, meine klobigen Winterlederstiefel anzuziehen und nicht die bequemen Chucks. »Ich weiß nicht, wie lange ich noch durchhalte.« Ich war ohnehin verwundert, woher ich noch die Kraft für diesen Kampf schöpfte.

»Es wird kein Ende nehmen, bis wir ihre Königin erwischt haben!«, rief Emilia und schickte einen weiteren Dämon in den Tod. Von ihrer erhöhten Position aus hatte sie freie Bahn auf die Herzen der Kreaturen, was sie dazu nutzte, einen nach dem anderen mit ihren Pfeilen zu durchbohren. Die markerschütternden Schreie, die die Bestien daraufhin ausstießen, klingelten mir selbst Sekunden später noch in den Ohren.

»Ihre Königin?« Reflexartig drehte ich mich herum. Was für eine Königin? Wo befand sie sich? Wie sah sie aus? Und warum zum Teufel hörte ich gerade zum ersten Mal von ihr? Leider blieb mir keine Zeit, mich über die mangelnde Kommunikationsfähigkeit meiner Begleiter zu ärgern, denn ich bemerkte, dass sich Kegan nicht länger hinter mir befand, um mir Rückendeckung zu geben, sondern im Zuge des Kampfes auf die andere Seite des Platzes getrieben worden war.

Verdammt!

Ähnlich einem Kind, das registrierte, dass es zum ersten Mal ohne Stützräder und die Hilfestellung seiner Eltern Fahrrad fuhr, ließ für einen kurzen Moment meine Konzentration nach. Doch dieser Augenblick genügte, um einem der aufdringlichsten Dämonen die Möglichkeit eines Angriffs zu gewähren. Geschickt griff er nach meinen Händen und zog mich zu sich heran. Ich hatte noch versucht, ihm auszuweichen, war aber gegen einen Dämonenleichnam gestoßen und ins Wanken geraten.

Verdammt! Verdammt! Verdammt!

Obwohl der Dämon exakt wie alle anderen aussah, wirkten seine Bewegungen präziser und deutlich stärker, wie ich unweigerlich bemerkte, als ich mich mit all meiner verbliebenen Kraft zu befreien versuchte. Aber egal wie fest ich zog, zerrte oder auch zutrat, meine Bemühungen blieben erfolglos.

»Hilfe!«, rief ich, doch mein Schrei wurde vom Tumult des Kampfes verschluckt. »Ich habe hier ein kleines Problem!«

Als würde der Dämon meine Worte bestätigen wollen, glaubte ich ein animalisches Grinsen auf seiner abscheulich verzerrten Fratze zu erkennen, ehe sich sein Kopf dem meinen näherte und seine zischenden Zungen unaufhaltsam auf mich zuglitten. Panik überkam mich und ich verlor endgültig die Gewalt über meine Konzentration. Wie ein Kartenhaus fiel sie in sich zusammen und mein Puls schoss raketenartig in einen Bereich, der meine Atmung aus dem Rhythmus brachte und schwarze Punkte in meinem Sichtfeld erscheinen ließ. Tränen schossen mir in die Augen und meine Abwehrbemühungen wurden immer hektischer, bis ich den Druck um meine Handgelenke nicht mehr aushielt und meine Waffen ungewollt losließ.

Instinktiv schlossen sich meine Lider. Ich wollte nicht mit ansehen, wie die Zungenspitzen des Dämons mein Gesicht erreichten und mir fast schon zärtlich über die Lippen strichen. Vor Ekel und Angst erstarrt versuchte ich die letzten Sekunden meines Lebens mit Gedanken an all diejenigen zu füllen, die mir etwas bedeuteten. Meine Mom, Adam und Nox.

Ich habe alles gegeben! Es tut mir leid, dass es nicht genug war.

In dem Moment, als ich mich meinem Schicksal beugen und meine Gegenwehr endgültig einstellen wollte, übertönte ein grauenvoller Todesschrei den Kriegslärm und der Druck um meine Handgelenke ließ nach.

Was zur Hölle …?

Meine Lider flogen auf und ich wusste im ersten Moment gar nicht, wie mir geschah. Ich sah nur reihenweise zu Boden gehende Dämonen, die das schrille Quietschen in meinen Ohren zu einer wahren Kakofonie fürchterlichster Quallaute anschwellen ließen. Zu perplex für irgendeine Art von Gedanken ließ ich meinen Blick schweifen, bis ich ein Paar grün schimmernder Augen entdeckte, das sich unmittelbar vor mir befand und das ich in diesem Leben nicht mehr zu sehen gehofft hatte.

»Ist alles okay, Kleines?« Nox, der wie eine Kriegerstatue aus dem Meer lebloser Dämonenleichen emporragte, hatte sein Schwert noch immer kampfbereit erhoben. Seine Kleidung war ebenso wie seine Waffe und sein Gesicht blutverschmiert, sein Atem ging stoßweise und sein Körper zitterte vor Anspannung. Doch sein Blick war so ruhig und klar wie ein unberührter

See im Sommer und sein tiefer, einzigartiger Bariton vertrieb jeden noch so winzigen Zweifel, dass es sich bei seinem Anblick um eine Illusion oder einen zu intensiv gehegten Wunsch handeln könnte.

Ich öffnete den Mund in der festen Absicht, auf seine Frage zu antworten, doch ich brachte keinen Laut über die Lippen. Ich hatte mich gerade erst mit dem Gedanken arrangiert, dass die Seelenfresser mein Untergang sein würden und dass ich nie wieder die Gelegenheit erhalten würde, in diese funkelnden Smaragde zu blicken. Da war es gar nicht so einfach zu realisieren, dass ich dem Tod mal wieder haarscharf von der Klinge gesprungen war.

»Sag was, Kleines!« Nox kam auf mich zu. Dabei musste er den Leichnam der Dämonenkönigin übertreten, die zwischen uns lag. Sie war es gewesen, die mich beinahe getötet hätte, wäre Nox nicht rechtzeitig als Lebensretter erschienen. »Sag irgendwas!« Die Sorge in seinem Blick verstärkte sich. »Zur Hölle, wenn es sein muss, schwärm mir wieder vom Surfen vor. Aber zeig mir, dass dich dieser beschissene Vajinzo nicht erwischt hat. Nicht, nachdem wir endlich zueinandergefunden haben.«

Den Mund noch immer geöffnet, musste ich ein ziemlich lächerliches Bild abgeben. Aber so sehr ich es auch wollte, ich brachte keinen Ton über die Lippen. Mein Verstand war wie leer gefegt, während mein Innerstes in einem blendenden Licht erstrahlte, das mich mit Wärme, Hoffnung und Glück nährte und mir nach dem Streit mit Adam und meiner Ankunft in der Unterwelt ein Gefühl vermittelte, als wäre dieser Moment der erste warme Frühlingstag nach einem langen und harten Winter.

»Ich …« Ich brach ab. Dieser Moment war einfach zu viel für mich, weshalb mir ein undefinierbarer Laut über die Lippen kam, ehe ich meine Hand hob und meine zitternden Finger auf die Wange des Höllendieners zubewegte. Seit ich durch Kegan wusste, dass mein Kainsmal hier nicht funktionierte, hatte ich es herbeigesehnt, Nox endlich wieder berühren zu können.

»Was hast du vor, Kleines?« Sowohl Verwirrung als auch eine Spur Angst waren in Nox' Stimme zu hören. Doch er wich mir nicht aus.

»Schon gut. Vertrau mir einfach«, wisperte ich, den Blick fest auf seine Augen gerichtet. Am liebsten wäre ich ihm in die Arme gesprungen und hätte mich wie eine Klette an ihm festgekrallt, um nicht erneut eine ungewollte Trennung zu riskieren. Aber ich stand noch immer derart unter Schock, dass ich bereits von Glück reden konnte, wenigstens meinen Arm bewegen zu können.

In Zeitlupentempo näherten sich meine Finger Nox' Wange. Der Höllendiener hatte den Atem angehalten und ich tat es ihm unbewusst gleich. Dieser Moment mochte auf den ersten Blick in seiner Absurdität nicht zu überbieten sein, aber mir bedeutete er wahnsinnig viel und ich spürte regelrecht, wie sich meine Sinne schärften. Die Zeit schien stillzustehen – zumindest bis zu der Sekunde, als meine Fingerspitzen endlich die warme und weiche Haut des Höllendieners berührten. Von dem Augenblick an schien alles im Schnelldurchlauf zu geschehen. Ein Schmerz, als stände mein Handgelenk in lichterlohen Flammen, durchflutete mich und ließ mich schreiend in die Knie gehen. Mein Tattoo juckte und kribbelte wie verrückt und obwohl meine Berührung an Nox' Wange nur minimal gewesen war, hatte sich der Schmerzpegel im Vergleich zu unserer letzten Umarmung verdreifacht. Ich hegte den Verdacht, dass, wenn ich das Mal nur oft genug aktivierte, mich die Intensität des Schmerzes irgendwann umbringen würde.

Nox war währenddessen mehrere Meter von mir wegkatapultiert worden, als hätte ihn die Druckwelle einer explodierenden Bombe erfasst. Sein Schrei mischte sich mit dem einer weiteren Stimme, die ich erst dann mit Emilias in Verbindung brachte, als sie von ihrem Platz auf dem Brunnen heruntersprang und auf den gefallenen Engel zueilte.

Meine Gedanken überschlugen sich, doch wegen des peinigenden Schmerzes, der mich fest in der Mangel hatte, war es mir unmöglich, auch nur einen von ihnen zu ergreifen und ihn an die Oberfläche meines Bewusstseins zu zerren. Stattdessen checkte ich erneut meine Umgebung ab. Vielleicht würde ich auf diese Weise ein wenig Ruhe und Klarheit in die Achterbahnfahrt in meinem Kopf bringen.

Als Erstes entdeckte ich Nox und Emilia ein ganzes Stück abseits von mir. Trotz des heftigen Flugs war der Höllendiener dank der unzähligen Dämonenleichen einigermaßen weich und geschützt gelandet, sodass er bereits wieder auf den Beinen stand. Mit der Höllenbarbie im Schlepptau marschierte er in meine Richtung, als wäre er ein anrollender Zug, der durch Wut angeheizt wurde. Auf der anderen Seite des Platzes und zum Teil vom Brunnen verdeckt erblickte ich Adam, den ich in dem Tohuwabohu völlig vergessen hatte. Mit der Spitze seines Schwertes zeigte er auf Kegans Brust und machte nicht den Eindruck, als wäre die Geste Zufall oder ein morbider Witz.

Was soll das denn jetzt schon wieder?

Ungelenk erhob ich mich aus meiner kauernden Haltung, den pochenden Arm wie ein neugeborenes Rehkitz an mich gepresst. Vielleicht hätte ich mich erst mit Nox auseinandersetzen und mich bei ihm entschuldigen müssen, aber meine Beine trugen mich wie von selbst zu Adam, dessen Anblick mich bei jedem Schritt mehr beunruhigte. Seine für gewöhnlich braun gebrannte Haut war blass und hatte einen ungesunden Graustich. Seine blonden Locken waren blutdurchtränkt und hingen ihm wirr ins Gesicht. Er atmete viel zu schnell, flach und merkwürdig abgehackt, was vermutlich der Grund für seine ungewohnt steifen und mechanischen Bewegungen war.

»Adam? Was tust du da?«, fragte ich, als ich den Brunnen erreichte und endlich das gesamte Bild erkannte. Kegan stand reglos da, die Hände erhoben. Er war unbewaffnet und das Schwert, das ich ihm für den Kampf überlassen hatte, lag blutverschmiert zu seinen Füßen. »Wieso bedrohst du Kegan? Er ist hierhergekommen, um uns zu helfen!« Meine Stimme klang merkwürdig verzerrt, während sie über den gespenstisch stillen Platz wehte.

»Das ist nicht Kegan«, zischte Adam und seine zornverzerrten Gesichtszüge glichen immer mehr der Fratze eines durchgeknallten Serienmörders. »Ein vollwertiger Seraph hätte den Übergang in die Unterwelt niemals überlebt.« Als wollte er seine Worte durch tatkräftige Beweise untermauern, überkam ihn ein beängstigender Hustenanfall, der in einem blutigen Auswurf endete. Offensichtlich hing sein Leben an einem seidenen Faden.

»O mein Gott! Adam!« Vor Entsetzen weiteten sich meine Augen und meine Füße liefen wie von selbst los. Mir war egal, was er über Kegan gesagt hatte, ich wollte auf der Stelle zu meinem besten Freund und sichergehen, dass es ihm so gut ging, wie es in Anbetracht unserer Situation möglich war. Doch kaum hatte ich die Hälfte des Weges hinter mich gebracht, tauchten Emilia und Nox bei Adam auf, ihre Waffen ebenfalls auf Kegan gerichtet. Sie wirkten nicht minder angespannt und kampfbereit wie der Engel.

Meine Schritte wurden langsamer, bis ich schließlich in sicherer Entfernung stehen blieb. Meine Gedanken arbeiteten auf Hochtouren. Adams Einwand schien zwar auf den ersten Blick logisch zu sein, aber mein Schutzengel war nicht allwissend, wie diverse Situationen in der Vergangenheit bewiesen hatten. Es bestand also die realistische Möglichkeit, dass Kegan im Gegensatz zu Adam tatsächlich einen Weg kannte, wie er ohne Probleme in die Unterwelt hatte gelangen können.

Außerdem ist Emilia nichts Merkwürdiges aufgefallen. Und warum hätte er uns helfen sollen, wenn er nicht auf unserer Seite stand?

»Wer bist du?«, knurrte Nox und lenkte mich von meinen Überlegungen ab. Mit der Schwertspitze zielte er auf Kegans Halsschlagader, während Emilia hinter Kegan Platz genommen hatte. Trotz des Schmerzes, den ich dem Höllendiener ungewollt zugefügt hatte, schien er keinen größeren Schaden genommen zu haben. Sein Blick war fokussiert, seine Muskeln angespannt, aber nicht verkrampft. Er strahlte jene Art von gefährlicher Ruhe aus, die mir jedes Mal eine Gänsehaut bereitete, weil sie als Vorbote für einen herannahenden Sturm galt.

Mit ausdrucksloser Miene blickte Kegan von Adam zu Nox. Obwohl er ein perfektes Pokerface präsentierte, bildete ich mir ein, ein amüsiertes Funkeln in seinen Augen sowie den Anflug eines Lächelns auf seinen Lippen zu erkennen. »Das ist also der Dank dafür, dass ich mein Leben riskiere, um eures zu retten?« Er drehte sich zu Emilia herum, die Arme weiterhin in die Höhe gestreckt. Die Höllenbarbie hielt ihren Bogen unentwegt gespannt und justierte die Spitze ihres Pfeils, der zuvor auf Kegans Nacken gerichtet gewesen war, neu aus, sodass sie jetzt das linke Auge ihres Gegenübers anvisierte. »Gerade von dir hätte ich mehr erwartet, Em. Aber du kannst es wiedergutmachen, indem du den beiden sagst, wer ich bin.«

»Das würde ich zu gern«, erwiderte Emilia ungerührt. »Aber dafür müsstest du es mir vorher selbst verraten. Deine Kegan-Imitation ist nämlich die reinste Beleidigung.«

Auf den Lippen des vermeintlichen Engelssoldaten breitete sich ein Lächeln aus, das sowohl Erheiterung als auch Gram zeigte. Offenbar missfiel es ihm, dass seine Täuschung aufgeflogen war. »Ach, wirklich? Wie schade. Ich dachte, ich wäre überzeugend.« Er ließ die Arme sinken und steckte die Hände in die Hosentaschen. Dass gleich drei todbringende Waffen auf ihn gerichtet waren, schien ihn nicht im Geringsten nervös zu machen. »Verrätst du mir auch, was mich entlarvt hat?«

»Du meinst, abgesehen davon, dass Kegan mich noch nicht ein einziges Mal ›Em‹ genannt hat? Darüber hinaus würde er auch kaum zugeben, dass ich ihm das Herz gebrochen habe.« Emilia verengte die Augen und ein scharfer Zug legte sich um ihre Lippen. »Ganz zu schweigen davon, dass er nicht unbewaffnet in die Hölle hinabsteigen würde. Er würde *überhaupt* nicht hierherkommen. Denn wie Adam bereits sagte, wäre das sein Todesurteil.«

»Tja, wenn das so ist«, sein Lächeln wirkte mit einem Mal wie ein Haifischgrinsen, »brauche ich mich ja nicht länger hinter dieser hässlichen Maske zu verstecken.« Wie von Zauberhand begann sich sein äußeres Erscheinungsbild zu wandeln. Seine Haare wurden kürzer und kräuselten sich zu kleinen Locken. Die ebenmäßigen Gesichtszüge bekamen Falten und wurden von einem langen, grau melierten Vollbart bedeckt, während die bislang hellen Augen nun dunkelbraunen Kohlen glichen. Anstatt Jeans und T-Shirt trug der Mann eine olivfarbene Leinenhose und eine weite, weiße Tunika, wodurch die Verwandlung des jungen Soldaten zu einem Mann um die vierzig abgeschlossen schien. »Ah, so ist es gleich viel besser.« Er schüttelte den Kopf, als würde er seine ehemalige Haarpracht auflockern wollen, gewährte uns jedoch stattdessen freien Blick auf das Mal, das auf seiner Stirn prangte und zuvor von seinen Haarsträhnen verdeckt gewesen war.

»Kain?!« Emilia wirkte verblüfft und entsetzt zugleich, was durchaus nachvollziehbar war. Auch mich hatte diese Offenbarung eiskalt erwischt.

»Der einzig Wahre«, erwiderte dieser vernehmbar stolz und grinste die

Höllenbarbie diebisch an. Dass er uns mit dieser Wendung überraschen konnte, schien seinen geplatzten Bluff aufzuwiegen.

»Kain«, wiederholte Nox und der Angesprochene drehte sich zu dem Höllendiener herum. »Wie überaus freundlich von dir, dass du uns die Mühe ersparst, dich suchen zu müssen.« Seine Schwertspitze schwebte nur wenige Millimeter vor Kains Kehlkopf. »Trotzdem werde ich den Verdacht nicht los, dass du uns nicht aus reiner Herzensgüte aufgesucht hast.«

Kains Grinsen wurde breiter und zugleich furchteinflößender. Sein Gesichtsausdruck hatte etwas von einem durchgeknallten Psychopathen. »Mister Schlauberger hat die Lage mal wieder perfekt durchschaut, nicht wahr? Lass mich raten, Nightingale, du bist der wahre Kopf der Bande, oder? Der dunkle Ritter, der im Verborgenen handelt und die Jungfrau in Nöten rettet, ohne dafür einen Dank zu erwarten.« Ein schrilles Lachen erklang, das mir durch Mark und Bein ging. »Schade, dass du nicht alle retten kannst, die dir am Herzen liegen – wie zum Beispiel deinen Seraphenbruder. Dabei müssen die Qualen, die er durchleidet, grauenvoll sein.« Er lenkte seine Aufmerksamkeit auf Adam, der reglos dastand, das Schwert fest im Griff. Trotzdem verriet das Zittern seiner Klinge, dass er nicht gänzlich auf der Höhe war. »Spürst du, wie der Schwefel deine Lungen vergiftet, Himmelsdiener? Falls du dich fragst, was gerade mit dir los ist: Menschen würden das als Lungenkrebs im Endstadium bezeichnen.« Kain fuhr sich mit der Zunge über die Lippen, während sich Wahnsinn in seinen Blick stahl. »Aber keine Angst«, fügte er so leise hinzu, dass ich mir nicht sicher war, ihn richtig verstanden zu haben. »Lange wirst du nicht mehr leiden müssen. Natürlich werden deine Schmerzen zunächst noch an Stärke zunehmen, je länger du dich hier aufhältst. Aber dann irgendwann«, wieder ließ er seine Zunge über die Lippen wandern, ehe er die braunen Zähne bleckte, »erstickst du an deinem eigenen Blut und fällst tot um. Einfach so.« Er klatschte in die Hände, dem ein weiteres schrilles Lachen folgte, das mich zusammenzucken ließ.

Während Adam angesichts seines vermeintlichen Schicksals nicht einmal mit der Wimper zuckte, verzog sich Nox' Miene zu einer Maske des Zorns, auch wenn seine Stimme bedrohlich ruhig blieb. »Danke für den Hinweis, du

Missgeburt der Hölle. Aber wie wäre es, wenn du, anstatt unsere Zeit zu verschwenden, lieber mit der Sprache rausrücken würdest, was es mit der dritten Prüfung auf sich hat?« Nox' Schwertklinge drückte gegen Kains Hals. »Dann würde ich sogar in Erwägung ziehen, dich am Leben zu lassen, damit du dein jämmerliches Versteckspiel hier unten fortführen kannst.«

»Tze, tze, tze.« Kain schüttelte den Kopf. »Wo bliebe denn da der Spaß, wenn ich euch alles verraten würde?« Erneut leckte er sich über die Lippen. »Aber ich gebe euch einen Hinweis, als Zeichen, dass ich ein großer Fan bin und euch von meiner VIP-Loge aus anfeuere. Schließlich habt ihr es schon so weit geschafft, dass es jammerschade wäre, wenn ihr *vor* Betreten der Kampfarena sterben würdet.« Begleitet von einem weiteren irren Kichern begann seine Erscheinung zu flackern, als wäre Kain ein Hologramm. Sofort versteiften sich Adam, Nox und Emilia, doch auch ihnen war klar, dass sie mit ihren Waffen nichts gegen eine Projektion ausrichten konnten. »Und nun hört gut zu, damit ich nicht unnötig lange auf euch warten muss. Ich bin nämlich nicht gerade für meine Geduld bekannt.« Kain zwinkerte Nox zu und fuhr sich erneut über die Lippen. Dass er dadurch immer wieder Aschepartikel aufleckte, schien ihm nichts auszumachen. »Die Hölle mag zwar ihre sieben Kreise haben, aber mich findet ihr auf dieser Ebene. Nur nicht auf einer Höhe mit euch.« Sein kryptisches Rätsel wurde von einem weiteren Kichern beendet, das nach und nach zu einem hysterischen Lachen anschwoll und dessen Echo selbst nach Kains Verschwinden noch zu vernehmen war.

EINUNDDREISSIG

Wie gelähmt starrte ich an die Stelle, an der sich noch vor wenigen Sekunden Kain befunden hatte. Sein schrilles Lachen klingelte mir in den Ohren und war der Grund für die elefantendicke Gänsehaut, die meinen Körper überzog und mich daran hinderte, zu meinen Begleitern zu laufen. Diese schienen die Lage selbst noch nicht voll und ganz realisiert zu haben, denn sie hielten ihre Waffen weiterhin drohend erhoben, als würden sie sich jeden Augenblick aufeinander stürzen wollen.

Wie lange wir so dastanden, konnte ich unmöglich sagen, aber vermutlich wäre noch einige Zeit ins Land gegangen, hätte Adam nicht eine weitere Hustenattacke gehabt. Doch der Anblick, wie mein bester Freund sich vornüber krümmte und Laute ausstieß, die an ein verendendes Tier erinnerten, bevor er einen beachtlichen Blutklumpen auf den Boden spuckte, war mit einem Startschuss bei einem Kurzstreckensprint zu vergleichen. Meine Beine rannten wie von selbst los und trugen mich überraschend geschickt über das Meer aus Dämonenleichen, bis ich in Rekordzeit bei meinem Genius ankam. Ich wollte mich bereits gedankenlos auf Adam stürzen, da stellte sich mir Emilia mit gespanntem Bogen in den Weg.

»Was hast du vor, Avery?«, fragte sie, den Pfeil auf mein Herz gerichtet. »Willst du Adam mit deinem Bedürfnis nach einer Kuscheleinheit umbringen?« Sie kam einen Schritt auf mich zu, sodass die Spitze ihres Pfeils unangenehm gegen meinen Brustkorb drückte. »Denkst du nicht, dass du bereits genügend Schaden angerichtet hast?« Ihre Worte waren eiskalt und strotzten vor Härte. Sicher genoss sie es in vollen Zügen, mich in Gegenwart der anderen fertigzumachen.

Leider war sie damit bei mir an der falschen Adresse.

Die Sorge um Adam trat in den Hintergrund meiner Gedanken – ich hatte über Emilias Schulter hinweg gesehen, dass sich Nox gerade um seinen Bruder kümmerte – und ich fokussierte meinen Ärger voll und ganz auf die Höllenbarbie. Sie mochte vielleicht nicht der Urheber meines Grolls sein, dennoch hatte sie mir in der Vergangenheit ausreichend Gründe geliefert, sie zu verabscheuen, was sie unweigerlich zu einem würdigen Ziel machte.

»Wenn du mir gesagt hättest, dass Kegan gar nicht Kegan ist, wäre das alles nicht passiert.« Mit trotzig gerecktem Kinn und gestrafften Schultern stemmte ich mich gegen den Pfeil. Mein Brustkorb schmerzte und der Wunsch, den störenden Gegenstand wegzuschlagen, wurde immer drängender. Aber ich ignorierte ihn ebenso wie das dumpfe Pochen zwischen meinen Rippenbögen. Zum einen sollte die Höllenbarbie nicht denken, dass ich vor ihr kuschen würde, zum anderen war das befreiende Gefühl, meinen angestauten Emotionen endlich Luft machen zu können, das bisschen Qual durchaus wert. »Dann wäre ich nicht auf die Idee gekommen, dass mein Mal hier unten nicht funktioniert, und ich hätte Nox nicht berührt. Aber natürlich musstest du mich ins offene Messer rennen lassen. Und wofür? Nur für eine extra Portion Drama? Oder weil du dir noch immer erhoffst, Nox würde sich von mir abwenden und sich für dich entscheiden?« Mein Tonfall war mit jedem Wort aggressiver geworden, bis er selbst mir schmerzhaft in den Ohren dröhnte. »Aber weißt du was? Das wird *niemals* passieren! Und zwar aus dem einfachen Grund: Nox und mich verbindet etwas, was du dir nicht einmal vorstellen kannst. Gemeinsam haben wir Dinge erlebt, die ...«

»*Ihr* habt gemeinsam Dinge erlebt?«, unterbrach mich Emilia mit einem höhnischen Lachen und ließ ihren Pfeil samt Bogen sinken. Spott troff ihr aus jeder Pore, als sie mich mit funkelndem Blick ins Visier nahm. »Ach wirklich? Wow, dann erzähl doch mal, was ihr beiden schon so gemeinsam erlebt habt. Hast du etwa ebenfalls aus verschmähter Liebe zu ihm deinem ehemaligen Leben entsagt? Wurdest auch du daraufhin Tag für Tag geschlagen und missbraucht? Jahrelang? Bis du darum gebettelt hast, dass man dich erlöste? Und bist du dann, als es endlich so weit war, auch in der Hölle gelandet, wo du über Jahrhunderte die unbeschreiblichsten Folterqualen durchleiden musstest?« Ihre Augen wurden verräterisch feucht. »Musstest du ebenfalls jede einzelne Sekunde an deinen Mörder denken?« Ihr zornentbrannter Blick intensivierte sich und ich hatte das Gefühl, als würde sie mich jeden Moment in Flammen aufgehen lassen. »Hast auch du Rache geschworen, obwohl du wusstest, dass du niemals Gelegenheit haben würdest, sie in die Tat umzusetzen? Wenn nicht, dann hör auf rumzuheulen, nur weil dein ach so perfektes Leben zum ersten Mal ein paar Hürden aufweist. Schließlich *bist* du noch am Leben – was du im Übrigen *mir* zu verdanken hast.« Sie kürte den Abschluss ihres Monologs mit einer Fratze, die wohl eine Art sarkastisches Lächeln darstellen sollte, aber eher an ein blutrünstiges Monster erinnerte. Als ich darauf nichts zu erwidern wusste, kehrte sie mir in einer theatralischen Bewegung den Rücken und trat zwei Schritte auf Adam und Nox zu. Doch die beiden schienen uns gar nicht beachtet zu haben, weshalb Emilia es sich anders überlegte und sich doch wieder mir zuwandte. Ihre Emotionen wieder im Griff, blickte sie mich mit fast schon gelangweilter Miene an. »Wenn du zudem nicht so sehr damit beschäftigt wärst, in Selbstmitleid zu baden, sondern mal deinen mickrigen Menschenverstand benutzen würdest, wäre dir vielleicht in den Sinn gekommen, weshalb ich dir unmöglich etwas von meinem Verdacht Kegan gegenüber erzählen konnte. Denn abgesehen davon, dass ich Kegan bereits seit fast fünfhundert Jahren nicht mehr zu Gesicht bekommen habe und deshalb durchaus die Möglichkeit bestand, dass er sich verändert haben konnte, wusste ich nicht, mit wem wir es hier zu tun hatten. In solchen Situationen ist es immer am klügsten, erst mal den Ball flach zu halten und die Lage zu sondieren.«

»Ach, und seine Aura konnte dir diese Frage nicht beantworten?«, presste ich zwischen zusammengebissenen Zähnen hervor. Auch wenn Emilias Worte einen Sinn ergaben und ich angesichts ihres Leidenswegs sogar so etwas wie Mitleid empfand, konnte ich nicht vergessen, dass sie an der Sache eine gewisse Teilschuld trug. Zudem mochten ihr Hass und ihre Rachegelüste ihrem Ex-Mann Richard gegenüber nachvollziehbar sein, aber das rechtfertigte noch lange nicht ihr bösartiges Verhalten.

»Im Namen der sieben Höllenfürsten, weißt du eigentlich überhaupt irgendetwas über die magische Welt?« Emilia seufzte übertrieben, was mich dazu animierte, meine Fäuste so fest zusammenzuballen, dass meine Arme vor Anstrengung zitterten. »Sowohl im Himmel als auch in der Hölle existieren keine Auren – wofür gerade du dankbar sein solltest. Dein ekelerregendes Strahlen hätte ansonsten längst die gesamte Unterwelt auf uns aufmerksam gemacht.«

Ich öffnete den Mund, um zu kontern, doch bevor ich die erste Silbe hervorbringen konnte, kam mir Nox mit einem genervten Stöhnen zuvor.

»Seid ihr beiden bald fertig mit dem Zickenkrieg?«, fragte er und steckte mit einer Hand sein Schwert zurück in die braune Scheide aus Leder, die auf Höhe seiner Hüfte an seiner Hose befestigt war. Mit der anderen Hand stützte er Adam, der spürbar blasser geworden war. »Dann könntet ihr uns vielleicht helfen herauszufinden, wo wir unsere Suche nach Kain beginnen sollen. Falls es euch nämlich noch nicht aufgefallen ist: Wir haben nicht ewig Zeit, diese dämliche Arena zu finden und die dritte Prüfung anzutreten.« Sein Blick huschte vielsagend zu Adam, ehe er Emilia und mich wieder ins Visier nahm.

Nox' Seitenhieb glich einer kalten Dusche und meine glühenden Emotionen kühlten mit einem Schlag ab. Meine Wangen wurden vor Scham und Verlegenheit ganz warm und ich senkte mit verschränkten Armen den Blick. Mein gemurmeltes »Sorry« war kaum zu vernehmen.

»Wer lässt jetzt seine innere Zicke raushängen, hm?« Mit erhobener Augenbraue wandte sich Emilia an den Höllendiener. »Außerdem, woher sollen wir wissen, wo sich Kain oder diese mysteriöse Arena befindet? Als wir uns vorhin in gemütlicher Runde zum Kaffeetrinken getroffen haben, kam dieses Thema merkwürdigerweise nicht zur Sprache.«

»Welche Themen kamen denn dann zur Sprache?«, fragte Nox. Obwohl in seiner Stimme noch immer eine gewisse Schärfe mitschwang, war in seinen Augen ein deutlich amüsiertes Funkeln auszumachen.

»Ach, das Übliche eben.« Emilia zuckte mit den Schultern. »Du weißt schon, wie es Frau und Familie geht. Ob die Kinder in der Schule klarkommen und wie es ihm gelungen ist, einen so niedrigen Zinssatz für seine Hypothek zu bekommen. So etwas eben.«

Nox' Mundwinkel zuckten verräterisch, während er Emilias Blick erwiderte. Dann sah er über ihre Schulter hinweg in meine Richtung. »Hat Kain etwas zu dir gesagt, was uns womöglich weiterhilft?«

Ich schüttelte wortlos, aber voller Gedanken den Kopf. Auch wenn ich dem Höllendiener dankbar war, dass er sich nicht in den Streit zwischen Emilia und mir eingemischt und Partei ergriffen hatte – ich war durchaus in der Lage, meine Kämpfe allein auszufechten –, war es mir unmöglich, das Zwicken in meinem Inneren zu leugnen. Kaum hatte ich zum ersten Mal die Beziehung zwischen ihm und der Höllenbarbie ohne die Last meines Eifersuchtsfluches erlebt, wünschte ich mir prompt, dass mir diese Erfahrung erspart geblieben wäre.

»Verdammt, Nicholas!« Emilia seufzte dramatisch und lenkte Nox' Aufmerksamkeit auf sich. »Denkst du wirklich, Kain hätte uns in irgendetwas eingeweiht? Wir können von Glück reden, dass er deiner Süßen nicht einfach die Kehle aufgeschlitzt hat, nachdem sie ihm bereitwillig ihr Schwert überlassen hat.« Sie drehte ihren Kopf herum, sodass ich ihr Gesicht im Profil sehen konnte. Ein feindseliges Lächeln umspielte ihre Lippen. »Obwohl ich ja nicht ausschließen würde, dass er heimlich auf Cerberus gewettet hat, als dir dieser auf den Fersen war.« Ihr unausgesprochener Nachsatz »So wie ich« war deutlich in ihrem Blick zu lesen.

»Cerberus war hinter *dir* her?«, fragte Nox und seine Augen weiteten sich eine Spur, als er mich wieder ins Visier nahm. Auch Adam, der zuvor den Anschein erweckt hatte, als wäre er in eine Art Wachkoma gefallen, hob ruckartig den Kopf und sah mich ungläubig an. »Wir haben ihn kläffen hören, aber ich hatte angenommen, dass er hinter ein paar Verdammten her war, die versucht hatten, aus der Hölle zu fliehen. Wie bist du ihm entkommen?«

»Ich habe ihr den Arsch gerettet«, sagte Emilia an meiner Stelle. Da sie erneut niemand beachtete – ihr unentwegtes Bedürfnis nach Aufmerksamkeit begann mich allmählich ernsthaft zu nerven –, sah ich mich gezwungen, ebenfalls etwas zu sagen.

»Ich hatte wohl einfach Glück.« Ich zuckte mit den Schultern. »Als ich hier unten gelandet war, war ich allein. Ich hörte nur hin und wieder ein Knurren und lief sofort los, um euch zu suchen. Dann wurde das Knurren aber immer lauter und irgendwann sah ich ihn. Mir war klar, dass ich keine Chance hatte wegzulaufen, also rettete ich mich in eine dieser Gassen.«

Nox musterte mich mit kritischer Miene, hakte allerdings nicht nach. Ich hätte mir sowieso lieber die Zunge abgebissen, als ins Detail zu gehen und zugeben zu müssen, dass ich mein Überleben dieser dämonischen Schnepfe zu verdanken hatte. »Du hattest wirklich Glück«, sagte er schließlich. »Soweit ich informiert bin, ist noch niemand Cerberus entkommen.«

»Es hat ja auch noch niemand eine der Seelenprüfungen bestanden«, sagte ich mit einem angedeuteten Lächeln, das Nox erwiderte, wodurch er mir bestätigte, dass er mir meine unbedachte Tat vorhin nicht übelnahm. Doch leider blieb mir keine Zeit, mich darüber zu freuen, denn im nächsten Moment überkam Adam ein weiterer Hustenanfall und meine Gedanken kehrten zurück zu dem eigentlichen Thema dieser Zusammenkunft. »Gut, wir müssen also so schnell wie möglich Kain finden.« Ich rieb meine Hände aneinander und hoffte, das kalte Gefühl aus meinen Fingern zu vertreiben. Niemals hätte ich es für möglich gehalten, in der Hölle zu frieren. »Euch ist aber hoffentlich klar, dass es sich dabei um eine Falle handelt.«

»Natürlich«, erwiderte Nox mit ernster Miene. »Aber wir haben keine andere Wahl. Wenn wir hier lebend rauswollen, müssen wir uns der Prüfung stellen. Und wie Emilia bereits so treffend gesagt hat, hätte dieser Bastard, wenn er unseren Tod wollte, genügend Möglichkeiten gehabt, uns umzubringen. Aus irgendeinem Grund will er uns lebend.«

»Ja, weil er will, dass ihr in der Arena sterbt«, gab Emilia mit unbewegter Miene zurück. Offenbar war sie noch immer beleidigt, weil sie nicht das Maß an Aufmerksamkeit erhalten hatte, das sie gewohnt war.

»Das heißt, wir rennen mit wehenden Fahnen in eine Falle, die uns vermutlich von diesem Leviathan gestellt wurde?«, fragte ich und mein Frösteln verstärkte sich. Keineswegs gab ich mich der Illusion hin, dass Kain *nicht* mit dem Höllenfürsten des Neides unter einer Decke steckte. Woher hätte er als Mensch sonst die Fähigkeit haben sollen, sein Äußeres zu verändern?

»Genauso ist es.« Nox nickte mit ernster Miene. »Und wie ich dir bereits sagte, ist Leviathan ein krankes Arschloch. Es ist also durchaus möglich, dass wir während der dritten Prüfung Zuschauer haben – wie zum Beispiel Kain.«

Meine Kinnlade wollte herunterklappen, aber stattdessen biss ich die Zähne fest aufeinander. Weder war jetzt der richtige Augenblick für einen Nervenzusammenbruch noch wollte ich vor der Höllenbarbie Blöße zeigen. »Okay, gut. Dann ... dann lasst uns noch einmal klären, was Kain als Letztes zu euch gesagt hat.« Ich schluckte den Kloß, der sich in meinem Hals gebildet hatte, herunter und steckte meine vor Furcht erkalteten Finger in die Bauchtasche meines Hoodies. Vielleicht würde ich auf diese Weise meine klammen Finger wieder aufwärmen können.

»Er hat gesagt, dass die Hölle sieben Kreise hat, er sich aber mit uns auf einer Ebene befindet«, leierte Emilia gelangweilt herunter. »Trotzdem befindet er sich nicht mit uns auf einer Höhe – was auch immer das bedeuten soll.«

Mit nachdenklich gerunzelter Stirn wiederholte ich die Worte immer wieder im Stillen und ging gedanklich alle Variablen durch, die in diesem Satz vorkamen. Irgendeine geheime Botschaft musste sich hinter den Silben verstecken und ich wollte verdammt sein, wenn mir der beschissene Englisch Leistungskurs, der mich während meines Highschoolabschlussjahres fertiggemacht hatte, jetzt nicht retten würde. »Die Hölle hat sieben Kreise ... er ist mit uns auf einer Ebene ... nicht auf einer Höhe ... Hölle ... sieben Kreise ... eine Ebene ... nicht dieselbe Höhe ... Hölle ... Kreise ... selbe Ebene ... andere Höhe ... Ebene ... Höhe ... Eb...« Wie ein buchstäblicher Blitz schoss mir ein Gedanke durch den Kopf und erhellte die in die Finsternis gedrängten Erinnerungen. »Ich hab's!«, rief ich und riss die Augen auf. »Er ist in den Katakomben!«

»Was?« Nicht nur Nox sah mich mit irritiert-verstörter Miene an. Auch Adam schien an meinem Verstand zu zweifeln. »Wie kommst du darauf, Kleines?«

»Kain hat etwas davon gesagt, als er sich noch als Kegan ausgegeben hat.« So knapp wie möglich erzählte ich den beiden Männern von dem kurzen Gespräch, das Kain, Emilia und ich miteinander geführt hatten, nachdem wir Cerberus entkommen, aber noch nicht von den Seelenfressern attackiert worden waren. »Ich meine, wieso hätte er das sagen sollen, wenn er nicht wollte, dass wir dorthin gehen?«, schloss ich meinen Monolog und blickte sowohl bangend als auch auffordernd in die Runde. So sehr ich mich darüber freute, dass wir jetzt wenigstens einen Anhaltspunkt für den Start unserer Suche hatten, behagte mir die Vorstellung ganz und gar nicht, dass wir ausgerechnet die Katakomben der Unterwelt aufsuchen mussten. Ich hatte ja schon Probleme damit gehabt, als Nox mich in die Calixtus-Katakomben in Rom mitnehmen wollte. Aber die der Hölle? Gab es einen Ort, der noch beängstigender war? Vermutlich nicht.

»Das könnte eine falsche Fährte sein«, sagte Adam mit röchelnder Stimme. Es waren die ersten Worte, die er seit Kains Verschwinden von sich gegeben hatte, und ich konnte nicht fassen, dass sich sein körperlicher Zustand in der kurzen Zeit derart rapide verschlechtert hatte. Selbst wenn wir es bis zu dieser Arena schaffen sollten, wäre Adam unmöglich imstande, sich auch nur gegen eine simple Kakerlake zu wehren.

»Möglich«, erwiderte Nox. »Aber hast du einen besseren Vorschlag?« Da Adams Erwiderung nur in einem weiteren, äußerst beunruhigenden und blutigen Hustenanfall bestand, wandte sich Nox an Emilia und mich. »Wir gehen in die Katakomben. Der Eingang ist von hier aus nicht weit, aber ihr Labyrinth erstreckt sich über die gesamte Fläche der Hölle. Weiß der Teufel, wo wir dort unten die Arena finden sollen.«

Die Höllenbarbie und ich nickten wortlos. Es gab nichts mehr hinzuzufügen. Wir befanden uns in einem Wettlauf gegen die Zeit und wenn wir es realistisch betrachteten, standen die Quoten nicht gerade gut für uns.

ZWEIUNDDREISSIG

Der Weg zum Eingang der Katakomben stellte sich als wesentlich schwieriger heraus, als Nox es dargestellt hatte. Es fing bereits damit an, dass wir, bevor wir den mit Dämonenleichen übersäten Platz verlassen konnten, erst nach dem Messer suchen mussten, das mir Adam anvertraut und das ich im Zuge des Kampfes verloren hatte. Leider waren unsere Mühen vergebens und die Waffe, die sich eigentlich in unmittelbarer Nähe des Eisenpflocks hätte befinden müssen, blieb unauffindbar. Nox nahm an, dass Kain sie mitgenommen hatte, und nachdem ich die letzten Minuten vor dem Kampf noch einmal hatte Revue passieren lassen, blieb mir nichts anderes übrig, als dem Höllendiener zuzustimmen. Nur war das Fehlen der Waffe nicht einmal das Schlimmste. Adam erklärte mir, dass dieses Messer dasjenige gewesen war, mit dem Kain seinen Bruder Abel getötet hatte, was es zu einer sehr wertvollen und mächtigen Reliquie machte. Der Engel hatte sie im Zuge unserer Recherchen ausfindig gemacht, als feststand, dass Kain etwas mit der Prüfung zu tun haben würde. Dass sie ausgerechnet der Menschenmörder selbst in seinen Besitz gebracht hatte, trug nicht gerade zur Verbesserung unserer ohnehin prekären Lage bei.

Doch das waren nicht alle unschönen Überraschungen. Die nächste erwartete uns bereits kurze Zeit später, als wir auf einen Menschenzug stießen, der von einer Handvoll Dämonen begleitet wurde. Wie angekettete Sklaven liefen die einzelnen Personen hintereinander her, ihre Köpfe und Schultern kraftlos gesenkt. Sie waren mit Asche und Ruß bedeckt, sodass sie wie lebende Schatten wirkten. Die Dämonen – abscheuliche Kreaturen mit quietschblauer Haut, Hörnern auf Stirn und Rücken und mit gelben Schlangenaugen, die so groß waren, dass sie fast die gesamte Gesichtsfläche einnahmen – trieben sie mit Peitschen und Mistgabeln vorwärts, was ihnen die grauenvollsten

Quallaute entlockte. Nox hatte mir mit einem flüchtigen Zischen erklärt, dass die vermeintlichen Menschen in Wahrheit verdammte Seelen waren, die man gerade zu ihren jeweiligen Verliesen brachte, und dass die Körper, in denen sie steckten, extra für diesen Transport erschaffen worden waren.

Wir hatten gerade vorgehabt, uns im Schutz der Schatten davonzustehlen, als uns einer der Dämonen entdeckte und seine Kollegen auf uns aufmerksam machte. Sofort eilten alle fünf auf uns zu, woraufhin die verdammten Seelen unbeaufsichtigt waren und ihre Chance eines Fluchtversuchs witterten. In Rekordzeit brach ein Durcheinander aus, das wiederum uns die Möglichkeit bot, unauffällig zu verschwinden. Während Nox und Emilia uns den Rücken freihielten, verkrochen Adam und ich uns in einer der Hochhausruinen, bis sich die Lage entspannt hatte. Als wir schließlich wieder zusammen waren, setzten wir unseren Weg zum Eingang der Unterwelt-Katakomben fort, wo uns sogleich der nächste Nierenhaken erwartete.

»Ist das ihr verdammter Ernst?« Mein Blick glitt von Emilia zu Nox, während ich mir beide Fäuste in die Taille presste. Die schmerzhaften Seitenstiche, die mich seit unserer Flucht vor den Seelenhändler-Dämonen quälten, würden mich noch umbringen. Hinzu kam, dass mein Atem flach und hektisch ging und jeder einzelne Muskel in meinem Körper um Gnade flehte. In Anbetracht der Antwort, die Emilia gerade auf meine Frage rausgehauen hatte, wie wir in die Katakomben hineingelangen sollten, kroch ein hysterisches Lachen meine Kehle empor und wartete nur auf eine Gelegenheit, in die Unterwelt hinausgelassen zu werden. »Wir müssen eine Jungfrau ausbluten lassen – geht's noch?!« Mir war die Ironie meiner Aussage durchaus bewusst. Und genau aus diesem Grund nahm ich mir für den Fall, dass wir diese Reise wider Erwarten überleben sollten, fest vor, mich nach unserer Rückkehr so lange mit Nox in meinem Zimmer einzuschließen, bis auch der letzte Zweifel erloschen war, dass ich jemals für ein Jungfrauen-Menschenopfer infrage käme.

Der Höllendiener setzte zu einer Erwiderung an, wurde allerdings von Adam abgelenkt, den ein weiterer Hustenanfall überfiel. Inzwischen kamen diese Attacken so gehäuft und in ihrer Intensität zunehmend, dass es einem

Wunder glich, dass der Engel überhaupt noch auf eigenen Beinen stand. Leider war nicht zu leugnen, dass Adam bei jedem weiteren Anfall kostbare Lebensenergie verlor, sodass aus unserem Wettlauf gegen die Zeit einer Runde »Russisch Roulette« wurde.

Um mir den grauenhaften Anblick zu ersparen, wie mein bester Freund kurz davor war, seine Lunge auf den Höllenboden zu spucken, wandte ich mich wieder dem Eingang der Katakomben zu. Dieser war als eine Art Grabhütte getarnt und wurde von gut zwei Dutzend verwahrlosten und zertrümmerten Grabsteinen gesäumt. Die Wände, die einst aus weißem Stein errichtet worden sein mussten, waren abgewetzt und von Asche überzogen. Das Spitzdach brannte lichterloh und die vier Säulen, die es trugen, wirkten so porös und brüchig, dass ich mir ernsthafte Sorgen machte, sie würden nachgeben und uns unter ihren brennenden Trümmern begraben. Das Einzige, was mich einigermaßen versöhnlich stimmte, war das rund ein Meter mal ein Meter große und in blutroter Farbe gezeichnete Pentagramm, das sich auf dem doppelseitigen Steinflügeltor befand. Dieses hatte nämlich verdächtige Ähnlichkeit mit dem, das auf Kains T-Shirt geprangt hatte, als der sich noch für Kegan ausgegeben hatte.

Nachdem Adam sich wieder beruhigt hatte, trat Nox neben mich, die Arme vor der Brust verschränkt, den Blick ebenfalls auf das Pentagramm gerichtet. Er stand so nah bei mir, dass ich mich nur leicht zur Seite beugen musste, um meinen Kopf auf seine Schulter zu legen. Dass ich genau das nicht tun konnte, obwohl ich mich so sehr danach sehnte, war wie ein Boxhieb in den Magen.

»Hast du Angst, das Los des Opfers könnte auf dich fallen, Kleines?« Der Höllendiener drehte seinen Kopf zu mir herum und ich entdeckte ein schiefes Grinsen auf seinen Lippen. Doch die Sogwirkung, die diese Art von Lächeln normalerweise auf mich hatte, blieb aus. Das lag vermutlich an der Furcht, die mich fest in der Mangel hatte und die mit jedem Moment, den wir uns länger hier unten aufhielten, stärker wurde. Aber nicht nur ich war angespannt. Auch Nox' Lockerheit war mehr Schein als Sein, wie ich an seinem Blick erkannte. »Es gibt eine ganz einfache Möglichkeit, wie wir dich für diese Wahl disqualifizieren können.« Er zwinkerte mir zu, doch er war nicht mit dem Herzen bei der Sache, weshalb ich gar nicht erst auf seine Worte einging.

»Im Ernst, Nox«, sagte ich und schlang die Arme um meinen Oberkörper. »Wie sollen wir die Tür öffnen? Wir können unmöglich jemanden opfern – abgesehen davon, dass es hier unten niemanden gibt, der dafür überhaupt infrage kommen würde.«

»Dann können wir ja von Glück reden, dass Emilia dich verarscht hat.« Nox grinste mich an. Im selben Moment drehte ich mich bereits herum und warf der Höllenbarbie einen vernichtenden Blick zu. Wäre sie nicht gerade damit beschäftigt gewesen, sich um Adam zu kümmern, der mit einem weiteren Hustenanfall kämpfte, wäre ich ernsthaft versucht gewesen, der blöden Kuh eine reinzuhauen. »Beruhige dich, Kleines. Wenn wir es tatsächlich bis zu dieser ominösen Arena schaffen sollten, wird es dir bestimmt möglich sein, deine überschüssige Energie loszuwerden. Aber jetzt müssen wir erst mal das Gräberlabyrinth hinter uns bringen.« Er zog sein Schwert aus der Scheide und hob die Klinge in die Luft. Gebannt beobachtete ich jede seiner Bewegungen. Als er mit dem glänzenden Metall über seine Handfläche fuhr und einen langen Schnitt verursachte, der sich rasch rot färbte, schnappte ich entsetzt nach Luft und schlug mir die Hände vor den Mund.

»Verdammt, Nox! Hättest du mich nicht vorwarnen können?!« Meine Stimme war kaum mehr als ein hohes Piepsen, dafür wurde der Wunsch, jemanden zu schlagen, immer drängender. Wenn ich nicht bald ein Ventil fand, um meine Anspannung zu mindern, würde mich der Druck noch zerreißen.

»Wieso?« Nox lachte leise. Ihn schien meine Reaktion ernsthaft zu amüsieren. »Ich wollte ja nicht an dein Blut.« Mit einem weiteren Zwinkern, das dieses Mal aufrichtig wirkte, drückte er die blutende Handfläche in die Mitte des Pentagramms. Mit einem Schlag wurde er todernst, schloss die Augen und begann irgendwelche Worte vor sich hinzumurmeln, die ich weder kannte noch verstand. Ich war mir nicht einmal sicher, ob ich mit meinem Tipp richtiglag, dass es sich um Latein handelte.

Einige Sekunden lang verfolgte ich die Szene mit angehaltenem Atem, ohne dass etwas geschah. Ein innerlicher Impuls drängte mich dazu nachzufragen, ob man uns womöglich wegen Nox' eingeschränkten Fähigkeiten den Zugang verwehrte, doch ehe ich mir die passende Formulierung zurechtgelegt hatte, begann die Hand des Höllendieners zu vibrieren und fünf Blutlinien krochen wie Würmer zwischen seinen Fingern hervor. Der Anblick war ebenso ekelerregend wie faszinierend und obwohl sich mein Magen unangenehm verkrampfte, konnte ich unmöglich wegsehen. Wie gebannt starrte ich die Blutlinien an, die sich in entgegengesetzte Richtungen einen Weg über das Steintor bahnten. Als sie das Pentagramm erreichten und an dessen Linien entlang weiterflossen, war nach wenigen Sekunden das gesamte Schutzsymbol mit Nox' Lebenssaft getränkt.

Meine Furcht verstärkte sich und meine Knie begannen zu zittern, als das Pentagramm zu leuchten und zu pulsieren begann, als wäre es lebendig. Nox sprach unterdessen die letzten Silben und öffnete anschließend die Augen, während er einen Schritt zurücktrat und seine Hand sinken ließ. Gerade noch rechtzeitig, denn in der nächsten Sekunde entflammte das Kreissymbol und ich sprang erschrocken zurück. Das Feuer loderte immer stärker auf, labte sich an Nox' Blut, verzehrte es, bis kein Partikel mehr übrig war, und erlosch schließlich. Verblüffenderweise schienen die Flammen auch das Pentagramm mit sich genommen zu haben, denn bis auf das von Ruß und Asche geschwärzte Steintor war nichts zu sehen. Gerade als ich fragen wollte, ob es sich dabei um ein gutes oder schlechtes Omen handelte, erklangen Knirsch- und Knarzlaute und das Steintor glitt in der Mitte auseinander. Die dahinter befindliche Dunkelheit war so undurchdringlich, dass sie mich an die tintenartige Schwärze beim Blutkarneval erinnerte, was meinen Puls ruckartig in die Höhe schnellen und meine Kehle eng werden ließ.

»Ladies first.« Nox deutete mit einem Kopfnicken auf den Eingang. Am liebsten hätte ich gekniffen und ihn vorgeschickt, aber da er offenbar der Meinung war, dass es besser wäre, wenn ich vorging, würde ich seinem Urteil vertrauen müssen.

Mit einem letzten Blick über meine Schulter in Richtung Adam, der inzwischen weiß wie ein Bettlaken mit tiefblauen Augenringen war, vergewisserte ich mich, dass uns keine Alternative blieb, und passierte die Schwelle zu den Katakomben. Meine Schuhspitze hatte kaum den Boden berührt, als rechts und links neben mir je eine Fackel aufflammte und mich, begleitet von einem spitzen Schrei, zusammenfahren ließen. Dass ich jetzt wenigstens ein winziges Stück des Weges vor mir erkennen konnte, war nur ein geringer Trost für den Schrecken, der mich eingeholt hatte und meine Nackenhaare strammstehen ließ.

»Vorsicht, Stufen!«, sagte Nox mit leiser Stimme, doch sein Echo wurden von den Steinwänden zurückgeworfen und erschien dadurch um einiges lauter.

Ich nickte als Zeichen, dass ich verstanden hatte, und ging einen vorsichtigen Schritt weiter. Nachdem ich mich vergewissert hatte, dass der Boden unter mir nicht plötzlich wegbrechen oder sich anderweitig bewegen würde, atmete ich erleichtert auf und wagte einen weiteren Schritt. Zu gerne hätte ich jetzt eine Taschenlampe oder wenigstens mein Handy gehabt, aber Nox hatte mir bereits zu Hause erklärt, dass von Menschen erschaffene Geräte hier nicht funktionierten.

Die vierte Stufe war bereits wieder in undurchdringliche Finsternis getaucht, weshalb ich meine Arme nach beiden Seiten ausstreckte, bis meine Fingerspitzen die unangenehm warmen Steine berührten. Auf diese Weise konnte ich mir wenigstens eine gewisse Form von Sicherheit einreden, auch wenn der Schmerz in meinen Fingerkuppen nicht zu unterschätzen war.

Bei Stufe fünf flammten zwei weitere Fackeln auf und dieses Mal konnte ich mir geistesgegenwärtig auf die Zunge beißen, um nicht erneut wie eine Gummiente aufzuquietschen.

»Soll ich doch besser vorgehen?« Nox, der hinter mir stand, war meine Reaktion natürlich nicht entgangen. Und auch wenn er seine Worte nur leise in mein Ohr gewispert hatte, streifte sein Atem meine mit Schweiß überzogene Haut und bescherte mir einen wohligen Schauder.

Reflexartig schüttelte ich den Kopf. Der Höllendiener würde schon triftige Gründe haben, mich vorzuschicken. Außerdem war nicht zu leugnen, dass mich die Sicherheit seiner Präsenz im Rücken beruhigte. Auf diese Weise konnte mich zumindest niemand hinterrücks überfallen.

»Geht schon«, erwiderte ich mit ebenfalls gedämpfter Stimme und wagte eine weitere Stufe. Ich hegte die Hoffnung, dass die Abstände zwischen den einzelnen Fackeln gleichbleiben würden, damit ich wenigstens eine gewisse Kontrolle zurückerlangte.

Und tatsächlich, nach immer genau fünf Stufen flammten zwei weitere Fackeln auf und inzwischen zuckte ich nicht einmal mehr zusammen, sondern brachte den Abstieg in die Grabstätten der Hölle mit stetig wachsender Souveränität und Tempo hinter mich.

Nach einer gefühlten Ewigkeit – ich hatte die Fackeln nicht mitgezählt, sondern mich auf meinen Fünfschrittetakt konzentriert – erreichten wir endlich das Ende der Stufen. Der Gang, der sich vor uns in der Form eines Rundbogens erstreckte, war breit genug, dass zwei Personen problemlos nebeneinanderher gehen konnten. Er wurde ebenso wie die Stufen von Fackeln erhellt, sodass es mir möglich war, meine Umgebung genauer in Augenschein zu nehmen. Als Erstes fiel mir die tiefhängende Decke auf. Ich schätzte ihre Höhe auf unter zwei Meter, da Nox mit seiner Körpergröße von einem Meter neunzig gerade so hindurchpasste. Sie hatte eine merkwürdig gewellte Form, sodass man den Eindruck gewinnen konnte, sie wäre aus melonengroßen Eiern errichtet worden, was natürlich Unsinn war, wie mir bei genauerer Betrachtung bewusst wurde. Anstatt aus Eierschalen bestand die Decke über uns aus Totenschädeln. Tausende und Abertausende menschlicher Kopfknochen reihten sich aneinander und stellten das makaberste Baumaterial dar, das ich mir jemals hätte vorstellen können.

Um mich von dem schaurigen Gefühl abzulenken, das mich bei diesem Anblick durchfuhr und mir eine zentimeterdicke Gänsehaut bescherte, richtete ich meine Aufmerksamkeit auf den staubigen und von diversen Symbolen übersäten Boden. Ehe ich auch nur eine der Zeichnungen genauer betrachten konnte, nahm ich aus den Augenwinkeln eine Bewegung wahr, die meine Neugier entfachte und mich den Kopf heben ließ. Irgendetwas Dunkles schien über die Wand zu meiner Rechten gehuscht zu sein. Es hatte keine definierte Kontur oder Form besessen, sondern im ersten Moment an einen schemenhaften Schatten erinnert. Gleichzeitig war ein leises Rauschen erklungen, ähnlich wie beim Anhören einer Radiosendung, während man durch einen Tunnel fuhr.

»Noch ein Tipp, Kleines.« Nox hatte sich mit erhobenem Schwert neben mich gestellt, den Blick auf den Weg vor uns gerichtet. Seine Körperhaltung glich einer Mischung aus Krieger und Raubkatze und seine Stimme war so leise, dass ich mich konzentrieren musste, um ihn überhaupt zu verstehen. »Sieh nirgendwo zu lange oder zu genau hin und versuche jegliche Art von Geräusch zu vermeiden. Vertrau mir, wenn ich sage, dass du die Seelen, die hier unten eingesperrt sind, nicht auf dich aufmerksam machen willst.« Er bedachte mich mit einem kurzen Blick, ehe er sich wieder dem Gang widmete und uns mit einer knappen Kopfbewegung zum Weitergehen aufforderte.

Auf möglichst leisen Sohlen setzten wir unseren Weg fort und ich gewann ziemlich schnell einen Eindruck, weshalb Nox die Katakomben als »Labyrinth« bezeichnet hatte. Geschätzt alle zehn bis fünfzehn Meter zweigten auf beiden Seiten unseres Ganges weitere Wege ab, die sich jedes Mal von den vorherigen unterschieden. Mal waren sie extrem schmal, sodass ich bezweifelte hindurchzupassen, selbst wenn ich mich seitlich hätte durchquetschen wollen, mal waren sie so breit, dass sie aus zwei nebeneinanderliegenden Gängen zu bestehen schienen. In einigen von ihnen hingen die Decken so tief, dass ich hätte krabbeln müssen, bei anderen wiederum war die Höhe nicht auszumachen. Auch unterschieden sich die Wege in der Intensität ihrer Beleuchtung. Während die meisten ähnlich wie unser Gang von Fackeln beleuchtet wurden, lagen andere in undurchdringlicher Finsternis, sodass ich unmöglich erkennen konnte, was sich in ihnen verbarg. Normalerweise hätte mich dieser Fakt nicht weiter nervös gemacht, aber ausgerechnet bei diesen Abzweigungen vernahm ich jenes Rauschen, das mich unangenehm schaudern ließ.

»Sag mal, Nox«, wisperte ich nach einer gefühlten Ewigkeit des Schweigens. Wir irrten inzwischen so lange hier unten umher, dass ich berechtigte Zweifel hegte, jemals wieder etwas anderes zu Gesicht zu bekommen als diese Gänge. »Ich will deine Fähigkeiten als Katakombenführer nicht in Frage stellen, aber hast du eigentlich eine vage Vorstellung davon, wo wir hinmüssen? Ich glaube nämlich, dass wir an dieser Abzweigung bereits zum dritten Mal vorbeikommen.« Obwohl ich nur mit gedämpfter Stimme gesprochen hatte, echoten meine vor Frustration, Furcht und Anspannung geladenen Worte unnatürlich laut wider. Aber ich gab dem Höllendiener gar nicht die Schuld an unserer Lage, schließlich hatte er zu keiner Zeit behauptet zu wissen, wo sich die Arena befand. Doch Adams sich rasant verschlechternde Verfassung trieb mein ohnehin zum Zerreißen angespanntes Nervenkostüm an seine Grenzen, sodass ich einfach nicht mehr über die mentale Kraft verfügte, meine Verzweiflung länger für mich zu behalten.

»Ich suche nach Hinweisen, die der Bastard uns womöglich hinterlassen hat«, erwiderte Nox mit ebenfalls angestrengt bedächtiger Tonlage. »Wenn er schon unbedingt will, dass wir es zu dieser verdammten Arena schaffen, sollte er uns verflucht noch mal den Weg dorthin zeigen.«

»Ihr sucht noch immer diese bescheuerte Arena?« Emilia schnaubte abfällig und ich konnte ihr Augenrollen im Nacken spüren. »Ich dachte, wir sind längst auf dem Rückweg, damit ich Adams Arsch zurück auf die Erde bringen kann. Mehr als eine Stunde bleibt ihm nämlich nicht mehr – und selbst das ist eine wohlwollende Schätzung meinerseits.«

Zu gern hätte ich mit einem giftigen Kommentar gekontert, aber leider hatte die Höllenbarbie recht. Adams Lebensenergie neigte sich dem Ende zu und keiner von uns wusste genau, wie viel Zeit ihm noch blieb. Emilia und Nox mussten seinen kraftlosen Körper bereits von beiden Seiten stützen, damit er nicht einfach zu Boden ging und für alle Ewigkeit hierblieb. Zwar versuchte der Engel das wahre Ausmaß seiner Erschöpfung zu verbergen, indem er weiterhin tapfer einen Fuß vor den anderen setzte, aber seine Bewegungen waren nicht mehr als das hoffnungslose Schlurfen eines zum Tode Verurteilten, der mit Ketten zum Weitergehen gezwungen wurde.

»Und wie soll es anschließend weitergehen?«, knurrte Nox, einem seiner berüchtigten Ausbrüche gefährlich nah. Er war stehen geblieben, sodass auch wir anderen zum Anhalten gezwungen waren. »Sollen wir abwarten, bis es ihm besser geht, und dann noch einmal hier runterkommen? Wer weiß, ob man uns überhaupt einen zweiten Versuch gewähren würde. Vielleicht werden wir auch getötet, kaum dass wir einen Fuß zurück auf die Erde gesetzt haben.« Seine Stimme war beim Reden angeschwollen und obwohl er noch immer leiser sprach, als ich es vermutlich an seiner Stelle getan hätte, hallten seine Silben von den Wänden wider.

»Das kann durchaus passieren, Nicholas.« Auch Emilia hatte ihre Zähne zusammengebissen und presste die Silben dazwischen hervor. »Aber wenn wir nichts unternehmen, werdet ihr mit absoluter Sicherheit sterben! Und zwar schneller, als uns lieb ist!«

Nox' Erwiderung bestand aus einem Laut, der wie ein frustriertes Fauchen klang und den ich als eine Art »Das weiß ich selbst!« interpretierte. Doch dann, anstatt die Worte auszusprechen, die ihm bereits spürbar auf den Lippen lagen, ruckte sein Kopf mit verengten Augen hin und her und sein gesamter Körper schien mit einem Mal in erhöhter Alarmbereitschaft. »Verdammt! Habt ihr das gehört?«, fragte er unvermittelt.

Emilia und ich spitzten die Ohren. Ich wusste nicht mit Sicherheit, was der Höllendiener meinte, aber ich vernahm ein deutliches Rauschen, das aus dem finsteren Gang wenige Schritte hinter uns kam.

»Was ist das?«, fragte ich und gab mir keine Mühe, leise zu sprechen. Anders hätte ich das immer lauter werdende Geräusch auch nicht übertönen können.

»Wir haben die verdammten Seelen aufgeweckt«, zischte Nox.

DREIUNDDREISSIG

Panik schwang in Nox' Stimme mit. Auch seine geweiteten Augen zeugten nicht gerade von Ruhe und Souveränität. »Wir müssen so schnell wie möglich von hier verschwinden!«, sagte er und steckte ohne eine weitere Erklärung sein Schwert in die Scheide, packte den Körper seines Bruders und warf ihn sich wie einen Sack Mehl über beide Schultern. Dann rannte er los.

Emilia, die vermutlich ebenso wie der Höllendiener wusste, was hier gerade geschah, jagte ihm hinterher, ohne sich zu vergewissern, ob ich es ihr gleichtat.

Perplex blieb ich zunächst stehen. Meine menschlichen Gedankengänge brauchten einige Hundertstelsekunden, bevor sie Nox' Worte mit seiner Tat in Verbindung brachten und daraus schlussfolgerten, den beiden zu folgen. Doch kaum hatte mein Verstand meinen Beinen den Befehl erteilt, sich in Bewegung zu setzen, war das Rauschen bereits zu einem regelrechten Sturm angeschwollen und brachte meine Trommelfelle qualvoll zum Vibrieren. Sämtliche Fackeln um mich herum erloschen mit einem Schlag und ich schloss reflexartig die Augen. Doch selbst, als ich mir die Handflächen gegen die Ohrmuscheln presste, half das nicht, das dröhnende Rauschen zu unterdrücken. Wie Gas drang es über die Atemwege in meinen Kopf und breitete sich dort aus, bis ich das Gefühl hatte, mein Schädel würde jeden Augenblick bersten.

»Hilf mir!«

»Es tut so weh!«

»Ich ertrage das nicht länger!«

»Neeeiiiinnnn!«

»Bitte nicht!«

Fremde Stimmen echoten glasklar und dennoch grauenhaft verzerrt in meinem Kopf und versuchten sich gegenseitig in ihrer Lautstärke zu übertrumpfen. Dabei wurden sie von weinerlichen Schluchzern, schmerzgepeinigten Schreien und gequälten Lauten begleitet.

»Aufhören!«

»Ich flehe euch an!«

»Ich will das nicht!«

»Bitte! Hört auf!«

»Wieso hilft mir denn niemand?«

Jeder Ruf klang herzzerreißender und leidvoller als der vorherige und verstärkte den Druck auf meiner Brust, bis ich kaum noch atmen konnte. Meine Knie begannen zu zittern und ich geriet ins Wanken. Gern hätte ich mich irgendwo abgestützt, aber ich konnte mich nicht rühren. Wie eine aus Stein gemeißelte Skulptur stand ich da und war machtlos gegen die Rufe, die immer mehr an Volumen zunahmen, bis mir Blut aus den Ohren rann und ich einen metallischen Geschmack auf der Zunge wahrnahm.

»Bitte! Du musst mir helfen!«

»Mach, dass es aufhört!«

»Du musst sie stoppen!«

»Rette mich!«

Obwohl niemand explizit meinen Namen sagte, spürte ich tief in meinem Inneren, dass die Hilferufe mir ganz persönlich galten. Dass nur ich allein die Kraft hatte, sie von ihrem Leid zu erlösen.

Aber zuvor muss ich herausfinden, wer meine Hilfe benötigt!

Meine Lider öffneten sich wie von selbst und mein Blick huschte umher. Plötzlich erschien mir das Rauschen in meinem Kopf gar nicht mehr unerträglich, jetzt war es sanft und wogend. Auch fiel es mir leichter, die stetig wachsende Anzahl an Stimmen in meinem Kopf zu verarbeiten und weiterhin meine Umgebung zu betrachten. Denn obwohl der Gang im Finstern lag, konnte ich dunkle Schemen entdecken, die an den Wänden und auf dem Boden auf mich zueilten und mich umringten. Auf den ersten Blick erinnerten sie an Schatten, bei näherer Betrachtung hatten sie aber deutlich erkennbare Konturen. Ich konnte sogar Gesichter – Augen, Nasen und Münder – erkennen.

»Was wollt ihr von mir?«, hörte ich meine eigene Stimme von den Wänden widerhallen. »Wie kann ich euch helfen?«

»Gar nicht, du selten dämliches Exemplar eines Menschen!« Emilias Stimme vibrierte vor Zorn. Ich hatte nicht mitbekommen, wann die Höllenbarbie zurückgekommen war, aber nun stand sie vor mir, ihren Bogen kampfbereit gespannt und einen brennenden Pfeil auf mich gerichtet. »Es sind verdammte Seelen, zum Teufel noch mal! Man kann sie nicht retten! Niemand kann das! Und jetzt beweg deinen Arsch, sonst verpasse ich dir genau dort ein Brandmal!« Zur Unterstreichung ihrer Drohung wedelte sie mit dem Feuer vor mir herum.

Mit gefurchter Stirn sah ich Emilia an, ohne zu verstehen, was sie hier machte und was sie von mir wollte. Zum einen lenkte mich ihr vom Feuerschein merkwürdig entstelltes Gesicht ab, zum anderen schienen die lodernden Flammen meinen Verstand aus einer Art tiefem Schlaf zu erwecken. Ich wusste zwar, dass ich die letzten Sekunden allein hier in der Finsternis verbracht hatte, aber was genau in diesen Momenten geschehen war, konnte ich nicht sagen. Da war nichts außer Dunkelheit und Schwärze.

»Verdammt, Avery! Jetzt verschwinde endlich! Ich bin es leid, ständig dein Leben retten zu müssen!« Emilia war rasend vor Wut und vielleicht hätte sie mich unter anderen Umständen mit ihrer Fratze des Zorns und den vor Groll triefenden Silben beeindruckt. Doch in diesem Augenblick war ich viel zu sehr von den Schatten abgelenkt, die uns beide wie hungrige Haie umkreisten und das Rauschen zu einem regelrechten Sirren und Klackern anschwellen ließen, als befänden wir uns mitten in der Endlosschleife einer Rückkopplung.

Mein Verstand schaltete auf Überlebensmodus und meine erschöpften Beine rannten los. So schnell ich konnte, pflügte ich durch die Finsternis und meine Schritte hallten dumpf von den Wänden wider. Ich verfiel in einen ungleichmäßigen Rhythmus, der mich wie eine Art Kampfhymne anfeuerte und die Sorge verdrängte, dass ich stolpern oder gegen irgendeine Art Hindernis stoßen könnte. Ich rannte, bis meine Lungen nach Sauerstoff schrien und sich der Blutgeschmack in meinem Mund verstärkte. Ich verlangsamte das Tempo selbst dann nicht, als ich am Ende des Ganges Licht entdeckte. Im Gegenteil sogar. Ich mobilisierte ein letztes Mal jeden noch so winzigen Funken Kraft und legte noch einen Zahn zu, bis ich wie eine Hochleistungssportlerin das Zielband durchtrennte – nur dass es sich in meinem Fall um den Übergang von Finsternis zu Licht handelte.

»Kleines?!« Nox lehnte mit dem Rücken gegen eine Wand. Sein Brustkorb hob und senkte sich hektisch, während er sich mit beiden Händen die nass geschwitzten Haarsträhnen aus dem Gesicht hielt. Adam lag zu seinen Füßen, sein Antlitz von einer beängstigenden Blässe überzogen und die Augen geschlossen. Doch auch er atmete, wenn auch flach, was mich für den Bruchteil einer Sekunde so etwas wie Erleichterung verspüren ließ. »Wo kommst du denn plötzlich her? Du warst doch die ganze Zeit direkt hinter mir?!«

Ich wurde immer langsamer, bis ich schließlich einige Schritte von den beiden Männern entfernt zum Stehen kam. Doch anstatt auf Nox' Frage zu antworten, ließ ich mich auf alle viere fallen und begann zu würgen, bis bittere, heiß brennende Galle meine Kehle emporkroch und meine Speiseröhre verätzte.

»Verflucht! Wo ist Emilia?« Nox' aufgebrachte Stimme drang nur gedämpft in meine Ohren. Noch immer rauschte und pfiff es, doch da sich diese Geräusche wesentlich von denen unterschieden, die mich zuvor gepeinigt hatten, ignorierte ich sie und fokussierte mich weiterhin voll und ganz auf meine Kotzorgie. »Zur Hölle, muss ich eigentlich für *jeden* den Babysitter spielen?« Die Worte des Höllendieners gingen in einen markerschütternden Schrei über, der von einem Knall begleitet wurde, als wäre eine Abrissbirne gegen ein Hochhaus gekracht. »Du bleibst hier bei Adam, hast du mich verstanden?! Beweg dich keinen Zentimeter vom Fleck und halte bloß die Klappe. Ich geh Emilia suchen.« Ohne eine Erwiderung abzuwarten, entfernte sich der Höllendiener, wie seine immer leiser werdenden Schritte verrieten.

Ich würgte mir währenddessen sämtliche Organe aus dem Leib und nahm mir fest vor, mich nach unserer Rückkehr neben meinem bisher nicht vorhandenen Sexleben auch um meine Fitness zu kümmern.

Nachdem sich mein Körper weitgehend beruhigt hatte, rollte ich mich keuchend auf den Rücken und verdeckte meine Augen mit dem Unterarm. Jeder meiner Muskeln zitterte vor Überanstrengung und ich atmete immer noch ungesund hektisch. Doch auch dies legte sich irgendwann und erst dann war ich in der Lage, die jüngsten Ereignisse Revue passieren zu lassen – auch wenn ich mich an kaum etwas erinnern konnte. Gerade eben hatten Nox und Emilia sich noch in den Haaren gelegen, dann war Nox auch schon mit Adam losgelaufen. Höllenbarbie war ihnen gefolgt, doch ich hatte mich nicht bewegen konnen. Dem hatte sich ein schlecht gesetzter Schnitt angeschlossen und ich hatte Emilia plötzlich mit einem brennenden Pfeil vor mir herumfuchteln sehen.

Und dazu dieser Lärm!

Ich hatte keine Ahnung, woher er gekommen war oder was er zu bedeuten hatte, aber er war mit einer drückenden Last einhergegangen, die sich wie tiefste Trauer oder Hoffnungslosigkeit angefühlt hatte. Daraufhin war ich losgerannt, ohne zu bemerken, dass Emilia mir nicht gefolgt war.

Schuld und Scham wollten in mir aufkeimen, aber ich kämpfte beides nieder. Die Höllenbarbie hatte es nicht verdient, dass ich mich ihretwegen schlecht fühlte – gerettetes Leben hin oder her.

Sie hat mich nur wegen Nox gerettet! Wäre mein Leben nicht mit seinem verbunden, hätte sie mich längst an Cerberus verfüttert …

Apropos Höllenhund.

Ich wusste zwar nicht, wann Nox seine Suche nach dem dämonischen Biest begonnen hatte, aber für mein Empfinden war er inzwischen ziemlich lange unterwegs. Hinzu kam die gespenstische Stille, die mir zuvor nicht aufgefallen war, mir nun allerdings ein ungutes Gefühl bescherte und meinen gerade erst ruhiger gewordenen Puls abermals in die Höhe schnellen ließ.

Irgendetwas stimmt hier nicht!

Sofort senkte ich meinen Arm und sah mich mit weit geöffneten Augen um, nachdem ich mich in eine aufrechte Position gezwungen hatte. Auf den ersten Blick mochte der Gang exakt so aussehen wie in dem Moment, als ich vor Erschöpfung zusammengebrochen war. Aber der Schein trog, das spürte ich. Und bereits in der nächsten Sekunde wurde mir klar, woher diese Empfindung rührte. Abgesehen davon, dass sich Adams bewusstloser Körper wie von Zauberhand in Luft aufgelöst hatte, war ich plötzlich von allen vier Seiten von Steinwänden umgeben.

Was zum Teufel ...?

Von Panik ergriffen ruckte mein Kopf hin und her. Doch egal wohin ich auch sah, ich konnte nichts anderes erkennen als die von Asche überzogenen Mauern.

Nein! Nein! Nein!

Eine neue Welle Adrenalin durchströmte meine Adern und katapultierte mich auf die Beine. Sofort eilte ich auf die erste Wand zu und begann diese abzutasten. Natürlich gab es dort nichts, was mir auch nur im Entferntesten hätte helfen können.

Verdammt! Was soll das?

Ich versuchte mein Glück an der nächsten Seite, aber auch hier traf ich auf massiven Stein. Niemals hätte ich diesen durchdringen können – genauso wie Nummer drei und vier.

Ich sitze in der Falle!

Diese Gewissheit war ebenso beängstigend wie surreal, weshalb ich nicht wusste, ob ich lachen oder schreien sollte. Erst nach und nach offenbarte sich mir das Ausmaß dieses Gedankens und ein hysterisches Kichern bildete sich in meinem Hals, während mir Tränen in die Augen stiegen und entgegen Nox' Anweisung ein schriller Schrei über meine Lippen perlte. »Hilfe! Ich bin hier eingesperrt! Hilfe!« Ich hämmerte, kratzte, trat zu. Doch nichts davon änderte etwas an meiner Lage. Mein geschätzt fünf mal fünf Meter großes Gefängnis blieb dasselbe. »Hiiilllfffeee!«, kreischte ich und spürte die eisigen Klauen einer ausgereiften Panikattacke nach mir greifen.

Vermutlich falle ich jeden Augenblick in Ohnmacht!

Anders konnte ich mir nicht erklären, weshalb ich mir sonst mit einem Mal einbilden sollte, dass die Wände langsam näher rückten. Ich litt doch nicht an Klaustrophobie.

Ich verliere den Verstand! So einfach ist das! Ich verliere den Verstand und werde deshalb hier sterben. Dieses Mal wird mich nichts und niemand mehr befreien können.

Ich hatte in der Vergangenheit bereits so oft in Lebensgefahr geschwebt und hatte mich letztlich doch immer irgendwie daraus befreien können, dass es mir überraschend schwerfiel, den Gedanken zu akzeptieren, dass es dieses Mal anders, endgültig sein sollte. Dieser Ablenkung war es auch geschuldet, dass ich nicht sofort das Knirschen und Knarzen bemerkte, das sich leise, aber konstant in mein Bewusstsein zu drängen versuchte.

Was zur Hölle ist das jetzt schon wieder?

Mit wachsender Irritation sah ich mich um. Ich brauchte zwar einige Sekunden, bis ich die Antwort auf diese Frage herausfand, doch als es mir schließlich gelungen war, wünschte ich mir, es wäre anders.

Verfluchte Scheiße, das ist gar keine Einbildung! Die Wände kommen tatsächlich näher!

Die Mauern rückten langsam, aber unaufhaltsam aufeinander zu. Meine Panik erreichte ein neues Level und ich hätte zu gern behauptet, dass sich mir durch den plötzlich erhöhten Druck auch die rettende Idee offenbarte. Doch leider trat genau der gegenteilige Effekt ein und mein Verstand verabschiedete sich in den Standby-Modus. Anscheinend war es zu viel für ihn, dass ich nach all den Widrigkeiten und Tiefschlägen, die ich seit meinem achtzehnten Geburtstag hatte einstecken müssen, mein Ende jetzt ausgerechnet in einer beschissenen Indiana-Jones-Abenteuerfilm-Falle finden sollte.

Und das, obwohl ich mich in der Hölle aufhalte, wo es von abartigen Kreaturen und Bestien nur so wimmelt.

Die Ironie dieser Situation führte zu einem gewissen Erheiterungseffekt und mir entfloh ein leises Lachen. »Schade, dass niemand von meinem Ende erfahren wird«, murmelte ich und schüttelte sacht den Kopf. »Sonst hätte ich darum bitten können, dass auf meinem Grabstein steht: ›Avery Marie Harper, geliebte Tochter und Freundin. Sie wurde von zwei Steinwänden zerquetscht, nachdem sie adelige Feen, Dämonen und sogar einen Höllenfürsten überlebt hat.‹« Erneut musste ich lachen, während sich die Breite meines Gefängnisses auf etwa drei Meter reduzierte. »Und das alles nur, weil Moms abgewrackter Ex-Mann meine Seele verschachert hat.« Dass ich in den letzten Augenblicken meines Lebens ausgerechnet an James denken musste, passte mir gar nicht. Doch ich konnte nicht verhindern, dass sich mir die Frage aufdrängte, wie mein Leben wohl verlaufen wäre, wenn er und meine Mom sich niemals kennengelernt hätten. Wäre ich dann als Nephilim im Himmel aufgewachsen, so wie es Gabriel erzählt hatte und wovor er mich beschützen wollte? Oder wäre alles ganz anders gekommen? Leider gab es keine Möglichkeit, diese Was-wäre-wenn-Fragen zu klären.

Kaum hatte ich mich mit der Unausweichlichkeit meines Endes arrangiert, erschien wie aus dem Nichts einige Schritte vor mir eine schlichte, dunkelbraune Holztür ohne Schloss und Klinke. Von dieser Merkwürdigkeit abgesehen, schien die Tür nichts Besonderes an sich zu haben. Trotzdem verspürte ich eine nicht zu leugnende Anziehung.

Meine Beine machten sich selbstständig und folgten dem Sog, bis ich unmittelbar vor der Tür stand. In Eigenregie legten sich meine Fingerspitzen auf das angenehm kühle Holz und ein Funken Hoffnung wagte es, in mir aufzukeimen. Zwar hatte ich keinen blassen Schimmer, woher diese Tür kam und wohin sie führte, aber solange auch nur die geringste Chance bestand, dass sie mich aus dieser stetig kleiner werdenden Zelle bringen und zumindest vorerst vor dem sicheren Tod bewahren würde, konnte ich sie unmöglich ignorieren.

Als wollte mich eine höhere Macht in meinen Überlegungen bestärken, glitt die Tür geräuschlos auf und präsentierte ein grelles, weißes Licht, das mich so stark blendete, dass ich meine Augen mit einer Hand abschirmen musste. Unweigerlich verspürte ich eine gewisse Neugier und ich fragte mich, was mich auf der anderen Seite erwarten würde.

Hinter meinem Rücken ertönte ein lautes Scheppern und ich drehte mich reflexartig herum. Die Wand war bis auf einen Meter an mich herangerückt, fast so, als wollte sie mich eigenhändig durch die Tür bugsieren.

Mit zittrigen Gliedmaßen, als litte ich unter dem Parkinson-Syndrom, wandte ich mich wieder dem grellen Licht zu und schloss die Augen. Ich hatte die Wahl zwischen dem sicheren Tod und einer Reise ins Unbekannte. Da fiel die Entscheidung nicht sonderlich schwer und so passierte ich nach einem letzten tiefen Atemzug die Schwelle.

VIERUNDDREISSIG

In dem Moment, als ich durch die Tür trat und von dem grellen Licht umhüllt wurde, erfasste mich ein merkwürdiges Gefühl. Einerseits war da diese ungeheuerliche Kraft, die auf meinen Schultern lastete und meinen Körper in Richtung Boden drückte. Andererseits erfüllte mich eine nie zuvor gekannte Leichtigkeit und das Gefühl von Freiheit beduselte mich auf wohlige Art.

Leider blieb mir keine Möglichkeit, über diese Empfindung nachzudenken, denn bereits im nächsten Augenblick stieg mir ein unerträglich süßlicher Duft in die Nase, der meine volle Aufmerksamkeit forderte. Nachdem ich die ganze Zeit diesem bestialischen Gestank nach Schwefel und Asche ausgesetzt gewesen war, traf mich der plötzliche Aromenwechsel völlig unvorbereitet und ich wusste im ersten Moment nicht, wie ich diesen intensiven und warmen Geruch einordnen sollte. Dazu verkrampfte sich auch noch mein Magen und ich wurde von einem Schwindel erfasst, als hätte ich eine Woche lang nichts gegessen.

Was ist jetzt schon wieder los? Und wieso kommt mir dieser Duft so bekannt vor?

Vorsichtig blinzelnd öffnete ich die Augen. Vielleicht würde mir meine Umgebung einen Hinweis auf den Ursprung dieses Geruchs liefern. Doch kaum hatte sich mein Blick scharfgestellt, glaubte ich mich in einem Traum wiederzufinden – nur konnte ich mich nicht entscheiden, ob es sich um einen guten oder einen schlechten handelte.

Was zur Hölle ...?!

Ungläubig taxierte ich den schlauchförmigen Raum, der sich vor mir ausbreitete. Auf einem hellen Fliesenboden stand eine weiße Kommode mit einem altmodischen Zierdeckchen und einer Kristallschale für Schlüssel. An der Wand darüber hing ein ovaler Spiegel und an der gegenüberliegenden

Seite war ein buchefarbener Garderobenhaken angebracht. Die dahinter befindliche Holztreppe führte ins Obergeschoss.

Nein! Das ist unmöglich! Nein! Nein! Nein! Das darf nicht wahr sein!

Obwohl mir jeder Zentimeter dieses Eingangsbereichs geradezu irrsinnig vertraut war, hoffte ich inständig, dass es sich hierbei um eine Illusion oder eine sonst wie geartete Täuschung handelte.

Das darf einfach nicht real sein! Ich kann nicht schon wieder zu Hause sein! Nicht jetzt! Nicht nachdem wir bereits so viel durchgestanden haben! Das geht nicht! Das ist nicht fair!

Die Vorstellung, all unsere Mühen wären umsonst gewesen und wir würden komplett von vorne anfangen müssen, um die dritte Prüfung überhaupt antreten zu können, brachte meinen Magen zum Rebellieren und verdrängte für einen Augenblick die Frage, was mit Adam, Nox und Emilia geschehen war.

»Avy-Spätzchen? Bist du das?« Die Stimme meiner Mom erklang aus der Küche und lenkte mich unfreiwillig zurück ins Hier und Jetzt. Im Vergleich zu all den Problemen, denen wir uns in der Hölle hatten stellen müssen, erschien mir unser vorangegangener Streit auf einmal total lächerlich.

»Ja, ich bin's!«, antwortete ich und eilte in Richtung Küche. Auf einmal verspürte ich den irrationalen Wunsch, von meiner Mom in den Arm genommen zu werden. Auf dem Weg zu ihr bemerkte ich zwei Dinge. Zum einen war mein schwarzes Kampfoutfit einem weißen Sommerkleidchen mit blassblauem Blumenprint gewichen, das den ohnehin stark ergrauten und in Mitleidenschaft gezogenen Verband um mein Handgelenk noch dreckiger erscheinen ließ. Zum anderen verstärkte sich der süßliche Geruch in meiner Nase, je näher ich der Küche kam. Inzwischen ließ sich auch nicht länger leugnen, was hier so köstlich roch.

Mom hat Schoko-Bananen-Kuchen gebacken?!

Vor Rührung wurde mir das Herz schwer. Unser Streit musste sie mehr belastet haben, als ich angenommen hatte. Außerdem, wer wusste schon, wie lange ich dieses Mal verschwunden gewesen war.

Mein schlechtes Gewissen peitschte mich vorwärts und ich wäre meiner

Mom am liebsten in die Arme gesprungen. An der Schwelle zur Küche blieb ich jedoch wie vom Blitz getroffen stehen und starrte mit geweiteten Augen und geöffnetem Mund in den Raum. »Oh. Mein. Gott!« Ich konnte nicht fassen, was ich da sah. Mich schockierten nicht die unzähligen Luftschlangen, Ballons oder der Happy-Birthday-Schriftzug, dessen Ende eine knallbunte Achtzehn zierte. Nein, mein Entsetzen rührte eindeutig von dem Anblick meiner Mom her, die mit einem halb aufgepumpten Ballon in der Hand dastand und mich ansah, als wüsste sie selbst nicht, wie sie reagieren sollte. Entgegen ihrer üblich stilvollen Kleidung trug sie schwarze Leggings und ein weißes Longshirt, beides mit unzähligen Farbklecksen und -spritzern übersät. Ihre braunen Haarsträhnen, die für gewöhnlich zu einem kinnlangen Bob frisiert waren, erstrahlten plötzlich in einem Barbieblond und waren zu einem unordentlich geflochtenen Zopf gebändigt, der ihr bis auf die Mitte ihres Rückens reichte. Doch der mit Abstand furchteinflößendste Teil an ihr war die wassermelonengroße Kugel, die sie vor sich hertrug, als wäre es ein Bauchladen. »Scheiße, Mom! Du bist ja schwanger!« Vor Entsetzen schlug ich mir beide Hände vor den Mund. Ich war doch unmöglich *so* lange weg gewesen.

Oder?!

Panik keimte in mir auf. Zwar wusste ich, dass Adam vor unserem Trip in die Hölle meine Mom mit seiner Engelszunge darauf vorbereitet hatte, dass ich womöglich niemals wiederkommen würde, aber sie konnte sich doch nicht einfach ein Ersatzkind machen lassen.

»Ich bin schwanger?« Mom senkte den Kopf, als hörte sie diese Information zum ersten Mal. »Ach, deswegen sehe ich seit Wochen meine eigenen Füße nicht mehr.« Sie schaute auf und ein freches, aber glückliches Grinsen zierte ihre Mundwinkel, während ihre Augen verliebt funkelten und sie zärtlich mit der Hand über ihre ausgedehnte Körpermitte strich. »Vermutlich ist das auch der Grund, weshalb ich mich seit sieben Monaten jeden Morgen übergeben muss.« Ihr Grinsen wurde breiter, ehe sie das Gesicht verzog und sich auf den Küchenstuhl sinken ließ, der unmittelbar hinter ihr stand. »Mensch, Avy, dein Bruder ist noch nicht auf der Welt und hält mich bereits jetzt ordentlich auf Trab.« Sie lachte leise, bevor sie erneut ihr Gesicht verzog. Offenbar hatte das Baby wieder zugetreten. »Er wirbelt schon den ganzen Tag herum, als könnte er es gar nicht abwarten, dass seine große Schwester morgen achtzehn wird.«

Meine Augen weiteten sich noch eine Spur und meine Kinnlade klappte endgültig herunter, als wäre mein Oberkiefer nicht länger mit dem Unterkiefer verbunden. Niemals hätte ich es für möglich gehalten, dass mich nach den jüngsten Geschehnissen noch etwas derart überraschen würde. Aber Moms Worte hatten es vollbracht und ich konnte nicht einmal sagen, was mich am meisten aus der Bahn warf. Dass ich einen kleinen Bruder bekam? Dass ich mir ernsthaft die Frage stellen musste, wer wohl der Vater des Kindes sein mochte? Oder doch die Neuigkeit, dass ich anscheinend gar nicht monatelang weg gewesen, sondern in der Zeit zurückgereist war und erst morgen achtzehn Jahre alt wurde.

Okay, die Antwort auf diese Frage war eindeutig. Nichts toppte eine Reise in die Vergangenheit.

Ruhig bleiben und tief durchatmen! Bestimmt gibt es dafür eine plausible Erklärung!

Ungewollt kamen mir Emilias Worte in den Sinn: Wenn man sich in einer Situation befand, in der man sich nicht sicher war, was da vor sich ging, sollte man sich erst mal unauffällig verhalten und die Lage sondieren. Aus diesem Grund überdachte ich meine Möglichkeiten. Zum einen hätte ich mich zu meiner Mom setzen und herausfinden können, in was für einer abgedrehten Parallelwelt ich mich aufhielt. Gleichzeitig verspürte ich den drängenden Wunsch, Adam und Nox ausfindig zu machen. Ich musste Klarheit haben, ob es den beiden ebenfalls gut ging und sie in Sicherheit waren.

»Was machst du überhaupt schon zu Hause?«, fragte Mom in meine Gedanken hinein. »Ich dachte, du wolltest nach dem Kinobesuch noch mit zu Killian nach Hause gehen. Erst liegst du uns tagelang mit der Bitte im Ohr, bei deinem festen Freund übernachten zu dürfen und dann, wenn wir es dir endlich erlauben, willst du auf einmal nicht mehr?« Ihre Stirn furchte sich und mütterliche Besorgnis trat in ihren Blick. »Habt ihr beiden euch gestritten? Aber nicht schon wieder, weil du ihm nicht nach Harvard folgen willst, oder?« Sie schüttelte sanft den Kopf und sagte etwas, was ich gar nicht mehr mitbekam. Viel zu sehr war ich damit beschäftigt, meine Mimik unter Kontrolle zu halten und nicht in schallendes Gelächter auszubrechen.

Ich soll mit Killian zusammen sein? Ausgerechnet mit ihm?

Dieser Gedanke wäre bereits vor Monaten unvorstellbar gewesen, ganz zu schweigen davon, was in den letzten Wochen vorgefallen war. Außerdem ließ das die Frage aufkommen, was aus der Beziehung zwischen Nox und mir geworden war.

»Nein, nein, wir haben uns nicht gestritten«, erwiderte ich und war überrascht, wie leicht mir die Lügen inzwischen über die Lippen kamen. Ich verspürte nicht einmal mehr einen Anflug von Unbehagen. »Ihm ist eingefallen, dass er noch etwas mit Mony zu erledigen hat. Irgend so ein Geschwisterding.«

Moms Stirn legte sich in Falten. »Er hatte etwas mit Mony zu erledigen? Meinst du, er wollte ihr Grab besuchen?« Ein trauriges Seufzen entfloh ihr. »Ich kann immer noch nicht glauben, dass der kleine Wirbelwind wirklich tot sein soll. Und das bereits seit einem halben Jahr.«

»Was?«, spie ich hervor, ehe ich mich zügeln konnte. Doch mit dieser Nachricht hatte mich meine Mom eiskalt erwischt.

Harmony ist tot? Aber wie kann das sein? In der realen Welt ging es ihr zum Zeitpunkt meines Geburtstages doch noch gut! Wir hatten sogar ausreichend Zeit, sie ins Feenreich zu bringen!

Die Furchen auf dem Gesicht meiner Mom vertieften sich, was wohl meiner unbedachten Reaktion zuzuschreiben war. Schnell korrigierte ich mich. »Ich meine, ich kann auch nicht fassen, dass sie tot ist.«

Mom nickte und ihre Augen wurden verräterisch feucht. »Ja, es ist schrecklich, wenn ein geliebter Mensch so plötzlich und unvorhergesehen verstirbt. Und dann auch noch unter so mysteriösen Umständen. Von dem Zeitpunkt ganz zu schweigen.« Erneut schüttelte sie den Kopf. »Da findet ihr zwei – du und Killian – nach Jahren der Freundschaft endlich heraus, dass ihr Gefühle füreinander hegt, und nur eine Woche später stirbt seine Schwester im Krankenhaus an diesem extremen Fieber.« Begleitet von einem Schluchzen rann ihr salziges Nass aus den Augenwinkeln. »Was für eine Tragödie, dass selbst ihre Familie sich nicht einmal mehr von ihr verabschieden konnte. Sie mussten sie begraben, ohne sicherzugehen, dass es Mony in ihrem ewigen Bett bequem hat.«

Ich hatte die Kontrolle über meine Mimik verloren und spürte auch über meine Wangen heiße Tränen rollen. Meine Gedanken überschlugen sich in dem Versuch, das Gesagte zu verarbeiten.

Harmony ist gestorben, weil sich Killians Liebe und Aufmerksamkeit nicht länger ausschließlich auf sie projiziert hat?!

Zumindest hatte die echte Harmony etwas in die Richtung vorausgesagt. Doch niemals hätte ich es für möglich gehalten, dass es ausgerechnet mir anzulasten war.

Schuldgefühle drohten mich zu übermannen, aber ich tröstete mich mit dem Gedanken, dass Harmony nicht wirklich tot war. In der realen Welt hatten Nox und ich ihr das Leben gerettet.

Auch wenn sie es uns damit gedankt hat, dass sie uns verriet.

Wut mischte sich unter meine Emotionen und ich musste an Adams Beichte bezüglich Harmony denken. Aber da jetzt nicht der richtige Moment war, um mich meinen negativen Gefühlen hinzugeben, zwang ich mich zu einem anderen, sehr viel wichtigeren Thema. »Sag mal, Mom, weißt du zufällig, wo sich Adam rumtreibt?«

»Adam?« Mom blickte mich irritiert an. »Wen meinst du? Ich kenne keinen Adam.«

Auch wenn mich ihre Worte nicht hätten überraschen dürfen, fühlten sie sich wie ein Schlag ins Gesicht an. »Ach, schon gut. Ist nicht so wichtig«, erwiderte ich. Doch das war eine glatte Lüge und ich hätte am liebsten lauthals geschrien. Natürlich musste ich ausgerechnet in einem Paralleluniversum landen, in dem meine Mom keine Ahnung hatte, wer Adam war.

»Ist alles in Ordnung mit dir, Spätzchen?« Erneut lag Sorge in ihrem Blick. »Du wirkst heute ein bisschen neben der Spur.«

Ich zwang mich zu einem unbekümmerten Lächeln, auch wenn sich die

Geste anfühlte, als würden zwei Angelhaken an meinen Mundwinkeln zerren. »Nein, nein, mir geht es gut. Mir, ähm, mir fällt nur gerade ein, dass ich noch etwas erledigen muss.« Ich deutete über meine Schulter hinweg in Richtung Haustür. »Wir sehen uns später, ja?!« Ohne ihre Reaktion abzuwarten, wollte ich bereits auf dem Absatz kehrtmachen und davoneilen. Doch bevor ich meinen Beinen den Befehl erteilen konnte, öffnete sich die Haustür und mein Kopf war das einzige Körperteil, das sich herumdrehte.

»Liebling, ich bin zu Hause!« Ein in einen dunkelgrauen Anzug, ein weißes Hemd und eine hellblaue Krawatte gekleideter Mann betrat den Flur. Seine kurzen braunen Haare waren an den Schläfen ergraut und sein Gesicht wies einige Falten auf. Die braunen Augen des Mannes strahlten glücklich und als sich unsere Blicke trafen, erschien ein breites Lächeln auf seinen Lippen. »Avy-Mäuschen, was machst du denn zu Hause? Ich dachte, wir sehen dich erst morgen.« James stellte seine Aktentasche auf den Boden, warf seinen Schlüsselbund in die dafür vorgesehene Schale und kam auf mich zu. »Aber ich freue mich, mein kleines Mädchen am Abend vor ihrem großen Tag noch einmal sehen zu dürfen.« Er beugte sich zu mir vor und hauchte mir einen Kuss auf die Stirn.

Das Ganze war so schnell und überrumpelnd vonstattengegangen, dass ich nicht einmal die Möglichkeit gehabt hatte, mich wegzudrehen oder sonst wie zu reagieren. Stattdessen stand ich einfach nur da und sah zu, wie James an mir vorbeitrat und zu meiner Mom in die Küche ging. Erst hauchte er ihr einen zärtlichen Kuss auf die Lippen, dann beugte er sich zu ihrem Bauch herunter und presste auch diesem einen liebevollen Schmatzer auf. »Na, wie geht es meiner Traumfrau und meinem Stammhalter?«

»Er hat mir heute mindestens fünf Rippen gebrochen«, erwiderte Mom mit einem Lachen in der Stimme und streichelte über ihren Bauch. James nahm auf dem Stuhl neben ihr Platz. »Avy hat mich übrigens auf einen tollen Namensvorschlag gebracht. Was hältst du von ›Adam‹?«

»Adam?« James ließ sich den Namen auf der Zunge zergehen, während ich die beiden anstarrte, als befände ich mich in einem abgedrehten Kuriositätenkabinett. Was zum Teufel lief hier ab? Wenn ich tatsächlich in der Zeit zurückgereist war und mein achtzehnter Geburtstag kurz bevorstand, was machte James dann hier? Wieso war er nicht in Los Angeles und frönte seiner erkauften Karriere?

Es sei denn ...

Ein Gedanke schoss mir durch den Kopf und ich sog scharf die Luft ein.

Vielleicht hat er in dieser Welt meine Seele gar nicht verkauft?

So absurd und abwegig diese Vorstellung auch war, würde sie zumindest diese völlig verrückte Situation erklären.

Ich muss herausfinden, ob ich recht habe!

Aber wie?

Natürlich wäre die einfachste Möglichkeit gewesen, James danach zu fragen. Aber zum einen würde ich ihm sowieso nicht glauben, ganz gleich, wie seine Antwort lautete, zum anderen hielt mich meine Mom auch so bereits für geistig verwirrt. Wenn ich jetzt noch von verkauften Seelen und dem Teufel anfing, würde sie mich vermutlich in die Klapse einweisen.

»Entschuldigt mich bitte kurz.« Ich drehte den beiden den Rücken zu und sprintete, so schnell ich konnte, hinauf ins Obergeschoss, wo ich mich sogleich im Badezimmer einsperrte. Mir war eine Idee gekommen, wie ich meine Theorie überprüfen konnte, ohne meine Mom in die Verlegenheit zu bringen, ihre Tochter einweisen lassen zu müssen.

Hastig befreite ich mein Handgelenk von dem ergrauten und mit Blut bespritzten Verband und mit jeder abgelegten Schicht beschleunigte sich mein Puls, bis er schließlich mit dem letzten Stoffrest seinen Höhepunkt erreichte, während mein Atem stockte.

Oh. Mein. Gott! Das kann doch nicht wahr sein!

Ungläubig starrte ich auf die helle, jungfräuliche Hautstelle, die so zart war, dass sogar die blauen Aderverästelungen darunter zu erkennen waren.

Es ist wahr. Es ist tatsächlich wahr. Meine Seele gehört nicht dem Teufel. Sie gehört mir!

Ein Gefühl machte sich in mir breit, das ich nicht in Worte fassen konnte. Es war eine Mischung aus den unterschiedlichsten Empfindungen, die ich gar nicht alle benennen konnte. Natürlich waren da überschwängliches

Glück, kribbelige Freude und grenzenlose Erleichterung, die mich leicht wie einen Heliumballon machten. Dazu stiegen mir Tränen in die Augen und ich konnte das Schluchzen in meiner Kehle nicht länger unterdrücken. Meine Emotionen fuhren die wildeste Achterbahn, die ich mir jemals hätte vorstellen können, und ich wusste nicht, wie ich sie bändigen sollte. Die Rettung meiner Seele hatte mich unglaublich viel Kraft, Nerven, Tränen und auch zwischenmenschliche Beziehungen gekostet. Ich hatte unbeschreibliches Leid ertragen müssen und war dem Tod mehr als nur einmal haarscharf von der Klinge gesprungen. Doch jetzt, da dieser große, alles bestimmende Schicksalsweg hinter mir lag, wusste ich nicht, was ich mit meinem Leben anfangen sollte.

Halt! Nein! Warte!

Ein Gedanke pflügte durch meinen Verstand, zerschmetterte meine Wohlfühlemotionen und katapultierte mich auf unangenehmste Art zurück auf die Erde.

Das alles hier ist nicht real! Meine Seele gehört sehr wohl dem Teufel, denn James hat sie verkauft! Genau aus diesem Grund bin ich doch hier!

Nach und nach drängten sich die Erinnerungen an die Hölle in mein Bewusstsein und mein Handgelenk begann unangenehm zu brennen. Auch wenn ich das Kainsmal nicht sehen konnte, spürte ich, dass es noch da war.

Ich darf mich nicht von dieser Welt einlullen lassen! Stattdessen muss ich so schnell wie möglich Adam und Nox finden! Die beiden werden wissen, was hier los ist und wie wir von hier verschwinden können!

Ohne den Verband zu beachten, den ich achtlos ins Waschbecken hatte fallen lassen, verließ ich das Badezimmer in der festen Absicht, auf direktem Weg aus dem Haus zu stürmen und die beiden Engel aufzusuchen. Doch je näher ich dem Erdgeschoss kam, desto schwerer fiel es mir, an meinem Plan festzuhalten. Stattdessen verspürte ich diesen inneren Drang, noch einmal in die Küche zu gehen und herauszufinden, was James aus seinem Leben gemacht hatte, da er kein preisgekrönter Schauspieler geworden war.

»James, womit verdienst du dein Geld?«, fragte ich geradeheraus, kaum dass ich die Schwelle zur Küche erreicht hatte.

»James?«, wiederholte ebenjener mit angehobenen Augenbrauen und verblüfftem Blick. »Seit wann nennst du mich bei meinem Vornamen?« Er erwartete glücklicherweise keine Antwort, sondern sprach selbst weiter. »Und warum fragst du, womit ich mein Geld verdiene? Du weißt doch, dass ich Autos verkaufe. Immerhin bekommst du deswegen bereits morgen einen neuen Wagen, obwohl du deinen alten erst seit zwei Jahren hast.«

»Du bist ... *Autoverkäufer?*« Die Silben waren mir ungewollt über die Lippen gekommen und ich verlor für einen Augenblick die Kontrolle über meine Mimik. Ich hatte ja mit vielem gerechnet, aber ganz gewiss nicht mit dieser Antwort. »Aber was ist mit deinem Traum, Schauspieler zu werden?«

James' Verwirrung schien sich im selben Maß zu verstärken wie meine eigene. »Avy-Mäuschen, ist wirklich alles in Ordnung mit dir? Deine Mom hat mir gerade erzählt, dass du heute etwas neben dir stehst, aber ich mache mir langsam wirklich Sorgen.« Er sah mich prüfend an, doch als ich keine Anstalten machte, etwas zu erwidern, sondern ihn nur auffordernd ansah, führte er seine Erzählung fort. »Ich habe eine Zeit lang Schauspielkurse angeboten, nachdem mich keine Agentur unter Vertrag nehmen wollte. Aber niemand wollte einen Versager wie mich buchen. Also habe ich mir einen vernünftigen Job gesucht, um meine Familie ernähren zu können.« Er warf Mom einen verliebten Blick zu, ehe er mich wieder ansah. »Irgendwann musste ich ja einsehen, dass ich kein Talent habe. Dafür bin ich umso besser darin, Autos an den Mann zu bringen. Und da ich in meinem Job inzwischen sehr erfolgreich bin und genügend verdiene, kann sich deine Mom ganz auf ihre Karriere als angehende Künstlerin konzentrieren. Denn im Gegensatz zu mir ist sie äußerst talentiert.«

Die überraschend ehrlichen und zugleich entwaffnend offenen Worte verschlugen mir die Sprache und ich wusste nichts darauf zu erwidern. Dennoch verspürte ich den plötzlichen Drang, mich zu Mom und James an den Tisch zu setzen und Zeit mit ihnen zu verbringen. Vielleicht wäre ich diesem Impuls sogar erlegen, wenn Mom nicht das Thema gewechselt und mich an mein ursprüngliches Vorhaben erinnert hätte.

»Also, Avy? Was sagst du?« Ihr Blick glitt von James zu mir. »Soll dein kleiner Bruder Adam heißen? Dann wärt ihr Avery und Adam. Klingt das nicht unheimlich schön zusammen? Fast so, als würdet ihr beiden später nicht nur Geschwister sein, sondern auch beste Freunde.«

FÜNFUNDDREISSIG

Ich legte den Weg von meinem Zuhause zu dem Haus, in dem Adam und Nox wohnten, in Rekordzeit zurück. Das lag allerdings nicht an dem Wagen, der mir in dieser Welt zur Verfügung stand – ein 67er Chevrolet Impala, was für ein Schmuckstück! –, sondern war meiner Wut auf mich selbst geschuldet. Ich konnte es nicht fassen, dass ich beinahe zum zweiten Mal auf diese vermeintlich perfekte Welt hereingefallen war.

Das darf mir nicht erneut passieren! Ich muss mich wirklich besser konzentrieren!

Leider war das gar nicht so einfach, wenn man urplötzlich von einer regelrechten Glückssträhne eingelullt wurde. Abgesehen davon, dass zu Hause die perfekte Familie auf mich wartete und ich nicht länger um mein Leben bangen musste, wurde mein Weg auch von einer Grüne-Ampel-Welle begleitet, im Radio liefen meine Lieblingssongs in Dauerschleife und ich fand direkt vor dem Haus einen traumhaften Parkplatz. Selbst als ich die Stufen zum Eingang hinaufsprintete, wäre ich bei dem Tempo normalerweise mindestens einmal gestolpert. Stattdessen erreichte ich, ohne aus dem Takt zu geraten, die Eingangstür und betätigte im Rhythmus eines Presslufthammers die Türklingel.

»Kommt schon!«, murmelte ich und hämmerte parallel zu meinem Schellmarathon mit der Faust gegen die Eingangstür. »Macht schon auf! Bitte! Ich weiß, dass ihr da seid. Ihr *müsst* einfach da sein!« Mit all meiner Willenskraft klammerte ich mich an diesen Worten fest, als könnte ich sie dadurch wahr werden lassen. Zeitgleich verstärkte ich meine Bemühungen, bis der schrille Klingelton einem durchgängigen Sirren wich. Wenn ich nicht achtgab, würde noch ein Nachbar die Polizei rufen und mich wegen Lärmbelästigung anzeigen. »Bitte!«, flehte ich mit stetig wachsender Panik, je länger die Tür geschlossen blieb. »Ihr dürft mich nicht im Stich lassen! Ohne euch …«

Die Tür öffnete sich so ruckartig, dass ich nicht nur mitten im Satz stockte, sondern auch vor Schreck einen Schritt zurückwich. Doch als mein Blick auf Adam fiel, der mit seinen goldblonden Locken, seinen dunkelblauen Jeans und dem weißen, leger zugeknöpften Hemd dastand, erfüllte das reinste Freudenfeuerwerk mein Innerstes.

»Oh, Adam!« Vor Erleichterung stiegen mir Tränen in die Augen und mein Körper erzitterte. Am liebsten wäre ich ihm um den Hals gefallen, aber da ich nicht mit Sicherheit sagen konnte, ob mein Kainsmal wirklich deaktiviert war, wäre es dumm gewesen, dieses Risiko einzugehen. Also beschränkte ich meine Freude auf ein überschwängliches Grinsen, das zum Teil daher rührte, dass ich offenbar nicht die Einzige war, die von den Schmerzen und Qualen der Unterwelt befreit worden war. Auch der Engel schien in bester gesundheitlicher Verfassung zu sein. »Du kannst dir nicht vorstellen, wie erleichtert ich bin, dich zu sehen.«

»Avery?« Adam schien zu perplex, um meine Wiedersehensfreude zu teilen. »Was machst du hier?«

Unweigerlich musste ich lachen. »Ach, nichts Besonderes, weißt du? Ich war zufällig in der Nähe und wollte fragen, ob du Bock auf einen Milchshake und einen Film hast.« Ohne ihm die Gelegenheit zu einer Erwiderung zu geben, trat ich auf ihn zu. Dass ich zumindest meinen besten Freund in Sicherheit und an meiner Seite wusste, befreite mein Herz von einer ganzen Lastwagenladung Steine, wie mein loses Mundwerk zeigte. »Darf ich jetzt reinkommen oder willst du erst sichergehen, dass ich kein Dämon bin?«

Für den Bruchteil einer Sekunde schien Adam ernsthaft über meine Frage nachzudenken, doch dann machte er mit gefurchter Stirn einen Schritt zur Seite, sodass ich eintreten konnte.

Das hinter der Eingangstür angrenzende Wohnzimmer war mir ebenso vertraut wie mein eigenes Zuhause, sodass ich dem Interieur keine Beachtung schenkte, sondern meinen Blick aus einem anderen Grund umherschweifen ließ. Auch wenn ich nicht wirklich daran glaubte, Nox anzutreffen – wer hatte schon so viel Glück? –, wollte mein Unterbewusstsein auf Nummer sicher gehen.

»Was machst du hier, Avery?«, wiederholte Adam und schloss die Haustür. Der Ausdruck in seinen Augen strahlte Befremdung aus und seine Haltung wirkte steif und angespannt. »Woher weißt du, wo ich wohne? Und was wohl am wichtigsten ist: Woher kennst du meinen Namen?«

»Was? Wieso fragst du mich diesen Blödsinn?« Adams Verwirrung hatte sich auf mich übertragen und nun war ich diejenige, die verunsichert und befangen klang. Trotz der Begegnung mit meiner Mom und James hatte ich nicht einen Augenblick die Möglichkeit in Erwägung gezogen, dass der Adam in dieser Welt nicht der Adam aus der realen Welt sein könnte. »Wieso sollte ich deinen Namen nicht kennen und nicht wissen, wo du wohnst? Immerhin sind wir …« Der Rest des Satzes blieb mir im Rachen stecken und drohte mich zu ersticken. Nachdem mir klar geworden war, dass in dieser Welt meine Seele nicht dem Teufel gehörte, war ich derart euphorisiert gewesen, dass ich alle damit verbundenen Konsequenzen ausgeblendet hatte. Nun rächte sich meine Torheit auf grausame Art. »In dieser Welt sind wir gar keine Freunde, nicht wahr? Du bist zwar mein Schutzengel, aber weil James meine Seele nicht an Luzifer verkauft hat, gab es für dich keinen Grund, in mein Leben zu treten, und so hatten wir nie die Chance, einander kennenzulernen.« Ein trockenes Lachen bildete sich in meinem Hals, doch wegen des straußeneigroßen Kloßes in meiner Kehle kam nur ein merkwürdig erstickter Laut hervor, der an einen Dackel mit Kehlkopfkrebs erinnerte. Zur selben Zeit kehrte die Lastwagenladung Steine, die mir zuvor vom Herzen gefallen war, in dreifacher Intensität zurück und ich geriet ins Taumeln. Glücklicherweise stieß ich gegen die Rückenlehne der Couch, sodass meine Finger sich in den vertrauten Stoff krallen konnten, während ich mich mechanisch auf die Lehne sinken ließ. Erst jetzt begann ich das gesamte Ausmaß dieser Situation zu realisieren.

Wenn James meine Seele nie verkauft hat und Adam dadurch nicht Teil meines Lebens wurde, hat auch Nox keinen Grund, hier zu sein. Vermutlich würde er mich nicht einmal erkennen, selbst wenn ich ihn finden würde.

»Wovon, im Namen der Heiligen Jungfrau Maria, redest du da, Avery?« Adam trat zögerlich auf mich zu. Aufrichtige Sorge war in seinen Augen zu lesen, aber es fehlte die Wärme und die Zuneigung, die *mein* Adam immer ausstrahlte, wenn er mich auf diese Weise ansah. »Woher weißt du, dass ich dein Schutzengel bin? Und was meinst du damit, dass wir ›in dieser Welt‹ nicht miteinander befreundet sind?« Schritt für Schritt näherte er sich mir. Vorsichtig und behutsam. Als wäre ich ein scheues Tier.

Oder ein durchgeknallter Psychopath, der jeden Augenblick mit einem Messer auf ihn losgehen könnte.

»Avery, ich weiß wirklich nicht, woher du all diese Dinge weißt«, sagte Adam und seine Sprechstimme wurde von Silbe zu Silbe ruhiger, bis sie in einen melodiösen Singsang wechselte und mich mit einem warmen und wohligen Gefühl erfüllte. »Aber du solltest dich beruhigen. James hat deine Seele nicht verkauft. Niemand hat das. Das schwöre ich dir.«

Das Unbehagen in meinem Inneren wich einer wohligen Wärme, die sich ausbreitete, bis sie jeden noch so tief verborgenen Winkel meines Körpers erfüllte und sich mein Puls wie von Zauberhand normalisierte. Meine Gedanken erlahmten und ich vergaß tatsächlich für einen Moment, weshalb ich gerade noch derart aufgebracht gewesen war.

»Wow. So fühlt es sich also an, wenn du einen mit deiner Engelszunge manipulierst?« Meine Aussprache erschien mir ungewohnt schleppend, als wäre ich betrunken oder stoned. Doch anstatt mich über Adam zu ärgern, weil er mich verzaubert hatte, genoss ich die flauschigen Watteballchen in meinem Kopf. »Das ist ja voll witzig.« Ein leises Kichern untermalte meine Worte.

Adam öffnete den Mund, vermutlich um seine Irritation darüber kundzutun, dass ich sogar über seine Engelskräfte Bescheid wusste. Doch anstatt seines hellen Tenors ertönte ein tiefer Bariton, der mich wie eine schallende Ohrfeige aus meinem Dämmerzustand riss.

»Habe ich doch richtig gehört, dass du nicht allein hier unten bist, Adam.« Ohne dass ich es bemerkt hatte, war Nox auf der Treppe erschienen. Seine schwarze Hose war einer hellen Stone-washed-Jeans mit Rissen an den Knien gewichen und seine Biker Boots hatte er gegen hellgraue Sneaker getauscht. Seine muskulöse Brust war auch nicht wie üblich unter einem dunklen Shirt und einer Lederjacke verborgen, sondern unter einem weißen, enganliegendem T-Shirt mit offener Knopfleiste am Halskragen. Doch bis auf diese veränderten Äußerlichkeiten sah der Höllendiener genauso aus wie immer. Seine schimmernd grünen Augen nahmen mich wie strahlende Scheinwerfer ins Visier und entließen mich auch dann nicht, als der gefallene Engel mit der Grazie einer Raubkatze die Stufen hinabstieg. Ein ebenso verschmitztes wie verführerisches Lächeln umspielte seine Lippen.

»Nox«, hauchte ich und mein Herzschlag, den Adam gerade erst wieder auf Normalzustand zurückgesetzt hatte, geriet ein weiteres Mal aus dem Rhythmus. Würden meine Knie nicht aus Vanillesauce bestehen, wäre ich vermutlich längst auf den Höllendiener zugeeilt und hätte mich auf ihn gestürzt – mögliche Schmerzen oder fehlende Erinnerungen hin oder her.

»Nicholas! Gut, dass du kommst.« Adam wandte sich ebenfalls Nox zu und verpasste dadurch meinen verblüfften Gesichtsausdruck. Noch nie hatte Adam Nox bei seinem richtigen Vornamen genannt. »Ich glaube, wir haben hier ein ernsthaftes Problem.«

»Ach ja?« Nox brachte die letzten Stufen im lockeren Trab hinter sich und gesellte sich zu Adam und mir. Seinen Blick hatte er unentwegt auf mich gerichtet. »Was ist denn los, Bruderherz? Ist dem Himmel etwa ein Engel abhandengekommen?« Das Funkeln in seinen Augen verstärkte sich, ebenso wie sein Lächeln. Obwohl dadurch sogar zwei niedliche Grübchen zum Vorschein kamen, blieb der vertraute Sog aus, der mich normalerweise längst in seinen Bann gezogen hätte.

Und genau diesem Faktor hatte ich es zu verdanken, dass mein Verstand, der kurzzeitig in einen Energiesparmodus gewechselt war, sofort wieder ansprang und mir in Erinnerung rief, dass all das hier nicht der Wahrheit entsprach – ganz gleich, wie wohlig und verlockend es auch erscheinen mochte.

»Lass die Sprüche, Nox«, konterte ich selbstbewusst. »Ich fühle mich genauso wenig als Engel wie du.«

Nox' Augenbrauen schossen verblüfft in die Höhe, während sich Adams zusammenzogen und eine schmale Falte über seinem Nasenrücken bildeten.

»Genau das meine ich«, sagte Adam und verschränkte die Arme vor der Brust, während der Höllendiener seine Hände in den Taschen seiner Jeans vergrub. »Das ist Avery, mein Schützling. Vor einer knappen Stunde saß sie noch mit ihrem Freund Killian im Kino – ohne mich und die magische Welt zu kennen. Und jetzt taucht sie auf einmal hier auf, weiß, wer ich bin, wie ich heiße, und ist sogar über meine Fähigkeiten informiert.« Die Furchen auf seiner Stirn vertieften sich. »Hinzu kommt, dass sie über verschiedene Welten spricht und darüber, dass ihr Vater ihre Seele an Luzifer verkauft haben soll.«

»Dass er sie *nicht* verkauft hat«, korrigierte ich Adam, auch wenn mir bewusst war, dass ich die Situation dadurch nicht unbedingt besser machte. »Mein Problem ist, dass James – der im Übrigen nicht mein Vater ist – meine Seele *nicht* verkauft hat. Zumindest nicht in dieser Welt. Denn genau deshalb führen wir ja nur dieses Gespräch.«

Sofort verstärkte sich die Irritation bei beiden Männern, was mir ein erschöpftes Seufzen entlockte. So in etwa musste sich der echte Adam gefühlt haben, als ich mich nicht an ihn und unsere gemeinsame Vergangenheit erinnert hatte.

»Hört zu, ich weiß, die ganze Sache muss euch total verrückt erscheinen. *Ich* muss euch total verrückt erscheinen.« Abwechselnd sah ich von Adam zu Nox und wieder zurück. Ich wusste nicht, auf wen von beiden ich meine Aufmerksamkeit richten sollte. »Und an eurer Stelle würde ich vermutlich genauso denken. Aber ihr müsst mir glauben. Ich bin nicht durchgeknallt. Wirklich nicht.« Mit jedem weiteren Wort, jeder einzelnen Silbe, die mir über die Lippen kam, klangen meine Beteuerungen unglaubwürdiger und ich konnte nicht verhindern, dass sich Panik in mir ausbreitete. Wenn ich nicht achtgab, würde ich mich noch um Kopf und Kragen reden. »Ich kann euch leider nicht die ganze Geschichte erzählen«, versuchte ich meine eigene Irritation und die stetig intensiver werdende Nervosität und Anspannung unter Kontrolle zu bringen. »Aber ihr müsst mir vertrauen. Woher sollte ich zum Beispiel wissen, dass dich, Adam, deine Sanprada Hope vor knapp zwanzig Jahren verlassen hat? Oder dass du, Nox, vom Himmel gefallen bist, weil du den Mord an Emilia gerächt und ihren menschlichen Ehemann Richard getötet hast und nun als Seelenjäger für die Hölle arbeitest? Das weiß ich doch alles nur, weil ihr es mir selbst erzählt habt. Und zwar in der *realen* Welt.«

Die beiden Engel tauschten einen kurzen, aber bedeutungsvollen Blick und ich wusste, dass sie mir kein Wort glaubten. Doch entgegen meiner Annahme, dass Adam etwas dazu sagen würde, war es der vermeintliche Höllendiener, der die Arme sinken ließ und auf mich zutrat.

»Wir möchten dir glauben, Avery.« Er sprach meinen Namen aus, als wäre er etwas Zartes, Zerbrechliches, und legte mir in einer sanften Geste eine Hand auf den Unterarm. Die Berührung seiner warmen, weichen Finger kam so überraschend und war derart angenehm, dass ich keine Gelegenheit hatte, rechtzeitig einen Warnruf auszustoßen. Glücklicherweise war das auch nicht nötig, denn mein Kainsmal schien tatsächlich deaktiviert worden zu sein. »Aber das ist ziemlich schwer in Anbetracht dessen, was du gerade gesagt hast.« Er sah mich auf diese einzigartig verwundbare Art an, dass ich mich auf jedes seiner Worte konzentrieren musste, um überhaupt zu verstehen, was er da sagte. »Immerhin entspricht nichts davon der Wahrheit – obwohl ich zugeben muss, dass mir der Spitzname gefällt, den du für mich benutzt.« Ein kleines Lächeln zupfte an seinen Mundwinkeln und ein amüsiertes Funkeln trat in seine Iriden.

»Wie bitte?«, kam es mir reflexartig über die Lippen, während meine Wohlfühlemotionen wie Seifenblasen zerplatzten und sich meine Augen schockiert weiteten. Mein Blick glitt zu Adam, doch der musterte mich nur weiterhin mit zusammengezogenen Augenbrauen, kritischem Blick und vor der Brust verschränkten Armen, als könnte er sich nicht entscheiden, ob er Mitleid mit mir haben oder mich als eine ernsthafte Bedrohung einordnen sollte. Wäre ich in diesem Moment nicht von einer tiefgehenden Erschütterung erfasst worden, hätte ich vielleicht darüber lachen können, dass Adam und Nox in dieser Welt scheinbar die »Böser Cop und guter Cop«-Rollen getauscht hatten.

»Ich … ich muss mich hinsetzen.« Auch wenn ich technisch gesehen bereits saß, lief ich Gefahr, jeden Moment in Ohnmacht zu fallen. Also erhob ich mich von der Couchlehne und umrundete mit steifen Bewegungen die Sitzgelegenheit. Nachdem ich in das Polster gesunken war, folgten mir Adam und Nox. Mein Genius wählte einen Sessel, Nox hingegen setzte sich neben mich auf die Couch und legte wie selbstverständlich einen Arm auf die Lehne hinter meinem Rücken. »Wenn du sagst, dass das alles nicht der Wahrheit entspricht«, wagte ich einen zögerlichen Vorstoß, diese Welt verstehen zu wollen, und blickte Nox an, »was ist dann die Wahrheit? Wie sieht sie aus?«

»Na ja«, entgegnete der Höllendiener und schlug lässig ein Bein über das andere. Obwohl er auf vertraute Art selbstbewusst wirkte, fehlte die typische Arroganz, die er normalerweise durch eine derartige Haltung ausstrahlte. »Du behauptest, dass Hope Adam vor zwei Jahrzehnten verlassen hat. Aber das hat sie nicht. Das hat sie nie. Und das könnte sie auch nicht. Die beiden sind zwei Hälften einer Seele. Ohne den jeweils anderen würden sie keine Stunde überleben.« Er warf Adam einen freundschaftlich-feixenden Blick zu. »Goldlöckchen ist seiner Sanprada völlig verfallen.« Ohne das grimmige Lächeln seines Bruders zu beachten, wandte sich Nox wieder an mich. »Und auch wenn deine Version durchaus verlockende Aspekte bietet und ich mich geehrt fühle, dass ein so hübsches Mädchen, wie du es bist, mich als edlen Ritter betrachtet, muss ich dich enttäuschen, Avery. Ich war nie in der Versuchung, Emilias Mord rächen zu müssen, weil sie gar nicht umgebracht wurde. Ihr geht es blendend. Glaub mir, ich muss es wissen. Ich habe die letzte Nacht mit ihr verbracht.«

Zum wiederholten Mal an diesem Tag klappte meine Kinnlade herunter. Adam und Hope waren glücklich vereint? Der Höllendiener war nie aus dem Himmel verbannt worden und kannte deswegen weder seinen höllischen Spitznamen noch wies er die damit verbundenen Wesensveränderungen auf? Am meisten erschütterte jedoch mich die Neuigkeit, dass er tatsächlich weiterhin mit Emilia ins Bett ging!

»Moment!«, sagte ich, als sich ein neuerlicher Gedanke in meine Überlegungen mischte und meine Augen – sofern das möglich war – noch größer wurden. »Wenn Hope Adam nie verlassen hat und weiterhin als Schutzengel tätig ist, dann ist ihre Seele auch nie …« Mein Blick glitt zu Adam, ohne dass ich ihn wirklich wahrnahm. Stattdessen verlor ich mich abermals in meinen Gedanken.

Wenn Hopes Seele noch in ihrem eigenen Körper steckt, dann kann sie nicht in meinem sein. Und wenn Mom und James so ultraglücklich miteinander sind, hat sie vielleicht nie …

Ich sog scharf die Luft ein und mein Herz hämmerte wild in meiner Brust. »Welche Farbe hat meine Aura?«, kam es mir hastig über die Lippen. Mein Verstand lief derart auf Hochtouren, dass ich mich ernsthaft sorgte, er könnte jeden Moment einen Kurzschluss erleiden.

Adam erwiderte meinen Blick sichtlich irritiert, doch nach einem weiteren stummen Austausch mit seinem Seraphenbruder antwortete er schließlich seufzend: »Sie ist blassgrün.«

»Blassgrün?«, wiederholte ich, ohne es selbst wahrzunehmen. *Nicht perlmuttfarben?*, fügte ich gedanklich hinzu.

Bedeutet das etwa, dass ich tatsächlich kein Halbengel bin? Dass nicht Gabriel, sondern James mein Vater ist?

Leider musste die Beantwortung dieser Frage warten, denn just in diesem Moment öffnete sich die Haustür und eine Frau trat ins Wohnzimmer. Obwohl sie nicht sonderlich groß und auch nicht mit Modelmaßen gesegnet war, konnte man sie unmöglich *nicht* mit den Worten »beneidenswert schön« bezeichnen. Ihre türkisfarbenen Augen funkelten voller Glückseligkeit und das Lächeln auf ihren rosafarbenen Lippen zeugte von aufrichtiger Herzensfreude, als ihr Blick auf unsere Gruppe fiel. Dazu leuchteten ihre silberblonden Haarsträhnen, was in Kombination mit ihrem weißen Sommerkleid ihre edle Blässe hervorhob und sie regelrecht erstrahlen ließ.

»Hallo, Liebling. Ich wusste gar nicht, dass wir Besuch erwarten«, sagte Hope und schloss die Tür hinter sich.

SECHSUNDDREISSIG

Obwohl ich bereits im Zuge des Blutkarnevals einen Blick auf Adams Sanprada hatte erhaschen können, war ihre Erscheinung in der Realität – sofern man diese Welt als solche bezeichnen konnte – noch sehr viel beeindruckender. Sie besaß jene Art von Ausstrahlung, die einen unweigerlich verzauberte, sodass man alles dafür tun würde, um ihre Gunst zu gewinnen – sogar sich selbst zu einer unbedeutenden Nebenfigur seines eigenen Lebens zu machen.

»Hope.« Adams kritische Miene, mit der er mich zuvor bedacht hatte, wandelte sich schlagartig und wurde zu einem wahren Zeugnis seiner tiefgehenden und hingebungsvollen Liebe. Er sprang aus seinem Sessel, eilte auf seine Frau zu und zog sie in eine innige Umarmung, ehe sich ihre Lippen in einem leidenschaftlichen Kuss vereinten, der selbst den größten Skeptiker davon überzeugt hätte, dass es die wahre Liebe tatsächlich gab.

Ungewollt traf mich der Stachel der Eifersucht.

Auch wenn ich Adam jegliches Glück gönnte, konnte ich nicht leugnen, dass mich der Anblick der beiden schmerzte. Zum einen überkam mich der plötzliche und völlig irrationale Gedanke, dass Nox und ich in der realen Welt niemals eine derartig innige und aufopferungsbereite Beziehung führen würden. Zum anderen verdeutlichte mir die Harmonie der beiden, wie stark der echte Adam und ich uns in den vergangenen Wochen voneinander entfernt hatten. Ob wir die Kluft zwischen uns jemals überwinden würden, stand hingegen in den Sternen.

»Wenn du bei dem Anblick das Bedürfnis verspüren solltest, dir die Augen auszustechen oder die Pulsadern aufzuschlitzen …«, zischte mir Nox ins Ohr und sein Arm rutschte von den Couchlehne auf meine Schultern. Sein Atem streifte meinen Hals und als ich mich zu ihm herumdrehte, bemerkte ich, dass der Seraph dicht an mich herangerückt war. Sein Oberschenkel drückte gegen meinen und der verlockende Duft nach feuchtem Waldboden, Tannengrün und Harz kitzelte in meiner Nase. Doch anstatt angesichts dieser Nähe zu erschaudern und mich an Nox zu schmiegen, wie es mein erster Impuls gewesen wäre, zuckte ich ungewollt zusammen. Das Gesicht des Höllendieners war von einem dunklen Schatten überzogen, die Lippen hatte er zu einem furchteinflößenden Fletschen verzogen und in seinen Augen loderte glühende Eifersucht. »Wenn das der Fall ist, Avery, dann musst du dich dafür nicht schamen. So ergeht es den meisten. Sogar mir.« Sein Blick huschte zurück zu Adam und Hope, die noch immer in ihre innige Zweisamkeit vertieft waren und uns offenbar völlig vergessen hatten. »Wann immer ich die beiden sehe, muss ich daran denken, dass ich nur ihretwegen alles verloren habe. Meinen Bruder. Die Frau, die ich immer geliebt habe. Mein Dasein als Seraph.«

»Was?« Meine Stimme krächzte, als wäre ich heiser, und ich wich automatisch ein Stück zurück. Weit kam ich allerdings nicht, denn sowohl Nox' Umarmung als auch seine vor Hass strotzenden Worte, die mich von innen schockgefrostet und in eine Eisskulptur verwandelt hatten, hinderten mich daran. »Was hast du gerade gesagt?«, wiederholte ich, da er keine Anstalten machte, etwas zu erwidern. Ich hoffte inständig, mich verhört zu haben. Ich *musste* mir die Silben einfach eingebildet haben! Abgesehen davon, dass Nox vor wenigen Minuten selbst gesagt hatte, dass Emilia noch am Leben war und alle damit verbundenen Konsequenzen nie eingetreten waren, weigerte ich mich zu akzeptieren, dass er insgeheim doch all die Zeit romantische Gefühle für die Höllenbarbie gehegt hatte.

Ich habe Nox versprochen, dass ich ihm vertraue! Dass ich fest an ihn und uns glaube!

Der Seraph wandte sich wieder zu mir herum und präsentierte das Antlitz eines wahren Unschuldsengels. Nicht nur, dass der Schatten und die zornige Miene verschwunden waren, an dessen Stelle war sogar ein verschmitztes Funkeln getreten, das das charmante Lächeln auf seinen Lippen betonte.

»Was ist los, Avery?« Er lachte leise und kam mir noch ein paar Millimeter näher. Seine Finger strichen sanft über meinen Oberarm und die Berührung hinterließ ein angenehmes Kribbeln auf meiner Haut. »Du siehst mich an, als wäre ich ein Dämon. Aber ich habe doch nur gesagt, dass ich, wenn ich die beiden sehe, mich immer frage, ob es dort draußen ein Mädchen gibt, für das ich jemals auch nur ein Fragment dieser besonderen Liebe empfinden könnte.« Sein Blick, der vor Zuneigung, Hingabe und Begierde überquoll, glitt zu meinen Lippen und seine Stimme wich einem sinnlichen Raunen. »Dabei scheint die Antwort auf diese Frage gerade ein ganzes Stück nähergekommen zu sein.«

Nox' Worte, sein warmer Atem sowie der intensive Ausdruck in seinen Augen – all das umschmeichelte mich wie eine warme Frühlingsbrise und benebelte meinen Verstand auf wohl angenehmste Art. Dazu erweckten seine Nähe und sein stetig intensiver werdender Duft eine ganze Schar Schmetterlinge in meinem Bauch, die mich alles um mich herum vergessen ließen. Mein Fokus lag allein auf dem Mann mir gegenüber und den leidenschaftlichen Versprechungen, die ihn umgaben. Ich musste mich nur vorbeugen, um endlich in den lange ersehnten Genuss dieser vollen Lippen zu kommen.

Mein Mund öffnete sich wie von selbst. Ich wusste nicht, ob es vor Sehnsucht geschah oder ob irgendwelche Gedanken um das Recht kämpften, in die Welt entlassen zu werden. Aber bevor auch nur irgendetwas davon eintreten konnte, erstrahlte eine Leuchtkugel in meinem Kopf und vertrieb mit einem Schlag sämtlichen Nebel.

»Es ist Latein und der Text bedeutet so viel wie ›Zwei Seelen, die gemeinsam fliegen‹.« Die Worte, die Nox vor unserem Aufbruch in meinem Zimmer zu mir gesagt hatte, schallten durch meinen Kopf und ich griff instinktiv an die Stelle, an der sich mein Engelsflügel hätte befinden müssen. Auch wenn ich ihn nicht berühren konnte, spürte ich, dass er da war.

Blinzelnd erwachte ich aus einer Art tiefem Traum und sah mich um. Doch erst nach einigen Sekunden realisierte ich, wo ich mich befand und wer mir gegenübersaß – oder besser gesagt, wer es *nicht* tat.

Nein! Das ist nicht richtig! Das ist nicht real! Nichts davon!

Kopfschüttelnd erhob ich mich von der Couch. »Ent... entschuldige mich bitte«, murmelte ich und eilte sogleich in Richtung Küche davon, ohne eine

Erwiderung abzuwarten. Ich brauchte dringend Abstand und Ruhe, um das Hämmern in meinem Kopf und das Pochen in meiner Brust wieder unter Kontrolle zu bekommen.

Kaum hatte ich die Schwelle zum Nebenzimmer passiert und die Tür betont ruhig geschlossen, obwohl ich sie am liebsten mit all meiner Kraft zugedonnert hätte, fiel ich mit geschlossenen Augen auf die Knie und presste meine geballten Fäuste gegen die Schläfen. »Verdammt! Verdammt! Verdammt!«, fluchte ich im Flüsterton. Da ich um jeden Preis unnötige Aufmerksamkeit vermeiden wollte, musste ich mich ruhig verhalten und mich damit begnügen, mir selbst zwei Ohrfeigen zu verpassen, um meinen Adrenalinrausch zu dämpfen.

Wie kann man nur so unfassbar blöd und naiv sein! Herrgott! Das da ist nicht Nox! Und auch nicht Adam!

Zornig über mich selbst hätte ich mir am liebsten noch eine verpasst, aber mein Körper erzitterte auch so bereits unter dem Druck meiner Anspannung.

Okay, jetzt nur nicht durchdrehen und die Kontrolle verlieren! Noch ist nichts Schlimmes passiert!

Und damit das so blieb, musste ich mir so schnell wie möglich einen Plan zurechtlegen, wie ich dieser Welt entkommen konnte. Denn je länger ich mich hier aufhielt, desto stärker wurde der Sog, der mich an diesen Ort binden wollte. Und um ehrlich zu sein, wusste ich nicht, ob es mir gelingen würde, mich noch ein weiteres Mal aus diesem verlockenden Strudel zu befreien.

Als Erstes brauche ich eine Waffe!

Suchend ließ ich meinen Blick schweifen. Vielleicht würde ich neben einem Verteidigungsgegenstand auch einen Hinweis finden, der mir helfen könnte. Doch leider blieb meine Hoffnung unbegründet. Die Küche sah genauso aus wie immer.

Um nicht tatenlos herumzusitzen und wertvolle Zeit zu vergeuden, fokussierte ich meine Gedanken auf das Wesentliche und eilte zur Besteckschublade. Erwartungsvoll riss ich sie auf. Adam war ein ziemlich guter Hobbykoch und verfügte über eine beachtliche Auswahl an Kochutensilien. Das ein oder andere Filetiermesser würde ich sicherlich finden – zumindest nahm ich das an. Doch als mein Blick in die Schublade fiel, entdeckte ich nichts als gähnende Leere.

Verflucht!

Aber ich ließ mich nicht entmutigen und begab mich an die nächste Schublade. Aber auch die war leer.

Mist! Nicht einmal ein blöder Kaffeelöffel?!

Frustriert wollte ich mich den Hängeschränken zuwenden – falls ich darin auch nichts fand, würde ich mich eben an der Mikrowelle vergreifen –, als eine glockenhelle Stimme erklang.

»Darf ich dir bei deiner Suche helfen?«

Schlagartig wirbelte ich herum und kam mir vor wie ein Dieb, der auf frischer Tat ertappt wurde. »Ich ... ich wollte mir nur ein Glas Wasser holen«, log ich und verschränkte meine verräterisch zitternden Arme hinter dem Rücken. Meine Panik hatte sich bereits während der Suche verstärkt, doch jetzt, da ich mit Adams Sanprada allein war, erreichte sie ihren Zenit und ich musste mich stark auf meine Atmung konzentrieren, um nicht zu hyperventilieren.

»Das verstehe ich.« Hope näherte sich mir. »Du armes Ding musst ja völlig durcheinander sein.« Neben mir kam sie zum Stehen und reckte sich, um ein Glas aus einem der Hängeschränke zu nehmen. Damit ging sie zum Waschbecken und befüllte es mit Leitungswasser. »Adam hat mir erzählt, was mit dir los ist – auch wenn ich mir wünschte, er hätte es nicht derart detailliert getan.« Ihr einsetzendes Lachen erinnerte an ein zartes Windspiel. »Deine Welt scheint ziemlich düster und grausam zu sein.« Begleitet von diesen Worten kam sie zu mir und reichte mir das Glas. Nachdem ich es angenommen hatte – unschlüssig, was ich damit tun sollte, auf jeden Fall würde ich das Wasser nicht trinken! –, lehnte sich Hope mit dem Rücken gegen die Anrichte und bedachte mich mit einem Blick, der sowohl von Mitleid als auch von dezent angedeuteter Erheiterung zeugte. »Ich meine, allein die Vorstellung, Adam und ich wären nicht mehr vereint.« Sie schüttelte den Kopf, darum bemüht, das zaghafte Lächeln von ihren Zügen zu wischen. »Grauenvoll! Doch auch der arme Nox. Aus dem Himmel geworfen, nur weil er den Tod seiner geliebten Emilia rächen wollte? Bereits das ist eine Schande. Ihn dann aber auch noch zum Seelenjäger zu machen, ist wirklich abartig. Immerhin muss eine Seele, bevor sie Luzifers Ansprüchen an einen perfekten Soldaten entspricht – was seine Seelenjäger nun mal sind –, erst im Höllenfeuer ausgebrannt werden. Diese unbeschreiblichen Qualen können je nach Persönlichkeit bis zu mehreren Jahrzehnten andauern. Und so stur, wie Nox ist«, sie kicherte leise, »bin ich mir sicher, dass er extralange gegrillt werden muss, bis auch der letzte Funke Menschlichkeit in ihm erlischt.«

Ich starrte Hope mit geweiteten Augen an, die Finger fest um das Wasserglas in meiner Hand geklammert. Alles in mir schrie danach zu reagieren, etwas zu erwidern, meine umherwirbelnden Gedanken auszuspucken, ehe mich der migräneartige Kopfschmerz, der sich bereits in mir breitmachte, lähmte.

Aber ich konnte es nicht.

Ich hatte mir bisher nie Gedanken darüber gemacht, wie man zu einem Seelenjäger der Hölle wurde. Selbst als ich von Nox' Albträumen erfahren hatte, wollte ich keine Details in Erfahrung bringen. Doch nun, da mir dieses Wissen unfreiwillig eingeflößt worden war, konnte ich es nicht mehr aus meinem Kopf verbannen. Stattdessen war ich in der Fantasie gefangen, wie der Mann, in den ich verliebt war, bei lebendigem Leib brannte, ohne jemals durch den Tod erlöst zu werden.

»Aber das ist noch nicht einmal das Schlimmste an deiner Welt«, sprach Hope weiter, ohne mein Entsetzen zu beachten. »Abgesehen von einer unmoralischen und verlogenen Mutter sowie verräterischen Freunden, die deinen Tod wollen, ist dein Genius auch noch auf dem besten Weg, sich der dunklen Seite zuzuwenden.« Ihre Lippen verzogen sich zu einem regelrechten Haifischgrinsen. »Aber zum Glück hast du noch deinen gefallenen Engel, nicht wahr? Ich meine, deine Gefühle für ihn müssen wirklich unheimlich stark sein, wenn du ihm seine Untreue verzeihst, obwohl man sie dir in Ultra HD präsentiert.«

Wie auf Knopfdruck zeigten sich Bilder in meinem Kopf, die mir vage vertraut erschienen, auch wenn ich mich nicht daran erinnern konnte, wann ich sie bereits gesehen haben sollte. Aber plötzlich sah ich Emilia und Nox in einem hellen und modern eingerichteten Hotelzimmer. Sie trug ein fliederfarbenes Seidenkleid, er seine übliche Montur.

Nein! Bitte nicht!

Meine Hand flog wie von selbst an meinen Mund und Tränen stiegen mir in die Augen. Vielleicht erinnerte ich mich nicht daran, wann ich diese Bilder gesehen hatte, dafür wusste ich aber ganz genau, was sie mir zeigen würden.

»Nein! Ich will das nicht sehen!«, flüsterte ich, doch niemand schien mich hören oder beachten zu wollen. Und so musste ich ein weiteres Mal mit ansehen, wie Nox und Emilia sich gegenseitig anlächelten und miteinander flirteten, ehe Nox die Jacke von seinen Schultern streifte und zielstrebig auf Emilia zuschritt. Die Höllenbarbie hatte unterdessen ihren Kopf zur Seite gelegt und strich sich mit den Fingern einer Hand lasziv über den Hals bis hinunter zu ihrem Schlüsselbein. Als sie den Träger ihres Kleides erreichte, stoppte sie, da Nox vor ihr zum Stehen gekommen war.

»Nein! Bitte! Hör auf!« Ich wusste nicht, ob ich die Worte laut ausgesprochen oder sie nur in meinem Kopf gebrüllt hatte. Aber wie es auch gewesen war, es änderte nichts daran, dass die Bilderflut vor meinem geistigen Auge weiterlief.

Nox hob seine Hände und legte die eine in Emilias Nacken, während die andere auf ihrer Schulter zum Liegen kam. Dieses Mal gab ich mich nicht der Hoffnung hin, dass er ihrem Tun Einhalt gebieten wollte, sondern wappnete mich für das große Finale. Als Nox den Träger von Emilias Kleid herunterstreifte und sich schließlich vorbeugte, um die fast nackte Höllenbarbie zu küssen, spürte ich, wie mein Herz seinen letzten Schlag tat, ehe es unter dem Druck des Schmerzes nachgab und in Abermillionen winziger Teile zersprang, als wäre es eine Glasfigur, die aus schwindelerregender Höhe zu Boden fiel und dort aufschlug.

»Warum tust du das?«, schrie ich, doch meine Worte waren kaum zu hören. Vielleicht erschienen sie auch nur mir so dumpf und leise, weil in meinen Ohren Blut rauschte und ich das Gefühl hatte, an dem grünen Gift zu ersticken, das mir meine Kehle zuschnürte. »Wieso zeigst du mir das? Wieso quälst du mich dermaßen?«

»Weil ich dir verdeutlichen will, wie glücklich du dich schätzen kannst, jetzt hier bei uns zu sein.« Hope lächelte mich auf warmherzige und freundschaftliche Art an. »Verstehst du denn nicht, dass diese Welt hier perfekt ist, Avery? All deine innigsten Herzenswünsche sind hier erfüllt. Mommy und Daddy sind glücklich miteinander vereint, deine Feenfreundin hat ihre gerechte Strafe erhalten und dein Kumpel Killian wurde niemals als dämonisches Werkzeug missbraucht.« Sie legte mir eine Hand auf den Arm und vertiefte ihr Lächeln. »Du musst kein schlechtes Gewissen mehr haben, weil du Adams Gefühle nicht erwiderst, und du kannst deinen geliebten Nox vor den Qualen der Hölle bewahren und ihn ganz nach deinen Vorstellungen formen und handeln lassen.« Sie beugte ihren Kopf zu mir vor und der hypnotisierende Ausdruck in ihren Augen verstärkte sich. »Hier wirst du nie wieder Leid oder Kummer verspüren müssen, Avery.«

Hopes leiser, umgarnender Singsang war derart verlockend, dass der Teil von mir, der sich nur allzu gern darauf einlassen wollte, mit jeder Silbe größer wurde. Gleichzeitig war da dieses blutende Loch in meinem Inneren, das zuvor mein mit Liebe und Hoffnung gefülltes Herz gewesen war und mich inzwischen nur noch brennenden Schmerz verspüren ließ.

»Wer bist du?«, zischte ich und funkelte Adams vermeintliche Sanprada an. Mein Körper zitterte und unaufhörlich rannen mir Tränen über die Wangen. »Woher weißt du all die Dinge über mich und mein Leben? Von Adam kannst du die Informationen nicht haben, weil ich ihm nichts über meine Mom oder Harmony und Killian erzählt habe.«

Die Frau, die sich für Hope ausgab, erwiderte meinen Blick, ohne auch nur mit der Wimper zu zucken. Doch dann schien sie aus ihrer Starre zu erwachen und während sie sich aufrichtete, verzogen sich ihre Mundwinkel zu einem beängstigend verzerrten Grinsen. »Du bist gar nicht so dumm, wie ich angenommen habe, Mensch.« In einer grazilen Geste verschränkte sie die dünnen Arme vor der Brust und hob hoheitsvoll die Nase. Simultan stieß sie sich von der Arbeitstheke ab und trat ein paar Schritte in den Raum. »Aber dass du noch immer nicht weißt, wer ich bin, enttäuscht mich.« Mit einer fast schon künstlerisch anmutenden Drehung wandte sie sich wieder zu mir herum, die ehemals türkisfarbenen Augen pechschwarz ohne auch nur den geringsten Hauch von Weiß. »Nun gut, ich verzeihe dir. Immerhin bin ich so aufgeregt, dass es endlich eine Seele bis zu meiner Prüfung geschafft hat. Du kannst dir gar nicht vorstellen, wie neidisch ich all die Zeit war, dass immer nur mein Vater in den Genuss gekommen ist, seine Prüfung präsentieren zu dürfen. Als ihr es dann aber bis zu meinem Bruder geschafft habt, bin ich fast verrückt geworden vor Eifersucht!« Während sie sprach, begann sich Hopes Äußeres zu verwandeln. Aus der kleinen, zierlichen Frau wurde ein Mann von Nox' Größe und Statur. Dunkle Locken kräuselten sich auf seinem Haupt und die ebenmäßigen, femininen Gesichtszüge wichen einer von Falten bedeckten Haut, die ein graumelierter Vollbart zierte. Eine olivfarbene Leinenhose und eine weite, weiße Tunika vollendeten die Verwandlung.

»Kain?«

SIEBENUNDDREISSIG

Ich konnte meine Verblüffung nicht verbergen. Nach Hopes Worten hatte ich damit gerechnet, dem Höllenfürsten Leviathan gegenüberzustehen. »Was machst du denn hier? Und wieso behauptest du, Luzifer wäre dein Vater und Asmodis dein Bruder?« Entweder lief hier etwas ab, was ich nicht verstand, oder Kain hatte den Verstand verloren. »Wolltest du nicht dafür sorgen, dass wir zur Arena finden, damit wir dort im Zuge der dritten Prüfung sterben?«

»Aber, aber, Mensch! Das sind ziemlich viele Fragen dafür, dass du angeblich so blitzgescheit bist.« Kain schüttelte sichtbar enttäuscht den Kopf. »Oder stimmen die Gerüchte über dich etwa gar nicht und du hast die ersten Prüfungen nur dank deiner beiden Begleiter bestanden?« Ein Kichern war zu vernehmen, das mich an eine der Hyänen aus dem Disneyfilm »Der König der Löwen« erinnerte und mir eine Gänsehaut bescherte. »Wie gut, dass wir dieser Frage gleich auf den Grund gehen werden.« Er leckte sich über die Lippen. »Und obwohl ich eigentlich kein Freund davon bin, meine Karten offenzulegen, will ich heute mal eine Ausnahme machen. Immerhin ist das hier auch für mich eine Premiere.« Erneut ließ er seine Zunge über die Lippen gleiten und der gierige Ausdruck in seiner Mimik verstärkte sich. »Das hier«, er breitete die Arme aus und drehte sich einmal um die eigene Achse, als wollte er den gesamten Raum mit einbeziehen, »ist die Kampfarena. Ich hoffe, sie gefällt dir. Ich habe sie extra nach deinen Wünschen und Vorstellungen kreiert – auch wenn ich zugeben muss, dass das gar nicht so einfach war. Deine angeblich so besondere Aura ist nicht nur optisch ein Highlight, sie schützt dein Unterbewusstsein auch beneidenswert gut vor mentalen Angriffen.« Kain nahm mich ins Visier und seine schwarzen Augen loderten wie glühende Kohlen. »Nur ist ihr Schutz nicht perfekt.« Sein erneutes Kichern echote durch die Küche, als befänden wir uns nicht in einem überschaubaren Raum, sondern in einem Basketballstadion.

»Wie bitte?« Meine Augenbrauen zogen sich unweigerlich zusammen. »*Das* hier soll die Arena sein?« Mein Blick huschte umher, doch meine Umgebung hatte sich nicht verändert. Noch immer stand ich in der exakt nachgebildeten Küche von Adams Haus. »Und worin bitte besteht die Prüfung? Soll ich eine Möglichkeit finden, diese Welt zu verlassen?« Meinen Fokus wieder auf den Mann mir gegenüber gerichtet, beschleunigte sich mein Puls mit jeder Silbe, die mir über die Lippen kam. Eisige Furcht, die von mir Besitz ergriffen hatte, verstärkte sich und meine Hoffnung, Adam und Nox wiederzusehen, schrumpfte auf die Größe einer Erbse zusammen. Bisher war ich der festen Annahme gewesen, dass ich irgendwie von hier verschwinden und anschließend die beiden Engel wiederfinden würde, damit wir uns gemeinsam der dritten Prüfung stellten konnten. Dass dem nicht so war und ich mich dieser Herausforderung allein stellen musste, katapultierte mich auf ein völlig neues Angstlevel, was sich vor allem in meiner zittrigen Stimme widerspiegelte. »Und überhaupt, wo sind Adam und Nox überhaupt? Ich meine die echten! Besagen die Regeln nicht, dass wir die Prüfung zusammen antreten müssen?«

Kains Grinsen wurde breiter und er fuhr sich ein weiteres Mal mit der Zunge über die Lippen. Immer wenn er das tat, vermittelte er das Gefühl, als würde er sich jeden Augenblick auf mich stürzen und mich fressen wollen. »Selbst wenn dem so wäre, du dummes, kleines Menschlein, wer sollte mich denn dazu zwingen, mich daran zu halten? Mein Vater? Gott?« Ein schrilles Lachen ertönte und es klang, als käme der Laut aus einem Megafon. »Keiner von ihnen hat hier in der Unterwelt noch etwas zu sagen – was ich im Übrigen dir zu verdanken habe.« Er zwinkerte mir zu und ich erschauderte. Anschließend begann er mit steifen, staksigen Bewegungen in der Küche auf und ab zu schreiten, die Arme grüblerisch hinter seinem Rücken gefaltet. »Nein, nein, Menschlein. Seit Neuestem regiert hier in der Unterwelt die blanke Anarchie. Aber du hast Glück. Ich bin ein großer Fan von Spielen. Und zu denen gehören nun mal gewisse Regeln. Aus diesem Grund kann ich dir versichern, dass du hier nicht völlig allein mit mir bist. Deine beiden Begleiter befinden sich ganz in deiner Nähe – auch wenn du sie nicht sehen kannst.«

»Ach, du stehst also auf Spiele und Regeln?«, keifte ich hysterisch vor Angst. »Dann wirst du mir ja sicher auch verraten, wie es mir gelingen kann, diese beschissene Prüfung zu bestehen! Wie ist es mir möglich, das Spiel zu gewinnen?« Meine Furcht drohte mich zu übermannen, aber ich kämpfte tapfer gegen sie an. Wenn ich mich ihr ergab, hatte ich auf jeden Fall verloren. Aber so bestand zumindest noch ein irrwitzig kleiner Hoffnungsschimmer.

Wir haben es bereits so weit geschafft! Ich werde jetzt nicht einfach aufgeben!

»Ich soll dir verraten, wie du gewinnen kannst?« Kain lachte herzhaft, was sich von Sekunde zu Sekunde mehr wie das Kratzen von Fingernägeln auf einer Schiefertafel anhörte. »Wieso sollte ich das tun? Wo bleibt denn da der Spaß?«

»Spaß?«, keuchte ich und nun war ich es, die sich ein Lachen nicht verkneifen konnte. Doch meines war leise. Sarkastisch. Und scharrte bereits an der Grenze eines Nervenzusammenbruchs. »Witzig, was du unter ›Spaß‹ verstehst. Ich dachte, Leviathan wäre der geisteskranke Psychopath in dieser Runde.« Ich schlang die Arme um meine Körpermitte, um das flaue Gefühl in meinem Magen zu beruhigen. Wenn ich mich jetzt auch noch übergeben musste, würde ich vermutlich endgültig zusammenbrechen und nicht wieder aufstehen. »Aber so langsam verstehe ich, warum du dich ihm derart verbunden fühlst und die Drecksarbeit für ihn machst. Immerhin hast du auch Spaß daran gehabt, deinen eigenen Bruder zu töten.«

Kain hielt mitten in der Bewegung inne und wandte seinen Kopf zu mir herum. Seine Mimik war erstarrt und ich meinte fast so etwas wie Ärger in seinen Augen aufflammen zu sehen. Doch leider hatte er seine Emotionen schneller unter Kontrolle, als ich benötigte, um meinen Eindruck bestätigt zu wissen. »Du ahnungsloser, dummer, naiver, kleiner Mensch.« Seine Zunge strich über seine Lippen, dieses Mal langsamer und betont. »Je besser ich dich kennenlerne, desto mehr enttäuschst du mich. Dass du noch immer nicht verstanden hast, wem du hier gegenüberstehst. Ich fühle mich Leviathan nicht nur verbunden, ich *bin* Leviathan!« Der Höllenfürst wandte sich zu mir herum und reckte seine vor Stolz geschwellte Brust, als wollte er, dass ich ihn in seiner gesamten Pracht bewunderte. Auch wenn er noch immer exakt so aussah wie vor wenigen Sekunden, kam ich nicht umhin, meine Betrachtungsweise zu ändern, auch wenn ich mir bereits gedacht hatte, dass hinter Kains magischen Fähigkeiten mehr steckte als nur Blendwerk. Leider hatte ich mich auf Adams und Nox' Einschätzung verlassen, dass es sich hierbei *nicht* um den berühmt-berüchtigten Fürsten des Neides handelte. Aber wie sollte ich den beiden einen Vorwurf machen, wenn sie es nicht besser hatten wissen können. Immerhin waren hier in der Hölle keine Auren sichtbar. Und selbst wenn es diese Einschränkung nicht gegeben hätte, wäre Leviathan sicherlich nicht so dumm gewesen und hätte sich uns einfach so präsentiert. Nein, seit unserer Begegnung mit Asmodis und der Sache mit Gabriel und Kegan würde ich mich nicht mehr auf irgendwelche Aurenfarben verlassen.

»Ah, das Menschlein ist sprachlos.« Kains – oder besser gesagt Leviathans – Gesichtszüge hellten sich auf. Ihn schien es aufrichtig zu freuen, dass es ihm gelungen war, mich zu überraschen. Inzwischen hatte ich einen sehr guten Eindruck davon, weshalb Nox meinte, dass Leviathan ein durchgeknallter Psycho war. »Was für eine nette Abwechslung. Dann habe ich ja endlich die Gelegenheit, meine tragische Geschichte mit einem würdigen Publikum zu teilen.« Erst grinste er mich wie ein hungriger Wolf an, dann räusperte er sich theatralisch und wurde schlagartig ernst. Er faltete die Hände wieder hinter dem Rücken und setzte seinen vermeintlich grüblerischen Marsch fort. »Vor vielen Jahrtausenden lebte ich gemeinsam mit meinen Brüdern unter euch Menschen, besetzte eure Körper, steckte euch mit Neid und Eifersucht an und säte Missgunst, wo ich nur konnte. Ach, was war das daraus resultierende Chaos für eine Pracht!« Seine Mimik wurde weicher und der Ausdruck in seinen pechschwarzen Augen geradezu sehnsüchtig. Der Moment hielt allerdings nicht lange an und als Leviathan schließlich weitersprach, wirkte er ernst, fast schon erbost. »Eines Tages erfuhr ich, dass Adam und Eva Kinder bekommen hatten. Natürlich konnte ich dem verlockenden Ruf unmöglich widerstehen und machte mich sogleich auf dem Weg zu ihnen.« Seine Zunge fuhr abermals über seine Lippen. »Kain und Abel waren bereits zu erwachsenen Männern mit eigenen Familien herangewachsen, was die ganze Sache umso verführerischer machte. Ich besetzte also Kains Körper und tobte mich so richtig aus. Er war der erste Mensch, dessen glühende Eifersucht so unglaublich stark und lodernd war, dass ich mich gar nicht davon lösen wollte und deshalb in eine Art Rausch verfiel.« Erneut leckte er sich über die Lippen. Mittlerweile wirkten seine Haltung und sein Gesichtsausdruck steif und zornig. »Leider wurde mir genau dieser Fehler zum Verhängnis. Nachdem Kain Abel abgeschlachtet hatte, wollte ich mich aus seinem Körper verabschieden – Schuldgefühle haben einen so bitteren Geschmack, der mir ganz und gar nicht zusagt. Aber es war zu spät.« Sein Kopf ruckte zu mir herum und sein Blick nahm mich ins Visier, doch seine Wanderung unterbrach er nicht. »Gott hat mich mit diesem vermaledeiten Mal in dieses fleischliche Gefängnis gesperrt und meine Kräfte drastisch eingeschränkt. Wie einem Seraph, dem man die Flügel nimmt, war ich nur noch ein Schatten meiner selbst.« Schmerz blitzte in seinen Augen auf und ich verspürte einen Anflug von Mitleid. Doch dieser erlosch, als der Höllenfürst seinen Kopf wieder nach vorn wandte und weitersprach. »Wäre ich im Vollbesitz meiner Kräfte gewesen, hätte ich Kains Seele auf der Stelle vernichtet und mich in seinem Körper ausgebreitet. Doch so musste ich mir den ohnehin begrenzten Platz mit ihm teilen und mir viel zu viele Jahre lang sein Gejammer und Geheul anhören, das auch noch mit jedem erfolglosen Versuch, das Mal loszuwerden, schlimmer wurde. Nicht einmal, als reihenweise Menschen der Rache unseres Mals zum Opfer fielen, war er zufrieden.« Leviathan schüttelte den Kopf. »Nach einigen Jahren trafen wir auf einen Hexenmeister, der versprach, uns von dem Mal zu befreien. Natürlich hatte er keine Chance, das göttliche Zeichen zu entfernen, aber er sorgte zumindest dafür, dass ich meine Kräfte zurückerhielt. Als Dank dafür vernichtete ich ihn und Kains Seele auf der Stelle.« Seine Mundwinkel zuckten amüsiert. »Ich gewöhnte mich rasch an meine neue Lebensweise und begann die Vorzüge des Mals zu genießen. Zwar konnte ich nicht mehr auf herkömmlichem Weg Neid und Eifersucht verbreiten, aber ihr Menschen seid so schrecklich einfältig, dass ich schon bald einen neuen Weg fand, meiner Leidenschaft nachzugehen.« Seine

Erheiterung verblasste schlagartig und seine Augen glühten erneut dunkelrot auf. »Und wenn es diesem blutsaugenden Miststück nicht gelungen wäre, mich durch eine List zurück in die Hölle zu befördern, würde ich noch immer bei meinen Brüdern auf der Erde wandeln und Chaos verbreiten!« Die letzten Silben hatte der Höllenfürst zornentbrannt ausgespien, woraufhin ich zusammengezuckt war. Bereits während seiner gesamten Geschichtsstunde hatte ich kaum zu atmen gewagt, aus Furcht, seine Aufmerksamkeit auf mich zu lenken. Wäre da nicht die Erinnerung an Asmodis' Worte gewesen, dass die Höllenfürsten uns nicht unmittelbar töten durften, hätte ich längst wie ein schlotterndes Häufchen Elend auf dem Boden gekauert. Natürlich bedeutete das nicht, dass ich in Sicherheit war, aber ich klammerte mich an den Gedanken, dass Leviathan bereits genügend Möglichkeiten gehabt hätte, meinen Tod zu besiegeln, wenn es ihm darum gegangen wäre.

»Wieso erzählst du mir das?«, fragte ich nach einigen Augenblicken der Stille. Ich hatte das Gefühl, dass der Höllenfürst irgendeine Art Reaktion erwartete, und etwas Besseres fiel mir nicht ein. Meine Stimme war nicht mehr als ein heiseres Krächzen, was vor allem an meiner staubtrockenen Kehle lag. Seit sich Leviathan geoutet hatte, waren mir vermehrt Situationen aufgefallen, die mich an den physischen Gesetzen dieser Welt zweifeln ließen. Zunächst war da dieses Echo, das bei jedem Lachen des Höllenfürsten hohler klang. Dann war mir, als ich Leviathan während seiner Geschichte beobachtet hatte, immer wieder ein Flackern am äußeren Rand meines peripheren Sehens aufgefallen. Doch jedes Mal, wenn ich mich daraufhin umgedreht hatte, war alles ganz normal gewesen. Nun kam diese trockene Hitze dazu, als befände ich mich noch immer in der Hölle.

Ein Gedanke keimte in mir auf und biss sich wie ein tollwütiger Köter in mir fest, sodass ich ihn unmöglich ignorieren konnte, auch wenn ich meine Aufmerksamkeit nicht von dem Höllenfürsten abwenden wollte.

Was ist, wenn diese Parallelwelt keine richtige Welt, sondern nur eine Illusion ist? Hat Leviathan nicht gesagt, dass er die Arena auf der Basis meines Unterbewusstseins errichtet hat?

Dieser Gedanke formte sich weiter und ich spürte, dass ich dicht vor einer wichtigen Erkenntnis war. Aber bevor ich diese erreichte, riss der Höllenfürst mich mit seinen nachfolgenden Worten aus der Konzentration.

»Wieso ich dir das alles erzähle?« Er stoppte seinen Marsch, machte auf dem Absatz kehrt und stand plötzlich unmittelbar vor mir. »Weil ich dieses Geheimnis schon seit *Äonen* mit mir herumschleppe und noch nie die Gelegenheit hatte, es jemandem zu offenbaren. Hätte mein Vater zuvor davon erfahren, welcher Fehler mir unterlaufen war, er wäre höchstpersönlich auf die Erde gekommen und hätte mich vernichtet.« Den Kopf schräg gelegt und die undurchdringlichen Augen auf mich gerichtet, hob Leviathan eine Hand und legte seine Finger auf meine Wange. Sein Gesicht war dem meinen so nah, dass sein nach Schwefel stinkender Atem meine Lippen streifte und meine Nasenschleimhaut verätzte, obwohl ich die Luft anhielt, um mich nicht übergeben zu müssen. »Du hast keine Ahnung, wie es in der Hölle ist, Mensch. Selbst für uns Dämonen ist es die reinste Qual. Was denkst du, warum wir jede Chance nutzen, auf die Erde zu gelangen?« Er packte mein Kinn und drehte meinen Kopf grob zur Seite. Nun schwebten seine Lippen unmittelbar vor meinem Ohr, sodass ich trotz meines panisch hämmernden Pulses sein heiseres Wispern vernehmen konnte. »Aber wenn ich erst mal mit dir fertig bin, regiere ich über die Hölle. Und dann werde ich der Welt zeigen, was *wirkliche* Qualen sind.« Begleitet von einem schrillen Gackern, das immer lauter wurde, schnellte seine Zunge erneut zwischen seinen blassen Lippen hervor. Ich sah sie aus den Augenwinkeln, was mir einen Ekelschauer und einen heftigen Würgereiz bescherte. Doch damit nicht genug der Folter. Anstatt wie üblich über Leviathans Lippen zu fahren, näherte sich mir die Zunge, bis deren Spitze meine Wange berührte und grauenvoll langsam und zärtlich darüberstrich. Meine Knie drohten jeden Moment einzuknicken und ich presste instinktiv die Augen zusammen, um diese Pein nicht mit allen Sinnen ertragen zu müssen. Erst als ich einen brennenden Schmerz verspürte, als hätte mich die Klinge eines Messers geschnitten, riss ich Augen und Mund auf. Doch bevor ich einen Laut von mir geben konnte, registrierte ich, dass der Druck auf meinen Wangen verschwunden war. Ruckartig drehte ich meinen Kopf herum.

Was zur Hölle …?

Mit beiden Händen umklammerte ich die Arbeitsplatte hinter mir, während mein Blick durch die Küche streifte. Doch egal wie lange ich mich auch umsah, das Ergebnis blieb dasselbe.

Leviathan war verschwunden.

ACHTUNDDREISSIG

Okay, jetzt nur keine Panik! Ganz ruhig bleiben und tief durchatmen!

Leider war das leichter gesagt als getan. Mein gesamter Körper zitterte wie Espenlaub in einem Oktobersturm, meine Beine und Knie fühlten sich an, als würden sie jeden Moment ihren Dienst einstellen, und mein Herz schlug so schnell wie das einer gestressten Spitzmaus.

Atemzug für Atemzug zwang ich mich zur Ruhe, bis die Sauerstoffzufuhr zu meinem Hirn ausreichte, um meinen Verstand davon zu überzeugen, dass die Kampf-oder-Flucht-Situation vorerst überstanden und es Zeit war, die Adrenalinproduktion zurückzuschrauben. Das verstärkte zwar das Beben meines Körpers, bis ich mich nicht länger auf den Beinen halten konnte und an einen der Küchenschränke gelehnt auf den Boden sank, aber da ich mich für diesen Augenblick in Sicherheit wähnte, erlaubte ich es mir durchzuschnaufen und reuelos Tränen zu vergießen. Zeitgleich nutzte ich die Gelegenheit, das völlig wirre Gespräch mit Leviathan Revue passieren zu lassen. Ich hoffte dadurch herauszufinden, wie ich dieser Parallelwelt entkommen und die dritte Prüfung bestehen konnte. Ein Gedankenfetzen, dem ich vorhin schon hatte folgen wollen, der mir aber wegen des Höllenfürsten abhandengekommen war, erschien erneut in meinem Kopf.

Es hatte irgendetwas mit dieser Welt, der Arena und meinem Bewusstsein zu tun.

Ich zermarterte mir das Hirn, aber das Chaos meiner Emotionen überforderte mich, sodass ich mich nicht richtig konzentrieren konnte. Darüber hinaus sorgte ich mich um die Kopien von Adam und Nox, die noch immer nebenan im Wohnzimmer saßen und vermutlich jede Sekunde herüberkamen.

Ich muss herausfinden, worin das Ziel dieser Prüfung besteht!

Mich beschlich der Verdacht, dass ich mich dafür den beiden Klonen im Wohnzimmer stellen musste.

Ich schaffe das! Ich habe bereits so viel erlebt und vor allem überlebt, dass ich das auch irgendwie gelevelt bekomme!

Obwohl ich nicht sonderlich überzeugt von meiner Motivationsansprache war, blieb mir keine andere Wahl, als mein vermeintlich sicheres Versteck zu verlassen und mich der Prüfung zu stellen. Ich nahm noch ein paar letzte tiefe Atemzüge, erhob mich vom Boden und begab mich unbewaffnet in Richtung Wohnstube.

Zögerlich öffnete ich die Tür und warf einen vorsichtigen Blick in den Raum. Ich wusste zwar selbst nicht, was ich erwartete, aber gewiss war es nicht die klügste Idee, das Zimmer mit Pauken und Trompeten zu stürmen. Als ich den Raum mit einem raschen Blick abscannte, registrierte ich, dass er ebenso unbewohnt war wie die Küche.

Verdammt, wo sind sie hin?

Waren sie etwa gemeinsam mit Leviathan verschwunden? Möglich. Aber aus welchem Grund?

Jeder Muskel in meinem Körper versteifte sich und meine Sinne schärften sich aufs Äußerste. Vielleicht hätte ich mich glücklich schätzen sollen, dass ich allein war. Aber ich war nicht so dumm, diese Situation als Geschenk zu betrachten. Vielmehr empfand ich sie als eine trügerische Ruhe, ehe die Apokalypse über mich hereinbrechen würde. Es hieß schließlich nicht umsonst: Sei deinen Freunden nah, aber deinen Feinden näher. Nur leider befand sich im Augenblick weder die eine noch die andere Kategorie in meinem Umkreis, sodass ich mir wie das ahnungslose Mädchen vorkam, das zum Beginn eines jeden Horrorfilms als erstes von dem Serienkiller erfasst und auf grausame Art umgebracht wurde. Ich hörte sogar die Kinobesucher rufen, ich solle so schnell wie möglich aus diesem Haus verschwinden.

Aber was tat ich stattdessen? Genau. Ich drang tiefer ins Wohnzimmer vor, bis ich im Zentrum der Sitzgruppe stand.

»Wie schön, dass du dich aus deinem Mauseloch heraustraust!« Eine Stimme erklang in meinem Kopf. *Meine* Stimme, um genau zu sein, und zwar ohne, dass ich einen bewussten Gedanken getätigt hatte.

Ruckartig wirbelte ich herum und entdeckte auf der Treppe, die hinauf ins

Obergeschoss führte, ein Mädchen in einem weißen Sommerkleid, das meinem erschreckend ähnelte. Seine goldblonden Haare reichten ihm bis zum Kinn, seine Stirn war von einem Pony verdeckt und die Gesichtszüge waren mir vertrauter als alles andere auf der Welt – was vermutlich daran lag, dass ich sie tagtäglich im Spiegel vor mir sah.

»Wer bist du?«, fragte ich und wich einen Schritt von meinem Klon-Ich zurück. Ich hatte bereits die merkwürdigsten Dinge gesehen und erlebt – zum Beispiel mich selbst, wie ich im Zuge einer vergangenen Erinnerung mit Adam Kleider für den Abschlussball anprobierte oder mit David rumknutschte, weil er vorgetäuscht hatte, er sei Nox.

Aber das hier war eine ganz andere Hausnummer.

»Ich bin du«, erwiderte der Klon ohne auch nur das geringste Zucken seiner Mimik. Würde ich seine – also meine eigene – Stimme nicht unmittelbar in meinem Kopf hören, würde ich ihn vermutlich für den talentiertesten Bauchredner der Welt halten. *»Ich bin dein Unterbewusstsein, Avery. Und zwar der Teil, den du als Mülldeponie missbrauchst. Der Teil, in dem du all die Dinge ablädst, vor denen du davonlaufen oder mit denen du dich nicht beschäftigen willst.«* Der Klon trottete die Stufen herunter. Langsam. Lässig. Mit exakt meinen Bewegungen. Unweigerlich überkam mich ein Frösteln und eine dicke Gänsehaut überzog meinen Körper. *»Aber weißt du, ich ertrage das nicht länger. Diese Last. Diese Qual. Es ist einfach zu viel geworden.«*

Die Lippen fest aufeinandergepresst, wich ich Schritt für Schritt weiter zurück, bis ich mit den Waden gegen das niedrige Sideboard stieß. Natürlich war mir bewusst, dass das dort vor mir nicht wirklich mein personalisiertes Unterbewusstsein war. Aber da ich keine Waffe zur Hand hatte und nicht wusste, mit wem oder was ich es zu tun hatte, fühlte ich mich besser, wenn ein gewisser Sicherheitsabstand zwischen uns lag.

»In den vergangenen Monaten hast du meine Kapazitäten überstrapaziert, Avery«, sprach der Klon weiter. *»Du hast meine Grenzen missachtet und immer mehr auf mir abgeladen.«* Er passierte die letzte Stufe und befand sich nun mit mir auf einer Ebene. *»Aber damit ist jetzt Schluss. Hast du verstanden? Es wird Zeit, dass du dich mit deinen Problemen auseinandersetzt und deine Dämonen*

bekämpfst! Sonst …« Wie aus dem Nichts erschien ein Messer in seiner Hand. Und zwar jenes, mit dem Kain seinen Bruder Abel getötet und das Adam mir für unsere Reise in die Unterwelt anvertraut, ich allerdings ungewollt im Kampf gegen die Seelenfresser verloren hatte. *»Hättest du mich nicht ignoriert und stattdessen meine Warnungen beachtet, wäre es niemals so weit gekommen. Du bist also selber schuld, dass wir uns jetzt in dieser Situation befinden.«* Mit den Fingern seiner rechten Hand umgriff der Klon die Klinge und zog das Messer mit einem schnellen Ruck hervor. Bereits der Anblick tat weh. Als unmittelbar darauf ein brennender Schmerz in meiner eigenen Handfläche aufflammte, sog ich scharf die Luft ein und ein dumpfer Fluch entfloh meinen Lippen.

Was zur Hölle …?!

Entsetzt blickte ich auf meine rot leuchtenden und von einer dickflüssigen Substanz überzogenen Finger. In der Mitte meiner Handfläche prangte ein mehrere Zentimeter langer und beängstigend tiefer Schnitt, der mit einem pulsierenden Schmerz einherging und meine gesamte Wahrnehmung dominierte.

»Fühlst du den Schmerz, Avery? Spürst du das Pochen?«, fragte die Stimme und ich hob widerstrebend den Kopf. Dadurch bemerkte ich, dass mich der Klon mit wütender Miene anstierte. Das Messer in seiner Hand blitzte sauber im Schein der Deckenlampen. Kein Tropfen Blut hing daran. *»Genauso erging es mir, als du mir Adams Beichte auferlegt hast, dass er dich nach über zehn Jahren innigster und aufrichtigster Freundschaft belogen hat.«* Der Klon trat an die Couch und stützte sich mit beiden Armen auf die Lehne. *»Aber um dich nicht mit dem Schmerz auseinanderzusetzen, hast du ihm natürlich sofort verziehen, nicht wahr?! Du hast Adam immer alles verziehen, ohne irgendetwas zu hinterfragen oder ihn jemals für seine Taten zur Rechenschaft zu ziehen. Und das hat er eiskalt ausgenutzt. Warum hätte er sonst darauf bestanden, sich um Alyssa zu kümmern, als das mit der ersten Prüfung bekannt wurde?«* Erneut ließ mir der Klon keine Möglichkeit einer Erwiderung, sondern sprach selbst weiter. *»Er wusste, dass er keine Chance gegen sie hatte, aber es war ihm egal. Ihm war egal, dass er dich dadurch mit Nox allein ließ. Ihm war egal, dass du allein mit dem Dämon ins Feen-*

reich gehen musstest. Ihm war alles egal! Er wollte nur nicht, dass Nox den ganzen Spaß mit der Feenprinzessin hatte.«

»Nein!«, spie ich zwischen zusammengebissenen Zähnen hervor und presste meine Finger fest zusammen, um den Blutfluss zu stoppen. »Das stimmt nicht! Adam wollte, dass wir die Prüfung bestehen. Er hat ebenso sein Leben riskiert wie Nox und ich!«

Der Klon rollte mit den Augen und erhob sich. *»Noch immer weigerst du dich, die Wahrheit anzuerkennen. Auch wenn es offensichtlich ist, dass du dem Seraph nie etwas bedeutet hast. Wenn es anders wäre, hätte er dich vor Harmony warnen müssen, nicht wahr? Immerhin wusste er von Anfang an, dass sie eine Fee war und damit verschlagen und hinterhältig. Aber nein, er hat ihren widerwärtigen Verrat für sich behalten und dich erst damit konfrontiert, als du es am wenigsten erwartet hast. Und das nur, um dich auf grausamste Art zu verletzen.«*

»Das ist nicht wahr!«, erwiderte ich energisch und Tränen stiegen mir in die Augen. All diese Dinge von Neuem aufzurollen war so qualvoll, dass mir das Herz in der Brust hämmerte und das damit verbundene Leid sogar das Pochen in meiner Hand überdeckte. »Adam wollte mich nur schützen. Er ist mein bester Freund. Er liebt mich.«

»Killian war auch einst dein Freund. Und was hat er dir angetan? Bei dem Versuch, Mom zu töten, hat er Nox angeschossen. Und als du ihm anschließend auf dem Plateau begegnet bist, wollte er dich von dort herunterstoßen. Er wollte deinen Tod!«

»Er war nicht er selbst!«, schrie ich emotionsgeladen und trat ungewollt einen Schritt vor, als wollte ich mich jeden Augenblick auf mein Gegenüber stürzen. »Er war von einem Dämon besessen!«

»Ach, und natürlich glaubst du, dass das der einzige Grund war!«, unterbrach mich die Stimme in meinem Kopf und der Klon hob in einer blitzschnellen Geste das Messer. Noch bevor ich realisieren konnte, was er vorhatte, lag die Klinge bereits an seinem rechten Oberarm und schnitt erneut in sein Fleisch. Es dauerte nur einen Wimpernschlag, dann flammte der Schmerz auch in meinem Arm auf und ich stieß einen gellenden Schrei aus. Die Wunde war zwar nicht sonderlich tief, dafür aber lang und sie brannte wie Säure. Überdies füllte sie sich mit Blut, was zunächst den Anschein erweckte, als hätte

ich mich mit einem roten Filzstift angemalt. Aber dann quollen die dicken, roten Blutstropfen aus der Wunde hervor und rannen über meinen nackten Arm.

Doch irgendetwas an der Art, wie das Blut floss, irritierte mich. Anstatt in einer halbwegs ordentlichen und geraden Linie über meine glatte Haut zu rinnen, verschmierte das Blut, als würde es von einem unsichtbaren Tuch aufgesogen werden.

»Genau das ist es, was ich meine, Avery. Diese Ignoranz. Dieser Egoismus! Der macht mich krank! Er macht dich krank!« Die Miene des Klons war vor Zorn verzerrt. *»Killian hat dich nicht gehasst, weil er besessen war, sondern weil du ihm etwas Grausames angetan hast. Du hast ihm seine Schwester weggenommen und das ohne ein Wort der Erklärung! Du hast ihn ebenso verraten, wie Harmony es mit euch getan hat!«* Begleitet von diesen Worten stach der Klon das Messer in seinen Oberschenkel und nur einen Herzschlag später spürte auch ich, wie sich eine unsichtbare Klinge in mein Fleisch bohrte und auf meinen Knochen traf.

Mein Schmerzensschrei schrillte durch das Wohnzimmer und verursachte ein Echo, als befände ich mich nicht in einem möblierten Zimmer, sondern in einer Art Höhle. Doch die Qual in meinem Bein, das Brennen und Pochen forderten meine gesamte Aufmerksamkeit, sodass ich mich auf nichts anderes konzentrieren konnte.

Meine Knie knickten ein und ich sackte zu Boden. Ich presste beide Hände auf die Wunde, während mir Tränen, die mir unbemerkt in die Augen geschossen waren, über die Wangen rannen. Aufgrund des Drucks, den ich auf meinen Oberschenkel ausübte, flammte der Schmerz in meiner Handfläche erneut auf, aber darauf konnte ich keine Rücksicht nehmen. Meine ungeteilte Aufmerksamkeit war voll und ganz auf mein linkes Handgelenk gerichtet, das für den Bruchteil einer Sekunde neongrün gestrahlt hatte, als wäre es radioaktiv verseucht.

Was zur Hölle …?! Ich dachte, meine Tattoos existieren in dieser Welt nicht?

Als wollte mich eine höhere Macht gedanklich anstupsen, veränderte sich das Gefühl unter meinen Fingerspitzen. Anstatt nackter, vom Blut glitschig gewordener Haut ertastete ich etwas Hartes und Feuchtes, das sich wie nasser Stoff anfühlte.

Stoff wie der von meiner Cargohose, die ich für unseren Trip in die Unterwelt angezogen habe, der sich jetzt mit meinem Blut vollsaugt.

Als wären meine Gedanken eine Reihe hintereinander aufgestellter Dominosteine, ploppten sie nach und nach auf, nachdem sich der erste in Bewegung gesetzt hatte. Endlich offenbarte sich mir das, was bereits dicht unter der Oberfläche meines Bewusstseins gelegen hatte, ich aber nicht richtig hatte greifen können.

Verfluchte Axt! Diese bescheuerte Parallelwelt ist nur eine verdammt starke Illusion! Ich befinde mich noch immer in der Hölle. Vermutlich sogar in den Katakomben!

Vor Freude, dass ich nicht nur endlich das Rätsel um diese Arena gelöst hatte, sondern dass es mir auch ohne die Hilfe von Adam und Nox gelungen war, hätte ich am liebsten einen Luftsprung gemacht. Aber abgesehen davon, dass es klüger war, mich bedeckt zu halten, bezweifelte ich, dass mein Bein ebendiesen überlebt hätte. Ich konnte bereits von Glück reden, wenn nichts gebrochen war.

»*Selbst wenn du mir nicht glaubst, Avery. Mir macht das hier auch keinen Spaß*«, sprach die Stimme in meinem Kopf weiter und als ich aufsah, entdeckte ich den Klon mit fast schon gelangweilter Miene auf der Lehne der Couch sitzen, die Füße auf den Sofakissen abgestützt. Doch das amüsierte Funkeln in seinen Augen und die vernehmbare Erheiterung in seinen Worten strafte seine Aussage Lügen. »*Aber es geht nicht anders. Du musst endlich verstehen, dass deine Dummheit und Naivität dich irgendwann das Leben kosten werden, wenn du nicht anfängst, auf mich zu hören und meine Warnungen ernst zu nehmen. Bisher hast du meine Rufe nämlich immer nur erstickt, indem du mehr und mehr auf mich abgewälzt hast. Und was hat es dir gebracht? Du bist in einen Dämon verliebt, der dir nicht nur unerträglichen Schmerz und Kummer zugefügt hat, sondern dich auch noch mit einer anderen Frau betrügt. Aber natürlich willst du auch diese Wahrheit nicht glauben. Stattdessen hast du mir die Last von Nox' und Emilias Schäferstündchen aufgehalst!*«

»Das ist nicht wahr«, brachte ich erstickt hervor. Meine tränenbelegte Stimme hinderte mich daran, lauter zu reden. Dazu brannten meine Wangen, als hätte man mich geohrfeigt, mein linker Arm pochte und kribbelte mit dem Schmerz in meinem Bein und dem rechten Arm um die Wette. Dazu raste mein Puls – ein Umstand, der unentwegt Adrenalin durch meine Adern jagte und mich alles um mich herum sehr viel intensiver wahrnehmen ließ. »Nox schläft nicht mit Emilia. Das tut er mit keiner anderen Frau. Ich vertraue ihm!« Obwohl ich fest hinter dieser Aussage stehen wollte, bemerkte sogar ich den leisen Zweifel in meiner Stimme.

»*Warum belügst du dich selbst, Avery? Verstehst du denn nicht, dass du dich damit nur selbst verletzt?*« Um seine Worte zu unterstreichen, erhob sich der Klon von der Couch und sprang auf den Boden. Jetzt trennten uns keine zwei Meter mehr voneinander. Den Blick seiner blau-grünen Augen fest mit meinem verwoben, erhob er das Messer.

Mein Instinkt, wieder fest im Kampf-oder-Fluchtmodus, forderte von mir, dass ich mich auf mein Gegenüber warf, ihm das Messer abnahm und ihn zur Strecke brachte, ehe er dasselbe mit mir tat.

Aber ich rührte mich nicht.

Das lag aber nicht an der lähmenden Wut, die ich für dieses Monster empfand. Nein, wenn ich dieser Emotion nachgegangen wäre, hätte ich mich tatsächlich wie Xena, die Kriegerprinzessin, auf den Klon gestürzt und ihm die Augen ausgekratzt. Stattdessen unterdrückte ich diesen Impuls und konzentrierte mich. Mir war nämlich eine wahnwitzige Idee in den Sinn gekommen, die ich allerdings erst durch einen neuerlichen Test überprüfen musste, ehe ich handeln konnte. Und dafür musste ich eine weitere qualvolle Verletzung in Kauf nehmen.

»Ich lüge nicht.« So selbstbewusst, wie es mir unter den gegebenen Umständen möglich war, reckte ich mein Kinn und straffte die Schultern. »Nox würde mich nicht auf diese Art verletzen. Er weiß genau, dass ich ihm diesen Vertrauensbruch niemals verzeihen könnte.«

Die gelangweilte Ausdruckslosigkeit des Klons wich loderndem Zorn. »*So langsam verliere ich die Geduld, Avery! Du bist nicht nur stur und unbelehrbar, son-*

dern auch über alle Maßen ahnungslos. Zumindest tröstet mich der Gedanke, dass du demnächst sehr viel Zeit haben wirst, dich an meine Worte zu erinnern – und ich kann es kaum erwarten, dein Leid mitzuerleben, wenn dir bewusst wird, dass ich recht hatte!« Mit diesen Worten setzte der Klon einen raschen, präzisen Schnitt knapp oberhalb seines Knies. Auch diesmal war die Wunde nicht sonderlich tief, dafür spürte ich sie umso mehr, da mein Körper inzwischen von Schweiß überzogen war und das salzige Nass den Schmerz wie ein Katalysator verstärkte.

Ich öffnete bereits den Mund, um einen weiteren Schmerzensschrei auszustoßen, doch im selben Moment setzte der Klon den zweiten Schnitt, und zwar nur wenige Zentimeter über dem ersten. Dann folgten Nummer drei, vier und fünf.

In einem rhythmischen Tempo und mit einer beängstigenden Leidenschaft filetierte der Klon die obere Hälfte seines linken Beins, während ich schreiend zu Boden ging, mich auf die Seite warf und meinen Oberschenkel an meine Brust presste, als könnte ich dadurch das qualvolle Brennen eindämmen. Doch das Blut floss ungehalten aus den Wunden, benetzte meine Haut und ließ das Bein wie ein Stück rohes Fleisch beim Metzger aussehen.

Ich schrie aus Leibeskräften, rollte mich hin und her und wünschte mir nichts sehnlicher, als von einer Ohnmacht erlöst zu werden. Doch leider war mir dieses Glück nicht vergönnt. Stattdessen leuchtete mein Handgelenk wie der Ring des DC Comic-Helden »Green Lantern«, was ein grauenhaftes Kribbeln und Jucken mit sich brachte.

»Aufhören! Bitte!« Ich schrie. Flehte. Bettelte. Vielleicht hörte der Klon mich nicht, vielleicht ignorierte er mich auch einfach nur, weil ihm meine Schreie und mein Leid Freude bereiteten.

»Dafür ist es zu spät, Avery. Ich habe dich gewarnt!« Der Klon hielt für einen winzigen Augenblick in seinem Handeln inne, fast so, als wollte er, dass ich nicht abgelenkt wurde – was ziemlich albern war, denn der Schmerz war allgegenwärtig. Er umgab mich wie ein Kokon und machte es mir unmöglich, auch nur eine Sekunde lang an etwas anderes zu denken.

Ich ... muss ... die ... Augen ... auf...machen!

So quälend und grausam diese Folter auch war, musste ich mir zu meiner eigenen Verblüffung eingestehen, dass ich bereits Schlimmeres ertragen hatte. Dadurch gelang es mir tatsächlich, den Kopf herumzudrehen, die Lider einen Spaltbreit zu öffnen und einen Blick auf den Psychopathen mir gegenüber zu werfen. Als ich den Klon das erste Mal erblickt hatte, war mir der Gedanke gekommen, dass es sich dabei erneut um Leviathan handelte, der sich nur eine neue Schale übergestreift hatte. Doch dieser Verdacht hatte sich in der Sekunde erledigt, als der Klon damit begonnen hatte, sich mit dem Messer selbst zu verletzen. Der Höllenfürst mochte ein geisteskrankes Arschloch sein, aber *so* verrückt war selbst er nicht.

Oder?

Meine Theorie geriet ins Wanken, als mein Verstand gleich mehrere Dinge auf einmal realisierte. Zum einen war da der Klon, der mich mit einem furchteinflößenden Haifischgrinsen bedachte, während ein neongrünes Symbol unter dem Fransenpony aufleuchtete, das ich trotz meiner eingeschränkten Wahrnehmung deutlich als Kainsmal erkannte. Als Nächstes war da das Wohnzimmer, das merkwürdig flackerte, als liefe der Fernseher, dessen eingeschalteter Sender ein technisches Problem hätte.

Die Illusion ist an mein Bewusstsein gekoppelt!, kam es mir in den Sinn und ich wusste nicht, wie es mir gelungen war, trotz der Qualen einen klaren Gedanken zustande zu bringen. Aber mit dieser Frage würde ich mich ein anderes Mal beschäftigen müssen, denn in diesem Moment schien der Klon – handelte es sich dabei wirklich um den Höllenfürsten? Aber wieso blutete er nicht, obwohl er sich dieselben Verletzungen zufügte, wie ich sie erlitt? – beschlossen zu haben, dass die kurze Verschnaufpause beendet war. Mit geradezu krankhafter Freude widmete er sich meinem anderen Bein und missbrauchte auch dieses als Wetzstein für sein Messer.

Erneut war ich machtlos gegen die Schmerzen und schrie aus Leibeskräften. Mein Verstand kämpfte gegen die Qualen an und setzte sein Mühlenwerk fort. Es war mir schleierhaft, wie es meinen Gedanken möglich war, sich immer weiter zu formen, doch sie schafften es. Und schließlich war da dieses Bild, das sich in mein Hirn brannte und mich instinktiv wissen ließ, dass ich auf der richtigen Spur war.

Das Mal! Das muss unsere Verbindung sein!

Leider wusste ich nicht, wie mir diese Information helfen sollte, die Prüfung zu bestehen. Doch das war im Moment auch nicht meine oberste Priorität. Zuerst musste ich diesen geisteskranken Irrsinn beenden und dafür war es sicherlich von Vorteil, wenn ich die Verbindung zwischen mir und dem Klon kappte.

Aber wie soll ich das anstellen?

Abgesehen von meinen Verletzungen und den damit verbundenen Beeinträchtigungen – ich war mir sicher, dass mich meine Beine unmöglich tragen würden – war ich auch noch unbewaffnet.

Erneut begannen sich die Rädchen in meinem Kopf auf geradezu magische Weise zu drehen, bis mir eine Idee kam, die so waghalsig war, dass sie mich das Leben kosten würde, sollte ich mich täuschen.

»Wir können noch sehr lange so weitermachen, Avery«, erklang die Stimme in meinem Kopf und der Klon trat näher an mich heran. Der Couchtisch war wie von Zauberhand verschwunden, sodass jetzt nichts mehr zwischen mir und dem Klon stand. *»Es gibt noch sehr viele Möglichkeiten, dich zu foltern, ohne dass es für dich lebensbedrohlich wird.«* Ein leises, psychotisches Kichern erklang und meine Nackenhaare sträubten sich. Dann ging der Klon vor mir auf die Knie und beugte sich so tief zu mir herunter, dass seine Lippen nur wenige Zentimeter vor meinem Gesicht schwebten. Das wäre die Chance gewesen, den gestörten Freak anzugreifen und ihm das Messer abzunehmen. Aber der Bastard hatte die Klingenspitze direkt vor seinem Kehlkopf platziert, sodass bereits die kleinste Bewegung meinen sicheren Tod bedeutet hätte. *»Wenn du nicht so verflucht stur gewesen wärst, sondern mein Angebot angenommen hättest, wärst du jetzt in einer perfekten Welt ohne Qualen und Schmerzen. Aber du wolltest es ja nicht anders.«* Die Messerklinge wanderte ein paar Zentimeter tiefer und schwebte nun an der weichen Stelle knapp über dem Punkt, an dem sich die Schlüsselbeine des Klons trafen. *»Also was lernen wir daraus? Mut wird nicht immer belohnt.«* In einer perfekt gerade gezogenen Linie führte der Klon die

Klinge über seinen Brustkorb, über den Halsausschnitt des Kleides hinweg bis zu seinem Bauchnabel. Der damit verbundene Schmerz raubte mir den Atem und mein Oberkörper bäumte sich auf. Der Schmerz in meinen Beinen war vergessen, stattdessen übermannte mich neues Leid.

Ich biss die Zähne fest zusammen, atmete flach und hektisch. Meine Hände waren zu Fäusten geballt und ich konnte nicht einmal mehr einen Schrei ausstoßen. Schweiß vermischte sich mit meinem Blut, drang in die frische Wunde ein und vermittelte mir das Gefühl, als würde Säure meine Organe durchspülen. Mir war heiß. Kalt. Ich brannte, fror und zitterte am ganzen Leib.

Doch ich ließ meinen Plan nicht aus den Augen.

Denn jetzt war meine Chance gekommen.

»Meine Englischlehrerin sagt immer, dass nicht der Schulgong den Unterricht beendet, sondern sie.« Ich presste jede einzelne Silbe hervor und es schmerzte, als würde ich mit Rasierklingen gurgeln. Aber ich hatte keine Wahl gehabt. Ich hatte den Klon ablenken müssen, um unbemerkt mit den feucht-kalten Fingern der linken Hand meine Hüfte abzutasten. Zuerst war da nichts gewesen außer der seidige Stoff meines Sommerkleides. Doch je stärker ich gegen die Schmerzen angekämpft und mich auf die Realität konzentriert hatte, desto mehr hatte sich das Gefühl unter meinen Fingern verändert, bis ich schließlich gegen etwas Kaltes, Glattes und Festes gestoßen war. Das Schwert, das ich Leviathan in Form von Kegan für den Kampf gegen die Seelenfresser überlassen hatte. »Also sei nicht so voreilig mit deiner Abschlussmoral!« Meine Finger schlossen sich um den Griff des Schwertes und ich zog es aus der Scheide.

»Was hast du mit diesem Zahnstocher vor, Avery?«, fragte der Klon und seine Mundwinkel verzogen sich zu einem heiteren Grinsen. Natürlich war ihm mein Vorhaben nicht entgangen, was mich nicht weiter verwunderte. Meine Bewegungen waren schwerfällig und die Waffe in meiner Hand zu wuchtig angesichts meiner erschlafften Kräfte.

Aber genau darum ging es mir.

»Glaubst du wirklich, du hast eine Chance gegen mich, Avery? Meinst du, dass du

mich aufhalten kannst?« Ein hyänenhaftes Lachen dröhnte durch meinen Kopf und ließ mich reflexartig die Augen zusammenpressen. *»Dass du noch immer nicht begriffen hast, dass ich ein Teil von dir bin. Wenn du mich verletzt, schadest du nur dir selbst.«* Der Klon erhob sich, bis er über mir aufragte, als wäre er ein gigantisches Monument und ich nur irgendein Käfer, der rücklings auf dem Boden lag und es nicht wieder auf die Beine schaffte. Dann stach er das Messer, als wäre es die herabsausende Klinge einer Guillotine, in seine Taille.

Der Schmerz in meiner Seite war um ein Vielfaches schlimmer als alle bisherigen Verletzungen, weshalb ich mich bereits an der Grenze einer Ohnmacht wähnte. Das Schwert glitt mir haltlos aus den Fingern und ich bemerkte nur am Rand meiner Wahrnehmung, dass sich das Wohnzimmer um mich herum endgültig aufgelöst hatte und ich auf dem Boden eines steinernen Saals lag, dessen Wände und Decke ich nicht ausmachen konnte. Vereinzelte Fackeln gaben einen sanften Schein von sich, sodass ich in der Dunkelheit zumindest grobe Schemen erkannte. Wie zum Beispiel zwei bewusstlose Körper, die ein paar Meter abseits von mir in der Luft schwebten, als hingen sie an unsichtbaren Fäden.

Adam! Nox!

Ihr Anblick erweckte in mir widersprüchliche Gefühle. Einerseits lähmte mich die Sorge, was den beiden widerfahren war, andererseits verlieh mir die Aussicht, uns alle retten zu können, die nötige Stärke, um meinen Plan durchzuziehen.

Unter Aufbietung all meiner Kraftreserven schloss ich die Finger meiner rechten Hand um den Eisenpflock, der im Schaft meiner Boots steckte, und zog ihn hervor. Im Gegensatz zu dem Schwert wog diese Waffe fast gar nichts und ich brauchte eine Sekunde, ehe ich sie so platziert hatte, wie ich es benötigte.

»Avery, Avery, Avery …« Leviathan, der sein Aussehen vermutlich zeitgleich mit der Auflösung der Illusion verändert hatte, befand sich exakt an der Stelle, an der zuvor der Klon gestanden hatte. Das Messer steckte noch immer in seiner Taille und auch der Rest seines Körpers war mit denselben rot leuchtenden Wunden übersät wie meiner. Der Steinboden unter uns war von der klebrigen Flüssigkeit überzogen und als der kranke Psychopath, der sich selbst verstümmelt hatte, nur um mich zu verletzen, sich erneut zu mir herunterbeugte, verursachten seine nackten Füße ein schmatzendes Geräusch. »Du enttäuschst mich von Minute zu Minute mehr. Warum verstehst du denn nicht, dass du mich nicht besiegen kannst? Deine kleinen, menschlichen Waffen sind machtlos gegen mich. Solange ich in diesem Körper stecke, ist er unsterblich.«

Den Blick fest mit Leviathans verbunden, sagte ich: »Dann wird es Zeit für dich, dort auszuziehen!« So schnell und so fest es mir möglich war, zog ich die messerscharfe Spitze des Eisenpflocks über mein linkes Handgelenk. Die Intensität des Schmerzes übertraf alles, was ich bisher an diesem Tag hatte durchleiden müssen, und bei dem Anblick des hervorsprudelnden Blutes drehte sich mir der Magen gleich doppelt herum. Aber es war mir gelungen, die Spitze tief genug eindringen zu lassen, sodass ich alle Schichten des Tattoos erwischte und durchtrennte.

»Neeeeeiiiinnnn!« Gequält schrie Leviathan auf und griff sich mit beiden Händen an die Stirn. »Wie hast du das nur geschafft?« Die Haut auf seiner Stirn war ebenso wie die auf meinem Handgelenk aufgrund einer tiefen Wunde in zwei Hälften geteilt, sodass Blut daraus hervorströmte. »Niemandem ist es bisher gelungen, das Mal zu vernichten!«

»Wie du bereits sagtest, wir sind miteinander verbunden«, konterte ich mit zusammengebissenen Zähnen, ließ den Pflock fallen und griff nach dem Messer, das noch immer in Leviathans Hüfte steckte. Ohne auch nur eine Sekunde zu zögern, zog ich es heraus und bemerkte nur am Rande meines Bewusstseins, dass der damit verbundene Schmerz bei mir ausblieb. Mit einer halben Drehung wandte ich mich dem Leib des Höllenfürsten zu, der auf die Knie gesackt war und unter Schock zu stehen schien. Der entsetzte Ausdruck in seinen Augen veränderte sich selbst dann nicht, als ich ihm die Messerklinge mit einem kräftigen Ruck auf Höhe seines Herzens in die Brust rammte und sein ohnehin rot leuchtendes Hemd von einem weiteren Blutschwall getränkt wurde.

Mein Herz hämmerte, Schweiß rann mir über das Gesicht und brannte mir in den Augen. Mein gesamter Körper zitterte unkontrolliert und ich umklammerte das Messer in meiner Hand, als wäre es mein sechster Finger.

Die Zeit schien stillzustehen.

Nichts tat sich.

Nichts veränderte sich.

Die Furcht, dass ich mich getäuscht hatte, verstärkte sich mit jedem Pulsschlag exponentiell und drängte mich näher und näher in die Finsternis der drohenden Ohnmacht. Ich hatte keine Kraft mehr, die Lider offen zu halten und das Messer zu umklammern.

Ich habe mich getäuscht, konnte ich gerade noch denken, während sich meine Augen langsam schlossen. Im selben Moment geschahen Dinge, von denen ich unmöglich sagen konnte, ob sie tatsächlich geschahen oder nur meinen Gedanken entsprangen. Die Erde unter mir begann zu beben, die bewusstlosen Körper von Adam und Nox fielen zu Boden und Leviathan stieß einen letzten schrillen Schrei aus, während Kains Körper im Zeitraffer alterte, bis sich seine Haut und seine Muskeln aufgelöst hatten und nichts mehr übrig war außer einem Knochengerüst, das ebenfalls in den nächsten Sekunden zu Staub zerfiel.

EPILOG – NOX

Es gab nur wenige Dinge, die ich mehr hasste, als ohne meine Zustimmung von einem Ort an den anderen gebracht zu werden. Und eine Begegnung mit Satanas, dem Höllenfürsten des Zorns, gehörte definitiv dazu. Aus diesem Grund war ich auch nicht sonderlich erfreut, als ich urplötzlich seine hässliche Visage vor mir hatte – obwohl ich zugeben musste, dass sein maßgeschneiderter Armani-Anzug nicht schlecht aussah.

»Nicholas Nightingale. Wie schön, dass du meiner Einladung gefolgt bist.« Weder seine kühl-distanzierte Tonlage noch der Ausdruck in der Brutstätte für Maden und Käfer, die er »Gesicht« nannte, passten zu seinen Worten. Aber das wunderte mich nicht. Abgesehen davon, dass ich keine andere Wahl hatte, als dem Ruf eines Vorgesetzten zu folgen, konnte mich der Bastard noch weniger leiden als ich ihn. Dadurch drängte sich mir jedoch die Frage auf, weshalb ich hier war. Immerhin war ich gerade noch durch die Katakomben der Hölle gerannt, um Emilia zu suchen, und plötzlich stand ich hier. Allein. Ohne Adam oder Avery. Das konnte unmöglich etwas Gutes bedeuten.

Anstatt etwas zu erwidern, ließ ich meinen Blick umherschweifen. Zu gern hätte ich gewusst, wo ich war. Aber alles, was ich entdecken konnte, war ein stinklangweiliges Menschenbüro, über das jeder Bankdirektor oder Sportmanager verfügte. Einzig und allein die frische Luft, die ich mit jedem Atemzug in meine Lungen saugte, deutete darauf hin, dass ich mich irgendwo auf der Erde befand.

»Ich sollte dir wohl gratulieren«, führte Satanas den Gesprächsfaden fort, als ich stumm blieb, und verschränkte seine bulligen Arme vor der Brust. Falls er mich mit dieser Show einschüchtern wollte, konnte er sich die Mühe sparen. Wir wussten beide, dass er mir – so ungern ich es auch zugab –, was Macht und Stärke anging, im Dämonenranking deutlich überlegen war. Aber das machte mir nicht viel aus. Im Versprühen von Charme, in der hohen Kunst des Frauenbeglückens und in meiner äußeren Erscheinung war *ich* der unangefochtene Meister. »Immerhin hat deine kleine Menschenfreundin gerade eben nicht nur Leviathans Prüfung bestanden, sondern ihn auch unserem Vater vor die Füße katapultiert. Eine beeindruckende Leistung, das muss ich zugeben.«

Was?! Wollte mich der Mistkerl verarschen? Da seine verfluchte Seele durch und durch dämonisch war, war diese Vorstellung gar nicht so weit hergeholt. Aber weshalb zitierte mich der Bastard dann zu sich? In den über dreihundert Jahren, in denen ich inzwischen für die Hölle arbeitete, war ich Satanas nur eine Handvoll Male begegnet. Und nie hatten wir mehr als zwei Sätze miteinander gewechselt. Damit war dieses Gespräch bereits jetzt das längste und ausführlichste, das wir jemals geführt hatten.

»Ach, ich habe ganz vergessen, dass du eher der große Schweiger bist.« Satanas verengte die Augen. »Nun gut, vielleicht lockert das hier ein wenig deine Zunge.« Er schnipste mit den Fingern und wie aus dem Nichts entstand neben ihm eine Dunstwolke, die sich zu einem rechteckigen Rahmen formte. Das Bild in der Mitte war erst milchig-weiß, wurde jedoch nach und nach dunkler, bis es einem sternlosen Nachthimmel ähnelte und schließlich einem Anblick wich, der mir einerseits vertraut war, andererseits mein Herz zum Stillstand brachte.

Was zur Hölle ...?!

Nur dank einer gehörigen Portion Willensanstrengung gelang es mir, meine Mimik unter Kontrolle zu halten – was eine *wirklich* beachtliche Leistung war in Anbetracht des Bildes, das sich mir bot.

»Keine Angst, sie ist am Leben«, sagte Satanas mit geschäftiger Stimme, fügte aber mit einem vernehmbaren Grinsen hinzu: »Zumindest *noch*. Wie lange das so bleibt, hängt von dir ab.«

Widerwillig wandte ich meinen Blick von Avery ab, die blutüberströmt und mit zerfetzter Kleidung neben Adam auf dem Boden in unserem Wohnzimmer lag. Sie war unfassbar blass, als hätte sie kaum noch Blut im Körper.

»Was willst du?« Die Silben kamen mir ungewollt knurrend über die Lippen und ich ballte die Hände zu Fäusten. Alles in mir schrie danach, mich auf der Stelle zu meinem Mädchen zu teleportieren, um sicherzugehen, dass es ihr gut ging. Aber dafür hätte ich erst dieses Gebäude verlassen müssen. Damit ich aber überhaupt aus diesem Zimmer kam, musste mich der Höllenfürst aus seinem Dienst entlassen.

»Ah, jetzt habe ich deine ungeteilte Aufmerksamkeit.« Die dicken Wülste, die Satanas als »Lippen« bezeichnete, verzogen sich zu einer Fratze, die man mit viel Wohlwollen als Grinsen interpretieren konnte. »Dann können wir ja zum Geschäft kommen. Wie du dir vorstellen kannst, habe ich Besseres zu tun, als meine Zeit mit dir zu vergeuden.« Er reckte das Kinn in die Höhe. »Vermutlich hast du dir das bereits gedacht, aber der Form halber erwähne ich es noch einmal: Meine Prüfung steht euch als Nächstes bevor. Und auch wenn ich neugierig bin, wie ihr euch schlagen werdet, bin ich viel zu sehr Geschäftsmann, als dass ich meinen Erfolg dem Zufall überlasse. Deshalb möchte ich dir folgendes Angebot unterbreiten – über das du nach Verlassen dieser vier Wände mit niemanden und zu keiner Zeit reden darfst, ganz gleich wie deine Entscheidung lautet.« Der Blick aus seinen kohlrabenschwarzen Augen intensivierte sich. »Das ist ein direkter Befehl, Nightingale, und du als Diener der Unterwelt bist an dessen Erfüllung mit deinem Dasein gebunden. Und nun hör mir genau zu. Wenn du dafür sorgst, dass ihr, nachdem Avery ihr nächstes Tattoo erhalten hat, auf schnellstmöglichem Weg sterbt, damit ich meinen Vater auf dem Höllenthron ablöse, begnadige ich eure Seelen, sobald ich der neue Herrscher der Unterwelt bin. Dann könnt ihr drei zurück auf die Erde und eure belanglosen Leben als Menschen fortführen.«

Ich erwiderte Satanas' Blick, darauf bedacht, mir keine Regung anmerken zu lassen. Aber in meinem Inneren tobte ein Sturm, wie ich ihn zuvor nur wenige Male erlebt hatte, und meine Gedanken überschlugen sich. Doch bevor ich auch nur den Anflug von Ordnung in das Chaos bringen konnte, ergriff Satanas ein weiteres Mal das Wort.

»Dein Schweigen beginnt meine Nerven zu strapazieren, Nightingale.« Seine Augen blitzten zornig auf und ich wusste aus persönlicher Erfahrung, dass das kein gutes Zeichen war. »Mein Angebot ist mehr als großzügig. Das muss selbst einem arroganten Arschloch wie dir bewusst sein. Aber lass mich dir noch etwas sagen, was dir womöglich hilft, deine Entscheidung schneller zu treffen.« Er beugte seinen Oberkörper minimal in meine Richtung und senkte die Stimme um eine Nuance. Unweigerlich sträubten sich mir die Nackenhaare. »Solltest du mit dem Gedanken spielen, mein Angebot auszuschlagen, dann sorge ich nicht nur dafür, dass jeder Mensch, der mit dem Mädchen in Verbindung steht, das dir so abstoßend viel bedeutet, auf qualvolle Art stirbt, sondern dass es auch durch die Hand deines Seraphenbruders geschieht.« Er streckte mir einladend die Finger entgegen und seine vernarbten Lippen verzogen sich erneut zu einem fratzenähnlichen Grinsen. »Also, Seelenfänger? Was sagst du?«

ENDE von Band 4

DANKSAGUNG

Jedes Mal, wenn ich jemandem erzähle, dass mein Beruf Schriftstellerin ist und ich fantastische Jugendbücher schreibe, kommt irgendwann unweigerlich die Frage: »Das ist ja toll! Aber ist das nicht total schwierig?«

Ich antworte dann immer, dass Schreiben für mich eine Leidenschaft ist und keine Arbeit. Und das stimmt auch – zumindest wenn es um die Geschichte an sich geht. Aber wenn ich an die Stelle der Danksagung komme ...

Grrr...

Inzwischen habe ich elf Bücher geschrieben. *Elf!* Da sollte man doch denken, inzwischen wüsste ich, wie man eine Danksagung schreibt. Man bedankt sich einfach bei den Leuten, die einem wichtig sind, die einen beim Schreiben unterstützt haben und die dazu beigetragen haben, dass du dieses Buch jetzt in den Händen halten kannst.

Das wäre wie bei (fast) allen meinen Büchern zum einen meine Familie, die mir den Rücken freihält, mich motiviert oder, wenn es nötig ist, auch mal in den Arsch tritt. (Danke, Mama und Chris – ohne euch wäre ich mit dieser Geschichte vermutlich nie fertig geworden!)

Als Nächstes würde ich Birgit, meine wundervolle Lektorin, erwähnen, die meine Texte auf links dreht und so lange in die Mangel nimmt, bis etwas rauskommt, was ich jedes Mal als »Wow, das ist super! Wer hat das geschrieben?« betitle.

Und am Ende würde ich dem grandiosen Team von Impress – insbesondere den bezaubernden Mädels Nicole, Pia und Wencke – danken, ohne die meine Manuskripte nur sinnlose Ansammlungen von Buchstaben und Worten wären. Vermutlich würde ich noch so etwas sagen wie: »Ihr gebt mir das Gefühl, dass meine Bücher etwas Besonderes sind. Danke dafür!«

Aber mal unter uns. Wenn ich *das* in jedem meiner elf Bücher (Himmel, wann sind das eigentlich so viele geworden?) schreiben würde, wäre ich vermutlich schuld, dass die Egos der oben genannten Personen höher wachsen würden, als das Burj Khalifa hoch ist.

Also lasse ich das mit der Danksagung aus Sicherheitsgründen und schreibe lieber am fünften Band der Seven-Sins-Reihe weiter. Bestimmt wollt ihr wissen, wie es mit Avery, Adam und Nox weitergeht, nicht wahr?

HIMMLISCHE ENGELSROMANTIK

Jennifer Wolf
DIE ENGEL-REIHE 1: BERÜHRT VON HIMMLISCHEN SCHWINGEN
ISBN 978-3-551-30201-4
Softcover
Auch als E-Book erhältlich

Polly ist geschockt, als sie an ihrem ersten Collegetag von dunklen Kreaturen angegriffen und quer über den Campus gejagt wird. Ein geheimnisvoller junger Mann kommt ihr zu Hilfe. Von ihm geht eine Magie aus, der sich Polly nicht entziehen kann. Bis Yoshiel ihr seine wahre Gestalt zeigt und der Himmel selbst um ihre Hilfe bittet …

Leni Wambach
ENGELSSCHATTEN 1: GEJAGTE DES HIMMELS
ISBN 978-3-551-30196-3
Softcover
Auch als E-Book erhältlich

Das himmlische Dasein als Engel könnte für die temperamentvolle Außenseiterin Maggie nicht unerträglicher sein. Doch niemals hätte sie damit gerechnet, dass sie für ihre Aufmüpfigkeit die schlimmste Bestrafung für einen Engel erwartet: Sie soll fallen! Maggie flieht und landet ausgerechnet in den Armen eines teuflisch charismatischen Dämons …

WWW.IMPRESSBOOKS.DE

KÖNIGLICHE VAMPIRE

Alexandra Lehnert
DIE LETZTE KIYA: SCHATTENERBE
ISBN 978-3-551-30229-8
Softcover
Auch als E-Book erhältlich

Lilya trifft auf der Ranch ihrer Eltern einen Gast, dessen gefährliche und unnahbare Ausstrahlung all ihre Alarmglocken läuten lässt. Ihr Gefühl trügt sie nicht: Dimitri ist der Kronprinz eines uralten Vampirgeschlechts und schon seit Jahrzehnten auf der Suche nach ihr – der Thronerbin eines anderen Königshauses.

Ina Taus
RISE & DOOM 1: PRINZESSIN DER BLUTROTEN WÜSTE
ISBN 978-3-551-30170-3
Softcover
Auch als E-Book erhältlich

Red Desert ist ein karges Land, in dem die Menschen ein einfaches Dasein fristen, während der König im Luxus lebt. Selbst seine Tochter Rise wächst mit strengen Regeln auf und durfte in ihrem Leben noch nie das Schloss verlassen. Dann erfährt sie, dass sie den Prinzen der Vampire heiraten soll, um den wackeligen Frieden mit ihnen zu sichern. Aber Rise hat lange genug Gehorsam geleistet …

Jennifer Wolf
DIE SANGUIS-TRILOGIE 1: DIE WAHRHEIT LIEGT IM BLUT
ISBN 978-3-551-30033-1
Softcover
Auch als E-Book erhältlich

Dass es Vampire gibt, weiß Miriam schon lange. Doch sie hat noch nie einen in echt gesehen. Bis gleich zwei Vampire auf ihre Schule kommen sollen. Und der eine sogar in ihre Klasse! Er übt eine merkwürdige Anziehungskraft auf sie aus …

WWW.IMPRESSBOOKS.DE

DIE MACHT DER GÖTTER

Asuka Lionera
SON OF DARKNESS 1: GÖTTLICHES GEFÄNGNIS
ISBN 978-3-551-30227-4
Softcover
Auch als E-Book erhältlich

Die ehrgeizige Archäologin Emma verirrt sich während einer Expedition in das höhlenartige Gefängnis eines riesigen schwarzen Wolfs. Sie befreit das Tier und steht plötzlich einem göttlich gut aussehenden Fremden gegenüber. Emma ahnt nicht, dass sich um ihn eine zerstörerische Prophezeiung rankt …

Aurelia L. Night
DIVINE DAMNATION 1: DAS VERMÄCHTNIS DER MAGIE
ISBN 978-3-551-30246-5
Softcover
Auch als E-Book erhältlich

Tivra ist eine begabte Hexe aus dem Zirkel der Deva. Doch durch ein Missgeschick lässt sie auf einer Mission in den Ruinen eines alten Tempels versehentlich die Göttin der Zerstörung frei. Aus der Not heraus erfragt der Zirkel die Hilfe eines Rudels von Gestaltwandlern und Tivra muss mit ihrem mysteriösen Anführer zusammenarbeiten.

IMPRESS

WWW.IMPRESSBOOKS.DE

Impress
Die Macht der Gefühle

Impress
Ein Imprint der CARLSEN Verlag GmbH
Juli 2020

Lektorat: Birgit Rentz
Umschlagbild: shutterstock.com / © 55th / © BoxerX / © Martin Spurny
Umschlaggestaltung: formlabor
Satz und Umsetzung: readbox publishing, Dortmund
Druck und Bindung: CPI Books GmbH, Birkach
ISBN 978-3-551-30284-7
Printed in Germany
www.carlsen.de/impress

Alle Bücher im Internet: www.carlsen.de